Dieser Roman
ist Don Congdon gewidmet,
ohne den er nicht entstanden wäre,
sowie dem Andenken
Raymond Chandlers, Dashiell Hammetts,
James M. Cains und Ross McDonalds,
und meinen Freunden und Lehrern
Leigh Brackett und Edmond Hamilton,
die ich schmerzlich vermisse.

Die kleine Stadt Venice, California, hatte zu jener Zeit vieles, was sie zum idealen Ort für Leute machte, die gern traurig sind. Fast jeden Abend hing Nebel über der Stadt, an der Küste stöhnten die Ölfördertürme, das schwarze Wasser der Kanäle schwappte gegen die Ufermauern, und Sandkörner prasselten gegen die Fensterscheiben, wenn Wind aufkam und über unbebaute Flächen und menschenleere Wege pfiff.

In jenen Tagen starb der Pier von Venice, verendete im Meer. Die Knochen eines riesigen Dinosauriers, der Achterbahn, wurden vom Wechsel der Gezeiten zugedeckt.

Am Ende eines der langen Kanäle lagen alte Zirkuswagen im Wasser; sie waren dort hineingerollt, dort versenkt worden, und in den Raubtierkäfigen sah man um Mitternacht, wenn man einen Blick hinabwarf, Leben wimmeln; Fische und Krebse, die die Flut hierhertrug; all die Zirkusse der Zeit rosteten hier dahin, waren der Vergänglichkeit anheimgefallen.

Und dann noch die donnernde Lawine der großen roten Straßenbahnwagen, die jede halbe Stunde zum Meer hinauseilten und um Mitternacht um die Kurve quietschten, Funken aus den Oberleitungen schlugen und mit einem Stöhnen wie von einem Toten, der sich in seinem Schlaf herumdreht, weiterrollten, als wüßten die Wagen und die einsamen Männer, die schwankend am Steuer standen, daß sie in einem Jahr nicht mehr da sein würden, daß dann die Gleise mit Beton und Teer zugedeckt und die Spinnweboberleitungen aufgerollt und weggehext sein würden.

Und gerade zu der Zeit, in einem jener einsamen Jahre, als

der Nebel sich niemals auflöste und das Klagelied des Windes nie verstummte, begegnete ich auf einer nächtlichen Fahrt mit dem alten roten, im Eiltempo dahinpolternden Donnerding dem Freund des Todes, und ich erkannte ihn nicht.

Es war eine regnerische Nacht, und ich saß mit einem Buch in dem alten, jaulenden, brüllenden Gefährt, das von einem leeren, konfettiübersäten Umsteigebahnhof zum nächsten raste. Ich war allein mit dem großen, vor Schmerz winselnden hölzernen Wagen und dem Fahrer, der vorne an seinen Messinghebeln riß, die Bremsen löste, wann immer nötig Höllendampf ausströmen ließ.

Und mit dem Mann weiter hinten im Wagen, der irgendwie dahingekommen war, ohne daß ich es bemerkt hatte.

Schließlich nahm ich ihn wahr, als er eine ganze Weile hinter mir hin- und herschwankte, unentschlossen, welchen der vierzig freien Sitzplätze er nehmen sollte, denn es ist schwer, sich spät nachts angesichts von so viel Leere für einen bestimmten zu entscheiden. Doch dann hörte ich, wie er sich setzte, und ich wußte, daß er da war, weil ich ihn riechen konnte wie das Meer, dessen Geruch über die Felder herwehte. Über dem Geruch seiner Kleider lagen Schwaden von zu großen zu schnell getrunkenen Mengen Alkohols.

Ich wandte mich nicht zu ihm um. Längst hatte ich die Erfahrung gemacht, daß in solchen Fällen Blicke nur Mut machen.

Ich schloß die Augen und hielt den Kopf unverwandt nach vorne gerichtet. Es half nicht.

»Oh«, stöhnte der Mann.

Ich spürte, wie es ihn auf seinem Platz nach vorne zog, und fühlte seinen heißen Atem in meinem Nacken. Ich umklammerte meine Knie und sank in mich zusammen.

»Oh«, stöhnte er, lauter als vorher. Als falle er von einer Klippe und rufe um Hilfe, oder als schwimme er weit draußen im stürmischen Meer und wolle gesehen werden.

»Ah!«

Es regnete heftig, als der große rote Zug jetzt über eine mitternächtliche Wiese dahinratterte, der Regen klatschte gegen die Scheiben und schwemmte den Anblick der weiten Felder weg. Wir durchquerten Culver City, ohne etwas von den Filmstudios zu sehen, und fuhren weiter; der große Wagen hob und senkte sich, die Bodenbretter quietschten unter uns, die leeren Sitze knarrten, und die Signalpfeife schrillte.

Dann traf mich von hinten ein fürchterlicher Luftschwall, als der Unbekannte in meinem Rücken ausrief: »Der Tod!«

Die Signalpfeife schnitt ihm das Wort ab, so daß er noch einmal ansetzen mußte.

»Der Tod –«

Wieder ein schrilles Pfeifen.

»Der Tod«, stöhnte die Stimme hinter mir, »ist ... ein einsames Geschäft!«

Mir schien es, als ob er weinte. Ich starrte nach vorn in den blitzenden Regen, der uns entgegenpeitschte. Der Zug bremste ab. Der Mann erhob sich todernst und ungestüm, als wollte er auf mich einschlagen, wenn ich mich nicht endlich umdrehte und ihm zuhörte. Er wollte gesehen werden. Er wollte mich in seiner Not ertränken. Ich fühlte, daß er die Hand ausstreckte, wußte aber nicht, ob er mit der geballten Faust auf mich einschlagen oder mir das Gesicht zerkratzen wollte. Ich umklammerte die Rücklehne vor mir. Seine Stimme brach aus ihm hervor.

»Oh, der Tod!«

Der Zug hielt an.

Na, komm schon, dachte ich, spuck's aus!

»Ist ein einsames Geschäft!« flüsterte er, in einem schrecklichen Ton, und stand auf.

Ich hörte, wie hinten die Tür aufging. Jetzt endlich wandte ich mich um.

Der Wagen war leer. Der Mann war weg, hatte die Todesstimmung mit sich hinaus in die Nacht genommen. Ich hörte, wie der Kies auf dem Weg neben den Schienen knirschte.

Als die Türen zuknallten, murmelte der Mann, den ich nicht gesehen hatte, draußen vor sich hin. Ich konnte ihn durch das Fenster immer noch hören. Etwas von einem Grab. Und noch einmal das Wort Grab. Und dann etwas wie einsam.

Der Zug setzte sich mit einem Ruck in Bewegung und donnerte durch das hohe Gras und das Unwetter davon.

Ich riß das Fenster auf und lehnte mich hinaus, schaute zurück in das nasse Dunkel.

Ob dort hinten eine Stadt war und Menschen, oder ein Mann und seine schreckliche Traurigkeit, konnte ich weder sehen noch hören.

Der Zug raste zum Ozean hinaus.

Ich hatte das schreckliche Gefühl, er würde hineinstürzen.

Ich knallte das Fenster zu, setzte mich, zitterte.

Den Rest der Fahrt mußte ich mir immer wieder sagen, du bist erst siebenundzwanzig. Du trinkst nicht. Aber ...

Ich genehmigte mir dann doch was zu trinken.

Hier, am äußersten Ende des Kontinents, wo die Planwagen und mit ihnen die Siedler angehalten hatten, fand ich noch einen offenen Saloon, der leer war bis auf einen Barkeeper, der sich nicht von einem Spätfilm mit Hopalong Cassidy losreißen konnte.

»Einen doppelten Wodka, bitte.«

Ich war erstaunt über meine Stimme. Warum brauchte ich eigentlich etwas zu trinken? Fehlte mir sonst der Mut, um meine Freundin Peg, die zweitausend Meilen weit weg in Mexico City war, anzurufen? Um ihr zu sagen, daß es mir gutging? Schließlich war doch nichts passiert, oder?

Nichts als eine Zugfahrt und kalter Regen und eine schreckliche Stimme hinter mir, die Dämpfe der Angst ausgestoßen hatte. Aber ich fürchtete mich davor, nach

Hause in mein Bett zu gehen, das so leer war wie ein Eisschrank, den die Siedler aus Oklahoma auf ihrem Weg nach Westen zurückgelassen hatten.

Das Einzige, was noch leerer war, war das Bankkonto des großen amerikanischen Romanciers, mein Konto in dem Bankgebäude unten am Meer, das einem alten römischen Tempel glich und darauf zu warten schien, von der nächsten Rezession weggespült zu werden. Die Kassierer warteten jeden Morgen in Ruderbooten, während sich der Direktor in der Bar nebenan ertränkte. Fast niemals bekam ich einen von ihnen zu sehen. Da ich nur gelegentlich mal etwas an eine billige Krimi-Zeitschrift verkaufte, hatte ich nichts, was ich auf die Bank tragen konnte. Also …

Ich trank meinen Wodka und schüttelte mich.

»Meine Güte«, meinte der Barkeeper, »Sie machen ein Gesicht, als wäre das Ihr erster Schluck Alkohol!«

»Das ist auch der erste!«

»Sie sehen nicht gerade gut aus.«

»Mir *ist* auch nicht gut. Kennen Sie das Gefühl, daß gleich was Schreckliches passieren wird, und man weiß nicht, was?«

»Wenn einem ganz gruselig zumute ist?«

Ich trank noch einen Schluck Wodka und zitterte.

»Nein, nein. Etwas *wirklich* Furchtbares, das einem unter die Haut fährt, meine ich.«

Der Barkeeper blickte über mich hinweg, als sähe er hinter mir den Geist des Mannes aus dem Zug.

»Haben Sie es mit hier hereingebracht?«

»Nein.«

»Dann ist es nicht hier.«

»Aber«, wandte ich ein, »er hat etwas zu mir *gesagt* – wie eine Furie.«

»*Furie*?«

»Ich hab sein Gesicht nicht gesehen. Jetzt ist mir noch schlechter. Gute Nacht!«

»Hören Sie auf mit dem Trinken!«

Aber ich war schon zur Tür hinaus und blickte in alle Richtungen, um das, was auf mich wartete, zu erspähen. Welchen Weg nach Hause, um nicht auf das Dunkel zu treffen? Ich entschied mich für einen.

Und wußte im gleichen Augenblick, daß meine Entscheidung falsch war. Ich eilte das dunkle Ufer des alten Kanals entlang, auf die versenkten Zirkuswagen zu.

Wie die Raubtierkäfige in den Kanal kamen, wußte niemand. Überhaupt schien sich auch niemand zu erinnern, wie die Kanäle hierhergeraten waren, mitten in eine alte Stadt, die dem Zerfall preisgegeben war, deren Staub des Nachts an den Türen raschelte, zusammen mit dem Sand und den Seetangklümpchen und den Tabakkrümeln von Zigaretten, die vielleicht 1910 am Strand weggeworfen worden waren.

Aber sie waren da, die Kanäle, und am Ende einer dieser dunkelgrünen, mit einem Ölfilm bedeckten Wasserrinnen, lagen die alten Zirkuswagen und die Käfige, von denen das weiße Email und die Goldfarbe abblätterten, an deren dicken Gitterstäben der Rost fraß.

Vor langer Zeit, zu Beginn der zwanziger Jahre, waren diese Käfige wohl heiter wie der Sommerwind dahingerollt, Tiere waren an den Stäben entlanggestrichen, Löwen hatten den Rachen aufgerissen und heißen fleischigen Atem ausgestoßen. Schimmelgespanne hatten all diesen Prunk durch die Straßen von Venice und über die Felder gezogen, lange bevor die MGM ihre Scheinfassaden errichtet hatte und eine neue Art von Zirkus veranstaltete, der auf Zelluloidstreifen ewig leben sollte.

Nun war alles, was von dem alten Paradeaufmarsch übrig war, hier gelandet. Einige der Wagen mit den Raubtierkäfigen standen aufrecht im tiefen Wasser des Kanals, andere waren flach auf die Seite gekippt und in den Fluten begraben, und der Wechsel der Gezeiten ließ sie irgendwann bei Tagesanbruch zum Vorschein kommen und bedeckte sie wieder um

Mitternacht. Fischschwärme zogen zwischen den Gitterstäben ein und aus. Am Tag tanzten kleine Jungs auf den großen, zum Abfall geworfenen Inseln aus Stahl und Holz umher, schlüpften manchmal flink hinein, rüttelten an den Stäben und brüllten hinaus.

Doch jetzt, lange nach Mitternacht, die letzte Bahn war den leeren Strand entlang zu einem Ziel im Norden gefahren, schwappten die dunklen Fluten in den Kanälen gegen die Ufer und saugten an den Käfigen wie alte Frauen an ihren zahnlosen Kiefern.

Ich rannte dahin, den Kopf gegen den Regen gesenkt. Der ließ plötzlich nach und hörte dann ganz auf. Der Mond brach durch einen Spalt in der Dunkelheit, wie ein großes Auge, das auf mich herabsah. Ich ging auf Spiegeln dahin, in denen ich den gleichen Mond und die gleichen Wolken noch einmal sah. Ich ging auf dem Himmel unter mir, und – da geschah etwas...

Von draußen, vielleicht einen Häuserblock weit entfernt, rollte eine schwarzglänzende Flutwelle salzigen Wassers zwischen den Ufermauern des Kanals heran. Irgendwo war ein Deich aus Sand gebrochen und ließ das Meer herein. Und da kam die schwarze Flut. Sie erreichte die kleine Brücke in dem Moment, als ich mitten auf ihr stand.

Das Wasser zischte um die alten Raubtierkäfige. Ich ging schneller. Ich griff nach dem Brückengeländer.

Denn in einem der Käfige, direkt unter mir, schlug ein schwaches, phosphoreszierendes Leuchten von innen gegen die Stäbe.

Eine Hand schien mir aus dem Käfig zuzuwinken.

Ein alter Löwenbändiger, der sich schlafen gelegt hatte, war eben aufgewacht und hatte festgestellt, an was für einem merkwürdigen Ort er sich befand.

Dann streckte sich träge ein Arm in dem Käfig, hinter den Gitterstäben. Der Löwenbändiger erwachte vollends.

Das Wasser fiel, stieg wieder an.

Und ein Gespenst preßte sich gegen die Stäbe.

Ich stand über das Geländer gebeugt, konnte es nicht glauben.

Doch jetzt nahm das gespenstische Leuchten Gestalt an. Nicht nur eine Hand, ein Arm, sondern ein ganzer Körper trieb mit unkoordinierten Bewegungen hin und her, wie eine riesige Marionette in einer eisernen Falle.

Das bleiche Gesicht, mit leeren Augen, denen der Mond etwas Licht gab, und in denen sonst nichts zu sehen war, glich einer silbernen Maske.

Dann zuckte die Flut mit den Achseln und sank. Der Körper verschwand.

Irgendwo in meinem Kopf quietschte der Zug um eine rostige Kurve, blockierte die Räder, ließ Funken sprühen, kam kreischend zum Stehen, während irgendwo ein Mann, der nicht zu sehen war, bei jeder Bewegung, jedem Schritt, jedem Sprung, diese Worte hervorstieß.

»Der Tod – ist – ein einsames – Geschäft.«

Nein.

Mit einer Geste, mysteriös wie eine in der Erinnerung bewahrte Seance, stieg die Flut wieder an.

Und auch die gespenstische Gestalt im Käfig stieg wieder empor.

Das war ein Toter, der heraus wollte.

Jemand stieß einen entsetzlichen Schrei aus.

Als in den kleinen Häusern am Rand des dunklen Kanals ein Dutzend Lichter aufleuchtete, wurde mir klar, daß ich das gewesen war.

»Bitte, treten Sie etwas zurück, bitte!«

Noch mehr Autos kamen an, noch mehr Polizisten stiegen aus, mehr Lichter gingen an, mehr Leute kamen schlaftrunken im Bademantel aus den Häusern, stellten sich zu mir, waren sprachlos, nicht nur aus Schlaftrunkenheit. Wir wirkten wie ein jämmerlicher Haufen verlassener Clowns, standen sinnlos auf der Brücke herum und sahen auf unseren versenkten Zirkus hinab.

Zitternd starrte ich auf den Käfig und dachte: Warum habe ich mich nicht umgedreht? Warum habe ich den Mann, der alles über den da unten im Zirkuswagen wußte, nicht angeschaut? Mein Gott, dachte ich, und wenn tatsächlich der Mann im Zug den Toten dort *in* den Käfig *hineingesteckt* hat?

Beweise? Nicht ein einziger. Alles, was ich hatte, waren sechs Worte, die ich um ein Uhr nachts in einem Vorortzug mehrmals gehört hatte, war der Regen, der auf die Oberleitung tropfte und dabei diese Worte wiederholte. Und die Art, in der das kalte Wasser wie der Tod durch den Kanal herankam, die Käfige auswusch und sich – kälter als vorher – wieder zurückzog.

Noch mehr merkwürdige Clowns kamen aus den alten Bungalows.

»Bitte, Herrschaften, es ist drei Uhr morgens. Gehen Sie nach Hause!«

Es hatte wieder zu regnen begonnen, die Polizisten hatten mich, als sie ankamen, angeschaut, als wollten sie fragen: Warum haben Sie sich nicht um Ihre eigenen Angelegenheiten gekümmert? Oder bis zum Morgen gewartet und uns dann, anonym, angerufen?

Einer der Polizisten stand in schwarzer Badehose am Rand des Kanals und schaute voll Abscheu hinab aufs Wasser. Seine blasse Haut verriet, daß er lange nicht in der Sonne gewesen war. Er sah zu, wie die Fluten in den Käfig drangen und den Schlafenden anhoben, so daß er uns zuwinkte. Das Gesicht tauchte hinter den Stäben auf. Es schien so abwesend, so entrückt, so traurig weit, weit weg. Ich fühlte ein schreckliches Ziehen in der Brust. Ich mußte zurücktreten, denn ich spürte, wie sich ein erstes zitterndes Hüsteln, ein bebender Kummer in meiner Kehle ankündigte.

Und dann tauchte der weiße Körper des Polizisten ins Wasser ein. Er verschwand.

Es kam mir vor, als sei auch er ertrunken. Regentropfen fielen auf die ölige Wasseroberfläche.

Und dann war er wieder zu sehen, im Käfig, preßte das Gesicht an die Gitterstäbe, würgte vor Übelkeit.

Ich war schockiert, meinte den Toten zu sehen, der versuchte, einen letzten tiefen Zug Leben einzusaugen.

Gleich darauf sah ich den Schwimmer auf der anderen Seite aus dem Käfig schießen, einen langen gespenstischen Trauerflor aus bleichem Seetang hinter sich herziehend.

Jemand klagte lautstark. Lieber Gott, dachte ich, das bin doch nicht etwa ich!

Die Leiche lag jetzt draußen am Ufer, der Schwimmer trocknete sich ab. Die Lichter in den Streifenwagen gingen aus.

Drei Polizisten leuchteten den Toten mit Taschenlampen an, beugten sich über ihn, sprachen leise miteinander.

» – etwa vierundzwanzig Stunden, denke ich.«

» – wo bleibt der Gerichtsmediziner?«

» – hat den Hörer ausgehängt. Tom geht ihn holen.«

»Eine Brieftasche, irgendwelche Papiere?«

»Hat nichts bei sich. Wohl auf der Durchreise.«

Sie fingen an, die Taschen des Toten nach außen zu kehren.

»Nein, nicht auf der Durchreise«, sagte ich und brach ab.

Einer der Polizisten hatte sich umgedreht und leuchtete mir ins Gesicht. Voller Neugier musterte er meine Augen und horchte auf die Laute, die in meiner Kehle begraben lagen.

»Haben Sie ihn gekannt?«

»Nein.«

»Und warum – ?«

»Warum es mich so mitnimmt? Darum. Er ist tot, mausetot. Mein Gott. Und *ich* habe ihn gefunden.«

Erinnerungen kamen in mir hoch.

Vor Jahren war ich an einem heiteren Sommertag um eine Straßenecke gebogen, und da lag ein Mann unter einem Auto. Der Fahrer sprang gerade aus dem Wagen und starrte auf den

Körper hinab. Ich machte noch einen Schritt, blieb dann stehen.

Etwas Rosiges lag auf dem Gehsteig, direkt neben meinem Schuh.

Ich hatte so etwas schon an der Universität in Laborschüsseln gesehen. Ein einsames Stück Gehirngewebe.

Eine Frau, eine Fremde, die vorbeikam, blieb lange stehen und schaute auf die Leiche unter dem Auto. Dann tat sie etwas Impulsives, etwas, das sie sich nicht vorher überlegt haben konnte. Sie beugte sich langsam hinab, kniete sich neben den Toten. Sie tätschelte ihm die Schulter, berührte ihn sanft, als wollte sie sagen: »So, schon gut, wird ja alles wieder gut.«

»Ist er – ermordet worden?« hörte ich mich fragen.

Der Polizist drehte sich zu mir herum: »Wie kommen Sie darauf?«

»Wie sollte er denn, na ja, wie soll er in den Käfig gekommen sein – dort unter Wasser – wenn ihn nicht irgend jemand – *hineingestopft* hat?«

Die Taschenlampe ging wieder an, und der Lichtstrahl glitt über mein Gesicht wie die Hand eines Arztes, die nach Symptomen sucht.

»Haben Sie uns angerufen?«

»Nein.« Ich zitterte. »Ich habe geschrien, wegen mir sind dann überall die Lichter angegangen.«

»He«, flüsterte jemand.

Ein Kriminalpolizist in Zivil, nicht sehr groß, mit schütterem Haar, kniete neben der Leiche und kehrte die Manteltaschen nach außen. Es fiel etwas heraus, Krümel und Klümpchen, wie aus nassem Schnee oder aus Papiermaché.

»Was ist denn das?« fragte jemand.

Ich weiß es, dachte ich, sagte aber nichts.

Meine Hand zitterte, als ich mich neben den Polizisten hinabbeugte und etwas von dem nassen Papierkram aufhob. Er holte gerade aus den anderen Taschen noch mehr von dem Zeug. Ich behielt etwas davon in der Hand und steckte es, als ich aufstand, in die Tasche. In diesem Moment schaute der Polizist hoch.

»Sie sind doch ganz naß«, meinte er. »Geben Sie meinem Kollegen da Ihren Namen und Ihre Adresse und gehen Sie nach Hause! Ziehen Sie das nasse Zeug aus!«

Es fing wieder an zu regnen, und ich zitterte. Ich wandte mich zu dem anderen Polizisten um, gab ihm meinen Namen und meine Adresse und lief im Dauerlauf davon, zu meiner Wohnung.

Ich war noch nicht weit gekommen, als ein Wagen neben mir anhielt und die Tür aufging. Der kleine Kriminalpolizist mit dem schütteren Haar sah verwundert zu mir heraus.

»O Mann, sehen Sie vielleicht aus«, meinte er.

»Das hat mir vorhin schon mal einer gesagt, es ist gerade 'ne halbe Stunde her.«

»Steigen Sie ein!«

»Ich hab's nicht mehr weit –«

»Nun machen Sie schon!«

Ich stieg zitternd ein, und er fuhr mich das letzte Stück bis zu der muffigen Schuhschachtel, für die ich dreißig Dollar Miete im Monat zahlte. Als ich ausstieg, wäre ich, zitternd vor Schwäche, beinahe hingefallen.

»Crumley«, stellte er sich vor. »Elmo Crumley. Rufen Sie mich an, wenn Sie sich auf den Papierkram, den Sie eingesteckt haben, einen Reim machen können!«

Ich zuckte schuldbewußt mit der Hand zu der Tasche, in der das Zeug steckte. Dann nickte ich. »Natürlich.«

»Und hören Sie auf, sich Gedanken zu machen! Dann kriegen Sie auch wieder ein bißchen Farbe«, empfahl mir Crumley. »Er war doch niemand –« Er brach ab; was er gesagt hatte, war ihm unangenehm. Er zog den Kopf ein und wollte noch einmal ansetzen.

»Irgendwie hab ich 'ne Ahnung, wer er sein könnte«, kam ich ihm zuvor. »Wenn ich auf den Namen komme, rufe ich Sie an.«

Ganz starr vor Kälte stand ich da und hatte Angst, daß gleich, hinter meinem Rücken, weitere schreckliche Dinge auf mich warteten. Würden sich, wenn ich die Wohnungstür öffnete, die schwarzen Fluten des Kanals über mich ergießen?

»Los jetzt!« Elmo Crumley knallte die Tür zu.

Dann sah ich nur noch zwei rote Lichtpunkte, die durch den Platzregen davonrasten, der jetzt herunterprasselte und mich zwang, die Augen zuzukneifen.

Ich schaute über die Straße zu der Tankstelle gegenüber, mit der Telefonzelle, die ich als mein Büro benutzte, von der aus ich Verleger anrief, die nie zurückriefen.

Ich durchwühlte meine Taschen nach Kleingeld, dachte, ich werde in Mexico City anrufen, Peg aufwecken, ich werde es als R-Gespräch anmelden, ihr von dem Käfig und dem Mann erzählen und – mein Gott – zu Tode erschrecken werd ich sie!

Hör auf Crumley, dachte ich.

Los jetzt!

Ich zitterte mittlerweile so heftig, daß ich den verdammten Schlüssel nicht ins Schlüsselloch bekam.

Regen folgte mir nach drinnen.

Dort erwartete mich:

Ein leeres Sechsunddreißig-Quadratmeter-Studio-Apartment mit einem durchgesessenen Sofa, ein Bücherregal, auf dem sich vierzehn Bücher verloren, ein Sessel, den ich für einen Pappenstiel gebraucht gekauft hatte und ein unbehandelter Kieferschreibtisch von Sears Roebuck, auf dem eine nachlässig gepflegte Underwood-Standard-Schreibmaschine, Baujahr 1934, stand, so groß wie ein Klavier und so laut wie Holzschuhe auf dem nackten Fußboden.

In der Schreibmaschine ein erwartungsvolles Blatt. Daneben lag auf einem Stoß in einem Holzkistchen meine gesammelte literarische Produktion. Einige Nummern verschiedener Kriminalmagazine, die mir dreißig oder vierzig Dollar pro Geschichte gezahlt hatten. Auf der anderen Seite stand ein zweites Holzkistchen, das darauf wartete, mit Manuskripten gefüllt zu werden. Darin lag ein einziges Blatt von einem Buch, das nicht beginnen wollte.

ROMAN OHNE TITEL.

Und darunter mein Name. Und das Datum, der 1. Juli 1949.

Das war vor drei Monaten gewesen.

Ich zitterte, zog mich aus, rieb mich mit einem Handtuch trocken, schlüpfte in einen Bademantel und kehrte zurück an den Schreibtisch und starrte darauf.

Ich berührte die Schreibmaschine, fragte mich, ob sie ein verlorener Freund sei oder ein Mann oder eine niederträchtige Geliebte.

Einmal, vor ein paar Wochen, hatte sie Geräusche von sich gegeben, als spräche die Muse aus ihr. Jetzt saß ich meist an dem dummen Ding, als hätte man mir die Hände an den Handgelenken abgeschnitten. Drei- oder viermal täglich saß ich da und wurde von einem literarischen Brechreiz gequält. Nichts kam. Oder wenn doch etwas kam, dann löste es sich in luftige Haarknäuel auf, die ich abends am Boden zusammenkehrte. Ich steckte gerade in einer langen literarischen Dürre, wie in einer der großen Wüsten in Arizona.

Es hatte viel damit zu tun, daß Peg so weit weg war, bei diesen Katakomben-Mumien in Mexiko, und damit, daß ich mich einsam fühlte, und daß seit drei Monaten in Venice die Sonne nicht mehr geschienen hatte, nur dunstiger Himmel und Nebel und Regen und dann wieder Nebel und dunstiger Himmel. Ich wickelte mich nachts in kalte Baumwolltücher ein und rollte mich am Morgen, ein einziger Pilz, wieder heraus. Mein Kopfkissen war morgens immer feucht, doch ich wußte nicht, was für ein Traum daran schuld war, daß ich es so mit der salzigen Flüssigkeit getränkt hatte.

Ich schaute aus dem Fenster, hinüber zu dem Telefon, auf das ich Tag für Tag von früh bis spät lauschte, und das niemals klingelte, mir niemals eine Menge Geld bot für meinen großartigen Roman, wenn ich ihn, am besten schon vorgestern, fertigkriegen würde.

Meine Finger bewegten sich unsicher auf den Tasten der Schreibmaschine. Sie erinnerten mich an die Hände des toten Fremden, die aus dem Käfig ins Wasser herausbaumelten, sich wie Seeanemonen bewegten, und an jene Hände, die ich nie zu Gesicht bekommen hatte, die Hände des Mannes hinter mir im Zug letzte Nacht.

Beide winkten mir zu.

Langsam, ganz langsam setzte ich mich.

In meiner Brust klopfte es, als stieße jemand gegen die Gitterstäbe eines verlassenen Käfigs.

Jemand ließ seinen Atem um meinen Nacken streichen...

Ich mußte dafür sorgen, daß sie beide verschwanden, mußte etwas tun, damit sie Ruhe gaben, damit ich schlafen konnte.

Ein Laut kam aus meiner Kehle, als würde mir gleich übel. Aber ich übergab mich nicht.

Stattdessen begannen meine Finger zu tippen, strichen die Worte ROMAN OHNE TITEL durch, bis sie nicht mehr zu lesen waren.

Dann schaltete ich eine Zeile weiter und sah andere Wörter auf das Papier springen:

DER TOD IST EIN und dann EINSAMES und dann schließlich GESCHÄFT.

Ich starrte auf den Titel und verzog dabei wild das Gesicht, keuchte und tippte dann eine Stunde lang ohne Unterbrechung, bis die donnernden, blitzenden Straßenbahnwagen weggerollt waren und die schwarze Flut des Ozeans den Löwenkäfig füllte, bis sie heranströmte und den Toten emporhob...

Durch meine Arme hinab in die Hände und aus den kalten Fingerspitzen hinaus auf das Blatt.

Wie eine Flut kam die Dunkelheit.

Ich lachte, froh darüber, daß sie da war.
Und fiel ins Bett.

In der Nacht begann ich, in einem fort zu niesen, fühlte mich elend und verbrauchte eine große Packung Papiertaschentücher, glaubte schon, die Erkältung würde nie mehr vorbeigehen.

In der Nacht verdichtete sich der Nebel, und weit draußen in der Bucht, wie versunken und verloren, tutete immer wieder ein Nebelhorn. Es klang wie ein riesiges Seeungeheuer, das schon lange tot war und sich auf dem Weg zu seinem Grab draußen auf See befand, dabei einen Klagelaut nach dem anderen ausstieß, Klagelaute, die niemanden kümmerten, denen niemand nachging.

In der Nacht blies ein Windstoß durch mein Fenster herein und blätterte in den beschriebenen Seiten meines Romans drüben auf dem Schreibtisch. Ich hörte das Raunen des Papiers, es war wie das Geräusch des Wassers im Kanal, wie der Atem in meinem Nacken, und schließlich schlief ich ein.

Ich wachte erst auf, als die Sonne durchs Fenster strahlte. Niesend erreichte ich die Tür, riß sie weit auf, und trat hinaus ins Tageslicht, das mir so grell entgegenschlug, daß ich plötzlich ewig leben wollte – doch gleichzeitig schämte ich mich so über diesen Gedanken, daß ich am liebsten wie Ahab mit einem Schlag die Sonne ausgelöscht hätte. Stattdessen zog ich mich schnell an. Die Sachen, die ich letzte Nacht angehabt hatte, waren noch feucht. Ich zog eine Turnhose und eine Jacke an und kehrte dann die Taschen des feuchten Mantels nach außen, fand die Klumpen aus Papiermaché, die, erst vor ein paar Stunden, aus dem Anzug des Toten gefallen waren.

Ich berührte die Klümpchen mit den Fingernägeln und atmete durch. Ich wußte, was das war. Aber ich war noch nicht so weit, daß ich den Tatsachen ins Gesicht sehen konnte.

Als Läufer bin ich nichts Besonderes. Doch jetzt rannte ich.

Weg vom Kanal, von dem Käfig, von der Stimme im Zug mit

den düsteren Worten, weg aus meinem Zimmer und weg von den frischgetippten Seiten, die darauf warteten, gelesen zu werden, die begonnen hatten, alles auszusprechen; aber ich wollte sie nicht lesen, noch nicht. Ich rannte einfach blind den Strand entlang nach Süden.

In ein prähistorisches Land wie im Film *The Lost World.*

Dann lief ich langsamer, beobachtete das morgendliche Äsen merkwürdiger mechanischer Tiere.

Ölquellen. Fördertürme, die Öl pumpen.

Diese großen Pterodaktylusse waren, wie ich Freunden erzählte, Anfang des Jahrhunderts mitten in der Nacht durch die Luft herangeglitten und hatten hier ihre Nester gebaut. Aus dem Schlaf aufgeschreckt, hörten die Leute das gierige Pumpen gewaltiger Schlünde. Geweckt von dem Knarren, Quietschen, Knacken dieser Skelette, dem Auf und Ab federloser Flügel, die sich nicht mehr von der Erde lösen konnten, die sich um drei Uhr nachts hoben und senkten, Laute ausstießen, die wie urzeitliche Atemzüge klangen, richteten sich die Küstenbewohner in ihren Betten auf. Der Geruch dieser Tiere, und mit ihm die Zeit, wehte die Küste entlang, kam aus einer fernen Vergangenheit, ehe es Höhlen gab und Menschen, die sich darin versteckten; es war der Geruch von Urwäldern, die zerfielen, in der Erde begraben wurden und zu Öl reiften.

Ich rannte durch diesen Brontosaurierwald, stellte mir bald einen Triceratops, bald einen Stegosaurus mit Palisadenzaunrücken vor, inmitten zähen schwarzen Sirups, halbversunken in Teer. Ihre Klagelaute hallten über den Strand, und die Brandung warf ihr urweltliches Donnern zurück.

Ich rannte an den kleinen weißen Häuschen vorbei, die später dazukamen, ihre Nistplätze zwischen den Monstern wählten und vorbei an den Kanälen, die ausgehoben und gefüllt worden waren, damit sie den strahlenden Himmel des Jahres 1910 widerspiegelten, als die weißen Gondeln auf klaren Fluten dahinglitten und Brücken, um die sich Girlanden von Glühwürmchenlampen wanden, zukünftige Spaziergänge auf Seepromenaden versprachen, die es dann für kurze Zeit gab, eine Balletttruppe auf Tournee, und die sich nach dem Krieg für immer verabschiedeten. Und die dunklen Ungeheuer saugten weiter den Sand aus, während die Gondeln auf den Grund sanken und das letzte Partygelächter mit sich nahmen.

Einige von den Leuten blieben natürlich, versteckten sich in Hütten oder sperrten sich in eine der wenigen mediterranen Villen ein, die hier wie der Ausdruck architektonischer Ironie wirkten.

Plötzlich bremste ich aus vollem Lauf ab, blieb stehen. Ich mußte gleich umkehren und die Papierklümpchen herauskramen, und dann mußte ich den Namen ihres verlorenen, toten Besitzers herausfinden.

Doch jetzt stand einer der mediterranen Paläste vor mir, so leuchtend weiß wie der Vollmond, der über dem Strand steht.

»Constance Rattigan«, flüsterte ich. »Können Sie herauskommen und spielen?«

Was da direkt am Meer vor mir lag und die Fluten aufforderte, zu kommen und ihre Kräfte zu erproben, war eine weißglühende arabische, maurische Festung. Eine Festung mit Minaretten und kleinen Türmchen und blauen und weißen Fliesen, die sich auf den Sandgesimsen unsicher neigten, hier, keine dreihundert Meter von den neugierigen Wellen entfernt, die sich ehrerbietig verneigten, hier, wo die Möwen herabsegelten, um einen zufälligen Blick auf das alles zu werfen, wo ich jetzt stand und Wurzeln schlug.

»Constance Rattigan.«

Doch niemand trat aus dem Haus.

Allein und ungewöhnlich in diesem von Donnerechsen bewohnten Landstrich, bewachte dieser Palast die außergewöhnliche Kinokönigin.

Ein Turmfenster war Tag und Nacht erleuchtet. Wann

immer ich hier vorbeikam, brannte dahinter Licht. Ob sie jetzt da war?

Ja!

Denn wie ein Blitz war ein Schatten an dem Fenster vorbeigehuscht, so als hätte jemand einen kurzen Blick auf mich werfen wollen, um dann wie eine Motte zu verschwinden.

Ich stand da und grub Erinnerungen aus.

Sie hatte in den Zwanzigern ein erfolgreiches Jahr gehabt und war dann schnell hinabgerutscht in die Kinogewölbe. Ihr Regisseur hatte sie, wie vergilbtes Zeitungspapier erzählte, mit dem Studiofriseur im Bett erwischt und ihr mit einem Messer die Wadenmuskeln durchtrennt, damit sie nicht länger so laufen konnte, wie er es liebte. Dann war er geflohen, war einfach geradeaus nach Westen, in Richtung China geschwommen. Constance Rattigan hatte sich nie mehr gezeigt. Ob sie laufen konnte, wußte niemand.

O Gott, hörte ich mich flüstern.

Ich fühlte, daß sie sich spät nachts herausgewagt hatte in meine Welt, und daß sie Leute kannte, die auch ich kannte. Manchmal schien sie mir so nahe zu sein, daß ich ihren Atem spüren konnte.

Geh schon, dachte ich, laß den Messinglöwenkopf an ihre Haustür pochen.

Nein, entgegnete ich mir selbst mit einem Kopfschütteln. Ich fürchtete, nur ein schwarzweißes Zelluloidektoplasma würde mir die Tür öffnen.

Du willst deine große Liebe gar nicht wirklich treffen, du willst nur davon träumen, daß sie eines Nachts heraustritt und von hier weggeht, Fußspuren in den Sand drückt, die der Wind sofort wieder verweht, daß sie zu dir kommt, an dein Fenster klopft, in dein Zimmer tritt und in langen Filmströmen gespenstisches Licht an die Zimmerdecke abspult.

Constance, liebe Rattigan, dachte ich, komm heraus! Spring in den großen weißen Duesenberg, der feurig strahlend dort im Sand parkt, laß den Motor aufheulen, winke und bring mich weg nach Süden, nach Coronado, die sonnenüberflutete Küste entlang.

Doch kein Motor heulte auf, niemand winkte, niemand brachte mich nach Süden, zur Sonne, weg von dem Nebelhorn, das draußen auf See sein nasses Grab suchte.

Ich trat zurück, stellte überrascht fest, daß ich mit meinen Tennisschuhen knöcheltief in salzigem Wasser stand, wandte mich um und ging dahin zurück, wo kalter Regen in Käfigen auf mich wartete, auf den bedeutendsten Schriftsteller der Welt, was nur außer mir niemand wußte.

Ich hatte das feuchte Konfetti, die Papiermachémasse, in der Jackentasche, als ich den Raum betrat, von dem ich wußte, daß ich dort weitersuchen mußte.

Es war der Ort, an dem die alten Männer beisammensaßen.

Ein kleiner, düsterer Laden, direkt neben den Gleisen des Vorortzugs, wo Süßigkeiten, Zigaretten und Zeitschriften verkauft wurden, und die Fahrkarten für die großen roten Wagen, die von Los Angeles aus ans Meer eilten.

Der Laden, in dem es wie in einer Tabakscheune roch, wurde von zwei nikotinfleckigen Brüdern betrieben, die wie zwei alte Weiber ständig herumjammerten und sich zankten.

An der Wand saß auf einer Bank rund um die Uhr, wie Zuschauer bei einem Tennismatch, eine Gruppe von alten Männern, die das Gezänk einfach ignorierten, die damit beschäftigt waren, voreinander mit ihrem hohen Alter zu protzen, sich etwas vorzuschwindeln. Einer sagte, er sei zweiundachtzig. Ein anderer prahlte, er sei neunzig. Ein dritter gab an, vierundneunzig zu sein. Die Zahlen änderten sich von Woche zu Woche, weil sich keiner von ihnen an seine Lüge vom letzten Monat erinnern konnte.

Und wenn man genau aufpaßte, konnte man, wenn einer der großen eisernen Züge vorbeirollte, hören, wie der Rost von den Knochen der alten Männer abblätterte und durch ihre Adern trieb, und ihn dann einen Augenblick lang in ihrem ersterbenden Blick aufschimmern sehen, wenn sie zwischen zwei Sätzen stundenlang stumm dasaßen und sich an das Thema zu erinnern versuchten, von dem sie am Mittag zu sprechen begonnen hatten und das sie vielleicht um Mitternacht beenden würden, wenn die zwei zänkischen Brüder den Laden zumachten und sich wehklagend in ihre Junggesellenbetten verkrochen.

Wo der alte Mann wohnte, wußte niemand. Jede Nacht, nachdem die Brüder ins Dunkel davongemeckert waren, zerstreuten sich die alten Männer wie Löwenzahnsamen, die der salzige Wind in alle Richtungen davonblies.

Ich trat ins ewige Dunkel dieses Raumes und starrte auf die Wand, wo die alten Männer schon seit Urzeiten saßen.

Ein Platz auf der Bank war leer. Wo sonst immer vier gesessen hatten, waren es jetzt nur noch drei, und ich konnte an ihren Gesichtern erkennen, daß irgend etwas nicht stimmte.

Ich schaute auf ihre Füße, um die herum nicht nur Häufchen von Zigarrenasche lagen, sondern auch eine weiche Schneeschicht von merkwürdigen kleinen Papierschnipseln, Konfetti, herausgestanzt aus Hunderten von Fahrkarten, in Form von verschiedenen Buchstaben – hier ein L, da ein X, dort ein M.

Ich zog die Hand aus der Tasche und verglich die inzwischen fast wieder trockene aufgeweichte Maße mit dem Schnee auf dem Boden. Ich beugte mich hinab, hob ein bißchen davon auf und ließ dieses Alphabet durch meine Finger rieseln, durch die Luft hinab auf den Boden.

Ich sah auf den leeren Platz auf der Bank.

»Wo ist der alte Herr –?« Ich brach ab.

Denn die Alten starrten mich an, als hätte ich eine Gewehrkugel auf ihr Schweigen abgefeuert. Außerdem teilten mir ihre Blicke mit, daß ich für eine Beerdigung nicht richtig angezogen sei.

Einer, er schien der Älteste zu sein, zündete seine Pfeife an und brummte schließlich, während er sie anrauchte: »Der kommt schon. Ist noch *jedesmal* gekommen.«

Die anderen beiden jedoch krümmten sich beklommen, ihre Gesichter waren düster.

»Wo«, fragte ich kühn, »wohnt er?«

Der Alte hörte auf, an der Pfeife zu saugen. »Wer will das wissen?«

»Ich«, erwiderte ich. »Sie kennen mich ja. Seit Jahren komme ich hierher.«

Die alten Männer blickten einander nervös an.

»Es ist wichtig«, erklärte ich.

Der Alte krümmte sich ein letztes Mal.

»Kanarienvögel«, murmelte der Älteste.

»Wie?«

»Die Frau mit den Kanaris.« Die Pfeife war ihm ausgegangen. Er zündete sie mit bekümmertem Blick wieder an. »Aber lassen Sie ihn in Ruhe. Ihm fehlt *nichts*. Er kommt schon wieder!«

Er protestierte so heftig, daß die beiden anderen auf der Bank sich langsam, beinahe unmerklich wanden.

»Wie heißt –?« setzte ich an.

Das war ein Fehler. Seinen Namen nicht zu kennen! Mein Gott, den kannte doch *jeder*! Die Alten funkelten mich böse an.

Ich wurde rot und trat den Rückzug an.

»Die Frau mit den Kanaris«, sagte ich noch und rannte so eilig zur Tür hinaus, daß mich zehn Meter von der Ladentür entfernt eine ankommende Straßenbahn beinahe ins Jenseits befördert hätte.

»Esel!« schrie der Fahrer, der sich aus dem Fenster beugte und mir mit der Faust drohte.

»Kanarienvogel!« schrie ich, nicht sehr geistreich, zurück und schüttelte *meine* Faust, um deutlich zu machen, daß ich noch lebte.

Dann stolperte ich davon und machte mich auf den Weg zu ihr.

Ich wußte, wo sie wohnte. Ich erinnerte mich an das Schild im Fenster. KANARIENVÖGEL ZU VERKAUFEN.

Venice war und ist voll von solchen verlorenen Orten, wo Menschen die letzten abgetragenen Fetzen ihrer Seele zum Verkauf anbieten, in der Hoffnung, daß niemand sie mitnehmen wird.

Kaum ein einziges der alten Häuser mit schmutzigen Vorhängen ohne Schild im Fenster.

NASH, BAUJAHR 1927. GUTER ZUSTAND. HINTERHAUS. Oder MESSINGBETT. KAUM BENUTZT. GÜNSTIG. 1. STOCK.

Im Vorbeigehen überlegt man, welche Seite des Bettes wohl benutzt war, und wie lange beide Seiten benutzt wurden und seit wann nicht mehr, seit zwanzig, dreißig Jahren?

Oder GEIGEN, GITARREN, MANDOLINEN.

Und im Fenster alte Instrumente, nicht mit Stahl- oder Darmsaiten, sondern mit Spinnweben bespannt, und im Raum bearbeitet ein alter Mann über eine Werkbank gebeugt Holz, hält den Kopf, während die Hände in Bewegung sind, stets vom Licht abgewandt; einer, der übriggeblieben ist aus der Zeit, als die Gondeln in Hinterhöfen strandeten und sich in Blumenkästen verwandelten.

Wann mochte er zum letztenmal eine Geige oder Gitarre verkauft haben?

Und wenn man an die Tür, ans Fenster klopft, dann schnitzt und schmirgelt der alte Mann unbeirrt weiter, und das Gesicht, die Schultern zittern dabei. Lacht er, weil da einer klopft und er so tut, als höre er nichts?

Dann ein letztes Fenster mit einem Schild.

ZIMMER MIT AUSBLICK.

Das Zimmer bietet einen Blick aufs Meer. Aber seit zehn

Jahren war niemand mehr dort droben. Das Meer hätte ebensogut gar nicht mehr da sein können.

Ich bog um eine letzte Ecke und stand vor dem Schild, das ich suchte. Es hing in einem sonnenverbrannten Fenster, die zerbrechlichen Bleistiftstriche darauf waren verblichen, waren so blaß wie eingetrocknete Zitronensaft, der sich, vor mehr als fünfzig Jahren, selbst ausgelöscht hatte!

Kanarienvögel zu verkaufen.

Ja, irgendwer hatte vor einem halben Jahrhundert eine Bleistiftspitze mit der Zunge befeuchtet, die Pappe beschriftet und ins Fenster gehängt, hatte sie mit Fliegenfängerklebstreifen befestigt und war zum Tee nach oben gegangen, in Zimmer, wo Staub die Geländer mit einer schmierigen Lackschicht bedeckte und die Glühlampen erstickte, so daß sie orientalisch anmutendes Licht ausstrahlten, wo Staubbällchen die Kissen bildeten und von den leeren Kleiderständern in den Schränken Schatten herabhingen.

Kanarienvögel zu verkaufen.

Ich klopfte nicht an. Vor Jahren hatte ich es aus unsinniger Neugier einmal getan, mich dann wie ein dummer Junge gefühlt und war weitergegangen. Ich drehte an dem altertümlichen Türknopf. Die Tür glitt auf. Das Erdgeschoß war leer. In keinem der Zimmer standen Möbel. Ich rief durch das staubige Sonnenlicht hinauf.

»Jemand zu Haus?«

Ich glaubte, ein Dachbodenflüstern zu hören:

»... niemand.«

Tote Fliegen lagen in den Fenstern. Ein paar Motten, die seit dem Sommer 1929 tot waren, hingen am Fliegenfenster, bestäubten es mit ihren Flügeln.

Irgendwo von weit droben, wo ein uraltes Rapunzel ohne Haare verloren im Turm saß, fiel eine einzelne Feder herab, berührte sanft die Luft:

»... ja?«

Eine Maus seufzte in den dunklen Dachsparren:

»... herein.«

Ich stieß die Korridortür weiter auf. Sie gab mit einem lauten Knarren und Quietschen nach. Mir schien, daß sie nicht geschmiert worden war, damit die rostigen Angeln jeden unangekündigten Besucher verrieten.

Eine Motte stieß droben im Flur gegen eine blinde Glühbirne.

»... hier herauf...«

Ich schritt hinauf in den mittäglichen Dämmer, an zur Wand gedrehten Spiegeln vorbei. Kein Spiegel sah mich kommen, kein Spiegel würde mich gehen sehen.

»... *ja*?« Ein Flüstern.

Ich zögerte vor der Tür oben an der Treppe. Vielleicht erwartete ich, wenn ich hineinschaute, einen riesigen Kanarienvogel zu sehen, der auf einen Staubteppich hingestreckt lag, zu keinem Lied fähig, seine einzige Sprache das Raunen seines Herzens.

Ich trat ein. Hörte, wie jemand nach Luft schnappte.

Mitten in dem leeren Zimmer stand ein Bett, in dem, die Augen geschlossen, der Mund schwach atmend, eine alte Frau lag.

Archäopterix, dachte ich.

Ja. Wirklich.

Ich hatte solche Knochen in einem Museum gesehen, die zerbrechlichen Reptilienflügel dieses vor Urzeiten ausgestorbenen Vogels, eingeprägt in Sandstein, als seien sie von einem ägyptischen Priester hineingemeißelt worden.

Dieses Bett und sein Inhalt waren wie der Schlick in einem seichten Flußbett. In seiner gemächlichen Strömung zeichnete sich Stroh und ein dünnes Skelett ab, ein hingeworfenes Mikadospiel.

Sie lag so flach und zart hingestreckt da, daß ich nicht glauben konnte, ein lebendes Wesen vor mir zu haben, sondern nur ein Fossil, ungestört vom Voranschreiten der Zeit.

»Ja?« Der winzige vergilbte Kopf, der kaum unter der Tagesdecke hervorlugte, öffnete die Augen. Winzige Lichtscherben funkelten mich an.

»Kanarienvögel?« hörte ich mich fragen. »Das Schild in Ihrem Fenster? Die Vögel?«

»Oh«, seufzte die alte Frau, »... je.«

Sie hatte es vergessen. Vielleicht war sie seit Jahren nicht mehr unten gewesen. Und ich war, möglicherweise, der Erste, der in den letzten tausend Tagen hier heraufkam.

»Oh«, flüsterte sie. »Das ist lange her. Kanarienvögel. Ja. Ich hab ein paar sehr schöne gehabt.«

»1920«, flüsterte sie weiter. »1930–31–.« Ihr schwand die Stimme. Weitere Jahre gab es nicht.

Als ob es erst gestern gewesen wäre.

»Und gesungen haben sie, meine Kleinen, wie die gesungen haben. Aber nie ist jemand gekommen und wollte einen kaufen. Wieso? Ich hab nie auch nur *einen* verkauft.«

Ich schaute mich um. Ganz hinten in einer Ecke stand ein Vogelkäfig, und noch zwei andere halb versteckt in einem Schrank.

»Entschuldigen Sie«, murmelte sie. »Ich muß vergessen haben, das Schild aus dem Fenster zu nehmen.«

Ich ging hinüber zu den Käfigen. Meine Ahnung erwies sich als richtig.

Den Boden des ersten Käfigs bedeckte der Papyrus einer ›Los Angeles Times‹ vom Oktober 1927.

HIROHITO AUF DEM KAISERTHRON
Der siebenundzwanzigjährige Monarch
hat am Nachmittag...

Ich ging weiter zum nächsten Käfig. Erinnerungen an meine High-School-Zeit mit all ihren Ängsten überschwemmten mich.

BOMBEN AUF ADDIS ABEBA
Mussolini erklärt sich zum Sieger,
Haile Selassi protestiert...

Ich schloß die Augen und wandte mich von diesem längst vergangenen Jahr ab. So lange hatten hier keine Federn mehr geraschelt, war kein Trillern mehr ertönt. Ich stand neben dem Bett und dem, was verschrumpelt, vom Leben beiseite geschoben, in ihm lag. Dann hörte ich mich fragen:

»Haben Sie manchmal am Sonntag morgen die ›Stunde für den Kanarienfreund in den Rocky Mountains‹ gehört?«

»Wo einer Orgel gespielt hat und das Studio voll war mit Kanarienvögeln, die dazu gesungen haben!« rief die alte Frau aus, von einer Freude erfüllt, die sie um Jahrzehnte jünger wirken und den Kopf in den Nacken werfen ließ. Ihre Augen funkelten wie Glasscherben. »*Wenn es Frühling wird in den Rockies!*«

»*Sweet Sue, Mein blauer Himmel*«, fügte ich hinzu.

»Oh, ja, waren die Vögel nicht süß!?«

»Sie waren phantastisch.« Ich war damals gerade neun und fragte mich immer, wie es die Vögel schafften, so gut der Melodie zu folgen und im Takt zu zwitschern. »Einmal hab ich zu meiner Mutter gesagt, irgend jemand muß wohl Notenblätter in den Käfig gelegt haben.«

»Sie müssen ein sehr empfindsames Kind gewesen sein.« Der Kopf sank ihr erschöpft auf die Brust, und sie schloß die Augen. »So etwas gibt es heute nicht mehr.«

Das hat es auch niemals gegeben, dachte ich.

»Aber«, flüsterte sie weiter, »Sie sind *eigentlich* wegen etwas anderem gekommen, oder?«

»Ja«, gab ich zu. »Wegen dem alten Mann, der bei Ihnen zur Miete wohnt.«

»Er ist *tot.*«

Ehe ich etwas sagen konnte, fuhr sie ruhig fort: »Seit gestern früh war nichts mehr von ihm zu hören, drunten in der Küche. Letzte Nacht, das hat mir die Stille im Haus gesagt. Als Sie dann eben die Haustür geöffnet haben, wußte ich, daß mir jemand schlechte Nachrichten bringen würde.«

»Es tut mir leid.«

»Schon gut. Ich hab ihn das ganze Jahr nicht gesehen, nur an Weihnachten. Die Frau, die nebenan wohnt, kümmert sich um mich, sie bringt zweimal am Tag mein Bett in Ordnung und stellt mir das Essen hin. Dann stimmt es also, er ist tot? Haben Sie ihn näher gekannt? Wird es eine Beerdigung geben? Dort auf der Kommode liegen fünfzig Cent. Kaufen Sie ihm ein kleines Bukett.«

Es lag kein Geld da. Es gab auch gar keine Kommode. Ich tat, als sei alles so, wie die Alte gesagt hatte, und steckte das Geld, das es gar nicht gab, ein.

»Kommen Sie doch in einem halben Jahr wieder«, flüsterte sie. »Dann geht's mir wieder gut. Und ich verkaufe wieder Vögel, und ... Sie schauen die ganze Zeit zur *Tür*! Müssen Sie gehen?«

»Ja, Madam«, sagte ich schuldbewußt. »Sie erlauben, ein Hinweis – Ihre Haustür ist nicht abgesperrt.«

»Na, was sollte denn schon einer von einer alten Frau wie mir wollen?« Sie hob ein letztes Mal den Kopf.

Ihre Augen blitzten. Irgend etwas hämmerte in ihr, wollte sich von diesem Fleisch befreien, ließ sie vor Schmerz das Gesicht verziehen.

»In dieses Haus, diese Treppe hoch, wird niemals irgendwer kommen«, weinte sie.

Ihre Stimme schwand wie Musik von einem Sender, der weit weg, hinter den Bergen liegt. Als sich die Augenlider senkten, verstummte er vollständig.

O Gott, dachte ich, sie wartet darauf, daß irgend jemand kommt und ihr einen schrecklichen Gefallen tut.

Aber nicht ich, fuhr es mir durch den Kopf.

Sie riß die Augen auf. Hatte ich es laut gesagt?

»Nein«, meinte sie, und mir war, als ob sie tief in mich hineinblickte. »Sie sind es nicht.«

»Wer bin ich nicht?«

»Der Kerl, der draußen vor der Tür steht. Jede Nacht.« Sie seufzte. »Aber er kommt nie herein. Warum bloß?«

Sie hielt inne, blieb stehen wie eine Uhr. Sie atmete noch, doch sie wartete darauf, daß ich wegging.

Ich warf einen Blick über die Schulter.

An der Tür ließ der Wind den Staub wabern wie Nebel, als warte dort jemand. Das Ding, der Mann, was immer es war, das jede Nacht kam und im Flur stand.

Ich störte.

»Auf Wiedersehen«, rief ich ihr zu.

Schweigen.

Ich hätte bleiben, mit ihr Tee trinken, zu Abend essen, frühstücken sollen. Aber man kann nicht immer und überall jeden Menschen beschützen, oder?

Ich blieb an der Tür stehen.

Auf wiedersehen.

Stöhnte sie diese Worte in ihrem alten Schlaf? Ich spürte nur, daß mich ihr Atem hinausschob.

Als ich die Treppe hinabging, fiel mir ein, daß ich nun immer noch nicht den Namen des alten Mannes kannte, der in dem Raubtierkäfig ertrunken war, eine Handvoll Fahrkartenkonfetti in jeder Tasche, Konfetti, das er nicht mehr verstreuen konnte.

Ich fand sein Zimmer. Doch was nützte das?

Sein Name würde nicht da sein, ebensowenig wie er selbst.

Wenn etwas anfängt, ist es meist gut. Doch wie selten in der Geschichte der Menschheit, in der Geschichte kleiner und großer Städte, endet etwas gut.

Alles zerfällt. Wird zu dick. Wuchert. Die Zeit gerät aus den Fugen. Die Milch wird sauer. Die Drähte an den Hochspannungsmasten erzählen bei Nacht, im Nieselregen, furchtbare Geschichten. Das Wasser im Kanal wird blind vor Schaum. Feuersteine geben, wenn man sie gegeneinander schlägt, keine Funken mehr. Frauen, die man berührt, geben einem keine Wärme mehr.

Der Sommer ist plötzlich vorbei.

Der Winter schneit einem in die fleischbedeckten Knochen.

Dann ist es Zeit für die Wand.

Die Wand eines kleinen Zimmers, wo das Beben der großen roten Züge vorbeizieht wie ein Alptraum, wegen dem man sich hin- und herwälzt in seinem kalten eisernen Bett unten in dem gar nicht königlichen Haus der verlorenen Kanarienvögel, wo die Hausnummer am Eingang abgeblättert ist und das Straßenschild an der Ecke um neunzig Grad verdreht wurde, so daß Besucher, sollten jemals welche zu einem kommen wollen, unweigerlich in die falsche Straße einbiegen und für immer verschwinden würden.

Aber wenigstens hat man diese Wand, direkt neben dem Bett, die man mit tränengefüllten Augen lesen, nach der man greifen kann und die man doch nie berührt – sie ist zu weit weg und zu tief und zu leer.

Ich war sicher, daß ich in dem Zimmer des alten Mannes eine solche Wand vorfinden würde.

Und so war es auch.

Die Tür war, wie alle Türen im Haus, nicht abgeschlossen, wartete darauf, daß der Wind oder der Nebel oder irgendein bleicher Fremder eintrat. Ich tat es. Zögerte. Vielleicht erwartete ich, dort auf dem leeren Bett einen Röntgenabdruck des Alten zu sehen. Das Zimmer sah, genau wie das der Frau mit den Kanaris im ersten Stock, aus, als wäre hier eine Haushaltsauflösung durchgeführt und alles für einen Apfel und ein Ei weggeschleppt worden.

Nicht einmal eine Zahnbürste lag irgendwo herum, keine Seife, kein Waschlappen. Der Alte mußte einmal am Tag im Meer gebadet und sich jeden Mittag die Zähne mit Seetang geputzt haben. Sein einziges Hemd hatte er offensichtlich in der salzigen Flut gewaschen, sich dann auf eine Düne gelegt und das Hemd daneben; dort trocknete es, wenn die Sonne herauskam, falls sie herauskam.

Ich ging weiter wie ein Tiefseetaucher. Wenn man weiß, daß man ins Zimmer eines Toten kommt, hemmt die Atmosphäre der Verlassenheit darin jede Bewegung, ja selbst das Atmen.

Ich schnappte nach Luft.

Ich hatte danebengetippt.

Denn da, an der Wand, stand sein Name. Ich wäre beinahe auf das Bett gefallen, als ich mich hinabbeugte, einen Blick darauf warf.

Er hatte seinen Namen in den Putz hinter dem Bett gekratzt, ihn x-mal wiederholt. Immer und immer wieder, als habe er Angst, vergeßlich oder senil zu werden, als schrecke ihn die Vorstellung, eines Morgens aufzuwachen und keinen Namen mehr zu haben. Immer wieder hatte er ihn mit seinen vom Nikotin verfärbten Fingernägeln dort eingekratzt.

William. Und *Willie*. Und dann *Will*. Und darunter *Bill*.

Und dann ein paarmal nacheinander.

Smith. Smith. Smith. Smith.

Und darunter dann: *William Smith*.

Und: *Smith, W.*

Sein hingekritzeltes Einmaleins verschwamm mir vor den Augen, als ich es anstarrte, denn in ihm sah ich all die Nächte, in denen ich voller Angst in die dunklen Fernen *meiner* Zukunft geblickt hatte. Mich gesehen hatte, 1999, allein, und meine Fingernägel nagten wie eine Maus Buchstaben in den Putz...

»Mein Gott!« flüsterte ich. »Moment mal!«

Das Bett quietschte wie eine aus dem Schlaf geschreckte Katze. Ich ließ mein ganzes Gewicht darauffallen und strich mit den Fingerkuppen über den Putz. Da standen noch andere Worte. Eine Botschaft, ein Hinweis, eine Spur?

Ich erinnerte mich an einen Zaubertrick, der uns als Kinder immer fasziniert hatte. Man ließ jemand anders Wörter auf einen Block schreiben und das beschriebene Blatt abreißen. Dann ging man mit dem Block in ein anderes Zimmer und strich mit einem weichen Bleistift über die unsichtbaren Eindrücke auf dem Papier, und schon wurden die Wörter sichtbar.

Jetzt machte ich genau das: Ich zog meinen Bleistift aus der Tasche und strich mit der Spitze sachte über die Wand. Die Fingernagelkratzer zeichneten sich ab, hier ein Mund, dort ein Auge; Figuren, Formen, Fetzen aus den Wachträumen eines alten Mannes:

Vier Uhr und immer noch wach.

Und darunter eine gespenstische Bitte:

Mein Gott – Schlaf!

Und voll Verzweiflung im Morgengrauen:

O Gott!

Und dann knackten meine Knie vor Überraschung, als ich mich tiefer zusammenkauerte. Denn da las ich:

Er steht wieder im Flur.

Das war doch ich, dachte ich, vor fünf Minuten, droben vor dem Zimmer der alten Frau. Das war ich, eben draußen vor diesem leeren Zimmer. Und...

Letzte Nacht. Der dunkle Regen, der Zug. Und der große Wagen, der um die Kurven bockte, in dem die Holzbohlen stöhnten und das stumpfe Messing bebte, während hinter mir im Gang, unsichtbar für mich, jemand schwankte und die Fahrt des Trauerzugs mit Klagelauten begleitete.

Er steht wieder im Flur.

Er stand hinten im Zug.

Nein, nein. Das ging zu weit!

Es war doch schließlich kein Verbrechen, in einem Zug vor sich hin zu stöhnen, oder hier im Flur zu stehen, nur auf die Tür zu starren und einen alten Mann durch diese besondere Stille wissen zu lassen, daß da jemand war?

Gut, aber wenn eines Nachts der, der da stand, *ins Zimmer* trat?

Und das einsame Geschäft mit hereinbrachte?

Ich schaute auf die Zeichen, die so schwach und undeutlich

waren wie das Kanarienvogelschild im Fenster. Ich trat zurück, weg von diesen schrecklichen Zeichen der Einsamkeit und der Verzweiflung.

Draußen im Flur versuchte ich zu erfühlen, ob ein anderer Mann hier gestanden hatte in den letzten Monaten, ein um das andere Mal, ein Mann mit knochigem Gesicht.

Ich wäre am liebsten herumgewirbelt und hätte hinaufgerufen, so laut, daß die leeren Vogelkäfige geklappert hätten: »Wenn der Kerl wiederkommt, dann rufen Sie mich um Gottes willen an!«

Und wie? Ich sah ein Telefon ohne Schnur dastehen, und darunter ein paar Telefonbücher von 1933.

Dann rufen Sie aus dem Fenster!

Doch wer würde diese Stimme hören, die klang wie ein alter Schlüssel, der in einem verrosteten Schloß gedreht wird?

Ich stelle mich hierher und halte Wache, dachte ich. Warum?

Weil diese leblose Mumie vom Meeresgrund, dieses verschrumpelte Novemberwesen, das in Leichentücher gewikkelt dort droben lag, darum betete, daß ein kalter Windhauch die Treppe hinaufwehen möge.

Man sollte alle Türen absperren, dachte ich.

Doch mein Versuch, die Haustüre zu schließen, blieb erfolglos. Der kalte Wind raunte noch immer herein.

Ich wollte zur Polizeiwache. Ein kurzes Stück rannte ich, dann ging ich wieder langsamer, blieb schließlich stehen.

Weil direkt hinter meinen Ohren die toten Kanarienvögel begonnen hatten, mit ihren vertrockneten Flügeln zu rascheln.

Sie wollten heraus. Nur ich konnte sie retten.

Und weil ich spürte, wie rings um mich die trägen Fluten im Nilschlick stiegen, im Begriff, Nikotris, die zweitausend Jahre alte Pharaonentochter, mit sich fortzutragen.

Nur ich konnte den dunklen Nil davon abhalten, sie mit dem Schwemmsand flußabwärts zu schicken.

Ich rannte zu meiner Schreibmaschine.

Ich tippte und rettete die Vögel, tippte und rettete die alten, vertrockneten Knochen.

Ich empfand zugleich Schuld und Triumph, Triumph und Schuld, zog sie aus der Maschine und legte sie flach in meine Vogelkäfig-Sandstein-Flußbett-Romankiste, wo nur dann Vogelzwitschern erklang, wenn man die Worte las, nur dann ein Flüstern ertönte, wenn man die Seiten durchblätterte.

Dann verließ ich, der strahlende Erretter, meine Wohnung.

Als ich mich zur Polizeiwache aufmachte, steckte ich voller verstiegener Launen, ungestümer Ideen, unglaublicher Spuren, möglicher Rätsel, offensichtlicher Lösungen.

Als ich ankam, fühlte ich mich wie ein eleganter Akrobat, der hoch am Himmel an einem Trapez turnt, das von einem riesigen Ballon gehalten wird.

Ich bemerkte nicht, daß Kriminalkommissar Elmo Crumley mit langen Nadeln und einem Luftgewehr bewaffnet war.

Er trat gerade aus dem Haupteingang, als ich ankam. Irgendwie mußte ihn mein Gesichtsausdruck gewarnt haben. Gerade wollte ich mit meinen Vorstellungen, Einfällen, versponnenen Ideen und Spuren herausplatzen, da machte er eine unnötige Geste, als wische er sich das Gesicht ab, zog sich fast noch mal nach drinnen zurück und kam dann vorsichtig auf mich zu, als nähere er sich einem Sprengsatz.

»Was machen *Sie* denn hier?«

»Ist nicht jeder Bürger verpflichtet, sich an die Polizei zu wenden, wenn er einen Mord aufklären kann?«

»Wo sehen Sie Morde?« Crumley äugte umher, und natürlich – weit und breit kein Mord. »Sonst noch was?«

»Sie wollen sich nicht anhören, was ich zu sagen habe?«

»Hab ich alles schon gehört.« Crumley ging dicht an mir vorbei, auf seinen Wagen zu, der am Straßenrand stand. »Jedesmal, wenn in Venice jemand mit einem Herzinfarkt zusammenbricht oder über seine Schnürsenkel stolpert, taucht am nächsten Tag irgendwer bei mir auf und sprudelt Ratschläge hervor, wie ich das alles lösen, das stehengebliebene Herz wieder in Gang bringen oder die Schnürsenkel wieder verknoten könne. Sie haben diesen Herzinfarkt-Schnürsenkel-Blick drauf, und ich hab letzte Nacht kaum geschlafen.«

Er ging in Harry Trumans Gewaltmarschtempo weiter, und ich rannte hinterher.

Als er hörte, daß ich näherkam, rief er mir über die Schulter zu: »Will Ihnen mal was sagen, Sie junger Hemingway –«

»Sie wissen, womit ich meinen Lebensunterhalt verdiene?«

»Das weiß doch jeder hier in Venice. Jedesmal, wenn Sie was in irgend 'ner Zeitschrift untergebracht haben, kriegt die ganze Stadt mit, wie Sie drüben in dem Schnapsladen am Zeitungsständer rumkreischen und allen das Heft mit Ihrer Geschichte zeigen.«

»Oh«, stieß ich hervor, und die letzte heiße Luft entwich aus meinem Ballon. Zur Landung gezwungen stand ich Crumley gegenüber, auf der anderen Seite seines Wagens, und biß mir auf die Lippen.

Crumley sah das, und sein Blick nahm den Ausdruck väterlichen Schuldbewußtseins an.

»Großer Gott«, seufzte er.

»Was?«

»Wissen Sie, was mir bei Amateurdetektiven so auf den Magen schlägt?« fragte Crumley.

»Ich bin kein Amateurdetektiv, sondern ein Berufsschriftsteller, der seine hochsensiblen Fühler ausstreckt.«

»Ach so, ein Grashüpfer mit Schreibmaschinenkenntnissen«, knallte mir Crumley hin und wartete, bis ich es verdaut hatte. »Aber wenn Sie schon so lange in Venice und dem Polizeirevier und dem Leichenschauhaus zu tun hätten wie ich, dann wüßten Sie auch, daß jeder Landstreicher, der vorbeikommt, jeder Trunkenbold, der hereinstolpert, voller Theorien, Beweise und Enthüllungen steckt, so viel davon anschleppt, daß man eine Bibel damit füllen und das Sonntagsausflugsboot einer Baptistengemeinde damit versenken könnte. Wenn wir auf jeden daherschwafelnden Prediger, der bei uns zur Tür hereinfällt, hören, dann steht bald die halbe Welt unter Mordverdacht, ein Drittel sitzt in Untersuchungshaft, und der Rest endet auf dem elektrischen Stuhl oder am Galgen. Warum also sollte ich auf einen jungen Schreiberling hören, der noch nicht mal angefangen hat, sich in der Literatur einen Namen zu machen –« Ich zuckte zusammen, er wartete wieder, bis ich seine Worte verdaut hatte. »Der, nur weil er einen Löwenkäfig gefunden hat, in dem einer steckt, der im Suff ertrunken ist, meint, er sei in *Schuld und Sühne* gelandet, sich fühlt, als wäre er Raskolnikows Sohn. So, ich bin fertig. Jetzt sind Sie dran.«

»Sie wissen, wer *Raskolnikow* ist?« fragte ich verblüfft.

»Das hab ich schon gewußt, als Sie noch gar nicht geboren waren. Aber das bringt uns jetzt auch nicht weiter. Halten Sie Ihr Plädoyer!«

»Ich bin Schriftsteller, ich weiß mehr über Gefühle als Sie.«

»Na und? Ich bin Kriminalpolizist, ich weiß mehr über Tatsachen als Sie. Haben Sie Angst, daß Tatsachen Sie durcheinanderbringen könnten?«

»Ich –«

»Sagen Sie mal, mein Junge. Haben Sie irgendwann im Leben schon mal mit etwas *Unangenehmem* fertigwerden müssen?«

»Wie meinen Sie das?«

»Na ja, ich meine irgendwas Unangenehmes, was Großes, Mittleres, Kleines. Irgendwas. Wie Krankheit, Vergewaltigung, Tod, Krieg, Revolution, Mord.«

»Der Tod meiner Eltern –«

»Natürlicher Tod?«

»Ja. Aber ein Onkel von mir wurde bei einem Raubüberfall erschossen.«

»Haben Sie es gesehen?«

»Nein, aber –«

»Es zählt nur, wenn Sie *zugesehen* haben. Ist Ihnen schon mal so was passiert, wie einen Toten in einem Raubtierkäfig zu finden?«

»Nein«, antwortete ich nach kurzem Zögern.

»Na bitte. Sie stehen noch unter Schock. Sie wissen doch gar nicht, was leben heißt. Ich bin im Leichenschauhaus großgeworden. Für Sie ist das die erste Berührung mit dem kalten Marmor. Also beruhigen Sie sich doch und gehen Sie Ihres Weges.«

Er merkte, daß seine Stimme immer lauter geworden war, schüttelte den Kopf und brummte: »Oder vielleicht sollte ich mich beruhigen und meines Weges gehen.«

Und genau das tat er. Er öffnete die Wagentür, sprang hinein, und ehe ich meinen Ballon wieder mit Luft füllen konnte, war er weg.

Ich fluchte, als ich in eine Telefonzelle stürmte, ein Zehncentstück in den Schlitz warf und die Nummer des Apparats fünf Meilen weiter, drüben in Los Angeles, wählte. Als am anderen Ende jemand abhob, hörte ich aus einem Radio *La Raspa* dröhnen, eine Tür zuknallen und eine Toilettenspülung rauschen, und fühlte, daß das Sonnenlicht, das ich brauchte, dort auf mich wartete.

Die Frau dort in dem Mietshaus an der Ecke Temple Street/ Figueroa Street hielt eine Weile nervös den Hörer in der Hand, räusperte sich dann und fragte:

»Qué?«

»Mrs. Gutierrez!« rief ich, brach ab und begann noch einmal. »Mrs. Gutierrez, ich bin's, der Verrückte.«

»Oh!« Sie holte tief Luft und lachte dann. *»Sí, sí!* Wollen Sie Fannie sprechen?«

»Nein, nein, Sie brauchen ihr nur etwas hochzurufen. Würden Sie das tun, Mrs. Gutierrez?«

»Sofort.«

Ich hörte ihre Schritte. Hörte, wie sich das ganze wackelige, baufällige Mietshaus zur Seite neigte. Eines Tages würde eine Amsel auf dem Dach landen und der ganze Schuppen würde zusammenkrachen. Ich hörte, wie ihr kleiner Chihuahua, eine bullige bellende Hummel, über den Linoleumfußboden hinter ihr hersteppte.

Dann öffnete Mrs. Gutierrez die Tür nach draußen, trat hinaus auf die Veranda, ans Geländer, beugte sich weit hinaus und rief durch den Sonnenschein nach oben:

»He, Fannie! Hallo! Der Verrückte ist am Telefon.«

Ich brüllte in den Hörer: »Sagen Sie ihr, ich muß unbedingt vorbeikommen!«

Mrs. Gutierrez wartete, ich hörte im zweiten Stock die Dielen ächzen, als rolle ein beleibter Kapitän heraus auf die Planken seines Schiffs, um den Blick übers Meer schweifen zu lassen. »He, Fannie, der Verrückte will unbedingt vorbeikommen!«

Langanhaltendes Schweigen. Dann schwebte eine liebliche Stimme durch die Luft über dem Hof herab. Ich verstand die Worte nicht.

»Sagen Sie ihr, ich brauche *Tosca*!«

»Tosca!« brüllte Mrs. Gutierrez hinaus auf den Hof.

Schweigen.

Das ganze Mietshaus neigte sich wieder, diesmal zur anderen Seite, als würde sich die Erde in ihrem Mittagsschlaf herumwälzen.

Die Klänge des ersten Akts von *Tosca* umspielten Mrs. Gutierrez, als sie mir sagte:

»Fannie meint –«

»Ich höre die Musik, Mrs. Gutierrez. Das heißt ›ja‹!«

Ich legte auf. Genau in diesem Moment tosten hunderttausend Tonnen Salzwasser an den Strand, nur ein paar Meter weit weg. Welch phantastisches Timing. Ich nickte voller Anerkennung für die Präzision Gottes.

Ich vergewisserte mich, daß ich zwanzig Cents bei mir hatte, und rannte los, um den nächsten Zug noch zu erwischen.

Sie war enorm.

Eigentlich hieß sie Cora Smith, aber sie nannte sich Fannie Florianna, und nie rief sie irgend jemand bei ihrem richtigen Namen. Ich hatte sie kennengelernt, als ich, vor Jahren, im gleichen Haus gewohnt hatte, und der Kontakt zu ihr war auch nach meinem Umzug ans Meer nie abgerissen.

Fannie war so umfangreich, daß sie sich niemals hinlegte, nicht einmal zum Schlafen. Tag und Nacht saß sie in einem riesigen Schiffskapitänssessel, der am Deck ihrer Wohnung festgeschraubt war, und der Linoleumboden wies Druckstellen und Dellen auf, die ihr ungeheures Gewicht hineingedrückt hatte. Sie bewegte sich so wenig wie möglich, und wenn sie zur Tür hinüberwogte, wirbelte der Atem in ihrer Lunge und in der Kehle; sie tat dies auch nur, um sich hinaus auf den Flur und in die enge Toilette auf der anderen Seite zu drängen, wo sie früher oder später nicht mehr herauszukommen, schmachvoll in der Falle zu sitzen fürchtete. »Mein Gott«, meinte sie oft, »wäre das furchtbar, wenn ich mich von der Feuerwehr dort herausholen lassen müßte!« Und dann zurück in ihren Sessel, neben das Radio und das Grammophon, nur eine Handbewegung vom Kühlschrank entfernt, der bis obenhin voller Eiskrem und Butter und Mayonnaise und viel zu großer Mengen vieler anderer ungesunder Sachen war. Sie aß ununterbrochen und hörte ununterbrochen Musik. Neben dem Kühlschrank standen Bücherregale ohne Bücher, gefüllt mit Tausenden von Schallplatten, Aufnahmen von Caruso, Galli-Curci, Swarthout und all den anderen. Wenn um Mitternacht die letzten Arien verklungen waren, und die letzte Platte knisternd aufhörte, sich zu drehen, sank Fannie in sich zusammen, wie ein vom Dunkel getroffener Elefant. Die riesigen Knochen begaben sich in ihren ausladenden Fleischbergen zur Ruhe. Ihr rundes Gesicht war ein Mond, der über das weite Territorium ihres herrschsüchtigen Körpers wachte. Sie saß da, von Kissen gestützt, und ihr Atem gelangte nur mühsam ins Freie, wurde wieder eingesogen und machte sich erneut davon, voller Angst vor der Lawine, die sich lösen würde, wenn sie sich zu weit zurücklegte, so daß ihr eigenes Gewicht sie erdrücken und ihr Fleisch die Lunge verschlingen und zerquetschen, ihre Stimme erstikken und ihr das Lebenslicht ein für allemal ausblasen würde. Sie sprach nie darüber, doch als einmal jemand fragte, warum in ihrem Zimmer kein Bett stehe, loderte in ihren Augen Angst empor, und das Wort Bett wurde nie mehr ausgesprochen. Das Fett, ihr potentieller Mörder, war immer um sie. Sie schlief voller Angst in ihrem Gebirge, und wenn sie morgens aufwachte, war sie froh, daß wieder eine Nacht vorbei war, daß sie wieder eine durchgestanden hatte.

Drunten vor dem Haus stand eine Klavierkiste.

»Meine«, erklärte Fannie, »wenn ich sterbe, holt ihr die Kiste herauf, steckt mich rein und laßt mich an Seilen hinab. Das ist meine! Ach, und wo du gerade da bist, wo ich einen lieben Menschen hier habe, reich mir doch eben das Mayonnaise-Glas und den *großen* Löffel dort.«

Ich stand vor der Haustür und horchte.

Ihre Stimme ergoß sich durch die Korridore herab. Sie plätscherte los wie ein klarer Gebirgsbach, fiel dann in Kaskaden herab ins Erdgeschoß und strömte durch den Flur heraus. Ich konnte ihren Gesang beinahe trinken, so klar war er.

Fannie.

Als ich nun zum zweiten Stock hinaufstieg, trällerte sie ein paar Zeilen aus *La Traviata*. Als ich oben den Gang entlang ging, stehenblieb, um mit geschlossenen Augen zu lauschen, begrüßte Madame Butterfly das leuchtende Schiff im Hafen und den Leutnant in der weißen Uniform.

Es war die Stimme einer zierlichen Japanerin, die an einem Frühlingstag von einem Berg herabblickt. Ein Bild dieses Mädchens, mit sieben Jahren, stand auf einem Tisch vor dem Fenster, das auf die Veranda hinausging. Das Mädchen wog nicht mehr als 110 Pfund, doch das war lange her. Was mich durch das alte Treppenhaus hinaufzog, war ihre Stimme, ein Versprechen des Glanzes, der oben auf mich wartete.

Ich wußte, daß der Gesang abbrechen würde, wenn ich vor ihrer Tür stand.

»Fannie«, würde ich sagen, »als ich die Treppe hochkam, hab ich hier oben jemanden singen hören.«

»Wirklich?«

»Etwas aus *La Bohème*.«

»Merkwürdig. Wer mag das wohl gewesen sein?«

Wir spielten dieses Spiel seit Jahren, sprachen über Musik, diskutierten über Symphonien, Ballette, Opern, hörten sie uns im Radio an, spielten sie auf ihrem alten Edison-Grammophon ab, das man noch aufziehen mußte, aber nie, nicht ein einziges Mal in der ganzen Zeit, hatte Fannie gesungen, wenn ich im Zimmer war.

Doch heute war das anders.

Als ich oben ankam, brach ihr Gesang ab. Aber sie mußte sich etwas ausgedacht, etwas geplant haben. Vielleicht hatte sie hinausgeschaut und gesehen, wie ich die Straße entlang kam. Vielleicht hatte sie durch mein Fleisch hindurch bis auf mein Skelett geblickt. Vielleicht hatte meine Stimme, die durchs Telefon vom anderen Ende der Stadt zu ihr drang (unmöglich), ihr all das Traurige dieser regnerischen Nacht mitgeteilt. Jedenfalls drang eine mächtige Ahnung durch ihre sommerlichen Massen empor in ihr Bewußtsein. Sie war für Überraschungen gut.

Ich stand an der Tür und horchte.

Ein Knarren und Quietschen, als stampfe ein Ozeanriese durch die tobende See. Ein gewaltiges Bewußtsein regte sich da.

Ein leises Knistern: das Grammophon!

Ich klopfte an.

»Fannie«, rief ich. »Der Verrückte ist da.«

»*Voilà*!«

Als sie die Tür öffnete, setzte mit einem Donnerschlag Musik ein. Die große Dame hatte die angespitzte hölzerne Nadel auf die knisternde Platte gelegt, war dann zur Tür gewogt und hatte mit der Klinke in der Hand gewartet. Als sich der Taktstock schwungvoll senkte, riß sie die Tür weit auf. Puccini flutete heraus, umspülte mich, zog mich hinein. Fannie Florianna half nach.

Es war die erste Seite von *Tosca*. Fannie dirigierte mich in einen wackeligen Sessel, ergriff meinen Arm und drückte mir ein Glas Wein in die leere Hand. »Ich trinke keinen Alkohol, Fannie.«

»Quatsch. Schau mal in den Spiegel! Trink!« Sie wogte um mich wie die wundersamen Nilpferde, die leicht wie Pusteblumen durch *Fantasia* schweben, und sank in ihren hilflosen Sessel. Als die Platte zu Ende war, weinte ich.

»Na, schon gut«, flüsterte Fannie und schenkte mir nach. »Ist doch alles gut!«

»Bei Puccini kommen mir immer die Tränen, Fannie.«

»Ja, mein Lieber, aber gleich so heftig?«

»Du hast recht, es war ganz schön heftig.« Ich trank das zweite Glas halb leer. Es war ein St. Emilion, Jahrgang 1938, eine gute Lage, mitgebracht von einem von Fannies reichen Freunden, die den Weg ans andere Ende der Stadt nicht scheuten, um sich angenehm zu unterhalten, herzlich zu lachen, hier einige schöne Stunden zu verbringen, Stunden, in denen es keine Rolle spielte, wessen Einkommen höher war. Ich hatte einmal, an irgendeinem Abend, ein paar Verwandte von Toscanini die Treppe hochgehen sehen und hatte gewartet. Ein andermal war ich hier Lawrence Tibbett begegnet, und wir hatten uns zugenickt, als wir aneinander vorbeigingen.

Sie brachten außer ihrer Lust zu reden stets auch eine gute Flasche mit, und wenn sie wieder gingen, spielte ein Lächeln um ihre Lippen. Die Mitte der Welt kann überall sein. Zum Beispiel hier, im zweiten Stock eines Mietshauses in einem armseligen Viertel von Los Angeles.

Ich wischte mir mit dem Ärmel die Tränen ab.

»Na, raus mit der Sprache«, sagte die großartige dicke Dame.

»Ich hab eine Leiche gefunden, Fannie. Und niemand will sich anhören, was ich dazu zu sagen habe!«

»Ach du liebe Güte!« Ihr rundes Gesicht wurde noch runder, als sie Mund und Augen aufriß, und nahm dann einen sanften, mitfühlenden Ausdruck an. »Armer Junge. Wer ist es gewesen?«

»Einer von den netten alten Männern, die immer in dem Fahrkartenladen sitzen, da unten, wo der Vorortzug hält; sie haben schon zu der Zeit da gesessen, als Billy Sunday auf die Bibel gepocht und William Jennings Bryan seine berühmte Rede auf dem Kongreß der demokratischen Partei gehalten hat. Schon, als ich noch ein kleiner Junge war, hab ich sie dort gesehen. Man hatte das Gefühl, sie würden für alle Zeiten dort sitzen, wären an den Holzbänken festgeklebt. Ich glaube, ich hab nie einen von ihnen aufstehen und herumlaufen sehen. Sie waren jeden Tag da, von früh bis spät, die ganze Woche, das ganze Jahr, haben ihre Pfeife oder eine Zigarre geraucht und voller Begeisterung über Politik geredet, haben entschieden, was für unser Land das Beste ist. Einmal, ich war gerade fünfzehn, hat mich einer von ihnen angeschaut und gefragt: ›Wirst du, wenn du einmal erwachsen bist, die Welt verändern, sie verbessern, mein Junge?‹ ›Aber ja, Sir!‹ antwortete ich. ›Du wirst das ganz bestimmt tun!‹ meinte er. ›Nicht wahr, meine Herren?‹ ›Ja‹, tönten sie im Chor und lächelten mir zu. Der alte Mann, der mich das gefragt hat – den hab ich letzte Nacht in dem Löwenkäfig gefunden.«

»In was für einem Käfig?«

»In einem von denen, die im Kanal liegen.«

»Auf den Schreck brauche ich noch eine Seite *Tosca*.«

Fannie erhob sich wie eine Lawine, wogte zum Grammophon, drehte mit gewaltiger Kraft an der Kurbel und legte die Nadel sanft wie ein göttliches Flüstern auf eine neue schwarze Oberfläche.

Als die Musik einsetzte, segelte sie wie ein Geisterschiff in ihren Sessel zurück, in königliche Blässe und besorgtes Schweigen gehüllt.

»Einen Grund dafür, daß du dir das so zu Herzen nimmst, kenn ich«, meinte sie. »Peg. Ist sie immer noch wegen dem Studium in Mexiko?«

»Zwei Monate ist sie jetzt weg. Aber es kommt mir vor, als wären es schon zwei Jahre«, entgegnete ich. »Ich bin schrecklich einsam.«

»Und verwundbar«, fuhr Fannie fort. »Solltest du sie nicht mal anrufen?«

»Du lieber Himmel, Fannie, das kann ich mir nicht leisten. Und R-Gespräche mag ich nicht. Ich kann nur hoffen, daß sie mich in den nächsten Tagen anruft.«

»Armer Junge. Die Liebe macht ihn krank.«

»Der Tod macht mich krank. Das Schreckliche dabei ist, daß ich nicht mal den Namen des alten Mannes gekannt hab! Das ist übel, oder?«

Die zweite Seite von *Tosca* war genau das, was ich jetzt noch gebraucht hatte. Ich saß da, den Kopf auf der Brust, und die Tränen tropften mir von der Nasenspitze, genau in den Wein.

»Jetzt hast du dir deinen St. Emilion verdorben«, sagte Fannie sanft, als die Platte zu Ende war.

»Jetzt bin ich böse«, brummte ich.

»Wieso?« Fannie stand mit dicken Granatäpfelbäckchen beim Grammophon, spitzte eine andere Nadel und suchte eine fröhlichere Platte heraus. »Wieso?«

»Den hat einer umgebracht, Fannie. Irgendwer hat ihn in

diesen Käfig hineingestopft. Anders kann er nicht da reingekommen sein.«

»Du liebe Güte!« murmelte sie.

»Als ich zwölf war, wurde ein Onkel von mir, drüben an der Ostküste, bei einem Raubüberfall erschossen, nachts, in seinem Wagen. Bei seiner Beerdigung haben mein Bruder und ich geschworen, daß wir den Mörder finden und fertigmachen würden. Aber er lebt immer noch unerkannt, irgendwo auf der Welt. Und das war vor langer Zeit, in einer fremden Stadt. Diesmal ist es hier passiert. Der, der den alten Mann ertränkt hat, lebt hier in Venice, vielleicht nur ein paar Häuserblocks von mir entfernt. Und wenn ich ihn erwische –«

»Übergibst du ihn der Polizei.« Fannie beugte sich mit einer wuchtigen und zugleich zarten Bewegung nach vorne. »Es wird dir besser gehen, wenn du mal richtig ausschläfst.«

Dann las sie in meinem Gesicht.

»Nein«, kommentierte sie meine Leichenbittermiene, »das wird nichts nützen. Also mach eben weiter. Benimm dich wie ein Narr, das macht ihr Männer ja so gern. O Gott, was für ein Leben ist das für uns Frauen, wir müssen zuschauen, wie ihr Dummköpfe euch gegenseitig umbringt, wie die einen Mörder die anderen ermorden, und wir stehen am Spielfeldrand und schreien: ›Schluß jetzt!‹ und keiner hört auf uns. Kannst nicht wenigstens *du* auf mich hören, mein Schatz?«

Sie legte eine andere Platte auf und ließ die Nadel sanft herab, ließ sie zärtlich die Rillen küssen, wogte dann zu mir herüber und strich mir mit ihren rosigen Chrysanthemenfingern über die Wange.

»Du, bitte sei vorsichtig. Ich mag Venice nicht. Zu wenig Straßenlaternen. Und dann diese verfluchten Fördertürme, die die ganze Nacht Öl pumpen, die ohne Pause vor sich hin stöhnen.«

»Venice kriegt mich nicht, Fannie, und auch dieses Unwesen, das sich hier herumtreibt, wird mich nicht kriegen.«

Der Kerl, der in Korridoren steht und wartet, dachte ich, vor den Zimmertüren alter Männer und Frauen.

Fannie stand vor mir wie ein gigantischer Gletscher.

Sie mußte wieder mein Gesicht studiert haben, wo alles deutlich abzulesen war, nichts verborgen blieb. Sie schaute instinktiv zur Tür, als sei draußen ein Schatten vorbeigehuscht. Ihre Intuition verblüffte mich.

»Tu, was du willst.« Ihre Stimme kam auf einmal von tief drunten, tönte aus den plötzlich ängstlichen dreihundert Pfund Fleisch herauf. »Aber bring es nicht hierher.«

»Den Tod kann man nicht einfach irgendwohin mitbringen, Fannie.«

»Sicher kann man das. Streif dir die Füße ab, bevor du ins Haus kommst. Hast du Geld, um deinen Anzug chemisch reinigen zu lassen? Ich geb dir welches. Bring deine Schuhe auf Hochglanz! Putz dir die Zähne! Dreh dich nie um! Auch Blicke können töten. Wenn du jemanden anschaust und der sieht, daß du auf deinen Mörder wartest, wird er hinter dir hertrotten. Komm zu mir, mein lieber Junge, aber wasch dich vorher und schau immer nur nach vorn!«

»Das ist doch Quatsch, Fannie, absoluter Blödsinn. So kann man sich den Tod nicht vom Leib halten, und du weißt das. Jedenfalls schleppe ich niemanden mit hierher, nur mich, und die Erinnerungen an unsere gemeinsamen Jahre, und Liebe.«

Das brachte das Eis zum Schmelzen.

Sie drehte sich langsam herum, behäbig wie ein Karussell. Auf einmal nahmen wir beide die Musik wahr, die schon seit einiger Zeit von der knisternden Schallplatte tönte.

Carmen.

Fannie Florianna versenkte eine Hand in ihrem Busen und zog einen Fächer aus schwarzer Spitze hervor, ließ ihn sich zu voller Blüte entfalten, bewegte ihn vor ihren Augen, in denen plötzlich das Feuer des Flamencos glühte, verschnürte mit verführerischer Unschuld die Bluse wieder und ließ ihre

Stimme wie neugeboren ertönen, frisch wie das Wasser eines Gebirgsbaches, jung, wie ich mich noch letzte Woche gefühlt hatte.

Sie sang. Und während sie sang, ging sie umher.

Es war, als sähe ich, wie der schwere Vorhang der Metropolitan Opera sich anmutig hob, wie er um den Felsen von Gibraltar geschlungen wurde, wie er umherwirbelte zu den Armbewegungen eines wahnwitzigen Dirigenten, der es schaffte, Elefantenballette unter Strom zu setzen und weiße Wale, die gespenstische Fontänen spritzten, aus der Tiefe hervorzulocken.

Als die erste Arie vorbei war, liefen mir wieder Tränen über die Wangen.

Diesmal vor Lachen.

Erst später dachte ich bei mir, mein Gott! Zum ersten Mal. In ihrem Zimmer. Sie hat gesungen.

Für *mich*!

Als ich unten ankam, war Nachmittag.

Ich stand schwankend auf der sonnenüberfluteten Straße vor dem Haus, spürte dem Geschmack des Weins nach und schaute zum zweiten Stock hinauf.

Von dort ertönten die Klänge eines Abschiedsliedes, des Lebewohls von Butterfly an ihren jungen Leutnant, der, ganz in Weiß, davonsegelt.

Fannie stand massig am Geländer und blickte auf mich herab, ihr kleiner Rosenknospenmund lächelte traurig, das runde Vollmondgesicht bewahrte das kleine Mädchen, und die Musik hinter ihr erzählte von unserer Freundschaft und meinem Abschied.

Ihr Anblick dort oben weckte in mir die Erinnerung an Constance Rattigan, die draußen am Meer saß, in ihre maurische Festung eingesperrt. Ich wollte zu Fannie hochrufen, sie fragen, was sie über Constance dachte, ob sie glaubte, ihr ähnlich zu sein.

Doch Fannie winkte. Ich konnte nur zurückwinken.

Jetzt war ich bereit für Venice bei gutem Wetter.

Kleiner Mann mit dem schütteren Haar, der nicht wie ein Polizist aussieht – Elmo Crumley, dachte ich, ich *komme*!

Doch dann trieb ich mich nur vor der Polizeiwache herum und fühlte mich wie ein höchst bemerkenswerter Feigling.

Mir war nicht klar, was dieser Crumley dort drinnen war, die Schöne oder das Ungeheuer.

Ich quälte mich draußen auf dem Gehsteig mit meiner Unentschlossenheit herum, bis jemand, der wie Crumley aussah, aus einem vergitterten Fenster im ersten Stock schaute.

Ich lief davon.

Bei dem Gedanken, er könne gleich den Mund aufmachen und mir mit seinem Atem wie mit einer Lötlampe den Pfirsichflaum von den Wangen sengen, zog sich mein Herz zusammen wie eine Backpflaume.

Mein Gott, dachte ich, wann werde ich es endlich schaffen, ihm ins Auge zu sehen und all die düsteren Wunder abzuladen, die sich wie der Staub von Grabsteinen in meiner Manuskriptkiste sammeln? Wann nur?

Bald.

Mitten in der Nacht geschah es.

Gegen zwei Uhr plätscherte ein kleiner Regenguß vor meiner Haustür herab.

So was Dummes! dachte ich, als ich vom Bett aus lauschte. Ein *kleiner* Regenguß? Wie klein? Einen Meter breit, zwei hoch, alles an einem einzigen Punkt? Regen, der meinen Fußabstreifer durchnäßte, der nur hier fiel, sonst nirgends, und der dann, blitzschnell, wieder verschwand!

Verflucht!

Ich sprang zur Tür und riß sie weit auf.

Der Himmel war völlig wolkenlos. Die Sterne leuchteten, kein Dunst, kein Nebel. Es war unvorstellbar, wie Regen hierhergelangt sein sollte.

Und doch entdeckte ich vor meiner Tür, am Boden, eine Pfütze.

Und Fußspuren, die in meine Richtung wiesen, Spuren von jemandem, der barfuß hierhergekommen war, und eine zweite Spur, die wieder wegführte.

Ich muß volle zehn Sekunden einfach dagestanden haben, ehe es aus mir herausbrach: »He, Moment mal!«

Hier hatte jemand gestanden, völlig durchnäßt, eine halbe Minute lang, hatte sich gefragt, ob ich wach war, wollte schon anklopfen, ging dann aber weg, hinaus zum Meer.

Nein. Ich blinzelte erstaunt. Nicht zum Meer. Zum Meer ging es nach rechts, nach Westen.

Die Fußspuren führten nach links, nach Osten.

Ich folgte ihnen.

Ich rannte, als könnte ich den Miniaturregenguß einholen.

Bis ich am Kanal stand.

Wo die Spur endete –

Mein Gott!

Ich schaute hinab auf das ölige Wasser.

Ich konnte erkennen, wo jemand herausgeklettert war, um durch die mitternächtlichen Straßen bis zu meiner Wohnung zu laufen und dann, mit größeren Schritten zurückzurennen und –

Hineinzuspringen?

O Gott, wer wollte in so dreckigem Wasser schon schwimmen?

Jemand, dem Krankheiten gleichgültig waren, der sich deswegen keine Gedanken machte? Jemand, der nächtliche Ankünfte und Abfahrten im Dunkeln liebte, aus Langeweile, aus Spaß oder aus Lust am Grauen?

Ich ging langsam am Ufer entlang, starrte angestrengt hinab, wartete gespannt darauf, daß etwas die schwarze Fläche durchbrach.

Die Flut zog sich zurück und drängte wieder heran, brandete durch eine offene, aufgerostete Schleuse. Eine

Herde kleiner Seehunde trieb vorbei, aber nein, das war nur Seetang, unterwegs nach nirgendwo.

»Bist du noch *da*?« flüsterte ich. »Warum bist du zu mir gekommen? Was willst du von mir?«

Ich holte tief Luft und hielt den Atem an. Denn in einer versteckten Betonhöhlung, unter einem kleinen Zementbunker, unter der wackeligen Brücke, drüben, auf der anderen Seite...

Es schien mir, als sähe ich ein verschmiertes Haarbüschel auftauchen, und dann eine ölbedeckte Stirn. Augen starrten zu mir herüber. Es konnte ein Seeotter sein, oder ein Hund, oder ein schwarzer Tümmler, der sich verirrt hatte und in den Kanal geraten war.

Eine ganze Zeit lang ragte der Kopf halb aus dem Wasser.

Und ich erinnerte mich an etwas, was ich als kleiner Junge gelesen hatte, damals, als mich Romane über Afrika so faszinierten. Etwas über die Krokodile im Kongo, die in Scharen in Aushöhlungen in den Ufern, unter der Wasseroberfläche, lauerten. Die Biester tauchten unter und waren nicht mehr zu sehen. Unter Wasser glitten sie in die unsichtbare Höhle und warteten auf jemanden, der so dumm war, hier herumzuschwimmen. Dann schlängelten sich die Reptilien aus ihrem Unterwasserversteck heraus und hielten ihre Mahlzeit.

Schaute ich in diesem Moment auf so ein Untier hinab? Auf jemanden, der die nächtlichen Fluten liebte, der sich in Verstecken unter Ufern aufhielt und dann herausstieg und mit sanften Schritten davonging, auf seinem Weg Regen fallen ließ?

Ich schaute hinab auf den dunklen Kopf im Wasser. Er schaute zu mir herauf, seine Augen funkelten.

Nein. Das kann kein Mensch sein!

Ich zitterte. Ich machte einen raschen Schritt in seine Richtung, so wie man auf etwas Schreckliches zuspringt, damit es verschwindet, wie man Spinnen, Ratten, Schlangen verscheucht. Nicht Verwegenheit, sondern Angst ließ mich aufstampfen.

Der dunkle Kopf ging unter. Die Wasseroberfläche kräuselte sich.

Der Kopf kam nicht mehr zum Vorschein.

Mir schauderte, als ich zurücklief, die Spur dunklen Regens entlang bis zu meiner Tür, der er einen Besuch abgestattet hatte.

Die kleine Wasserlache war immer noch da.

Mitten in ihr lag ein kleiner Klumpen Seetang. Ich ergriff ihn mit den Fingerspitzen.

Erst jetzt fiel mir auf, daß ich den ganzen Weg zum Kanal in Turnhosen zurückgelegt hatte.

Ich schnappte nach Luft, blickte hastig um mich. Die Straße war leer. Ich sprang ins Haus und knallte die Tür zu.

Morgen, dachte ich, werde ich meine Fäuste vor Elmo Crumleys Gesicht schütteln.

In der rechten Faust eine Handvoll Fahrkartenstaub.

In der linken einen Klumpen feuchter Seetang.

Aber nicht auf der Polizeiwache!

Der Geruch von Gefängniszellen ließ mir, ebenso wie der von Krankenhäusern, immer die Knie weich werden, raubte mir das Bewußtsein.

Crumley mußte ja auch irgendwo wohnen.

Ich schüttelte die Fäuste: Ich werde ihn finden.

Etwa hundertfünfzig Tage im Jahr bricht in Venice die Sonne nicht vor Mittag durch den Nebel.

An gut sechzig Tagen schafft sie es erst, wenn sie bereits wieder im Westen hinter dem Horizont verschwindet, gegen vier oder fünf Uhr.

An mehr als vierzig Tagen bekommt man sie überhaupt nicht zu sehen.

Den Rest des Jahres geht sie, wenn man Glück hat, wie im

Rest von Los Angeles und von Kalifornien, um halb sechs oder sechs Uhr morgens auf und strahlt den ganzen Tag vom Himmel.

Diese düsteren vierzig oder hundert Tage legen sich aufs Gemüt, lassen die Heckenschützen ihre Gewehre reinigen. Alte Damen kaufen Rattengift ein, wenn sie zwölf Tage hintereinander die Sonne nicht gesehen haben. Doch am dreizehnten Tag, wenn sie gerade dabei sind, ihren Frühstückstee zu vergiften, geht die Sonne auf und fragt sich, warum alle so aufgeregt sind, und die alten Damen füttern die Ratten im Kanal und lehnen sich mit einem Glas Brandy in ihren Sessel zurück.

In den schlimmen vierzig Tagen erklingt ein ums andere Mal das verlorene Tuten des Nebelhorns draußen in der Bucht, wieder und wieder, bis du zu spüren meinst, wie sich die Toten auf dem städtischen Friedhof zu regen beginnen. Manchmal, wenn das Nebelhorn mitten in der Nacht einsetzt, steigt ein amphibisches Ungeheuer in deinem Unterbewußtsein empor. Es schwimmt irgendwohin, voller Sehnsucht, vielleicht nur nach Sonne. Alle schlauen Tiere haben sich nach Süden davongemacht. Du bleibst verlassen zurück auf einer kalten Düne, deine Schreibmaschine ist leer, dein Bankkonto ausgeblutet, dein Bett ist halb kalt. Du rechnest damit, daß das Unterwasserwesen eines Nachts, während du schläfst, aus den Fluten auftaucht. Um es loszuwerden, stehst du um drei Uhr morgens auf und schreibst eine Geschichte darüber, schickst sie aber jahrelang an keinen Verlag, weil du Angst hast. (Nicht *Tod in Venedig*, *Scheitern in Venice* hätte Thomas Mann schreiben sollen.)

Ob das alles nun wahr oder nur Einbildung ist, der kluge Mann wohnt so weit von der Küste entfernt wie möglich. Der Polizeibezirk Venice reicht wie der Nebel nur etwa bis zur Lincoln Avenue. Dort, wo die Macht der Polizei und des schlechten Wetters endete, lag ein Garten, den ich nur einoder zweimal gesehen hatte.

Daß in dem Garten ein Haus stand, war von der Straße aus kaum zu sehen. Es war von einem Dickicht von Büschen, Bäumen, tropischen Sträuchern, Palmwedeln, Schilfrohr und Papyrusstauden umgeben, durch das man sich mit der Machete einen Weg bahnen mußte. Es gab keinen Weg, nur einen Trampelpfad. Der Bungalow, zu dem er führte, versank in ungemähtem, mannshohem Gras, und er war so weit von der Straße entfernt, daß man ihn für einen Elefanten halten konnte, der in einer Teergrube versank und bald für immer verschwunden sein würde. Kein Briefkasten hing außen am Zaun. Der Briefträger warf die Post wohl einfach hinein und machte sich aus dem Staub, ehe sich irgend etwas aus dem Dschungel auf ihn stürzte.

Dieser grüne Ort verströmte im Sommer den Duft von Orangen und Aprikosen. Und außerdem den Duft von Dutzenden von Kakteenarten und von nachtblühendem Jasmin. Hier brummte niemals ein Rasenmäher. Keine Sense flüsterte hier. Keine Nebelschwaden drangen herein. Hier, an der Grenze zu dem feuchten, ewigen Zwielicht, das Venice beherrschte, stand dieser Bungalow, von Bäumen umgeben, auf denen den ganzen Winter über Zitronen glühten wie Christbaumkugeln.

Und manchmal, wenn man hier zufällig vorbeikam, meinte man dort drinnen eine Okapiherde über die Serengeti dahindonnern zu hören, oder große rosarote Flamingowolken, die, vom Boden aufgeschreckt, im Sonnenlicht kreisten.

An diesem Ort wohnte ein Mann mit schütterem Haar und knarrender Stimme, der sich mit dem Wetter auskannte, der die Sonnenbräune seiner Seele zu bewahren suchte und sich, wenn er in Richtung Meer fuhr, in den Nebel hinein, mit Verstößen gegen die guten Sitten und mit Gesetzesbrüchen befaßte, und hin und wieder mit einem Todesfall, der vielleicht ein Mord war.

Elmo Crumley.

Ich fand ihn und sein Haus, weil all die Leute, die ich nach ihm fragte, mir zuhörten, nickten und mir die Richtung wiesen.

Alle erklärten sie mir, daß der kleine Kommissar jeden Tag, spät am Nachmittag, in den grünen Dschungel hineinschlenderte und im Lärm auftauchender Nilpferde und herabschwebender Flamingos verschwand.

Was nun? dachte ich. Sollte ich seinen Namen in diese Wildnis hineinrufen?

Doch Crumley kam mir zuvor.

»Mein Gott, sind das wirklich *Sie*?«

Er kam den Trampelpfad entlang aus seinem Dschungel gestapft, gerade als ich das Eingangstor erreichte.

»Ja, ich bin's.«

Während Crumley sich einen Weg bahnte, war mir, als hörte ich die Geräusche, die ich mir beim Vorübergehen immer vorgestellt hatte: Gazellen hüpften dahin, Kreuzworträtselzebras gerieten, nur wenige Meter von mir entfernt, in Panik, und dazu majestätisch-strenger Uringeruch im Wind – Löwen.

»Irgendwie«, begann Crumley zu meckern, »erinnert mich das an unsere Begegnung gestern. Wollen Sie sich bei mir entschuldigen? Haben Sie mir was Originelles, was Lustiges zu erzählen?«

»Wenn Sie mal stehenbleiben und mir zuhören würden«, erwiderte ich.

»Sie haben eine kräftige Stimme, das muß man Ihnen lassen. Eine Frau, 'ne Bekannte von mir, die drei Blocks von der Stelle, wo Sie die Leiche gefunden haben, entfernt wohnt, hat mir erzählt, daß wegen Ihres Aufschreis mitten in der Nacht ihre Katzen sich immer noch nicht wieder nach Hause trauen. So, jetzt *stehe* ich hier. Und?«

Bei jedem seiner Worte hatte ich die Fäuste tiefer in die Taschen meines Sakkos gesteckt. Ich weiß nicht, warum, aber sie ließen sich nicht mehr herausziehen. Ich hatte den Kopf eingezogen, die Augen abgewandt und versuchte Luft zu holen.

Crumley warf einen Blick auf seine Armbanduhr.

»Hinter mir im Zug war ein Mann«, schrie ich plötzlich. »Der hat den alten Herrn in den Raubtierkäfig gesteckt.«

»Sie brauchen nicht so zu schreien. Woher wissen Sie das?«

Meine Fäuste wühlten in den Taschen, verkrampften sich. »Ich hab gespürt, wie er die Hände zu mir vorstreckte, hab gespürt, wie sie zuckten, flehten. Er wollte, daß ich mich herumdrehte, daß ich ihn sah. Will nicht jeder Mörder, daß man ihn erwischt?«

»Das erzählen einem Möchtegernpsychologen. Warum haben Sie sich nicht zu ihm umgedreht?«

»Betrunkene ignoriert man am besten völlig. Sonst setzen sie sich zu einem und blasen einem ihre Fahne ins Gesicht.«

»Stimmt.« Crumley gestattete sich einen Anflug von Neugier. Er zog einen Tabakbeutel heraus und fing an, sich eine Zigarette zu drehen, hielt den Blick bewußt von mir abgewandt.

»Und?«

»Sie hätten ihn hören sollen. Wenn Sie seine Stimme gehört hätten, würden Sie mir glauben. Mein Gott, wie der Geist von Hamlets Vater, aus der Tiefe des Grabes, sein Schrei: Gedenke mein! Und mehr als das – sieh mich an, erkenne mich, verhafte mich!«

Crumley zündete sich eine Zigarette an und schaute mich durch den Rauch hindurch an.

»Seine Stimme hat mich in ein paar Sekunden zehn Jahre älter werden lassen. Ich bin mir noch nie im Leben so sicher gewesen, mit dem, was ich *fühle*, recht zu haben!«

»Gefühle hat ja wohl jeder.« Crumley drehte seine Zigarette zwischen den Fingern, als könne er nicht entscheiden, ob sie ihm schmeckte oder nicht. »Jede Oma komponiert Liedchen zu Werbesprüchen und summt sie, bis man die Alte am liebsten in den Hintern treten würde. Jeder Trottel fühlt sich als Komponist, Dichter, Amateurdetektiv. Wissen Sie, woran Sie mich erinnern, mein Junge? An den Haufen Idioten, die Alexander Pope umschwärmten und ihm mit ihren Geschichten, Romanen und Essays zuwinkten, bis es Pope packte, und er seinen *Versuch über die Kritik* schrieb.«

»Sie kennen Alexander *Pope*?«

Crumley seufzte gekränkt auf, warf seine Zigarette auf den Boden und trat sie aus.

»Sie halten wohl alle Polizisten für Schnüffler, deren Ohren nur von Leim zusammengehalten werden? Ja, weiß Gott, ich kenne Pope. Ich hab ihn nachts unter der Bettdecke gelesen, sonst hätten mich meine Leute für verrückt gehalten. So, und jetzt muß ich weg.«

»Wollen Sie sagen, daß alles umsonst war?« schrie ich. »Sie werden nicht versuchen, den alten Mann zu retten?«

Ich wurde rot, als mir klar wurde, was ich da gesagt hatte.

»Ich wollte sagen –«

»Ich weiß schon, was Sie sagen wollten«, erwiderte Crumley geduldig.

Er schaute die Straße entlang in die Ferne, als reiche sein Blick bis zu meiner Wohnung und dem Schreibtisch und der Schreibmaschine darauf.

»Sie haben sich in eine gute Sache verbissen, zumindest meinen Sie das. Und jetzt phantasieren Sie wild. Sie wollen noch einmal in die große rote Straßenbahn steigen, in irgendeiner Nacht, und sich diesen Betrunkenen schnappen, ihn am Schlafittchen packen, aber wenn Sie in den Zug steigen, wird kein Betrunkener da sein, oder zumindest nicht derselbe, oder Sie werden sich nicht sicher sein, ob er es wirklich ist. Ja, und jetzt haben Sie blutige Fingernägel vom Herumhacken auf der Schreibmaschine, die Ideen sprudeln nur so aus Ihnen heraus, und Ihre Intuition fährt lange, hochsensible Fühler aus. Aber davon kann ich mir auch nichts kaufen!«

Er ging los, vorne um sein Auto herum, schien das schmähliche Schauspiel von gestern wiederholen zu wollen.

»Das können Sie nicht machen!« schrie ich. »Nicht schon wieder. Wissen Sie, was Sie sind? Sie sind neidisch!«

Crumley riß es beinahe den Kopf von den Schultern. Er wirbelte herum.

»Was bin ich?«

Ich sah seine Hände schon zu einer nicht vorhandenen Pistole zucken.

»Und, und, –« Ich geriet ins Schwimmen. »Sie – sie werden es *nie schaffen*!«

Meine Frechheit verschlug ihm den Atem. Sein Kopf drehte sich herum, und er starrte mich über das Autodach hinweg an.

»*Was* werde ich nie schaffen?«

»Na, eben das, was Sie tun wollen, Sie – werden – es – nicht – zustandebringen.«

Ich brachte den Satz stockend zu Ende, über mich selbst erstaunt. Wenn mich mein Gedächtnis nicht im Stich ließ, hatte ich noch nie irgendeinen Menschen so angeschrien. In der Schule war ich der Liebling der Lehrer gewesen. Wenn mal einer von ihnen mit den Zähnen knirschte, rutschte mir das Herz gleich in die Hosen. Aber jetzt –

»Wenn Sie nicht lernen –«, fuhr ich lahm fort und merkte, daß in mein Gesicht heiße Röte stieg, »auf Ihren Bauch zu hören und nicht auf den Kopf.«

»Norman Rockwells philosophischer Ratschlag für störrische Schnüffler.« Crumley lehnte sich gegen seinen Wagen, als wäre der das Einzige, was ihn noch aufrecht hielt. Er lachte auf, hielt sich mit der Hand den Mund zu und sagte, mit gedämpfter Stimme: »Erzählen Sie weiter.«

»Aber Sie wollen es ja gar nicht hören.«

»Ich hab seit Tagen keinen Grund zum Lachen gehabt, mein Lieber.«

Meine Lippen klebten aneinander. Ich schloß die Augen.

»Nun erzählen Sie schon!« forderte mich Crumley, jetzt wieder freundlicher, auf.

»Es ist ganz einfach«, begann ich langsam, »ich habe vor Jahren die Erfahrung gemacht, daß ich bei meiner Arbeit um so schlechter vorankomme, je verbissener ich nachdenke. Alle glauben, man müsse bei jedem Schritt seinen Verstand gebrauchen. Das ist falsch. Ich spüre auf Schritt und Tritt meinen Gefühlen nach, bringe sie zu Papier, versuche wieder zu fühlen und schreib es auf, und erst wenn der Tag zu Ende geht, denke ich darüber nach. Das Denken kommt erst später.«

Auf Crumleys Gesicht trat ein merkwürdiges Leuchten. Er neigte, während er mich ansah, den Kopf bald nach der einen, bald nach der anderen Seite, wie ein Affe im Zoo, der durch die Gitterstäbe hinausschaut und sich fragt, was für ein Tier das wohl ist, da draußen.

Dann glitt er, ohne noch ein Wort, ein Lachen oder ein Lächeln zu verlieren, auf den Fahrersitz, drehte gelassen den Zündschlüssel herum, trat sachte aufs Gaspedal und fuhr langsam davon.

Nach etwa zwanzig Metern brachte er den Wagen zum Stehen, überlegte einen Moment, setzte zurück, lehnte sich über den Beifahrersitz und schrie mir zu:

»Herrgott im Himmel! Beweise! Verdammt noch mal, bringen Sie mir Beweise!«

Bei dieser Aufforderung zerrte ich die Hand so heftig aus der Tasche, daß ich mir beinahe das Jackett zerrissen hätte.

Ich streckte ihm meine Faust hin und öffnete die zitternden Finger.

»Hier! Wissen Sie, was das ist? Nein. Weiß ich es? Ja. Weiß ich, wer der alte Mann ist? Ja. Kennen *Sie* seinen Namen? Nein!«

Crumley legte den Kopf auf seine Arme, die er über dem Lenkrad verschränkt hatte. Er seufzte: »Na gut, schießen Sie los!«

»Dieses Zeug da«, begann ich und starrte auf den Klumpen in meiner Hand, »besteht aus lauter Buchstaben, aus kleinen As, winzigen Bs, schmalen Cs, aus ganzen Alphabeten, aus

Fahrkarten herausgelocht. Sie als Autofahrer haben so was wohl schon seit Jahren nicht mehr gesehen, ich aber bin, seit ich für die Rollschuhe zu alt bin, auf öffentliche Verkehrsmittel angewiesen, ich stecke bis zu den Achselhöhlen in solchen Schnipseln!«

Crumley hob, ganz langsam, den Kopf, wollte nicht den Eindruck erwecken, er sei darauf erpicht, mehr zu erfahren.

»Dieser alte Mann, drunten in dem Laden, wo sie die Fahrkarten verkaufen, hat sich immer die Taschen vollgestopft mit dem Zeug. Er hat es wohl an Silvester oder am vierten Juli als Konfetti verpulvert. Als Sie dem armen alten Knaben die Taschen nach außen gekehrt haben, war mir klar, wer er war. Was sagen Sie jetzt?«

Es folgte ein langes Schweigen.

»Mist!« Crumley schien still für sich zu beten, hatte die Augen geschlossen, so wie ich vor einer Minute. »Na los, steigen Sie ein!«

»Was?«

»Steigen Sie ein, verdammt noch mal. Sie werden mir Beweise liefern für das, was Sie eben gesagt haben. Glauben Sie, ich bin ein völliger Idiot?«

»Ja. Quatsch, natürlich nicht.« Ich riß die Tür auf, kämpfte mit meiner linken Faust in meiner linken Tasche. »Da ist noch dieses andere Zeug, Seetang, hat letzte Nacht jemand vor meine Tür gelegt und –«

»Jetzt halten Sie mal die Klappe und schauen Sie auf die Karte!«

Der Wagen schoß mit einem Satz los.

Ich hüpfte gerade rechtzeitig hinein, um den Ruck beim Anfahren voll mitzukriegen.

Elmo Crumley und ich betraten die ewige Düsternis von Tabakwolken.

Crumley schaute auf den leeren Platz zwischen den alten Männern, die wie trockene Weidenkörbe aneinander lehnten.

Crumley ging auf sie zu und hielt ihnen die Hand mit dem zu Fladen getrockneten Buchstabenkonfetti hin.

Die Alten hatten jetzt zwei Tage Zeit gehabt, über den leeren Platz auf der Bank nachzudenken.

»Scheißkerl!« flüsterte einer von ihnen.

Ein anderer sah sich den Klumpen an und brummelte: »Wenn mir ein Polyp so was zeigt, dann muß es aus Willys Taschen stammen. Soll ich mitkommen, ihn identifizieren?«

Die beiden anderen Alten rückten von dem, der gesprochen hatte, ab, als habe er etwas Unanständiges gesagt.

Crumley nickte.

Der alte Mann rückte mit zitternden Händen seinen Stock am Boden zurecht und stemmte sich hoch. Crumley wollte ihm helfen, doch der wilde Blick, den der Alte ihm zuwarf, belehrte ihn eines Besseren.

»Machen Sie mal Platz!«

Der alte Mann klapperte mit seinem Stock über den Holzfußboden, als wolle er ihn für die schlechte Nachricht bestrafen, und dann war er durch die Tür verschwunden.

Wir folgten ihm, hinaus in den Dunst, den Nebel, den Regen, wo das Licht Gottes eben erloschen war, in Venice, Südkalifornien.

Zusammen mit dem Zweiundachtzigjährigen betraten wir das Leichenschauhaus; als wir wieder herauskamen, war er hundertzehn und wußte nicht mehr, wie er seinen Stock halten sollte. Aller Glanz war aus seinen Augen verschwunden, und er wehrte nicht mehr ab, als wir ihm beim Aussteigen halfen, murmelte nur ein ums andere Mal: »Mein Gott, wer hat ihm bloß so einen furchtbaren Haarschnitt verpaßt? Wann ist das passiert?« Er brabbelte vor sich hin, weil es ihm guttat, irgendwelchen Unsinn zu reden. »Hast du das gemacht?« schrie er, an niemanden gewandt. »Wer hat das gemacht? Wer?«

Ich weiß es, dachte ich, sagte aber nichts, als wir ihn aus dem Auto zogen und zurück an seinen Platz auf der kalten

Bank brachten; dort warteten die anderen Alten, taten, als würden sie nicht merken, daß wir wieder da waren, hatten die Augen starr zur Decke oder zu Boden gerichtet, warteten ab, bis wir wieder weg waren, um dann zu entscheiden, ob sie sich von diesem Fremden, der ein guter Freund gewesen war, fernhalten oder an ihn heranrücken und ihn wärmen sollten.

Crumley und ich waren sehr schweigsam, als wir zurück zu dem so gut wie leeren Kanarienvogelhaus fuhren.

Ich wartete vor der Tür, als Crumley hineinging, um sich die kahlen Wände im Zimmer des Alten anzusehen und die Namen zu lesen, all die Namen, William, Willie, Will, Bill, Smith, Smith, Smith, die er mit den Fingernägeln in den Putz gekratzt hatte, um sich unsterblich zu machen.

Als er herauskam, wandte Crumley sich noch einmal um, warf einen Blick zurück in das schrecklich leere Zimmer.

»Mein Gott«, murmelte er.

»Haben Sie das Gekritzel an der Wand gelesen?«

»Jedes Wort.« Crumley schaute sich um und war bestürzt, als er feststellte, daß er vor der Tür stand und hineinstarrte.

»›Er steht wieder im Flur!‹ Wer hat da gestanden?« Crumley drehte sich herum und musterte mich von oben bis unten. »Waren Sie das?«

»Sie wissen, daß ich's nicht war«, erwiderte ich und rückte etwas von ihm ab.

»Ich könnte Sie eigentlich wegen Einbruchs festnehmen.«

»Das werden Sie aber nicht tun«, entgegnete ich nervös. »Die Tür, alle Türen im Haus sind seit Jahren nicht mehr abgesperrt worden. Jeder könnte hier hereinkommen. Und einer hat's auch getan.«

Crumley schaute noch einmal in das stille Zimmer.

»Woher soll ich wissen, ob Sie nicht selbst die Worte da in den Putz gekratzt haben, nur um mir einen Schreck einzujagen und mich von Ihrer irrsinnigen Theorie zu überzeugen?«

»Dafür ist die Schrift zu zittrig, das Gekrakel eines alten Mannes.«

»Vielleicht haben Sie daran gedacht und gekritzelt wie ein alter Mann!«

»Könnte ich gemacht haben, hab ich aber nicht. Mein Gott, womit kann man Sie eigentlich überzeugen?«

»Bloß eine Gänsehaut im Nacken reicht jedenfalls nicht.«

»Dann«, begann ich, die Fäuste wieder in die Taschen gesteckt, den Seetang zum Vorzeigen bereit, »gehen Sie mal nach oben! Gehen Sie die Treppe hoch, schauen Sie sich um, und wenn Sie wieder herunterkommen, erzählen Sie mir, was Sie gesehen haben!«

Crumley legte den Kopf schief und warf mir wieder so einen äffischen Blick zu, dann seufzte er auf und ging die Treppe hinauf wie ein alter Schuster, der in jeder Hand einen schweren Leisten trägt.

Oben angelangt, blieb er stehen, wartete eine ganze Zeit lang, wie Lord Carnarvon vor dem Grab Tutenchamuns. Dann ging er hinein. Ich meinte die Geister uralter Vögel zu hören, die raschelten und herausäugten, dann das Flüstern einer Mumie, die sich aus dem Staub eines ausgetrockneten Flußbetts erhebt. Doch das war nur die Muse in mir, die wie immer nach aufregenden Ereignissen gierte.

Ich hörte Crumley über den Schilfschlick im Zimmer der alten Frau hingehen, hörte seine gedämpften Schritte. Ein Vogelkäfig klingelte metallisch; er mußte drangestoßen sein.

Dann hörte ich, wie er sich hinabbeugte, um dem Wind der Zeit zu lauschen, der aus dem trockenen wehen Mund wehte.

Und schließlich hörte ich einmal, zweimal, dreimal den Namen an der Wand, ein Flüstern, als lese die alte Frau mit den Kanaris die Hieroglyphen eine nach der anderen vor.

Als Crumley wieder herunterkam, lagen ihm die Schusterleisten im Magen, und sein Gesicht wirkte völlig erschöpft.

»Ich hänge meinen Beruf an den Nagel!« stieß er hervor.

Ich sagte nichts.

»Hirohito auf dem Kaiserthron«, zitierte er die Schlagzeile, die er eben in dem Vogelkäfig gesehen hatte.

»Addis Abeba?« warf ich in fragendem Ton ein.

»Ist das wirklich schon *so lange* her?«

»Jetzt haben Sie alles gesehen«, entgegnete ich. »Welche Schlüsse ziehen Sie daraus?«

»Zu was für Schlüssen sollte ich denn gelangen?«

»Haben Sie's nicht in ihrem Gesicht gelesen? Haben Sie's nicht bemerkt?«

»Was?«

»Sie ist die Nächste.«

»Wie?«

»Man kann's in ihren Augen lesen. Sie weiß von dem Mann, der im Flur steht. Er ist auch schon hochgekommen bis an ihre Tür, aber nicht hinein. Alles, was sie tut, ist warten und beten. Mir ist ganz kalt, und mir wird einfach nicht warm.«

»Nur weil Sie mit den Fahrkartenschnipseln recht gehabt und dieses Haus gefunden haben, und herausgekriegt haben, wer er ist, werden Sie noch nicht zum Hellseher der Woche gekürt! Ihnen ist kalt? *Ich* friere am ganzen Körper! Von Ihren Vermutungen und meiner Gänsehaut können wir uns nicht mal ein Butterbrot kaufen!«

»Wenn Sie hier keine Wache aufstellen, ist sie in zwei Tagen tot.«

»Wenn wir bei jedem, der voraussichtlich in zwei Tagen tot ist, Wachen aufstellen würden, würden uns die Polizisten ausgehen. Sie meinen also, ich sollte zu meinem Chef gehen und ihm sagen, was er mit seinen Leuten zu tun hat? Er würde mich die Treppe runterschmeißen, und meine Dienstmarke gleich hinterher. Schauen Sie mal, sie ist doch niemand! Ich sag das nicht gern. Aber so sieht's aus mit Recht und Gesetz. Wenn sie jemand wäre, dann würden wir vielleicht –«

»Dann mach ich's eben selbst!«

»Denken Sie noch mal über das nach, was Sie da eben gesagt haben. Sie müssen ja irgendwann was essen, oder mal schlafen. Sie können nicht immer hier sein, das wissen Sie genau. Und sowie Sie sich mal 'n Hotdog holen, ist dieses, dieser, es, er, *wenn* es ihn gibt, schon im Haus, bringt sie zum Niesen, und schon ist sie hinüber. Hier drinnen ist nie jemand gewesen. Das war nur ein altes Haarknäuel, das in der Nacht vorbeigeweht ist. Der alte Knabe hat's zuerst gehört. Jetzt hört es Frau Kanari.«

Crumley richtete den Blick hinauf ans Ende der langen, dunklen Treppe, dorthin, wo kein Vogelgezwitscher ertönte, kein Frühling in den Rockies, wo kein schlechter Organist in einer längst vergangenen Zeit für seine kleinen gelben Freunde spielte.

»Lassen Sie mir etwas Zeit zum Nachdenken!« bat er.

»Soll ich Sie zum Helfershelfer bei einem Mord werden lassen?«

»Jetzt fangen Sie schon wieder damit an!« Crumley riß die Tür so heftig auf, daß sie in den Angeln kreischte. »Ich versteh das nicht, einmal mag ich Sie fast gern und im nächsten Augenblick hab ich schon wieder 'ne Stinkwut auf Sie!«

»Ist das meine Schuld?« fragte ich.

Doch er war schon draußen.

Volle vierundzwanzig Stunden meldete sich Crumley nicht bei mir.

Zähneknirschend setzte ich mich an meine Underwood und dampfwalzte Crumley hinein.

»Reden Sie schon!« tippte ich.

»Wieso nur«, antwortete Crumley, tippte er mir von irgendwo da drinnen in der erstaunlichen Maschine zu, »mag ich Sie einmal ganz gern und im nächsten Augenblick hab ich 'ne Stinkwut auf Sie?«

Dann tippte die Maschine: »An dem Tag, an dem die alte Frau mit den Kanaris stirbt, werd ich Sie anrufen.«

Vor Jahren hatte ich zwei Etiketten auf meine Underwood geklebt. Auf einem stand: SPIRITISTISCHE ALPHABETTAFEL.

Auf dem anderen, in noch größeren Druckbuchstaben: DENKEN EINSTELLEN!

Genau das tat ich. Ich ließ einfach die alte Alphabettafel klappern und rattern.

»Wann werden wir anfangen, dieses Problem gemeinsam zu bearbeiten?«

»Das eigentliche Problem«, antwortete Crumley aus meinen Fingerspitzen, »sind Sie!«

»Darf ich Sie als Figur in meinen Roman einbauen?«

»Ich steck doch schon mitten drin.«

»Dann helfen Sie mir!«

»Könnte mir was Schöneres vorstellen.«

»Zum Teufel mit Ihnen!«

Ich riß das Blatt aus der Maschine.

Genau in diesem Moment klingelte mein Bürotelefon.

Ich glaubte, zehn Meilen zurückzulegen, als ich hinüberrannte und dabei nur einen Gedanken hatte:

Peg!

Alle Frauen, die in meinem Leben eine Rolle gespielt haben, hatten ähnliche Berufe: waren Bibliothekarin, Lehrerin, Schriftstellerin oder Buchhändlerin. Peg vereinigte mindestens drei davon in sich, aber sie war jetzt weit weg, und das machte mir Angst.

Sie hatte den ganzen Sommer in Mexico City verbracht, um ihr Studium der spanischen Literatur zu beenden und die Sprache richtig zu lernen. Sie war zusammen mit armseligen Peonen in Zügen gefahren, in Bussen zusammen mit glücklichen Schweinen, schickte mir vor Liebe glühende Briefe aus Tamazunchale oder gelangweilte Schreiben aus Acapulco, wo die Sonne zu hell schien und die Gigolos nicht helle genug waren, wenigstens nicht für sie, die mit Henry James auf vertrautem Fuß lebte, die Voltaire und Benjamin Franklin als Ratgeberin diente. Sie hatte immer einen Picknickkorb voller Bücher bei sich.

Oft schien mir, sie würde die Brüder Goncourt als Sandwiches zum Nachmittagstee verspeisen.

Peg.

Einmal pro Woche rief sie mich von irgendwo dort unten an, aus einer kleinen oder einer großen Stadt, gerade den Mumienkatakomben von Guanajuato entstiegen oder noch außer Atem von dem Abstieg von Teotihuacán, und wir lauschten drei kurze Minuten lang dem Herzschlag des anderen und sagten einander immer wieder und wieder dieselben verliebten Dummheiten; Worte, an denen man sich nie satt hört, denen man stundenlang lauschen könnte.

Jedesmal, wenn Pegs Anruf kam, brannte die Sonne auf die Telefonzelle herab.

Jedesmal, wenn das Gespräch zu Ende war, erstarb das Sonnenlicht, und Nebel stieg hoch. Ich wäre dann immer am liebsten in mein Zimmer zurückgerannt und hätte mir die Bettdecke über den Kopf gezogen. Aber stattdessen hackte ich schlechte Gedichte aus meiner Schreibmaschine oder schrieb eine Geschichte über eine Marsfrau, die sich nach Liebe sehnt und träumt, daß ein Mann von der Erde vom Himmel fällt, sie mitnehmen will und als Belohnung für seine Mühe erschossen wird.

Peg.

Manchmal arbeiteten wir, wegen der Ebbe in meinem Geldbeutel, auch mit den alten Telefontricks.

Die Dame von der Vermittlung, die aus Mexico City anrief, fragte nach jemandem mit meinem Namen.

»Wen?« fragte ich zurück. »Wie war der Name noch mal? Sprechen Sie bitte etwas lauter!«

In weiter Ferne konnte ich Pegs Seufzen hören. Je mehr Blödsinn ich daherredete, desto länger war ich in der Leitung.

»Moment, ich hab das noch nicht richtig verstanden.«

Die Dame wiederholte meinen Namen.

»Augenblick – ich schau nach, ob er da ist. Wer will ihn sprechen?«

Und prompt antwortete Pegs Stimme aus zweitausend Meilen Entfernung. »Sagen Sie ihm, es ist Peg! Peg!«

Dann tat ich, als ginge ich weg und kehrte kurz darauf zurück.

»Er ist nicht da. Rufen Sie in einer Stunde noch mal an.«

»In einer Stunde«, bestätigte Peg.

Dann ein Klicken und nur noch Brummen und Rauschen, sie war weg.

Peg.

Ich stürzte in die Zelle und riß den Hörer von der Gabel.

»Hallo«, brüllte ich hinein.

Aber diesmal war es nicht Peg.

Schweigen.

»Wer ist da, bitte?« fragte ich.

Schweigen. Aber da war jemand am anderen Ende der Leitung, nicht zweitausend Meilen weit weg, sondern ganz nahe. Die Verbindung war so gut, daß ich hörte, wie mein stummer Gesprächspartner durch die Nase und den Mund ein- und ausatmete.

»Wen wollen Sie sprechen?« fragte ich.

Schweigen. Und das Geräusch des Wartens in der Leitung. Der andere mußte den offenen Mund ganz dicht an die Muschel halten. Ein Wispern und Raunen drang an mein Ohr.

Meine Güte, dachte ich, seit wann rufen denn diese Telefonerotiker in Zellen an? Schließlich weiß doch niemand, daß das mein Büro ist.

Schweigen. Hechelnde Atemzüge. Stille. Atmen.

Ich schwöre, daß ein kalter Lufthauch aus dem Hörer flüsterte und mich frösteln machte.

»Nein danke«, sagte ich.

Und hängte ein.

Ich lief mit geschlossenen Augen davon und war gerade zur Hälfte über die Straße, als das Telefon wieder zu läuten begann.

Ich blieb mitten auf der Straße stehen und schaute zurück zu der Zelle, hatte Angst, den Hörer noch einmal zu berühren, noch einmal diese Atemzüge zu hören.

Doch je länger ich dastand und Gefahr lief, überfahren zu werden, desto mehr schien es mir, als hielte das Telefon schlechte Nachrichten für mich bereit, als käme der Anruf aus einem Leichenschauhaus. Ich mußte hingehen und den Hörer abnehmen.

»Sie ist noch am Leben«, meldete eine Stimme.

»Peg?« schrie ich auf.

»Nur keine Panik!« entgegnete Elmo Crumley.

Ich fiel gegen die Zellenwand und rang nach Atem, war erleichtert und zugleich wütend.

»Haben Sie eben schon mal angerufen?« keuchte ich in den Hörer. »Woher wissen Sie, daß das mein Bürotelefon ist?«

»Jeder in der Stadt hat irgendwann schon mal mitgekriegt, wie Sie losrasen, wenn es läutet.«

»Wer ist noch am Leben?«

»Die Frau mit den Kanaris. Ich war da, gestern, spät am Abend.«

»Das war gestern abend!«

»Deshalb ruf ich auch gar nicht an. Kommen Sie heute, so gegen Abend, bei mir vorbei! Ich hätte gute Lust, Ihnen das Fell zu gerben!«

»Wie?«

»Heute nacht um drei, was hatten Sie da bei mir vor dem Haus zu suchen?«

»Ich?«

»Hoffentlich haben Sie ein gutes Alibi. Ich kann's nicht haben, wenn einer versucht, mir 'n Schreck einzujagen. Gegen fünf bin ich zu Haus. Wenn Sie gleich mit der Sprache rausrücken, kriegen Sie vielleicht ein Bier. Wenn Sie nur rumstottern, tret ich Sie in den Hintern.«

»Crumley!« schrie ich.

»*Kommen* Sie!« Er legte auf.

Ich ging langsam zurück zu meiner Haustür.

Und wieder läutete das Telefon. Peg!

Oder der Kerl mit dem eisigen Atem?

Oder spielte Crumley mir nur einen Streich?

Ich riß die Tür auf, stürmte ins Haus, knallte die Tür hinter mir zu und spannte dann, mit entsetzlicher Geduld, ein neues unbeschriebenes Blatt Elmo Crumley in meine Underwood und zwang ihn, mir lauter nette Dinge zu sagen.

Zehntausend Tonnen Nebel ergossen sich über Venice, drängten an die Fenster meines Zimmers und drangen durch den Schlitz unter der Tür herein.

Immer, wenn in meinem Gemüt naßkalter, trüber November herrscht, weiß ich, es ist höchste Zeit, mal wieder hier von der Küste wegzukommen und mir die Haare schneiden zu lassen.

Haareschneiden hat etwas an sich, das das Blut besänftigt und Herz und Nerven beruhigt.

Außerdem hörte ich, irgendwo ganz hinten in meinem Kopf, wie der Alte aus dem Leichenschauhaus stolperte und jammerte: »Mein Gott, wer hat ihm bloß so einen *furchtbaren* Haarschnitt verpaßt.«

Cal natürlich, der hatte ihn so übel zugerichtet. So hatte ich mehrere Gründe, ihn aufzusuchen. Cal, der schlechteste Friseur in Venice, vielleicht auf der ganzen Welt, aber billig, rief nach mir durch die wabernden Nebelschwaden, wartete mit seiner stumpfen Schere, fuchtelte mit seiner elektrischen Haarschneidehummel herum, machte arme Schriftsteller und andere bedauernswerte Kunden, die in seinen Laden gerieten, sprachlos, fassungslos.

Cal, dachte ich. Schneid das Dunkel weg.

Vorne kurz, damit ich sehen kann.

An den Seiten kurz, damit ich hören kann.

Hinten kurz, damit ich fühlen kann, wie es an mir hochkriecht.

Kurz!

Aber ich kam nicht bis zu Cal, noch nicht.

Als ich hinaustrat in den Nebel, dröhnte auf der Windward Avenue eine Parade großer dunkler Elefanten vorbei. In anderen Worten, eine Parade schwarzer Lastwagen, auf denen riesige Ladekrane montiert waren. Sie donnerten dahin, hinaus zum Pier, wollten ihn niederreißen, zumindest damit beginnen. Gerüchte darüber kursierten schon seit Monaten. Und heute war es soweit. Oder spätestens morgen früh.

Ich würde noch fast den ganzen Tag abwarten müssen, ehe ich endlich zu Cal gehen konnte.

Cal war ja auch nicht gerade die größte Attraktion, die man sich vorstellen konnte.

Die Elefanten trampelten dahin und ließen das Straßenpflaster erbeben, und die Maschinen auf ihren Rücken ächzten, als sie hinauszogen, um die Geisterbahn und die Karussellpferde zu verschlingen.

Ich fühlte mich wie ein alter russischer Schriftsteller, der erfüllt ist von wahrhafter Liebe zum todbringenden Winter, zum Toben der Schneestürme; und alles, was ich tun konnte, war hinterherzulaufen.

Als ich am Pier ankam, war die Hälfte der Lastwagen auf den Sandstrand hinuntergedröhnt und zog hinaus, den Fluten entgegen, um die Trümmer aufzufangen, die man über das Geländer hinabwerfen würde. Die anderen waren auf den vermodernden Planken weiter gen China gerollt, hatten dabei das nasse Holz zu Sägespänen zermahlen. Ich folgte ihnen niesend, verbrauchte ein Papiertaschentuch nach dem anderen. Mit meinem Schnupfen sollte ich besser zu Hause im Bett liegen, aber die Vorstellung, mit all meinen Nebel- und Dunst- und Regengedanken im Bett zu liegen, trieb mich weiter.

Erstaunt über meine Blindheit blieb ich halb draußen auf dem Pier stehen und wunderte mich über all die Leute hier, die ich zwar schon oft gesehen, aber nie kennengelernt hatte. Die Hälfte der Buden war mit frischgeschnittenen Kieferbrettern vernagelt. Ein paar waren offen, warteten darauf, daß das schlechte Wetter eintreten und mit Ringen werfen oder mit Tennisbällen Milchflaschen herunterschmeißen würde. Vor einem halben Dutzend der Buden standen junge Männer, die alt aussahen, oder alte, die steinalt wirkten, und sahen zu, wie die Lastwagen bis zum Ende des Piers hinausfuhren und darangingen, ihre Fänge in sechzig Jahre vergnügten Treibens zu schlagen.

Ich sah mich um, und mir wurde klar, daß ich kaum jemals einen Blick hinter die geschlossenen Türen und die herabgelassenen und fest verschnürten Zeltbahnen geworfen hatte.

Plötzlich hatte ich das Gefühl, daß mir jemand folgte, und wirbelte herum.

Ein riesiger Nebelschwaden trieb über den Pier heran und an mir vorbei, ohne von mir Kenntnis zu nehmen.

Soviel als Vorwarnung.

Hier draußen, auf halber Strecke zum Meer, stand eine kleine dunkle Hütte, in der in den letzten zehn Jahren stets, wann immer ich auch vorbeikam, die Springrollos herabgezogen waren.

Heute waren sie zum ersten Mal oben.

Ich schaute hinein.

Mein Gott, dachte ich, das ist ja eine ganze Bibliothek.

Ich trat schnell näher heran, fragte mich, wieviele solcher versteckter Bibliotheken es wohl hier auf dem Pier oder in den alten Gassen von Venice gab.

Ich stand am Fenster und dachte zurück an Nächte, als ich hinter den Rollos Licht gesehen hatte und einen Schatten, eine Hand, die die Seiten eines unsichtbaren Buches umblätterte, als ich das Flüstern einer Stimme gehört hatte, die Gedichte vortrug und über eine düstere Welt philosophierte. Es hatte immer geklungen wie ein zögernder Schriftsteller oder wie ein Schauspieler, der hinabglitt in ein gespenstisches

Repertoire. König Lear mit der doppelten Anzahl von bösen Töchtern und dafür nur mit dem halben Verstand.

Doch heute, an diesem Mittag, waren die Rollos oben. Drinnen brannte eine kleine Lampe. In dem Raum war keine Menschenseele zu sehen, dennoch war er voll, war vollgestopft mit einem Schreibtisch, einem Stuhl und einer riesigen, altmodischen Ledercouch. Um die Couch herum türmten sich auf allen Seiten Stapel von Büchern, reichten als Klippen, Türme und Brüstungen bis zur Decke empor. Es mußten zweitausend sein, hineingestopft, aufeinandergestapelt.

Ich trat etwas zurück und las die Schilder neben und über der Eingangstür, die ich zwar schon gesehen, aber nie richtig wahrgenommen hatte.

KARTENLEGER. Doch die Schrift war verblichen.

Auf dem nächsten Schild stand CHIROLOGE.

Es folgte, fein säuberlich in Druckbuchstaben, PHRENOLOGE.

Und darunter GRAPHOLOGE.

Und daneben HYPNOTISEUR.

Ich trat zögernd näher an die Tür, denn direkt über der Türklinke war mit Reißzwecken eine sehr kleine Visitenkarte befestigt.

Auf ihr stand der Name des Besitzers.

A. L. SHRANK.

Und darunter, mit nicht ganz so dünnen Bleistiftstrichen wie auf dem Kanarienvogelschild, die Worte:

Praktizierender Psychologe.

Ein sechsfach bedrohlicher Mann.

Und hörte ich nicht da drinnen, zwischen den Steilwänden aus verstaubten Büchern, Sigmund Freud flüstern: Ein Penis ist nichts als ein Penis, aber eine gute Zigarre ist ein Raucherlebnis? Und hörte ich nicht Hamlet sterben und alle mit in den Tod reißen? Lag da nicht Virginia Woolf, wie die ertrunkene Ophelia, zum Trocknen ausgestreckt auf der Couch und erzählte ihre traurige Geschichte? Wurden nicht

Kartenstöße immer wieder durchgemischt? Köpfe wie Honigmelonen abgetastet? Hörte ich nicht Füllhalter kratzen?

»Mal sehen«, sagte ich mir.

Wieder schaute ich durchs Fenster hinein, und alles, was ich sah, war die leere Couch, die in der Mitte eingedrückt war von den vielen Körpern.

Nachts schlief A. L. Shrank wohl darauf, denn ein Bett gab es nicht. Am Tag lagen dort Besucher, die ihre Innereien festhielten, als wären sie ein einziger Scherbenhaufen. Das alles schien mir unglaublich.

Doch was mich faszinierte, waren die Bücher. Nicht nur die Regale quollen von ihnen über, sie füllten auch die Badewanne, von der ich durch eine halboffene Tür auf der einen Seite ein Stück sehen konnte. Eine Küche gab es nicht. Hätte es eine gegeben, dann wäre der Kühlschrank ohne Zweifel voller Bücher wie *Peary am Nordpol* oder *Byrd allein in der Antarktis* gewesen. A. L. Shrank badete offensichtlich im Meer, und seine fürstlichen Mahlzeiten nahm er an der Hotdog-Bude nebenan ein.

Aber es war gar nicht so sehr die Tatsache, daß da neunhundert oder tausend Bücher standen; was mich beeindruckte, waren vielmehr ihre Titel, die Themen, die sie behandelten, ihre unglaublich düsteren, unheilvollen, schrecklichen Namen. Auf den oberen Brettern, die stets in mitternächtlichem Dunkel lagen, stand Thomas Hardy in all seiner Düsterkeit neben Gibbons *Geschichte des Niedergangs und Verfalls des römischen Weltreichs*, es folgten der gefürchtete Nietzsche und der hoffnungslose Schopenhauer Seite an Seite mit Burtons *Schwermut der Liebe*, Edgar Allan Poe, Mary Shelly, Freud, *Shakespeares Tragödien* (von Komödien keine Spur), dem Marquis de Sade, Thomas De Quincy, Hitlers *Mein Kampf*, Spenglers *Untergang des Abendlandes*, und so weiter und so fort.

Eugene O'Neill stand da. Und Oscar Wilde, aber nur seine traurige Schrift aus dem Gefängnis, nichts von seinen pastellfarbenen, heiteren Sachen. Dschingis Khan und Mussolini lehnten aneinander. Bücher mit Titeln wie *Der Selbstmord als Antwort, Die finstere Nacht des Hamlet,* oder *Wie Lemminge ins Meer* standen staubbedeckt ganz oben im Regal. Am Boden lagen *Der Zweite Weltkrieg* und *Krakatau, die Explosion, die die Welt erschütterte*, neben *Hungriges Indien* und *Die rote Sonne geht auf*.

Wenn man die Augen und den Verstand über solche Bücher hinwandern und dann, ungläubig, den Blick noch einmal darübergleiten läßt, bleibt einem nur eines. Wie bei einer schlechten Verfilmung von *Trauer muß Elektra tragen*, wo ein Selbstmord den anderen ablöst, ein Mord den anderen jagt, Inzest auf Inzest folgt, die voll ist von Erpressung und vergifteten Äpfeln, wird man schließlich losprusten, den Kopf zurückwerfen und...

Lachen!

»Was ist denn hier so lustig?« fragte jemand hinter mir.

Ich drehte mich herum.

»Was so *lustig* ist, hab ich gefragt.«

Er stand vor mir, das schmale, blasse Gesicht keine zwanzig Zentimeter von meiner Nase entfernt.

Der Mann, der auf dieser Psychiatercouch schlief.

Der Mann, dem all diese Weltuntergangsbücher gehörten.

A. L. SHRANK.

»Nun?« fragte er.

»Ihre Bibliothek!« stotterte ich.

A. L. Shrank starrte mich wütend an und wartete.

Zum Glück mußte ich niesen, was mein Lachen überdeckte und mir Gelegenheit gab, meine Verwirrung hinter einem Taschentuch zu verbergen.

»Verzeihen Sie bitte!« bat ich. »Ich besitze genau vierzehn Bücher. Es ist schließlich ungewöhnlich, daß man die New Yorker Stadtbibliothek hier in Venice auf dem Pier wiederfindet.«

Das Funkeln in A. L. Shranks winzigen, leuchtendgelben

Augen, den Augen eines Fuchses, erlosch. Er ließ die drahtig-dünnen Schultern sinken. Seine kleinen Fäuste öffneten sich. Mein Lob ließ ihn wie einen Fremden mit offenem Mund durchs Fenster in seine eigene Wohnung starren.

»Doch«, murmelte er erstaunt, »ja, die gehören alle mir.«

Ich schaute hinab auf einen Mann, der höchstens einen Meter fünfundfünfzig oder einen Meter sechzig groß war und ohne Schuhe sogar noch kleiner. Es drängte mich furchtbar nachzusehen, ob er erhöhte Absätze trug, aber ich senkte die Augen nicht, hielt sie genau auf Höhe seines Haaransatzes. Er fragte sich nicht einmal, was ich hier wollte, so stolz war er auf die Unzahl literarischer Ungeheuer, die in seinen dunklen Regalen hausten.

»Ich besitze fünftausendneunhundertzehn Bücher«, verkündete er.

»Sind Sie sicher, daß es nicht fünftausendneunhundert*elf* sind?«

Er blickte weiter interessiert hinein zu seiner Bibliothek und fragte mich kalt: »Warum lachen Sie?«

»Die Titel –«

»Die Titel?« Er trat näher ans Fenster und suchte die Regale nach einem heiteren Verräter unter all diesen mörderischen Büchern ab.

»Haben Sie«, begann ich lahm, »nicht irgend etwas Sommerliches, voll schönem Wetter und lauen Winden, in Ihrer Bibliothek? Besitzen Sie keine fröhlichen Bücher, keine glücklichen Funde, irgend etwas Humorvolles von Leacock zum Beispiel?«

»Nein!« Shrank erhob sich bei diesem Nein auf die Zehenspitzen, dann faßte er sich und wurde wieder einige Zentimeter kleiner. »Nein.«

»Oder *Huckleberry Finn, Drei Männer in einem Boot, So grün war mein Vater, Die Pickwickier*? Robert Benchley? James Thurber? S. J. Perelman –«

Ich ratterte die Titel herunter. Shrank hörte zu, schien

zurückzuschrecken bei meiner vergnüglichen Aufzählung. Er ließ mich alles abspulen.

»Wie steht's mit *Savonarolas Witzen* oder *Die lustigen Aussprüche von Jack the Ripper* –« Ich verstummte.

A. L. Shrank wandte sich, jetzt ganz düster und kalt, ab.

»Tut mir leid«, sagte ich, und es tat mir wirklich leid. »Ich würde wirklich gern irgendwann mal bei Ihnen vorbeikommen und ein bißchen schmökern. Natürlich nur, wenn Sie nichts dagegen haben.«

A. L. Shrank dachte einen Moment nach, kam offenbar zu dem Schluß, daß ich Reue empfand und griff nach der Türklinke. Leise quietschend ging die Tür auf. Er wandte sich noch einmal um und musterte mich mit seinen winzigen, leuchtend bernsteingelben Augen; seine knochigen Hände zuckten.

»Warum nicht gleich?« fragte er.

»Ich kann jetzt nicht. Ein ander Mal, Mr. –«

»Shrank, A. L. Shrank. Praktizierender Psychologe, Feld-Wald-und-Wiesen-Doktor für hoffnungslose Kreaturen.«

Er versuchte, mein albernes Gerede nachzumachen. Sein dünnes Lächeln war ein schwacher Aufguß von meinem. Ich hatte das Gefühl, es würde augenblicklich verschwinden, wenn ich wieder ernst dreinschaute. Ich guckte über ihn hinweg.

»Wieso haben Sie das alte Kartenlegerschild nicht abgenommen? Und was ist mit der Phrenologie und dem Hypnotisieren?«

»Sie haben das Graphologenschild vergessen. Und dann ist da noch das mit der Zahlenmystik, drinnen, gleich neben der Tür. Treten Sie ein!«

Ich machte einen Schritt, blieb dann aber wieder stehen.

»Kommen Sie!« forderte A. L. Shrank mich auf. »Nur zu!« ermunterte er mich und lächelte jetzt wirklich, aber wie ein Fisch, nicht wie ein Hund. »Treten Sie ein!«

Bei jeder dieser sanften Aufforderungen schob ich mich

einige Zentimeter voran, hob dabei meinen Blick voll allzu offensichtlicher Ironie zu dem Hypnose-Schild über dem Kopf des kleinen Mannes. Seine Augen blickten ruhig auf mich.

»Hier lang«, dirigierte mich Shrank, wies, ohne hinzusehen, mit einer Kopfbewegung zur Bibliothek.

Ich konnte der Einladung nicht widerstehen, trotz all der Autounfälle, Luftschiffbrände, Grubenexplosionen und geistigen Entgleisungen, die, wie ich wußte, jedes seiner Bücher enthielt.

»Ich komme«, sagte ich.

In diesem Augenblick erbebte der ganze Pier. Weit draußen, ganz am Ende, im Nebel, hatte ein riesiges Wesen ihn gerammt. Als habe die Wucht eines Wales ein Schiff getroffen, oder als sei die ›Queen Mary‹ auf die alten Pfähle aufgelaufen. Die riesigen eisernen Bestien, die da draußen verborgen lagen, begannen, den Pier auseinanderzureißen.

Die Erschütterungen ließen die Planken erbeben, und die Vibrationen pflanzten sich in meinem und in Shranks Körper fort, und mit ihnen durchzuckte uns das Bewußtsein der Sterblichkeit und des Untergangs. Unsere Knochen zitterten im Fleisch. Beide drehten wir mit einem Ruck den Kopf nach draußen und versuchten, durch den Nebel etwas von der Verwüstung zu erkennen, die dort stattfand. Ich stand vor Shranks Haustür und wurde von den mächtigen Schlägen durchgerüttelt. Er stand auf der Schwelle wie ein blasses Spielzeug, und das gigantische Rütteln ließ ihn erzittern und erbeben. Ein noch blasseres Blaß erblühte in seinem bleichen Gesicht. Er wirkte, als habe ihn ein Erdbeben oder eine Flutwelle, die gegen den Pier schlug, in Panik versetzt. Ohne Unterlaß hämmerten und dröhnten die riesigen Maschinen dort im Nebel, hundert Meter entfernt, und unsichtbare Risse schienen sich auf Shranks milchglasblasser Stirn und seinen Wangen zu bilden. Der Krieg hatte begonnen! Bald würden dunkle Panzer den Pier entlangrollen, Zerstörung mit sich bringen, und eine Welle von Rummelplatzemigranten würde vor ihnen aufs Land flüchten, und A. L. Shrank würde bald unter ihnen sein, wenn sein dunkles Tarotkartenhaus eingestürzt war.

Das war meine Chance zur Flucht, doch ich verpaßte sie.

Shranks Blick lag wieder auf mir, als könne ich ihn vor dieser Invasion aus dem Nebel schützen. Gleich würde er an meinem Arm Halt suchen.

Der Pier erzitterte. Ich schloß die Augen.

Ich meinte, mein Bürotelefon klingeln zu hören. Fast hätte ich geschrien: »Mein Telefon, das ist für mich!«

Doch eine Woge von Männern, Frauen und Kindern, die in die andere Richtung, nicht aufs Land zu, sondern hinaus aufs Meer liefen, hielt mich davon ab. Ein großer Mann mit dunklem Umhang und Schlapphut führte sie an.

»Die letzte Fahrt, der letzte Tag, das letzte Mal!« schrie er. »Die letzte Chance! Kommt alle mit!«

»Shapeshade«, flüsterte A. L. Shrank.

Und tatsächlich, das war Shapeshade, der alleinige Besitzer des alten Kinos von Venice am Anfang des Piers, das noch in dieser Woche in den Boden gestampft und in eine graue Zelluloidmasse verwandelt werden würde.

»Hier lang!« klang Shapeshades Stimme aus dem Nebel.

Ich sah A. L. Shrank an.

Er zuckte mit den Schultern und nickte, teilte mir sein Einverständnis mit.

Ich rannte davon, in den Nebel hinein.

Das durchdringende Klappern und Knirschen, das langsam ansteigende Dröhnen, Rasseln und Heulen, als sei ein mechanischer Tausendfüßler von gigantischen Ausmaßen im Begriff, den Gipfel eines Alptraums zu erklimmen, mache dann, oben angelangt, eine kurze Atempause und rase in schwindelerregenden Serpentinen mit Kreischen und Donnern, mit Schreien, menschlichen Schreien, hinab in den entsetzlichen

Abgrund, um sich sofort wieder auf einen neuen Berg zu stürzen, geschwinder diesmal, einen neuen, noch viel höheren Steilhang anzugehen und dann in Hysterie hinabzufallen.

Die Achterbahn.

Ich schaute durch den Nebel zu ihr hinauf.

In einer Stunde würde es, wenn die Gerüchte stimmten, dieses Wesen nicht mehr geben.

Es war ein Teil meines Lebens gewesen, soweit ich zurückdenken konnte. Hier erklangen fast jede Nacht das Lachen und die Schreie der Leute, die hinaufstiegen zu den sogenannten Höhen der Existenz und hinabstürzten in ein imaginäres Verhängnis.

Jetzt sollte also eine letzte Fahrt stattfinden, an diesem späten Nachmittag, kurz bevor der Sprengmeister Hand an die Beine des Dinosauriers legte, ihn mit seinen Sprengsätzen in die Knie zwang.

»Nur zu!« schrie ein Junge. »Eintritt frei!«

»Auch wenn es nichts kostet, ist es für mich nur eine Qual«, entgegnete ich.

»He, schaut mal, wer da ganz vorne sitzt«, rief irgendjemand. »Und dahinter!«

Da saß Mr. Shapeshade, den riesigen schwarzen Hut über die Ohren herabgezogen, und lachte. Und hinter ihm Annie Oakley, die Frau von der Schießbude.

In der nächsten Reihe der Mann von der Geisterbahn, und neben ihm die alte Dame, die die roten Zuckerwatteballen gedreht und diese Illusion verkauft hatte, die einem im Mund zerging und den Hunger viel schneller zurückkehren ließ als chinesisches Essen.

Noch eine Reihe weiter hinten die Leute von der Bude mit den Milchflaschen und von der mit den Wurfringen, die alle dreinschauten, als posierten sie für ein Paßfoto für die Ewigkeit.

Nur Mr. Shapeshade, als Steuermann, war überglücklich.

»Reißt euch am Riemen!« rief er aus.

Jetzt fühlte ich mich wie ein Schaf.

Ich ließ mir von dem Jungen, der sonst immer die Karten abgerissen hatte, in die letzte Reihe helfen, in die für Feiglinge.

»Zum ersten Mal in der Achterbahn?« fragte er lachend.

»Und zum letzten Mal!«

»Alles fertig zum Loskreischen?«

»Und wenn schon!« schrie Shapeshade.

Ich will hier raus, dachte ich. Wir werden alle dabei draufgehen!

»Festhalten!« rief der Junge neben dem Wagen. »Es geht los!«

Solange es hinaufging, war es himmlisch, als wir hinabstürzten, die Hölle.

Da hatte ich das schreckliche Gefühl, der Achterbahn würden die Beine weggesprengt.

Als wir wieder unten waren, schaute ich hinüber zu A. L. Shrank. Er stand am Pier und starrte auf uns Wahnsinnige, die wir freiwillig an Bord der ›Titanic‹ gegangen waren. Dann verschwand er im Nebel.

Und schon ging es wieder hinauf. Alle kreischten. Auch ich. Mein Gott, dachte ich, das klingt, als müßten wir wirklich um unser Leben fürchten.

Als die Fahrt vorbei war, schritten die Besucher der Achterbahnabschiedsmesse, einer an den anderen geklammert, davon in den Nebel und wischten sich die Tränen aus den Augen.

Mr. Shapeshade stand neben mir, als die Arbeiter hinausliefen und die Sprengsätze an den Streben und Trägern des eisernen Ungetüms anbrachten.

»Wollen Sie hierbleiben und zuschauen?« fragte er mich leise.

»Ich glaube, ich könnte es nicht mitansehen«, erwiderte ich. »Ich hab mal in einem Film gesehen, wie ein Elefant erschossen wurde. Wie er zusammengebrochen, vornübergefallen ist; das hat mir furchtbar wehgetan. Als ob ich zuschauen würde, wie eine Bombe auf den Petersdom fällt. Ich hätte die Jäger am liebsten umgebracht. Nein danke.«

In diesem Moment machte uns sowieso ein Mann mit einer Fahne deutlich, daß wir weggehen sollten.

Nebeneinander spazierten wir durch den Nebel zurück. Shapeshade packte mich am Arm, wie ein fürsorglicher Onkel, der seinem Lieblingsneffen einen Rat erteilt.

»Heute abend gibt's was ohne Explosionen und Zerstörung. Nur Spaß und gute Laune. Aus den guten alten Zeiten. Bei mir im Kino. Vielleicht wird das heute die letzte Vorstellung. Vielleicht auch erst morgen. Es kostet nichts. Eintritt frei. Seien Sie so lieb und kommen Sie!«

Er umarmte mich und dampfte wie ein großer Schleppkahn durch den Nebel davon.

Als ich an A. L. Shranks Hütte vorbeikam, stand die Tür immer noch sperrangelweit auf. Aber ich trat nicht ein.

Am liebsten wäre ich losgerannt, hin zu meinem Tankstellentelefon, und hätte ein R-Gespräch angemeldet, doch ich fürchtete, daß zweitausend Meilen Schweigen mir etwas vom Tod in sonnenüberfluteten Straßen, von blutigen Fleischstücken in *carnecería*-Schaufenstern und von Einsamkeit, die wie eine offene Wunde brannte, zuflüstern würden.

Mein Haar ergraute und wuchs um gut zwei Zentimeter.

Cal! dachte ich. Lieber, schrecklicher Friseur, ich komme.

Cals Friseurgeschäft lag direkt gegenüber vom Rathaus von Venice und direkt neben der Kautionsagentur, wo Männer und Frauen ausgenommen wurden, die aus der Polizeistation gegenüber kamen, wo sie wie Schatten hineingingen und wie leere Anzüge wieder herauskamen, hoffnungslos wie die Fliegen, die seit zehn Jahren wie tote Hochseilakrobaten an den Fliegenfängerstreifen in den Fenstern hingen. Und direkt daneben ein kleiner Tante-Emma-Laden, doch Tante Emma war nicht mehr, ein Neffe von ihr saß den ganzen Tag auf dem Hosenboden im Fenster, verkaufte vielleicht mal eine Dose Suppe und nahm telefonisch Pferdewetten an.

Auch im Schaufenster des Friseurgeschäfts lagen ein paar Fliegen, die aber noch nicht länger als zehn Tage tot waren, denn Cal machte wenigstens einmal im Monat gründlich sauber. Er stand mit gutgeölter Schere, in sauberem Hemd in seinem Laden und schob Kaugummiklatsch in seinem rosigen Mund hin und her. Er näherte sich seinen Kunden wie ein Imker seinen Bienenstöcken, besorgt, die Kontrolle über das große, silberne, brummende Insekt zu verlieren, das sich ihm widersetzte, während er die Ohren seiner Kunden umfuhr, bis es dann aussetzte, zubiß, sich im Haar verhakte, und Cal einen Fluch ausstieß und es zurückriß, als wolle er einen Zahn ziehen.

Dies war, neben wirtschaftlichen Erwägungen, der Grund dafür, daß ich mir nur zweimal pro Jahr von Cal die Haare schneiden ließ.

Oder einmal pro Jahr, weil Cal auch mehr als alle anderen Friseure daherredete, sich den Kopf zerbrach, während er einem den Kopf einsprayte und einschmierte, und dabei Ratschläge herunterleierte, was einen völlig durcheinanderbrachte. Man brauchte ihm nur ein Stichwort zu liefern, er wußte Bescheid, kannte alle Aspekte des Themas, und wenn er dann gerade dabei war, Einsteins einfältige Theorien zu erläutern, brach er plötzlich ab, legte den Kopf schief und stellte die große Frage, der man nicht entgehen konnte.

»Hab ich dir eigentlich schon von mir und dem guten alten Scott Joplin erzählt? Also, der gute Scott und ich, weiß Gott, hör zu! Damals, 1915, als er mir seinen ›Maple Leaf Rag‹ beigebracht hat. Ich erzähl's dir!«

An der Wand hing ein Foto von Scott Joplin, mit einer jahrhundertealten Unterschrift, ebenso verblaßt wie das Schild der Frau mit den Kanaris. Auf dem Foto sah man Cal, sehr jung, auf einem Klavierschemel, und über ihn gebeugt

Joplin, dessen große schwarze Hände auf denen des glücklichen Jungen lagen.

Da hing es nun, dieses überglückliche Kind, für immer auf Fotopapier eingefangen, den Rücken über die Tasten des Klaviers gekrümmt, bereit, sich ins Leben, in die Welt, ins Universum zu stürzen, all das zu verschlingen. Der Gesichtsausdruck des Jungen brach mir jedesmal das Herz. Deshalb hab ich mir das Foto nicht oft angesehen. Es war schon schlimm genug zu sehen, wie Cal daraufschaute, sich die Lippen befeuchtete und die uralte große Frage stellte, um dann, ohne daß man ihn darum gebeten hatte, zum Klavier zu stürzen und den ›Maple Leaf Rag‹ herunterzuhämmern.

Cal.

Cal sah aus wie ein Cowboy, der jetzt Friseurstühle zuritt. Er erinnerte an einen hageren Texaner, die Haut vom Wetter, von der unentwegt brennenden Sonne gegerbt, dem sein Stetson am Kopf angeklebt war, so daß er das verdammte Ding nicht mal zum Schlafen oder zum Duschen abnahm. Das war Cal, wie er den Feind, den Kunden umkreiste, die Waffe, die das Haar verzehrte, in der Hand, wie er mit ihr Backenbärte stutzte, wie er dabei dem Geräusch der Schere lauschte und verzückt war von den Harmonien seiner elektrischen Hummel, wie er redete und redete; so sah ich ihn vor mir, ein nackter Cowboy, der um meinen Stuhl tanzte, den Stetson bis auf die Ohren herabgezogen, dem es in den Fingern juckte, hinüber ans Klavier zu stürzen und das schwarzweiße Lächeln zu harken.

Manchmal tat ich, als sähe ich nicht die irren, verliebten Blicke, die er auf die schwarzen und weißen, die weißen und schwarzen Tasten dort drüben warf. Doch schließlich stieß ich einen tiefen masochistischen Seufzer aus und rief ihm zu: »Okay, Cal, mach!«

Cal machte.

Wie elektrisiert schoß er im Cowboygang quer durch den Raum, in zweifacher Ausführung, im Spiegel strahlender und schneller als in Wirklichkeit, riß den Klavierdeckel auf, zeigte mir dieses gelbe Gebiß, das sich danach sehnte, daß man ihm die Musik zog.

»Und jetzt aufgepaßt, mein Junge. Hast du je so was gehört, in deinem ganzen Leben?«

»Nein, Cal«, antwortete ich von meinem Stuhl aus, wo ich mit halbvermurkstem Kopf wartete. »Nein«, sagte ich, ehrlich, »noch nie.«

»O Gott«, rief der alte Mann beim Verlassen des Leichenschauhauses in meinem Kopf ein letztes Mal aus. »Wer hat ihm bloß so einen furchtbaren Haarschnitt verpaßt?« Ich sah den Schuldigen in seinem Laden am Fenster stehen und in den Nebel starren; er sah aus wie einer der Menschen auf den Bildern von Hopper, Menschen in leeren Zimmern oder Cafés oder an Straßenecken.

Cal.

Ich mußte mich dazu zwingen, die Ladentür aufzuziehen, und trat unsicher ein, den Blick auf den Fußboden geheftet.

Der ganze Raum war von braunen, schwarzen, grauen Locken übersät.

»He«, begann ich, gespielt jovial, »ganz schön was los gewesen heute, oder?«

»Du weißt doch«, sagte Cal und schaute weiter zum Fenster hinaus, »daß das Zeug da schon fünf, sechs Wochen herumliegt. Hier kommt doch keiner rein, der richtig im Kopf ist, nur Tramps, und dazu gehörst du nicht, oder Idioten, und du bist ja keiner, oder Glatzköpfe, und das bist du ja auch nicht, die fragen alle nur nach dem Weg zum Irrenhaus. Ja, und dann kommen auch noch Leute, die kein Geld haben, so wie *du*, also setz dich da hin und fühl dich wie auf dem elektrischen Stuhl, die elektrische Haarschneidemaschine ist seit zwei Monaten nicht in Ordnung, und ich wüßte nicht, warum ich sie reparieren lassen sollte. Setz dich!«

Ich folgte den Anweisungen meines Henkers, setzte mich

in den Stuhl und schaute auf die am Boden verstreuten Haare, stumme Symbole vergangener Ereignisse, die eine Bedeutung haben mußten, die sich mir jedoch nicht erschloß. Auch wenn ich schräg von der Seite daraufsah, konnte ich keine merkwürdigen Gestalten, keine Weissagungen ausmachen.

Schließlich drehte Cal sich um und durchschritt dieses verlorene Meer aus Porzellan und Locken, ließ seine Hände, ohne hinzusehen, nach Kamm und Schere greifen. Als er hinter mich trat, zögerte er einen Augenblick, wie ein Henker, den es betrübt, daß er einem jungen König den Kopf abschlagen muß.

Er fragte mich, wie lang ich's haben wolle, und wie vermurkst, ich solle mir was aussuchen, doch ich starrte nur quer über die grellweiße kalte Leere des Ladens auf –

Cals Klavier. Zum ersten Mal seit fünfzehn Jahren waren die Tasten abgedeckt. Das graugelbe orientalische Lächeln war nicht zu sehen, lag unter einem weißen Leichentuch.

»Cal.« Meine Augen hingen an dem Tuch. Einen Augenblick lang hatte ich den alten Mann aus dem Fahrkartenladen, die kalte Leiche mit dem furchtbaren Haarschnitt, vergessen und fragte: »Cal, spielst du den alten Rag nicht mehr?«

Cal schnippelte mit der Schere ungerührt weiter um meinen Hals herum.

»Cal?« fragte ich.

»Stimmt was nicht?« fügte ich an.

»Wann hört dieses Sterben endlich auf?« fragte Cals Stimme, ganz weit weg.

Und dann brummte die Hummel stechend um meine Ohren, ließ mir den vertrauten Schauer über den Rücken laufen, bis Cal die stumpfe Schere packte und mir eifrig die Haare abhackte, als durchschreite er mit der Sense ein verwildertes Getreidefeld, stieß dabei keuchend Flüche aus. Sein Atem roch ein wenig nach Whiskey, aber ich ließ mir nichts anmerken, schaute weiter unverwandt geradeaus.

»Cal?«

»So 'n Schuß. Ach was – so 'n verdammter Scheiß, wollte ich sagen!«

Er warf die Schere, den Kamm und die verstummte silberne Hummel auf die Ablage, durchquerte schlurfend den haarigen Ozean und riß das Tuch von dem Klavier, das wie ein großes hirnloses Etwas grinste, als er sich setzte und die Hände wie zwei weiche Pinsel, bereit, weiß Gott was zu malen, auf die Tasten legte.

Was dabei herauskam, ließ mich an zerbrochene Zähne in einem zerquetschten Kiefer denken.

»Verdammter Mist! Wie der Teufel hab ich's immer runtergespielt, das Stück, das mir Scott beigebracht hat, der gute alte Scott.«

Seine Stimme erstarb.

Er hatte einen Blick auf die Wand über dem Klavier geworfen. Als er sah, daß ich es bemerkt hatte, schaute er weg, aber zu spät.

Zum ersten Mal seit zwanzig Jahren hing das Bild von Scott Joplin nicht da.

Ich machte einen Ruck nach vorn, und der Unterkiefer fiel mir herab.

Cal zwang sich, das Lächeln wieder mit dem Tuch abzudecken, kehrte, als müsse er an seiner eigenen Leiche Totenwache halten, zu mir zurück, stellte sich hinter mich und griff wieder nach den Folterinstrumenten.

»Scott Joplin siebenundneunzig, Friseur Cal null«, gab er das Ergebnis eines verlorenen Spiels bekannt.

Er fuhr mir mit zittrigen Fingern über den Kopf. »Du lieber Himmel, schau nur, was ich dir angetan hab! Gott, ist das ein lausiger Schnitt, und ich bin noch nicht mal halb fertig. Ich sollte dir was dafür bezahlen, daß ich dich seit Jahren wie einen räudigen Hund herumlaufen lasse. Und hör dir mal an, was ich vor drei Tagen mit einem Kunden gemacht hab. Es ist furchtbar. Ich glaube, ich hab das arme Schwein so zugerichtet, daß ihn einer aus reinem Mitleid umgebracht hat!«

Wieder machte ich einen Ruck nach vorn, doch Cal drückte mich sanft zurück.

»Eigentlich sollte ich meine Kunden immer vorsorglich narkotisieren. Also, nun zu dem Alten, hör zu!«

»Bin ganz Ohr, Cal«, erwiderte ich, denn deshalb war ich ja hergekommen.

»Hat genauso dagesessen wie du jetzt«, begann er. »Hat dagesessen, in den Spiegel geschaut und gemeint, ich soll ihn feinmachen. So hat er es gesagt. Cal, mach mich fein! Die tollste Nacht in meinem Leben. In Myrons Tanzsaal, drüben in L. A. Seit Jahren war ich nicht mehr dort. Haben angerufen, gesagt, ich hätt den großen Preis gekriegt. Wofür? hab ich gefragt. Als wichtigster alter Bürger von Venice, war die Antwort. Und deshalb wird man gefeiert? Reden Sie nicht und machen Sie sich fein, haben die gemeint. Und da bin ich nun, Cal. Ringsrum kurz, aber mach keine Billiardkugel aus mir! Und spritz mich ein bißchen mit dem tollen Haarwasser ein! Ich hab geschnitten wie der Teufel. Der alte Mann hat sein schneeweißes Haar bestimmt zwei Jahre wachsen lassen, so lang und dicht war es. Ich hab ihn mit Haarwasser getränkt, bis die Flöhe das Weite gesucht haben. Als er ging, war er glücklich, hat wohl seine letzten zwei Dollar hiergelassen, würd mich nicht wundern. Hat genauso dagesessen wie du.«

»Und jetzt ist er tot«, fügte Cal hinzu.

»Tot!« schrie ich beinahe.

»Irgend jemand hat ihn in 'nem Löwenkäfig gefunden, im Kanal, unter Wasser. Tot.«

»Irgend jemand«, wiederholte ich, fügte aber nicht hinzu: ich!

»Ich schätze, der Alte hat nie zuvor Champagner getrunken, oder zumindest schon lange nicht mehr, war blau und ist reingefallen. Cal, hat er gesagt, mach mich fein. Was alles passiert, hm? Hätte genausogut ich oder du sein können, im Kanal, und jetzt, verdammte Scheiße auch, ist er für immer allein. Gibt dir das nicht zu denken? Na, mein Junge. Du siehst aber gar nicht gut aus. Ich rede zuviel, oder?«

»Hat er erzählt, wer ihn abholen würde und wann und wo?« fragte ich.

»Da war nichts Besonderes, wenn ich mich recht erinnere. Irgend jemand sollte mit der Straßenbahn kommen und ihn mitnehmen, ihn bis zur Tür von Myrons Tanzsaal bringen. Bist du schon mal Samstag nachts, so um eins, mit der Bahn gefahren? Die alten Leutchen drängen sich in ihren Mottenkugelpelzen und den grünen Smokings aus dem Tanzsaal, alles stinkt nach billigem Parfüm und lausigen Zigarren; die Alten sind froh, daß sie sich beim Tanzen kein Bein gebrochen haben; die Glatzen schwitzen, die Wimperntusche verläuft, und die Fuchspelze riechen schon nach Verwesung. Ich war einmal drin, hab mich umgeschaut und bin wieder gegangen. Ich hatte das Gefühl, der Zug würde gleich am nächsten Friedhof anhalten, und die Hälfte der Fahrgäste dort aussteigen. Nein danke. Ich rede schon wieder wie ein Wasserfall! Sag mir, wenn's dir zuviel wird!«

»Jedenfalls«, fuhr er schließlich fort, »ist er jetzt mausetot, und das Schlimme daran ist, daß er die nächsten tausend Jahre in seinem Sarg liegen und daran denken wird, daß ich, ausgerechnet ich, ihm diesen letzten, furchtbaren Haarschnitt verpaßt hab. Es war eine üble Woche. Da verschwindet einer mit einem miesen Haarschnitt, taucht als Wasserleiche wieder auf, und mir wird immer klarer, daß meine Hände zu überhaupt nichts taugen, und –«

»Du weißt nicht, wer den alten Mann zu Myrons Tanzsaal gebracht hat?«

»Wie denn? Wer interessiert sich schon für so was? Der alte Mann hat erzählt, daß der andere ihm gesagt hat, er soll um sieben vor dem Kino sein; sie wollten noch kurz in einen Film gehen, dann bei Modesti, dem letzten offenen Café auf dem Pier, was essen, na, und dann volle Pulle ab in den Tanzsaal. Einen flotten Walzer mit einer neunundneunzigjährigen Ballkönigin, das ist ein Abend, was? Dann nach Haus ins Bett, für immer und ewig! Aber wieso willst du das eigentlich alles wissen, mein Junge? Du –«

Das Telefon läutete.

Cal schaute hinüber, und die Farbe wich aus seinem Gesicht. Es klingelte dreimal.

»Willst du nicht rangehen, Cal?« fragte ich.

Cal schaute den Apparat an, wie ich das Telefon an der Tankstelle ansah, mein Bürotelefon, in dem ein zweitausend Meilen langes Schweigen und schweres Atmen auf mich warteten. Er schüttelte den Kopf.

»Warum sollte ich rangehen, sind ja doch nur schlechte Nachrichten!« meinte er.

»Ja, manchmal kommt es einem so vor«, stimmte ich zu.

Ich nahm langsam das Tuch von meinen Schultern und stand auf.

Ganz automatisch streckte Cal die Hand aus. Als er es bemerkte, stieß er einen Fluch aus und ließ sie sinken. Dann drehte er sich um und schlug auf die Registrierkasse.

Auf der Anzeige tauchten lauter Nullen auf.

Ich betrachtete mich im Spiegel und hätte bei dem Anblick beinahe losgebellt wie ein Seehund.

»Ein toller Schnitt, Cal!« sagte ich dann.

»Mach, daß du raus kommst!«

Beim Hinausgehen faßte ich mit der Hand an die Stelle, wo immer Scott Joplin gehangen und mit seinen Händen, diesen Bündeln großer schwarzer Bananen, seine großartigen Sachen gespielt hatte.

Wenn Cal es sah, sagte er zumindest nichts.

Als ich die Tür öffnete, wäre ich beinahe auf einem Haarbüschel ausgerutscht.

Ich lief und lief, bis ich Sonnenschein und Crumleys im hohen Gras liegenden Bungalow fand.

Ich blieb draußen stehen.

Crumley mußte gespürt haben, daß ich dastand. Er riß die Tür auf und fragte: »Lungern Sie schon wieder vor einer fremden Tür herum?«

»Hab ich nie gemacht! Es liegt mir nicht, nachts um drei anderen einen Schreck einzujagen«, entgegnete ich.

Er schaute auf seine linke Hand und hielt sie mir hin.

Ein kleiner Klumpen ölverschmierter grüner Seetang, von seinen Fingern zusammengedrückt, lag darin.

Ich streckte ihm meine Hand hin, als wolle ich ein As ausspielen, und öffnete die Finger.

Auf meinem Handteller lag der gleiche Klumpen Seetang, nur etwas vertrockneter und schon halb zerbröckelt.

Crumley ließ den Blick von seiner Hand zu meiner wandern, hob ihn dann zu meinen Augen, meiner Stirn, meinen Wangen, meinem Kinn. Er seufzte.

»Wissen Sie, wie Sie aussehen? Wie ein goldbrauner Aprikosenkuchen, ein Halloween-Kürbis, 'ne Hinterhoftomate, 'n Spätsommerpfirsich, wie ein kalifornischer Abkömmling des Weihnachtsmanns. Wie könnte ich hinter so einem Gesicht etwas Schlimmes vermuten?«

Er ließ die Arme sinken und trat zur Seite.

»Sie trinken Bier, oder?«

»Nicht so gern«, erwiderte ich.

»Soll ich Ihnen lieber einen Malzkakao machen?«

»Ginge das?«

»Nein, zum Teufel! Sie trinken Bier, und es wird Ihnen schmecken! Kommen Sie rein!« Er drehte sich um und ging kopfschüttelnd weg, ich folgte ihm, schloß die Tür und fühlte mich wie ein Student, der seinen alten Lehrer aus der zehnten Klasse noch einmal besucht.

Crumley stand im Wohnzimmer am Fenster und schaute hinaus auf den Weg, den ich eben entlang gekommen war.

»Mein Gott, um drei Uhr«, murmelte er. »Um drei. Da draußen. Ich hab jemanden weinen hören, was halten Sie davon? Weinen! Ich hab eine Gänsehaut gekriegt. Klang wie eine Todesfee! Verdammt! Zeigen Sie mir noch mal Ihr Gesicht!«

Ich sah ihn an.

»Meine Güte«, meinte er, »werden Sie immer so schnell rot?«

»Ich wüßte nicht, wie ich's verhindern sollte.«

»Sie könnten ein halbes Hindudorf niedermetzeln und wie ein Unschuldslamm aussehen. Was steckt bloß in Ihnen?«

»Schokolade. Und außerdem hab ich immer sechs Sorten Eis im Kühlschrank, wenn ich mir's leisten kann.«

»Sie scheinen es zu kaufen wie andere Leute Brot.«

Ich wollte widersprechen, aber er hätte die Lüge durchschaut.

»So, genug herumgestanden, welches Bier mögen Sie am wenigsten? Ich hab schreckliches Budweiser, fürchterliches Budweiser, ja, und dann noch Budweiser, das ist das schlimmste von allen. Suchen Sie sich was aus. Ach nein, lassen Sie mich machen.« Er zockelte davon, in die Küche, und kam mit zwei Bierdosen zurück. »Die Sonne ist noch nicht ganz weg. Gehen wir nach draußen?«

Er ging voran in den Hof.

Crumleys Garten war einfach unglaublich.

»Nur zu!« Er dirigierte mich durch die Hintertür seines Bungalows hinaus in das üppige, sonnenüberflutete Grün Tausender von Pflanzen, Efeuranken, Papyrusstauden, Kakteen und Paradiesvögel. Crumley strahlte. »Habe über fünfzig verschiedene Arten von Blätterkakteen hier drüben, dort am Zaun wächst eine besonders schmackhafte Maissorte, das da ist ein Pflaumenbaum, da 'ne Aprikose und hier 'ne Orange. Wollen Sie wissen, warum ich das mache?«

»Jeder Mensch braucht zwei oder drei Sachen, mit denen er sich beschäftigt«, erwiderte ich ohne zu zögern. »Ein Job reicht uns nicht, so wie uns ein Leben nicht reicht. Ich hätte gern von beiden ein Dutzend.«

»Genau. Ärzte sollten Gräber ausheben. Totengräber sollten einen Tag in der Woche als Kindergärtner arbeiten. Philosophen sollten ab und zu mal 'n Abend lang in 'ner billigen Kneipe Geschirr spülen. Mathematiker sollten bei Sportturnieren Schiedsrichter machen, in Schulturnhallen die Pfeife in die Hand nehmen. Dichter sollten zur Abwechslung mal Lastwagen fahren, und Kriminalpolizisten –«

»Sollten den Garten Eden bestellen«, fügte ich ruhig an.

»Mein Güte.« Crumley lachte und schüttelte den Kopf, schaute dabei auf den grünen Seetang, den er in der Hand zerrieb. »Sie sind ein verdammter Alleswisser. Sie meinen, Sie hätten mich schon durchschaut? Pustekuchen!« Er schwenkte einen Gartenschlauch hin und her. »Spitzen Sie die Ohren! Psst!«

Ein weicher Regen stieg in leuchtenden Blüten auf und ergoß sich mit einem Flüstern, das von Sanftmut, Ruhe, Heiterkeit, Unsterblichkeit und ewigem Leben sprach, über diesen Garten Eden.

Ich fühlte meine Knochen im Fleisch schrumpfen. Etwas schien wie eine dunkle Haut von meinem Rücken abzufallen.

Crumley legte den Kopf schief und musterte mein Gesicht. »Na?«

Ich zuckte mit den Schultern. »Sie haben die ganze Woche so viel mit Moder und Fäulnis zu tun, Sie brauchen das.«

»Schlimm ist nur, daß meine Kumpels auf der Wache meinen, sie würden ohne so was auskommen. Traurig, was? Nur ein Bulle sein und sonst nichts, das ganze Leben lang? Also, ich würde mich umbringen. Wissen Sie, was toll wäre: wenn ich das ganze faule Zeug, das ich jede Woche zu sehen kriege, hierherbringen und als Dünger verwenden könnte. Mannomann, könnte ich Rosen züchten!«

»Oder Venusfliegenfallen«, fügte ich an.

Er dachte darüber nach und nickte. »Damit haben Sie sich ein Bier verdient.«

Er ging voran in die Küche, und ich stand da, schaute

hinaus in den Regenwald und sog die kühle Luft in tiefen Zügen ein, wenn ich sie auch wegen meines Schnupfens nicht riechen konnte.

»Seit Jahren komme ich immer wieder hier vorbei, und jedesmal habe ich mich gefragt, wer da wohl wohnt, tief in diesem großen, selbstgemachten Urwald. Jetzt, wo ich es weiß, ist mir klar, daß nur Sie das sein konnten.«

Crumley hätte sich vor Freude über dieses Kompliment am liebsten fallen lassen und sich am Boden gewälzt. Doch er beherrschte sich und machte zwei Dosen Bier auf, wirklich fürchterliches Bier, aber ich schaffte es, meine Dose auszuschlürfen.

»Könnten Sie nicht ein bißchen weniger angewidert dreinschauen?« fragte er. »Schmeckt Ihnen *wirklich* Kakao besser?«

»Ja.« Ich nahm einen etwas kräftigeren Schluck, faßte Mut und fragte: »Da wär noch was. Wozu bin ich eigentlich hier? Sie haben mich wegen dem Zeug, das Sie vor Ihrer Haustür gefunden haben, diesem Seetang, hergebeten? Und jetzt bin ich hier, schaue mir Ihren Dschungel an und trinke Ihr mieses Bier. Gehöre ich nicht mehr zu den Verdächtigen?«

»Ach du lieber Himmel!« Crumley nahm noch einen Schluck und sah mich erstaunt an. »Wenn ich Sie für einen verrückten Löwenbändiger, so 'nen Käfigvollstopfer halten würde, hätte ich Sie schon vorgestern eingebuchtet. Meinen Sie, ich weiß nicht alles über Sie?«

»Viel Wissenswertes gibt's da nicht«, erwiderte ich verlegen.

»Von wegen nicht viel! Jetzt hören Sie mal zu!« Crumley nahm noch einen Schluck, schloß die Augen und begann vorzulesen, was er auf der Innenseite seiner Augenlider sah: »Nicht weit von Ihrer Wohnung gibt's 'nen Schnapsladen und 'ne Eisdiele und daneben 'nen chinesischen Lebensmittelhändler. Die Leute da halten Sie alle für verrückt. ›Der Spinner‹ heißen Sie bei denen. Manchmal auch ›Der Trottel‹.

Sie reden zu viel und zu laut. Die hören alles. Jedesmal, wenn Sie eine Geschichte an so eine Gespensterzeitschrift verkaufen, weiß es jeder am Pier, weil Sie Ihr Fenster aufreißen und es hinausbrüllen. Aber das Wesentliche ist, die mögen Sie. Gut, Sie haben keine Zukunft, da sind sie alle einer Meinung, denn wann wird schon ein Mensch auf dem Mond landen. Kein Schwein wird sich um den Mars scheren, heute nicht, und bis zum Jahr 2000 nicht! Nur Sie, Flash Gordon! Nur Sie verdammter Idiot, Buck Rogers!«

Ich wurde feuerrot, hielt den Kopf gesenkt, war irgendwie verärgert und verlegen, aber gleichzeitig genoß ich die Aufmerksamkeit, die er mir entgegenbrachte. Ich wurde oft Flash oder Buck genannt, aber jetzt, wo Crumley es tat, verletzte es mich nicht im geringsten.

Crumley öffnete die Augen, sah meinen feuerroten Kopf und meinte: »Na, schon gut.«

»Wieso haben Sie das alles von mir gewußt, lange bevor der alte Mann ermor –«; ich brach ab und verbesserte mich: »Bevor er starb?«

»Ich interessiere mich für alles.«

»Das tun die Wenigsten. Als ich vierzehn war, ist mir das klargeworden. Keiner meiner Freunde wollte mehr mit seinem Kinderspielzeug spielen. Ich hab zu meinen Leuten gesagt, ohne Spielzeug ist das für mich kein richtiges Weihnachten. Also haben sie mir weiter jedes Jahr Spielsachen geschenkt. Die anderen Jungen haben Hemden und Krawatten gekriegt. Ich hab mich der Astronomie zugewandt. Von den viertausend Schülern an unserer Schule haben nur fünfzehn Jungen und vierzehn Mädchen mit mir in den Himmel geguckt. Die anderen haben draußen auf der Aschenbahn ihre Runden gedreht und auf ihre Füße gestarrt. Es ist wohl klar, daß –«

Ich wandte mich instinktiv um, in mir hatte sich etwas geregt. Dann stellte ich zu meiner eigenen Überraschung fest, daß ich quer durch die Küche ging.

»Ich habe einen Verdacht«, sagte ich. »Kann ich mal –?«
»Was?« fragte Crumley.
»Haben Sie ein Arbeitszimmer?«
»Klar! Wieso?« Crumley runzelte, leicht beunruhigt, die Stirn.
Da wagte ich mich noch etwas weiter vor. »Kann ich mal einen Blick reinwerfen?«
»Meinetwegen.«
Ich ging in die Richtung, in die Crumleys Blick geschnellt war.
Das Zimmer lag direkt neben der Küche. Es war einmal ein Schlafzimmer gewesen, aber jetzt war es leer bis auf einen Stuhl, einen Schreibtisch und darauf eine Schreibmaschine.
»Ich hab's doch gewußt!«
Ich trat hinter den Stuhl und schaute auf die Schreibmaschine, keine alte, ramponierte Standard Underwood, sondern eine ziemlich neue Corona mit einem frischen Farbband, und daneben wartete ein Stapel gelber Blätter.
»Jetzt ist mir klar, warum Sie mich immer so merkwürdig ansehen«, sagte ich. »Ja, Sie legen immer den Kopf schief zur Seite und schauen mich mit zusammengekniffenen Augen finster an!«
»Versuche nur, Ihren Dickschädel zu durchleuchten, festzustellen, ob ein Gehirn drinsteckt und ob und wie es arbeitet«, entgegnete Crumley und neigte den Kopf dabei bald nach links, bald nach rechts.
»Keiner weiß, wie ein Gehirn arbeitet, kein Schriftsteller, niemand. Meine ganze Arbeit besteht darin, mich am Morgen in die Schreibmaschine zu *übergeben* und das, was dabei herauskommt, am Mittag zu *überarbeiten.*«
»Quatsch mit Soße«, meinte Crumley, fast zärtlich.
»Wenn es aber doch so ist!«
Ich schaute auf den Schreibtisch, der auf jeder Seite drei Schubladen hatte.

Ich streckte den Arm hinab zu der Schublade links unten.

Crumley schüttelte den Kopf.

Ich wandte mich nach rechts und berührte dort die unterste Schublade.

Crumley nickte.

Ich zog die Schublade langsam auf.

Crumley seufzte.

Vor mir lag, in einem offenen Kistchen, ein Manuskript. Es waren wohl 150 bis 200 Seiten, obenauf lag die Seite 1, ein Titelblatt fehlte.

»Wie lang liegt das schon da unten drin?« fragte ich. »Pardon.«

»Schon gut«, meinte Crumley. »Seit fünf Jahren.«

»Und jetzt werden Sie es fertig schreiben«, erklärte ich.

»Den Teufel werd ich tun! Warum sollte ich?«

»Weil ich es Ihnen gesagt habe. Und ich weiß es.«

»Machen Sie die Schublade zu!« befahl Crumley.

»Moment noch.« Ich zog den Stuhl vor, setzte mich und spannte eines der gelben Blätter in die Maschine ein.

Ich schrieb sechs Worte in eine Zeile, dann schaltete ich weiter und tippte noch drei Worte.

Crumley guckte mir über die Schulter und las, ganz ruhig, laut vor: »Der Tod ist ein einsames Geschäft.« Er holte Luft und las weiter: »Von Elmo Crumley.« Er mußte es ein zweites Mal lesen: »Von Elmo Crumley, meine Güte!«

»Hier, bitte.« Ich legte mein frisch getipptes Titelblatt oben auf das wartende Manuskript und schob die Schublade hinein.

»Das ist ein Geschenk. Für mein Buch denke ich mir einen anderen Titel aus. Jetzt *müssen* Sie es fertigschreiben!«

Ich spannte noch ein Blatt ein und fragte: »Was war die letzte Seite, ganz unten in Ihrem Manuskript?«

»Einhundertzweiundsechzig«, antwortete Crumley.

Ich tippte 163 und ließ das Blatt in der Maschine.

»So«, sagte ich dann. »Es wartet. Morgen früh steigen Sie

aus dem Bett, gehen hier rüber zur Schreibmaschine, kein Anruf, keine Zeitung, gehen Sie nicht mal ins Bad, setzen Sie sich hin und tippen Sie, und Elmo Crumley ist unsterblich.«

»Quatsch«, kommentierte Crumley ganz ruhig.

»Gott tut das Seine. Aber Sie müssen die Arbeit machen!«

Ich stand auf, und alle beide schauten wir auf Crumleys Corona, als wäre sie sein Kind, das einzige, das er je haben würde.

»Sie geben mir Anweisungen, junger Freund?« fragte er.

»Nein. Das ist Ihr Gehirn, Sie müssen nur hinhören!«

Er wandte sich ab, ging in die Küche und holte noch mehr Bier aus dem Kühlschrank. Ich wartete an seinem Schreibtisch, bis ich hörte, wie die Hintertür zufiel.

Als ich hinaus in den Garten trat, ließ sich Crumley vom Wassersprinkler das Gesicht mit kühlen Regentropfen bespritzen, denn mittlerweile war es ziemlich warm geworden, die Sonne strahlte vom Himmel, hier am Rand des Nebellandes.

»Ist es wahr«, fragte Crumley, »vierzig Geschichten haben Sie bis jetzt verkauft?«

»Für dreißig Dollar das Stück, ja. Ein Spitzenhonorar!«

»Sie sind Spitze! Gestern hab ich drunten in Abes Laden am Zeitschriftenständer rumgeschmökert, hab eine Geschichte von Ihnen gelesen, die über den Mann, der merkt, daß in ihm ein Skelett steckt, und den diese Vorstellung zu Tode erschreckt. Mann, die war einsame Klasse! Wo, zum Teufel, kriegen Sie solche Ideen her?«

»In mir steckt auch ein Skelett«, erwiderte ich.

»Die meisten Menschen merken das ihr Leben lang nicht.« Crumley reichte mir ein Bier und sah zu, wie ich wieder das Gesicht verzog. »Der alte Mann –«

»William Smith?«

»Ja, William Smith, der Autopsie-Bericht ist heute früh gekommen. Er hatte kein Wasser in der Lunge.«

»Also ist er nicht ertrunken! Also wurde er draußen am

Ufer umgebracht und in den Käfig gesteckt, als er schon tot war. Das beweist –«

»Nur nichts überstürzen, sonst brechen Sie sich noch das Genick! Und sagen Sie nicht, ich hätte Ihnen das eingeredet! Sonst nehme ich Ihnen das Bier wieder ab.«

Ich hielt ihm bereitwillig die Dose hin. Er stieß meine Hand beiseite.

»Was haben Sie wegen dem Haarschnitt unternommen?« fragte ich.

»Wegen was für einem Haarschnitt?«

»Mr. Smith hat sich am Tag vor seinem Tod die Haare schneiden lassen, es war ein lausiger Schnitt. Sein Freund hat vor dem Leichenschauhaus deswegen rumgejammert, erinnern Sie sich? Ich wußte, daß nur ein Friseur so eine Pfuscharbeit gemacht haben konnte!«

Ich erzählte Crumley von Cal, von dem Preis, den man William Smith versprochen hatte. Von Myrons Tanzsaal, Modestis Café und dem großen roten Zug.

Crumley hörte geduldig zu und meinte dann: »Etwas dürftig.«

»Mehr haben wir nicht«, entgegnete ich. »Soll ich mal beim Kino nachfragen, ob ihn an dem Abend, an dem er verschwunden ist, jemand davor gesehen hat?«

»Nein«, sagte Crumley trocken.

»Soll ich sonst irgendwas tun?«

»Halten Sie sich aus der Sache raus!«

»Warum?«

»Darum!« antwortete Crumley knapp und schaute zum Hintereingang seines Hauses. »Wenn Ihnen was zustößt, dann krieg ich diesen verflixten Roman nie zu Ende. Irgend jemand muß den Mist doch lesen, und ich wüßte sonst niemanden.«

»Sie vergessen eines«, wandte ich ein. »Der Kerl, der vergangene Nacht hier draußen gestanden hat, steht auch schon vor meiner Wohnung rum. Das kann ich doch nicht einfach hinnehmen, oder? Ich kann den Kerl, von dem der Titel stammt, den ich Ihnen eben geschenkt habe, nicht einfach weiter bei mir herumspuken lassen. Was meinen Sie?«

Crumley betrachtete mein Gesicht, und ich sah, er dachte an goldgelben Aprikosenkuchen, Bananentörtchen und Erdbeereis.

»Aber seien Sie nicht zu voreilig«, mahnte er schließlich. »Vielleicht ist der alte Mann auch nur ausgerutscht, mit dem Kopf irgendwo gegengeknallt und war tot, als er in den Kanal fiel, was erklären würde, daß in seiner Lunge kein Wasser war.«

»Und dann ist er zu dem Käfig geschwommen und hat sich selbst da reingesteckt. Klar doch!«

Crumley warf einen abschätzenden Blick auf mich.

Ohne ein Wort drehte er sich herum und ging in seinen Dschungel, war für etwa eine Minute verschwunden. Ich wartete.

Dann hörte ich, weit weg, das Trompeten eines Elefanten im Wind. Langsam wandte ich mich um, hin zu dem dichten Gartenregen, und lauschte. Ein Löwe riß, schon etwas näher, seinen riesigen Rachen auf und atmete einen tödlichen Bienenschwarm aus. Eine Herde Antilopen und Gazellen fegte vorbei wie das Rauschen des Sommerwinds; die Tiere hämmerten mit den Hufen die trockene Erde und ließen mein Herz im Takt ihres Laufs schlagen.

Plötzlich kam Crumley den Pfad entlang, lächelte aufgeregt, irgendwie stolz und zugleich ein wenig beschämt wegen seiner Verrücktheit, von der bis eben, bis vor einer Minute, niemand gewußt hatte. Er schnaubte und deutete mit zwei vollen Bierdosen hinauf auf sechs große Lautsprecheranlagen, die wie riesige dunkle Blumen in den Bäumen hingen. Von dort aus umstrichen uns die Antilopen, Gazellen und Zebras und beschützten uns vor den namenlosen Untieren draußen, auf der anderen Seite des Gartenzauns. Der Elefant putzte sich noch einmal die Nase und drückte meine Seele platt.

»Aufnahmen aus Afrika«, erklärte Crumley, überflüssigerweise.

»Fein«, bemerkte ich. »He, was ist denn das?«

Zehntausend afrikanische Flamingos erhoben sich aus einer leuchtenden Süßwasserlagune in die Lüfte, fünftausend Tage weit in der Vergangenheit, als ich noch zur Schule gegangen war, und Martin und Osa Johnson aus Afrika, von den Gnupfaden, angeflogen kamen, um uns unwissenden Leuten hier in Kalifornien von wunderbaren Dingen zu erzählen.

Und dann erinnerte ich mich wieder an alles.

An dem Tag, an dem ich unbedingt Martin Johnson hören wollte, starb er bei einem Flugzeugabsturz, ganz nah bei L. A.

Doch in diesem Augenblick, hier in Elmo Crumleys Garten Eden, seinem Dschungelschlupfwinkel: die Vögel von Martin Johnson.

Mein Herz folgte ihnen.

Ich blickte zum Himmel und fragte: »Was werden Sie unternehmen, Crumley?«

»Nichts«, entgegnete er. »Die alte Frau mit den Kanaris wird ewig leben. Darauf können Sie Wetten abschließen!«

»Ich bin aber pleite.«

Als, etwas später am gleichen Tag, die Ertrunkenen angetrieben wurden, verdarb das all den Leuten am Strand die Freude an ihrem Picknick. Jeder packte entsetzt seine Sachen zusammen und ging nach Hause. Hunde rannten neugierig in die Brandung, beäugten die Fremden, die dort lagen, und wurden von verärgerten Frauen oder gereizten Männern zurückgepfiffen. Kinder wurden in Scharen von dort weggescheucht und mit der Ermahnung, sich in Zukunft von solch merkwürdigen Fremden fernzuhalten, nach Hause geschickt.

Ertrinken war ganz einfach kein Thema. Ebenso wie über Sex wurde darüber nie gesprochen. Logischerweise wurde dann ein Ertrunkener, der es wagte, den Strand zu berühren, sofort zur Persona non grata. Kinder konnten hinabstürmen und in ihrer Phantasie Begräbnisse abhalten, aber die vereinzelten Damen, die noch am Strand blieben, nachdem die Familien verschreckt verschwunden waren, drehten ihre Sonnenschirme herum und wandten sich ab, als habe aus der Brandung jemand mit wildem Atem nach ihnen gerufen. Hier konnte keine Zeitungstante, kein Ratgeber in Etikettefragen helfen. Die gestrandeten Surfer waren ohne Einladung, Genehmigung oder Vorwarnung gekommen und mußten nun, wie unerwünschte Verwandte, hastig und heimlich weggetragen werden, in unheimliche Eiskeller weiter im Landesinneren.

Doch kaum war einer dieser Fremden weg, da ertönten schon wieder die piepsigen Stimmen der Kinder: »Schau mal, Mami, oh, schau mal!«

»Weg da, Kinder! Schnell weg!«

Und dann das Getrappel der Füße, die hastig von der noch nicht ganz kalten, gestrandeten Mine wegliefen.

Auf dem Rückweg von Crumleys Haus hörte ich von den unerwünschten Besuchern, den Ertrunkenen.

Nur widerwillig war ich von Crumleys Plantage weggegangen, weg aus der Sonne, die dort scheinbar Tag und Nacht schien.

Als ich wieder am Meer war, fühlte ich mich wie in einem anderen Land. Der Nebel rückte heran, als freue er sich über die unangenehmen Ereignisse am Strand. Doch was hier geschehen war, führte nicht zu schlaflosen Nächten, das waren keine düsteren Überraschungen in Kanälen, die im Dunkeln am Zahnfleisch saugten, für die Kriminalpolizei gab es hier nichts zu tun. Die Ertrunkenen waren einfach in gefährliche Strömungen geraten.

Jetzt war der Strand leer. Eine noch größere Leere aber fühlte ich in mir, als ich den Blick zu dem alten Pier hob.

»Fauler Reis!« hörte ich jemanden flüstern. Mich selbst!

Das war eine alte chinesische Verwünschung, die am Rande der Reisfelder ausgestoßen wurde und die Ernte vor der Verwüstung durch die neidischen Götter schützen sollte.

»Fauler Reis –«

Denn nun war doch jemand auf die Riesenschlange getreten.

Hatte sie zu Boden gestampft.

Die Achterbahn war ein für allemal vom Pier verschwunden.

Was noch übrig war von ihr, lag nun wie überdimensionale Mikadostäbchen hingestreut im Licht des Abends. Doch nur ein großer Bagger mit seinem langen Greifarm spielte jetzt mit ihnen, beugte sich grunzend herab, schnappte sich die Knochen und tat sich an ihnen gütlich.

»Wann hört dieses Sterben endlich auf?« hatte ich Cal vor ein paar Stunden fragen hören.

Mit dem leeren Pier, dem Skelett, das gerade auseinandergerissen wurde, und einer Nebelwoge, die auf die Küste zurollte, vor mir, fühlte ich mich plötzlich, als träfe mich eine Salve kalter Pfeile in den Rücken. Jemand folgte mir. Ich wirbelte herum.

Doch ich wurde nicht verfolgt, von niemandem.

Auf der anderen Straßenseite lief A. L. Shrank. Er rannte dahin, die Hände in den Manteltaschen vergraben, den Kopf in den dunklen Kragen versenkt, und warf Blicke zurück wie eine Ratte, die von Hunden gehetzt wird.

Mein Gott, dachte ich, jetzt weiß ich wieder, an wen er mich erinnert. An Poe!

An die berühmten Fotos, die düsteren Portraits von Edgar Allan Poe, mit der großen, matt glänzenden Stirn, den grübelnden, mitternächtlich funkelnden Augen, dem tragisch geschwungenen, unter dem dunklen Schnurrbart verborgenen Mund und der schiefen Krawatte an dem verschmutzten Kragen, über der Kehle, die in einem fort krampfhaft zu schlucken schien.

Edgar Allan Poe.

Poe, *Shrank*, rannte dahin und warf immer wieder Blicke zurück auf einen formlos wabernden Nebelschwaden, der ihm nachzueilen schien.

Himmel, dachte ich, es ist hinter uns allen her.

Als ich am Kino ankam, war der Nebel, voller Ungeduld, schon hineingegangen.

Mr. Shapeshades altes Kino war etwas Besonderes, das letzte jener nächtlichen Flußschiffe, die irgendwo auf der Welt am Rande des Stroms liegen und den Einsamen Unterhaltung bieten.

Die Vorderseite des Kinos lag an der Promenade, die von Venice hinab nach Ocean Park und Santa Monica führt.

Der hintere Teil erstreckte sich hinaus auf den Pier, die Rückseite lag bereits über dem Wasser.

Ich stand zu dieser späten Stunde vor dem Kino, blickte hinauf zu der Leuchtanzeige und seufzte auf.

Es wurde kein Film angekündigt. Ich las nur ein einziges, aus riesigen Buchstaben zusammengesetztes Wort:

GOODBYE.

Es war wie ein Messer im Bauch.

Ich trat an die Kinokasse.

Shapeshade winkte mir zu und lächelte mich mit heillosem Wohlwollen an.

»Goodbye?« fragte ich bekümmert.

»Klar!« lachte Shapeshade. »Dei-dudel-dei. Lebwohl. Und der Eintritt ist frei! Treten Sie ein! Jeder Freund von Douglas Fairbanks, Thomas Meghan, Milton Sills und Charles Ray ist auch mein Freund.«

Ich schmolz dahin bei diesen Namen aus meiner Kindheit; ich hatte sie alle über eine alte Leinwand flimmern sehen, in einem kühlen Kinosaal in Illinois, in dem ich mit zwei, drei, vier Jahren auf den Knien meiner Mutter gesessen hatte; das war vor der großen Mißernte gewesen, ehe der faule Reis uns heimsuchte und wir in einem alten verbeulten Kissel als erste in der großen Flut nach Westen abdampften, auf der Suche nach einem schlechtbezahlten Job für meinen Daddy.

»Ich kann da nicht rein, Mr. Shapeshade.«

»Was ein richtiger Junge ist, der kann da nicht vorbeigehen.« Shapeshade reckte die Hände zum Himmel und rollte die Augäpfel wie der Stromboli, von Pinocchio gereizt, im Begriff, mit zittrigen Fingern seine Fäden durchzuschneiden. »Warum nicht?«

»Wenn ich aus dem Kino heraus ans Tageslicht komme, kriege ich Depressionen. Nichts stimmt mehr.«

»Tageslicht, papperlapapp!« rief Shapeshade. »Bis Sie herauskommen, ist es finstere Nacht!«

»Lassen wir das! Ich wollte Sie etwas ganz anderes fragen. Haben Sie vielleicht vor drei Tagen den alten Mann, der immer in der Fahrkartenverkaufsstelle saß, hier vor dem Kino gesehen? Bill hieß er, Willy, William Smith.«

»Ja, ich hab ihn fast angeschrien, ihn gefragt, was denn mit seinem Kopf passiert sei. ›Hat dir ein Grizzly die Perücke runtergerissen?‹ hab ich ihn gefragt. Seine Frisur war eine Katastrophe. Wer ist denn mit dem Rasenmäher über ihn hergefallen? Der Teufel Cal?«

»Ja, haben Sie gesehen, ob William Smith von jemandem abgeholt worden ist?«

»Ich war beschäftigt. Es wollten gerade sechs Leute Eintrittskarten, sechs! Als ich mich wieder umgedreht hab, war Mr. Smith, war Willie weg. Wieso?«

Ich ließ die Schultern sinken. Die Enttäuschung mußte mir im Gesicht gestanden haben. Mr. Shapeshade überschwemmte mich mit Mitgefühl und blies seinen aseptischen Atem durch das Loch in der Glasscheibe zu mir heraus.

»Raten Sie mal, wer da drin über die silberne Leinwand flimmert, aus der die Motten in all den Jahren seit 1922 ein

Sieb gemacht haben? Douglas Fairbanks. *Der schwarze Pirat.* Lilian Gish. *Broken Blossoms.* Lon Chaney. Wer war besser? *Das Phantom der Oper!«*

»Meine Güte, Mr. Shapeshade, das sind ja alles Stummfilme!«

»Und? Wo waren Sie denn 1928, daß Sie es nicht bemerkt haben? Je mehr Ton, desto weniger Film! *Statuen* haben sie gespielt. Während sie die Lippen bewegt haben, sind einem die Füße eingeschlafen. Deshalb kein Ton an diesen letzten Abenden! Kein Wort, ja? Nur Schweigen und Gesten auf zwölf Meter Breite, finstere und lüsterne Blicke auf sechs Meter Höhe. Stumme Gespenster! Piraten mit dem Zeigefinger am Mund! Fabelwesen und Bucklige, die in den Wind und den Regen sprechen, die die Orgel für sich reden lassen. Jede Menge Plätze frei. Nur zu!«

Er klopfte auf seinen Kartenautomaten aus Messing.

Eine leuchtendorange Eintrittskarte schob sich zu mir heraus.

»Gut.« Ich nahm die Karte und blickte in das Gesicht des alten Mannes, auf das seit vierzig Jahren kein Sonnenlicht mehr gefallen war, in das Gesicht eines Mannes, der von der Liebe zum Film besessen war und der der ›Encyclopedia Britannica‹ jede Filmzeitschrift vorziehen würde. In seinen Augen flackerte seine sanft verrückte Liebe für alte Gesichter auf den Plakaten von gestern.

»Ist Shapeshade Ihr wirklicher Name?« fragte ich endlich.

»Er bedeutet ein Haus wie dieses, bei dem alle Schatten geformt sind und alle Formen Schatten sind. Haben Sie einen besseren Namen?«

»Nein, Mr. Shapeshade. Was –?« begann ich und brach ab.

Doch Shapeshade erriet mit sichtlicher Befriedigung, was ich fragen wollte. »Was geschieht mit *mir,* wenn sie mein Kino abreißen? Keine Sorge! Ich habe Gönner! Und auch meine dreihundert Filme, die jetzt dort droben liegen, werden bald eine Meile weiter im Süden an der Küste in Sicherheit sein, in dem Haus, wo ich meine Filme vorführen und mich wohlfühlen kann.«

»Constance Rattigan!« rief ich aus. »Ich hab bei ihr oft spät nachts in den Fenstern im Untergeschoß oder im Wohnzimmer so ein merkwürdiges, flackerndes Licht gesehen. Waren *Sie* das?«

»Wer sonst?« strahlte Shapeshade. »Seit Jahren schon trabe ich, immer wenn ich hier fertig bin, mit zwanzig Pfund Film unter jedem Arm die Küste entlang. Sie schläft den ganzen Tag, die gute Constance, und die ganze Nacht schaut sie mit mir Filme an und ißt Popcorn, das ist die Rattigan, und dann sitzen wir da, händchenhaltend wie zwei verrückte Kinder, und plündern die Filmgewölbe, weinen manchmal so heftig, daß wir nicht mehr genug sehen, um den Film zurückzuspulen.«

Ich schaute hinaus auf die Küste, und sofort erschien das Bild von Mr. Shapeshade vor meinen Augen, wie er im Dunkeln den Strand entlang lief, mit Popcorn und Mary Pickford, Holloway Suckers und Tom Mix beladen, unterwegs zu der alten Königin, um ihr ergeben zu dienen als Liebhaber des vielfältigen Hell und Dunkel, das die Leinwand der Träume mit Sonnenaufgängen und Sonnenuntergängen überzieht.

Und dann das Bild von Shapeshade, der, kurz vor Morgengrauen, zusah, wie – das war als Gerücht zu mir gedrungen – Constance Rattigan nackt über den Strand lief, sich in die kalten salzigen Wogen stürzte und wieder auftauchte, Seetang als königlichen Schmuck ins Haar geflochten und als Rohkost zwischen den regelmäßigen weißen Zähnen; und im Licht der aufgehenden Sonne hinkte Shapeshade heimwärts, trunken von Erinnerung, summte und brummte die mächtigen Klänge der großen Kinoorgel vor sich hin, Töne, die ihm aus der Seele, dem Knochenmark, dem Herzen und dem glücklichen Mund kamen.

»Hören Sie!« Er beugte sich vor wie Ernest Thesiger, der in

Das alte dunkle Haus finstere Gänge entlangschleicht, wie die bedrohliche Gestalt des Dr. Prätorius in *Frankensteins Braut*. »Sind Sie schon mal dort drinnen hinter der Leinwand gewesen? Nein? Klettern Sie hoch auf die Bühne, in das Dunkel hinter der Leinwand! Ein tolles Erlebnis! Man fühlt sich wie in Caligaris schiefen Kabinetten. Sie werden es mir ewig danken.«

Ich ergriff seine Hand und konnte den Blick nicht mehr von ihr lösen.

»Meine Güte«, schrie ich auf. »Ihre Hand! Das ist doch die Klaue, die sich in *The Cat and the Canary* aus dem Dunkel hinter den Bücherregalen hervorgeschoben und den Anwalt gepackt hat, die ihn verschwinden läßt, ehe er das Testament lesen kann?!«

Shapeshade starrte hinab auf seine Hand, die in meiner lag, und strahlte.

»Sie sind doch ein netter Mensch, nicht wahr?«

»Ich bemühe mich, Mr. Shapeshade.«

Drinnen tappte ich den Gang entlang, tastete mich an der Wand nach vorn und stolperte beinahe die Stufen zu der ewig in Mitternacht getauchten Bühne hinauf, wo ich mich hinter der Leinwand niederkauerte und den riesenhaften Phantomen zusah.

Und sie waren Phantome, waren, so schräg von unten betrachtet, verdreht wie lange gekaute Kaugummis, waren große, blasse, schwarzäugige, gespenstische Schatten der Zeit, die sich in stummen Gesten und Mundbewegungen ergingen und auf den Klang der Orgel warteten, der noch nicht eingesetzt hatte.

Und da flimmerte und flackerte mit schiefem Gesicht Douglas Fairbanks über die Leinwand, Lilian Gish schmolz auf ihr dahin, schmolz an ihr herab, und Fattie Arbuckle, für den mein Blickwinkel eine Schlankheitskur war, knallte mit seinem knochigen Kopf gegen den Leinwandrahmen und glitt davon ins Dunkel. Ich spürte unter mir, unter dem Pier, die

Wucht der Wogen, fühlte, wie das Wasser unter dem Kino sprudelte, darauf wartete, diesen Palast, der schon erbebte und sich knarrend auf die Seite legte, durch dessen Bodenbretter der salzige Geruch des Meeres heraufstieg, zu begraben. Immer neue Bilder, weiß wie Schnee und schwarz wie Ruß, huschten über die Leinwand, während das Kino sich wie ein Blasebalg hob und senkte, dabei tiefe Seufzer ausstieß, und ich mit ihm hinabsank.

In diesem Augenblick dröhnte die Orgel los.

Dasselbe Gefühl hatte ich gehabt, als sich vor ein paar Stunden der große unsichtbare Ozeanriese auf den Pier geworfen hatte.

Das Kino legte sich auf die Seite, bäumte sich auf und sackte ab wie auf einer Achterbahnwoge.

Die Orgel dröhnte und wieherte Bachs Präludium in cis-Moll heraus, daß der Staub von den alten Kronleuchtern schneite, die Vorhänge sich wie unruhige Totenhemden regten, und ich hinter der Leinwand nach etwas tastete, an dem ich mich festhalten konnte, zugleich von Angst erfüllt, daß etwas nach mir tasten könnte.

Über mir verzogen blasse Gestalten ihre Gesichter und ließen ihre Münder brabbeln, und das Phantom schritt, federgeschmückt und in einer weißen Schädelmaske, die Treppe der Pariser Oper herab; ebenso mußte Shapeshade vor einem Augenblick den dunklen Gang herabgeschritten sein, ehe er die Messingringe, an denen der kurze Vorhang um die Orgel hing, hatte klingeln und klappern lassen, und ehe er sich wie das Schicksal selbst an die Orgel gesetzt, seine Spinnenfinger auf die Tasten gelegt, die Augen geschlossen und den Mund aufgerissen hatte, um Bach erklingen zu lassen.

Ich wagte nicht, mich umzudrehen. Also starrte ich an den neun Meter hohen Phantomen vorbei auf ein Publikum, das mir verborgen blieb, das an den Sitzen festgenagelt war, bei den Klängen der Musik erschauderte, von den schrecklichen

Bildern angezogen wurde, und das die nächtliche Flut unter dem Kinodeck hochhob und wieder hinabsacken ließ.

Unter all den bleichen Gesichtern, deren Blick an der flimmernden Vergangenheit klebte, war da auch er? Er, der im Zug gejammert hatte, der den Kanal entlanggelaufen war, der es um drei Uhr nachts regnen ließ, war das da vorne sein Gesicht, oder war es das dort drüben? Bleiche Monde zitterten da im Dunkel, ein Häufchen ganz vorn, ein anderes weiter hinten, fünfzig, sechzig Personen, die auf einem schrecklichen Ausflug durch den Nebel zu sein schienen, unterwegs zu einer Kollision mit dem Grauen, zu einem lautlosen Untergang, der nur von dem mächtigen Saugen des Ozeans begleitet sein würde, wenn dieser sich zurückzog, um Verstärkung zu holen.

Von all diesen nächtlichen Reisenden, wer war da wohl er? Was konnte ich ausrufen, damit er in Panik den Mittelgang hinauflief und ich ihm nachjagen konnte?

Der gigantische Schädel grinste von der Leinwand, die Liebenden flohen auf das Dach der Oper, und das Phantom folgte ihnen, löste seinen roten Umhang, überhörte ihr ängstliches Liebesgeflüster und grinste; die Orgel kreischte, das Kino bockte und bäumte sich unter dem Druck der donnernden Brandung auf, die uns ein nasses Grab versprach für den Fall, daß die Planken auseinanderklafften und uns hinabfallen ließen.

Meine Augen eilten von einem der schwach schimmernden, nach oben gerichteten Gesichter zum nächsten, und dann hinauf zu dem kleinen Fenster des Vorführers, aus dem ich ein wild blickendes Auge herabstarren sah auf all die düsteren Köstlichkeiten, die die Geysire von Licht und Dunkel auf die Leinwand malten.

Poes Rabenauge.

Oder vielmehr Shrank!

Kartenleger, Psychologe, Phrenologe, Zahlenmystiker und...

Filmvorführer.

Irgend jemand mußte den Vorführapparat bedienen, während Shapeshade sich in Verzückungsanfällen in der Orgel verkrallte. Meist rannte der alte Mann von der Kinokasse zum Vorführraum und dann zur Orgel, prallte von einem zum anderen wie ein wildes Kind, nur als umherirrender alter Mann verkleidet.

Doch heute –?

Wer paßte schon zu einem mitternächtlichen Menü aus buckligen Monstern, umherwandernden Skeletten und behaarten Klauen, die nach der Perlenkette am Hals einer schlafenden Frau griffen?

Shrank.

Die Klänge der Orgel erreichten einen Höhepunkt. Das Phantom verschwand. Und ein Ausschnitt aus Dr. Jekyll und Mr. Hyde zitterte über die Leinwand.

Ich sprang von der Bühne hinab und rannte zwischen all den Teufeln und Mördern hindurch den Gang hinauf.

Das Poe-Auge oben im Fenster war weg.

Als ich in den Vorführraum trat, war er leer.

Die Filmspule drehte sich unbeaufsichtigt in der Leuchtkäfermaschine. Jekyll glitt, gerade dabei, sich in Hyde zu verwandeln, die Lichtstrahlen hinab und traf, leicht wie eine Feder, auf die Leinwand.

Die Musik verstummte.

Als ich das Kino verließ, saß Shapeshade, erschöpft, aber glücklich, wieder unten an der Kinokasse und verkaufte Eintrittskarten an den Nebel.

Ich schob meine Hände zu ihm hinein, ergriff seine und drückte sie.

»Kein fauler Reis für *Sie,* was?«

»Wie?« rief Shapeshade, der meine Frage als Kompliment verstand, aber nicht wußte, warum.

»Sie werden ewig leben!« rief ich ihm zu.

»Da wissen Sie mehr als Gott«, erwiderte er. »Kommen Sie

später noch mal! Um ein Uhr gibt's Conrad Veidt in *Caligari*, um zwei Chaney in *Laugh, Clown, Laugh*, um drei *Der Gorilla*, um vier *Die Fledermaus*. Wer könnte noch mehr wollen?«

»Ich nicht, Mr. Shapeshade.«

Ich ging davon, hinaus in den Nebel.

»Sie sind doch nicht deprimiert heute, oder?« rief er mir nach.

»Wenn ich darüber nachdenke, eigentlich nicht.«

»Solange Sie noch darüber nachdenken, sind Sie es nicht!«

Inzwischen war es Nacht geworden.

Ich sah, daß Modestis Café bereits geschlossen war, vielleicht für immer. Da konnte ich also nicht nach William Smith, nach festlichen Haarschnitten und Diners fragen.

Der Pier lag im Dunkeln. Nur in einem Fenster von A. L. Shranks Tarotkartenhaus brannte Licht.

Ich blinzelte.

Erschreckt ging das verdammte Licht aus.

»Fauler Reis?« stutzte Crumley am Telefon. Doch seine Stimme strahlte, als er hörte, daß ich es war. »Was faseln Sie da?«

»Crumley«, sagte ich und schluckte mit trockener Kehle, »ich hab noch einen Namen für unsere Liste.«

»Was für eine Liste?«

»Außer der Frau mit den Kanaris –«

»Das ist nicht unsere Liste, das ist Ihre!«

»Shrank«, sagte ich.

»Was?«

»A. L. Shrank, der Psychologe vom Pier.«

»Der Kartenleger mit der verrückten Bibliothek, der Amateur-Zahlenmystiker, der fünfte Reiter der Apokalypse?«

»Sie kennen ihn?«

»Junger Freund, ich kenne jeden hier an, auf, über, in und unter dem Pier, jeden Gewichtheber, der die Zeit totschlägt, jeden toten Penner am Strand, den im Morgengrauen der Duft von billigem Fusel wieder zum Leben erweckt. A. L. Shrank, dieser mickrige Zwerg? Ach Quatsch!«

»Legen Sie nicht auf! Ich kann's in seinem Gesicht lesen. Er verlangt danach. Er ist der Nächste. Ich hab letztes Jahr eine Geschichte geschrieben, eine Geschichte, in der zwei Züge, die in verschiedene Richtungen fahren, auf einem Bahnhof eine Minute lang nebeneinander auf Rangiergleisen warten. Ein Mann starrt hinüber auf einen anderen, in dem anderen Zug. Sie tauschen Blicke aus, und dem einen wird klar, daß er besser nicht hinübergeschaut hätte, denn der Mann im anderen Zug ist ein Mörder. Der Mörder wirft einen Blick zurück. Er lächelt. Das ist alles. Ein Lächeln. Und mein Held erkennt, daß er verurteilt ist. Er schaut weg, versucht sich zu retten. Doch der andere, der Mörder, starrt ihn weiter unverwandt an. Als mein Held wieder aufschaut, ist das Fenster im Zug gegenüber leer. Ihm wird klar, daß der Mörder ausgestiegen ist. Gleich darauf taucht er in dem Zug auf, in dem mein Held sitzt, in seinem Waggon, kommt den Gang entlang und setzt sich direkt hinter meinen Helden. Panik, was? Panische Angst.«

»Toller Einfall, aber so etwas passiert nicht«, meinte Crumley.

»Öfter als man denkt! Ein Freund von mir ist letztes Jahr mit einem Rolls Royce über Land gefahren. Auf der Fahrt durch Oklahoma, Kansas, Missouri, Illinois wäre er sechsmal fast von der Straße gedrängt worden. Das waren Leute, die sich über den teuren Wagen geärgert haben. Wenn es geklappt hätte, wäre es Mord gewesen, und niemand hätte es gemerkt.«

»Das ist was anderes. Ein teures Auto ist ein teures Auto. Wer drin saß, hat für sie keine Rolle gespielt. Töten war ihr einziger Gedanke. Aber Sie wollen sagen, daß –«

»Daß auf dieser Welt potentielle Mörder und potentielle Opfer herumlaufen. Der alte Mann in dem Warteraum war so ein Mordopfer, und auch die Frau mit den Kanaris ist eines. Man sieht's in ihren Augen. Die sagen: nimm mich, tu mir den endgültigen Gefallen, beseitige mich! Shrank«, schloß ich, »ich würde meinen Kopf darauf verwetten!«

»Lieber nicht«, meinte Crumley, auf einmal ruhiger. »Sie sind ein guter Junge, aber Sie sind ja noch nicht mal trocken hinter den Ohren.«

»Shrank«, wiederholte ich. »Jetzt, wo der Pier zusammenbricht, muß auch er zusammenbrechen. Wenn ihn nicht irgend jemand umbringt, wird er sich den *Untergang des Abendlandes* und *Schwermut der Liebe* um den Hals binden und ganz draußen von den Überresten des Piers springen. Ja, Shrank.«

Als stimme er mir zu, brüllte irgendwo in Crumleys afrikanischer Wüste ein blutrünstiger Löwe.

»Gerade jetzt, wo wir allmählich immer besser miteinander auskommen«, meinte Crumley.

Und legte auf.

In ganz Venice wurden zum ersten Mal seit Wochen, Monaten oder Jahren die Rollos hochgezogen.

Als erwachte die Stadt am Meer noch einmal, ehe sie in ewigen Schlaf verfiel.

Auch ein Rollo direkt gegenüber von meiner Wohnung, in einem kleinen Bungalow, von dem die weiße Farbe abblätterte, war aufgegangen, und...

Als ich an diesem Abend nach Hause kam, schaute ich hinüber und war fasziniert.

Augen starrten mich an.

Nicht nur zwei, nein, ein Dutzend, ach was, hundert oder mehr.

Die Augen waren aus Glas und lagen in schimmernden Reihen oder auf kleinen Podesten im Fenster.

Die Augen waren blau und braun und grün und gelb.

Ich ging über die schmale Straße vor meinem Haus, stellte

mich vor das Fenster und schaute auf diese phantastische Achatmurmelausstellung hinab.

»Was für ein Spiel würde das geben, in einem verstaubten Schulhof«, murmelte ich vor mich hin.

Die Augen sagten nichts. Sie lagen stumm auf ihren Podesten oder, unregelmäßig hingestreut, auf einem weißen Samttuch und durchbohrten mich mit ihren Blicken, starrten über meine Schulter und mein Rückgrat hinab, auf eine kalte Zukunft, die dort lag.

Wer diese Glasaugen gemacht und in das Fenster gelegt hatte, wer dort drinnen wartete, sie verkaufen und sie den Käufern in die Augenhöhlen stecken wollte, wußte ich nicht.

Es war einer von den vielen Handwerkern und Händlern in Venice, die man nie zu sehen bekam. Ich hatte einmal, tief im Höhlendunkel des Bungalows, eine gleißende weißblaue Flamme gesehen und zwei Hände, die Tränen schmelzenden Glases bearbeiteten. Doch das Gesicht des alten Mannes (in Venice gibt es nur alte Leute) war hinter einer Schutzmaske aus Metall und Glas verborgen. Alles, was man, weit weg, sehen konnte, war die Geburt eines neuen Blickes, war ein blindes Auge, das Sehkraft erhielt, das die Flamme in frischem Glanz erstrahlen ließ, das am nächsten Tag wie ein leuchtendes Bonbon im Fenster liegen würde.

Ob jemals ein Kunde hineinging und eines dieser eigenwilligen Schmuckstücke kaufte, das wußte ich auch nicht. Ich hatte nie jemanden dort hineintappen und mit frischerem Blick wieder herauskommen sehen. Das Springrollo war das ganze letzte Jahr über nur ein- oder zweimal im Monat oben gewesen.

Ich schaute hinab und dachte, ob sie die verschwundenen Kanarienvögel sehen, diese merkwürdigen Augen? Und ob sie wissen, wohin sie verschwunden sind?

Und fügte in Gedanken hinzu: Paßt auf meine Wohnung auf, ja? Seid wachsam, vor allem nachts! Es könnte anderes

Wetter geben. Regen könnte fallen. Schatten könnten an meiner Tür klingeln. Bitte seid wachsam und vergeßt nicht!

Die glänzenden Achatschulhofgefährten aus längst vergangenen Jahren nahmen mich überhaupt nicht zur Kenntnis.

In diesem Moment schob sich eine Hand, wie die eines Zauberers, aus dem Schatten hinter der Auslage hervor und zog das Lid über die Augen herab.

Vielleicht ärgerte es den Glasbläser, daß ich auf seine starren Blicke starrte.

Vielleicht fürchtete er auch, ich könnte mir ein Auge herausniesen und wegen eines neuen zu ihm kommen.

Ein Kunde! Das würde seinen einzigartigen Rekord ruinieren. Zehn Jahre Glasblasen und kein einziges Stück verkauft!

Ob er einen kleinen Nebenverdienst hat, fragte ich mich, ob er Badeanzüge von 1910 verkauft?

In meine Wohnung zurückgekehrt schaute ich zum Fenster hinaus.

Jetzt, wo ich nicht mehr als Inquisitor drüben vor dem Fenster stand, war das Springrollo wieder oben.

Die Augen lagen strahlend da und warteten.

Was, fragte ich mich, werden sie heute nacht sehen?

»Mein Innerstes erbebt vor nichts –«

Ich schreckte hoch.

»Was?« fragte ich die leere Zimmerdecke.

Hatte Lady Macbeth das gesagt?

Erbebt vor nichts.

Vor nichts, ohne jeden Grund, Angst haben.

Und mit diesem Nichts bis zum Morgengrauen leben müssen.

Ich horchte.

Drängte draußen der Nebel gegen meine Tür? Umspielte er das Schlüsselloch? Umstrich dieser eigenartige Miniregenguß meine Fußmatte und ließ Seetang zurück?

Ich traute mich nicht nachzusehen.

Ich öffnete die Augen und schaute auf den Durchgang zu meiner winzigen Küche und meinem noch winzigeren Liliputanerbadezimmer.

Gestern abend hatte ich einen alten, abgetragenen weißen Bademantel dort hingehängt.

Doch jetzt war der Bademantel kein Bademantel mehr. So blind wie ich war, ohne die Brille, die auf dem Fußboden neben dem Bett lag, hatte der Bademantel sich... verwandelt.

Er war jetzt ein Untier, das Ungeheuer.

Damals, im Osten, in Illinois, ich war gerade fünf, mußte ich, wenn ich nachts auf die Toilette wollte, eine dunkle Treppe hinaufgehen; oben wartete immer das Tier, außer, wenn die kleine Wandlampe brannte. Manchmal vergaß meine Mutter, sie anzumachen. Dann gab ich mir schreckliche Mühe, nicht hochzuschauen, bis ich oben angekommen war. Doch ich hatte immer Angst und mußte einfach hochgucken. Und das Tier war immer da, während draußen, in der nächtlichen Ferne, dunkle Lokomotiven vorbeidonnerten, Leichenzüge liebe Vettern oder Onkel wegtrugen. Diese Züge wurden immer länger, je älter ich wurde. Bis ich sieben, acht, neun Jahre alt war, war eine ganze Reihe von Tanten und mein Großvater gestorben; ich hatte gesehen, wie sie aufgebahrt dalagen, mit Blumen überhäuft, wie man sie hinabließ in die Erde, wo schon Dutzende anderer Verwandter lagen, und das Donnern der Züge wurde lauter in diesen Nächten, und da war der Tod, war das Tier, gestaltlos, nur Nacht und Sterne, wartete auf mich, beobachtete mich, wie ich unten am Fuß der Treppe stand und...

Schrie.

Denn jetzt hing es dort, das Tier, an der Tür, die in die Dunkelheit, den Flur, die Küche, das Bad führte.

Gott sei Dank, dachte ich, fahren die großen roten Züge um diese Tageszeit nicht, und lassen nicht, nur ein paar Häuser weiter, ihre düsteren Signale ertönen.

Tier, dachte ich, verschwinde!

Es verschwand nicht.

Ungeheuer, sagte ich zu der Gestalt an der Tür. Ich weiß, daß es dich nicht gibt. Du bist nichts. Du bist mein Bademantel.

Das Dumme war, daß ich nicht viel sehen konnte.

Wenn ich nur an meine Brille käme, dachte ich, wenn ich sie aufsetzen und aus dem Bett springen könnte.

Doch meine Hand zitterte so sehr, daß ich nicht verstohlen hinablangen, meine Brille packen konnte.

Ich lag da, war acht Jahre alt und dann sieben und fünf und dann vier, wurde kleiner, immer kleiner, und gleichzeitig wurde das Tier an der Tür immer größer und dunkler und länger.

Ich wagte nicht, auch nur zu blinzeln. Hatte Angst, diese Bewegung würde das Tier lautlos herabschweben und...

Sachte meine Füße berühren lassen.

»Ah!« schrie jemand auf.

Weil drüben auf der anderen Straßenseite das Telefon klingelte.

Ich schloß die Augen, kniff sie ganz fest zu.

Sei still! dachte ich. Sonst kommt das Tier.

Das Telefon läutete. Um vier Uhr morgens. Vier Uhr! Mein Gott! Wer –?

Peg? In einer mexikanischen Katakombe gefangen? Verloren?

Das Telefon klingelte.

Oder eine Stimme wie kalter Regen, nach einem Lauf durch die Nacht, getränkt mit reinem Alkohol, die durch das Unwetter heulte und schreckliche Geschehnisse beklagte, während der große Zug um eine Kurve kreischte?

Das Läuten hörte auf.

Die Augen zugekniffen, die Zähne zusammengebissen, die Bettdecke über den Kopf gezogen, das Gesicht in das verschwitzte Kissen gedrückt, lag ich da und meinte ein leises Flüstern zu hören. Ich erstarrte.

Hielt den Atem und den Herzschlag an.

Denn, gerade jetzt, in diesem Moment...

Hatte ich nicht eine Berührung gespürt, war da nicht etwas Schweres...

Am Fußende meines Bettes?

A. L. Shrank war nicht das nächste Opfer.

Und auch die Frau mit den Kanaris erhob sich nicht zu einem letzten Rundflug in ihrem Zimmer, um dann den Atem auszuhauchen.

Jemand anders verschwand.

Und es war noch nicht lange hell, da sahen die strahlenden Glasaugen auf der anderen Straßenseite, gegenüber meiner verschlafenen Wohnung, die Ankunft des Beweisstückes.

Ein Lastwagen hielt vor meinem Haus.

Ich lag schlaflos und erschöpft im Bett, hörte ihn und wälzte mich herum.

Jemand klopfte an meine Sargtür.

Es gelang mir, die Schwerkraft zu überwinden und wie ein Ballon zur Tür zu schweben; ich öffnete sie einen Spalt und schaute aus verquollenen Augen in das Gesicht eines Büffels. Das Gesicht nannte meinen Namen, ich nickte zustimmend, der Büffel sagte, ich müsse unterschreiben, ich setzte meine Unterschrift auf einen Zettel, der einem Totenschein glich, und sah zu, wie der Mann zu dem Lieferwagen zurücktrottete, mühsam einen vertraut wirkenden, verpackten Gegenstand von der Ladefläche holte und ihn über den Gehsteig heranrollte.

»Mein Gott«, sagte ich »was ist denn das? Wer –?«

Doch als das große rollende Paket gegen den Türpfosten stieß, ertönte ein musikalisches Stöhnen. Ich erriet die Antwort auf meine Fragen und sackte zusammen.

»Wo soll ich's hinstellen?« fragte der Büffel und ließ seinen Blick durch Groucho Marx' vollgestopfte Luxuskabine schweifen. »Hierher, oder hätten Sie's lieber woanders?«

Er hievte das verpackte Ding herum, stellte es gegen die Wand und schaute voller Geringschätzung auf mein Secondhandsofa, den nackten Fußboden und die Schreibmaschine und ging im Büffeltrott wieder hinaus zu seinem Lastwagen. Die Tür ließ er offen stehen.

Von der anderen Straßenseite schauten all die strahlend blauen, braunen und gelben Glasaugen neugierig herüber, als ich die Verpackung wegriß und hineinstarrte.

Das Lächeln.

»Mein Gott!« schrie ich. »Das ist das Klavier, auf dem ich den –« Den ›Maple Leaf Rag‹ gehört habe.

Wumm. Die LKW-Tür knallte zu. Der Lastwagen donnerte davon.

Ich fiel auf mein schon in sich zusammengebrochenes Sofa und starrte ungläubig auf das große, leere Elfenbeinlächeln.

Crumley, dachte ich. Ich spürte den miesen Haarschnitt, hinten zu hoch geschoren, an den Seiten zu kurz geschnitten. Meine Finger waren taub.

Was ist los, Kumpel? fragte Crumley in meinem Kopf.

Ich habe mir's noch mal überlegt, dachte ich. Crumley, es wird nicht Shrank oder die alte Dame mit den Vögeln sein.

O Mann, meinte Crumley, wer dann?

Cal, der Friseur.

Schweigen. Ein Seufzer. Und dann ...

Klicken. Brummen.

Und so bin ich, als ich vor diesem Überbleibsel aus der Zeit Scott Joplins stand, nicht sofort zum Telefon gerannt und habe meinen Freund, den Kriminalkommissar, angerufen.

Die Glasaugen schauten prüfend auf meinen Haarschnitt und sahen mir zu, wie ich die Tür schloß.

Meine Güte, dachte ich, ich kann nicht mal den Flohwalzer spielen.

Das Friseurgeschäft war offen und leer. Ameisen, Bienen, Termiten und Verwandte waren schon im Laufe des Vormittags dagewesen.

Ich stand an der Tür und schaute in den ausgeweideten Raum. Als hätte jemand eine gigantische Staubsaugerdüse an die Eingangstür gehalten und alles herausgesaugt. Das Klavier war, natürlich, an mich gegangen. Ich fragte mich, wer wohl den Friseurstuhl und all die Tinkturen, Cremes und Lotionen, deren Spuren als Farbflecke die Wände zwischen den Spiegeln zierten, bekommen haben mochte, wer sie überhaupt wollte. Und wer wohl die ganzen Haare gekriegt hatte?

Mitten im Laden stand ein Mann, der Hausbesitzer, wie ich mich zu erinnern glaubte, ein Mann in den Fünfzigern, der mit einem Besen Haare zusammenfegte, die es gar nicht gab, der ohne jeden ersichtlichen Grund sein Gerät über die leeren Fliesen schob. Er blickte auf und sah mich an.

»Cal ist weg«, brummte er.

»Das sehe ich.«

»Der Scheißkerl hat sich davongemacht, obwohl er mir noch die Miete für vier Monate schuldet!«

»Ging das Geschäft also wirklich so schlecht?«

»Schlecht war nicht so sehr das Geschäft, sondern vor allem die Frisuren, die er den Leuten verpaßt hat. Wenn sie auch nur zwei Dollar gekostet haben, sie waren einfach die lausigsten in ganz Kalifornien, haben schon Preise dafür gekriegt!«

Ich faßte mir an den Kopf und an den nackten Hals und nickte.

»Der Dreckskerl ist weggerannt, obwohl er mir noch die Miete für fünf Monate schuldet! In dem Laden nebenan haben sie mir erzählt, daß er heute früh um sieben hier war. Um acht kam ein Gebrauchtwarenhändler und hat den Friseurstuhl mitgenommen, den Rest hat die Heilsarmee bekommen. Wer weiß, wer das Klavier gekriegt hat. Ich hätt's gern, dann könnte ich's verkaufen und hätte einen Teil von meinem Geld.« Er schaute mich an.

Ich sagte nichts. Das Klavier war das Klavier. Was immer ihn auch dazu getrieben hatte, er hatte es zu mir geschickt.

»Was meinen Sie, wo er hin ist?« fragte ich.

»Hat Verwandte in Oklahoma, Kansas, Missouri, soviel ich weiß. Eben war jemand da und hat gesagt, daß Cal ihm vor zwei Tagen erzählt hat, daß er einfach losfahren wollte, bis an den Atlantik, und dann ohne zu bremsen rein ins Wasser.«

»Das würde Cal nie machen.«

»Nein, er wird wohl irgendwo im alten Indianerland untergehen und damit wären wir ihn glücklich los. Mein Gott, war er ein lausiger Friseur!«

Ich ging, ohne zu wissen, wonach ich suchte, vorwärts über saubere weiße Fliesen, durch haarfreies Gelände.

»Wer sind Sie eigentlich?« fragte der Hausbesitzer und hob den Besen, als wolle er auf mich anlegen.

»Der Schriftsteller«, antwortete ich. »Sie kennen mich. Der Verrückte.«

»Teufel noch mal, ich hab Sie nicht erkannt. Hat Cal Ihnen das angetan?«

Sein Blick hing an meinem Haaransatz. Ich fühlte, wie das Blut in meine Kopfhaut drang. »Ja, gestern.«

Ich ging quer durch den Raum, hinter eine dünne hölzerne Trennwand, die den rückwärtigen Teil des Ladens, die Mülltonnen und eine Ruheecke, abschirmte.

Ich schaute in eine Mülltonne und sah sofort das, wonach ich suchte.

Das Foto von Cal und Scott Joplin, bedeckt von allem, was sich in einem Monat an Haaren angesammelt hatte – viel war es nicht.

Ich griff hinein und zog das Bild heraus.

In den folgenden fünf oder sechs Sekunden erstarrte mein Körper zu Eis.

Denn Scott Joplin war weg.

Cal war noch da, lächelnd, für alle Zeiten fünfzehn, und seine dünnen Finger lagen gespreizt auf den Tasten des Klaviers.

Aber der Mann, der grinsend über ihm stand!

Das war nicht Joplin.

Es war jemand anders, ein Schwarzer, ein jüngerer Mann, mit sündigerem Blick.

Ich sah mir das Foto genauer an.

Wo einst Scotts Kopf gewesen war, entdeckte ich vertrocknete Leimreste.

Guter Gott, sei Cal gnädig! dachte ich. Keiner von uns hat je daran gedacht, einmal genauer hinzusehen. Und natürlich hatte das Bild immer unter Glas und ziemlich hoch an der Wand gehangen, so daß man schlecht rankam, um es abzunehmen.

Irgendwann, vor langer Zeit, hatte Cal ein Bild von Scott Joplin gefunden, mit einer Rasierklinge den Kopf abgetrennt und ihn genau auf den Kopf dieses anderen Mannes geklebt. Die Unterschrift hatte er wohl auch gefälscht. Und die ganzen Jahre über hatten wir es angeschaut, geseufzt, mit der Zunge geschnalzt und gesagt: »Mann, Cal, toll! Du bist schon ein Mordskerl! Also wirklich!«

Und die ganzen Jahre über hatte Cal hingesehen und gewußt, was für ein Schwindel es war, sein Schwindel, und hatte einem die Haare geschnitten, daß man aussah, als hätte sie ein Tornado trockengefönt und ein Amok laufender Mähdrescher gekämmt. Ich drehte das Foto um und griff hinab in die Tonne, suchte Scott Joplins abgeschlagenen, verlorengegangenen Kopf.

Ich wußte, daß ich ihn nicht finden würde.

Jemand hatte ihn weggenommen.

Und der, der ihn von dem Foto abgelöst hatte, hatte Cal angerufen, ihm eine Botschaft zukommen lassen. Du bist durchschaut! Du bist entlarvt! Du bist *nackt!* Ich erinnerte mich daran, wie Cals Telefon geklingelt hatte. Und Cal vor Angst nicht ranging.

Und als er in seinen Laden gekommen war, vor zwei, drei Tagen, als er wie immer zu dem Foto hinaufgeschaut hatte, da hatte Cal einen Tritt in den Bauch gespürt. Wenn Joplins Kopf nicht mehr da war, existierte auch Cal nicht mehr.

Alles, was ihm zu tun blieb, war, den Friseurstuhl zu verscherbeln, mit dem Haarwasser die Heilsarmee zu beweihräuchern, sein Klavier zu mir rüberklimpern zu lassen.

Ich brach die Suche ab. Ich faltete das Foto von Cal ohne Joplin zusammen und sah dem Hausbesitzer zu, wie er die Fliesen fegte, auf denen kein Härchen lag.

»Cal«, begann ich.

Der Besitzer hielt den Besen still.

»Cal hat doch nicht. Ich meine, er würde doch nie, Cal lebt doch noch?«

»Blödsinn«, meinte der Besitzer, »natürlich lebt er, inzwischen wohl vierhundert Meilen weiter im Osten und mit einem Mietrückstand von sieben Monaten!«

Gott sei Dank! dachte ich. Davon brauche ich Crumley also nichts zu erzählen. Vorerst jedenfalls. Wenn einer abhaut, hat das nichts mit Mord zu tun, dann ist er ja nicht tot.

Nein?

Nach Osten abgehauen? Ist Cal nicht ein Toter, der am Steuer eines Wagens sitzt? Ich ging zur Tür.

»Mannomann«, rief mir der Besitzer nach. »Sie sehen wirklich nicht gut aus!«

Aber auch nicht so schlecht wie mancher andere, dachte ich. Und wohin gehe ich jetzt? fragte ich mich, jetzt, wo das Lächeln in meinem Wohnschlafzimmer steht, es ausfüllt, und ich doch nur Schreibmaschine spielen kann.

Um halb drei am Nachmittag klingelte mein Tankstellentelefon. Ich hatte mich, weil ich in der vergangenen Nacht nicht schlafen konnte, erschöpft noch einmal ins Bett gelegt.

Ich lag da und horchte.

Das Telefon hörte und hörte nicht auf.

Es läutete zwei Minuten, drei Minuten lang. Je länger es dauerte, desto kälter wurde mir. Als ich dann schließlich aus dem Bett hüpfte, mich in die Badehose zwängte und über die Straße trottete, zitterte ich, als wäre ich in einen Schneesturm geraten.

Als ich den Hörer abnahm, spürte ich, daß Crumley am anderen Ende der Leitung war, weit weg, und noch ehe er ein Wort von sich gegeben hatte, wußte ich, was er mir mitteilen wollte.

»Es ist passiert, oder?« fragte ich.

»Woher wissen Sie?« Crumley klang, als habe auch er die ganze Nacht kein Auge zugemacht.

»Wie sind Sie darauf gekommen, bei ihr vorbeizuschauen?«

»Beim Rasieren, vor einer Stunde, bekam ich so ein komisches Gefühl. Ungefähr so, wie Sie es immer erzählen. Ich bin noch eine Zeitlang hier, ich warte auf den Gerichtsmediziner. Wollen Sie nicht vorbeikommen und mir erzählen, daß Sie das ja vorhergesagt hatten?«

»Das nicht, aber ich komme trotzdem.«

Ich hängte ein.

In meine Wohnung zurückgekehrt, sah ich das Nichts nach wie vor an der Badezimmertür hängen. Ich riß es herunter, warf es auf den Boden und trampelte darauf herum. Das schien mir nur gerecht, denn schließlich hatte es in der Nacht ohne mein Wissen die Frau mit den Kanaris besucht und war im Morgengrauen klammheimlich zurückgekommen.

O Gott, dachte ich, als ich wie betäubt auf dem Bademantel stand, jetzt sind alle Käfige leer!

Crumley stand am Ufer des Nils, auf der einen Seite des trockenen Flußbetts. Ich stand auf der anderen. Vor dem Haus warteten ein Polizeiauto und der Leichenwagen.

»Es ist kein schöner Anblick«, meinte Crumley.

Er machte eine Pause, wartete darauf, daß ich ihn mit einem Nicken aufforderte, das Laken wegzuziehen. Ich fragte: »Haben Sie heute nacht gegen vier bei mir angerufen?«

Crumley schüttelte den Kopf.

»Wie lange ist sie schon tot?«

»Ungefähr acht Stunden.«

Ich ließ meine Gedanken zurückeilen. Vier Uhr früh. Da hatte das Telefon auf der anderen Straßenseite durch die Nacht herübergeklingelt. Da hatte das Nichts angerufen, wollte mir etwas mitteilen. Wäre ich hinübergerannt und hätte abgehoben, dann hätte mich ein kalter Wind aus dem Hörer umweht und mir etwas gesagt – das da!

Ich nickte. Crumley zog das Laken weg.

Die Frau mit den Kanaris, da lag sie und da lag sie doch nicht. Ein Teil von ihr war in der Dunkelheit geflohen. Was übrig war, bot einen schrecklichen Anblick. Ihre Augen starrten auf ein furchtbares Nichts, das Ding an meiner Badezimmertür, die unsichtbare Last am Fußende meines Bettes. Der Mund, der sich einst zu einem Flüstern geöffnet hatte, der gesagt hatte, nur zu, hier herein, guten Tag, war jetzt vor Entsetzen weit aufgerissen, hatte energisch gegen irgend etwas protestiert. Er hatte etwas wegschicken, es hinausjagen wollen, hatte es am Bleiben hindern wollen!

Crumley hielt das Laken und schaute mich an.

»Ich denke, ich muß mich bei Ihnen entschuldigen.«

»Wofür?«

Das Reden fiel uns schwer, weil sie zwischen uns hindurch zur Decke hinaufstarrte, auf etwas Schreckliches.

»Weil Sie mit Ihrer Vermutung richtig gelegen haben, und weil ich daran gezweifelt habe.«

»Es war nicht schwer, richtig zu tippen. Da ist mein toter Bruder. Mein Großvater und meine Tanten – alle tot. Und meine toten Eltern. Irgendwie ist doch ein Tod wie der andere, oder?«

»Ja.« Crumley ließ das Laken sachte herabsinken, ein Schneeschauer, der auf das herbstliche Tal des Nils herabfiel. »Aber dies hier war ein völlig natürlicher Tod, kein Mord. Diesen Gesichtsausdruck findet man bei allen Menschen, die spüren, daß ihnen gleich das Herz die Brust sprengt.«

Am liebsten hätte ich lautstark widersprochen. Ich biß mir auf die Zunge. Etwas, was ich aus den Augenwinkeln wahrnahm, veranlaßte mich, mich umzudrehen und zu den leeren Vogelkäfigen hinüberzugehen. Es dauerte einige Zeit, bis mir klar wurde, worauf ich da schaute:

»Mein Gott«, flüsterte ich »Hirohito. Addis Abeba. Alles weg!«

Ich wandte mich wieder Crumley zu, sah ihn starr an und deutete auf den Käfig.

»Irgend jemand hat die alte Zeitung da rausgenommen. Irgendwer ist hier heraufgekommen und hat sie zu Tode erschreckt, und dann hat er auch noch die Zeitung mitgenommen. Lieber Himmel, er sammelt Andenken. Ich bin sicher, daß er auch eine Handvoll Fahrkartenschnipselkonfetti und Scott Joplins abgepulten Kopf hat.«

»Scott Joplins was?«

Er wollte wohl eigentlich nicht. Aber schließlich kam Crumley doch näher, warf einen Blick in die Vogelkäfige.

»Wenn Sie die Zeitungen finden, haben Sie ihn«, sagte ich.

»Nichts leichter als das«, seufzte Crumley.

Er ging mit mir hinunter an den zur Wand gedrehten Spiegeln vorbei, die niemanden in der Nacht hatten kommen sehen und die niemanden gehen sahen. Am Fuß der Treppe hing in einem staubbedeckten Fenster das Schild. Ohne zu wissen, warum ich es tat, streckte ich den Arm aus und zog das Schild aus seinem abblätternden Klebstreifenrahmen. Crumley sah mir zu.

»Kann ich das behalten?« fragte ich.

»Es wird Ihnen immer, wenn Sie es anschauen, wehtun«, meinte Crumley. »Ach, zum Teufel! Behalten Sie's!«

Ich faltete es zusammen und steckte es in die Tasche.

Droben sangen die Vogelkäfige stumme Lieder.

Der Gerichtsmediziner kam pfeifend herein und verströmte nachmittäglichen Biergeruch.

Regen hatte eingesetzt. Regen fiel auf ganz Venice, als uns Crumleys Wagen von ihrem Haus wegbrachte, und auch weg von meiner Wohnung, weg von Telefonen, die zur falschen Tageszeit klingelten, weg vom grauen Ozean, vom leeren Strand, von der Erinnerung an ertrunkene Schwimmer. Die Windschutzscheibe glich einem großen Auge, das weinte, sich die Tränen abwischte und wieder weinte, und die Scheibenwischer rutschten nach links, machten kehrt, rutschten nach rechts, hielten inne und quietschten zurück. Ich blickte stur geradeaus.

Als wir in Crumleys Dschungelbungalow standen, sah er mich an, entnahm meiner Miene, daß mir ein Brandy lieber war als ein Bier, schenkte mir ein und deutete mit dem Kinn auf das Telefon im Schlafzimmer.

»Haben Sie genug Geld, um in Mexico City anzurufen?«

Ich schüttelte den Kopf.

»Hier brauchen Sie keines. Rufen Sie an! Reden Sie mit Ihrer Freundin! Machen Sie die Tür zu und reden Sie!«

Mit einem tiefen Seufzer ergriff ich seine Hand und hätte sie ihm beinahe zerquetscht. Dann rief ich in Mexico City an.

»Peg!«

»Wer ist dort?«

»Ich bin's, ich!«

»Du klingst so merkwürdig, so weit weg.«

»Ich bin weit weg.«

»Du lebst, Gott sei Dank!«

»Natürlich.«

»Ich hatte so ein schreckliches Gefühl, heute nacht, als ich wach im Bett lag.«

»Um welche Zeit, Peg, wann war das?«

»Um vier Uhr, warum?«
»Mein Gott!«
»Was ist denn?«
»Nichts. Ich konnte auch nicht schlafen. Wie ist Mexico City?«
»Wo man hinschaut, sieht man den Tod.«
»O Gott, ich dachte, das wär nur hier so.«
»Wie?«
»Schon gut. Es ist schrecklich schön, deine Stimme zu hören.«
»Sag was!«
Ich sagte etwas.
»Sag es noch mal!«
»Warum schreist du, Peg?«
»Ich weiß nicht. Ach, natürlich weiß ich. Wann fragst du mich endlich, ob ich dich heirate?!«
»Peg«, sagte ich bestürzt.
»Also, wann?«
»Mit dreißig Dollar pro Woche, wenn ich Glück hab mal vierzig, manchmal auch gar nichts, manchmal monatelang keinen roten Heller?«
»Ich werde ein Armutsgelöbnis ablegen.«
»Sicher!«
»Bestimmt. In zehn Tagen bin ich zu Haus und lege beide Gelöbnisse ab.«
»In zehn Tagen, in zehn Jahren.«
»Warum müssen immer wir Frauen um eure Hand anhalten?«
»Weil wir Männer Feiglinge sind, weil wir mehr Angst haben als ihr.«
»Ich werde dich beschützen!«
»Das ist vielleicht 'ne Unterhaltung!« Ich dachte an die vergangene Nacht, die Tür, das Ding, das an ihr hing, und das Ding am Fußende meines Bettes. »Du solltest dich beeilen!«
»Weißt du noch, wie ich aussehe?« fragte sie plötzlich.

»Was ist los?«

»Du weißt es bestimmt noch, nicht wahr, weil, vor einer Stunde ist mir was Schreckliches passiert. Ich konnte mich nicht mehr an dein Gesicht erinnern, hab plötzlich nicht mehr gewußt, welche Farbe deine Augen haben, hab mich verflucht, weil ich kein Bild von dir mitgenommen hab, und es war alles wie weggewischt. Die Vorstellung, daß ich dich vergessen könnte, erschreckt mich. Du wirst mich doch nie vergessen?«

Ich erzählte ihr nicht, daß ich gerade am Tag zuvor die Farbe ihrer Augen vergessen hatte, und wie mich das erschüttert hatte, eine ganze Stunde lang, und daß es für mich wie der Tod gewesen war, nur daß ich mir nicht darüber klar war, wen er zuerst geholt hatte, Peg oder mich.

»Hilft dir meine Stimme?«

»Sehr.«

»Bin ich jetzt bei dir? Kannst du meine Augen sehen?«

»Ja.«

»Steck, um Gottes willen, sobald du aufgelegt hast, ein Bild von dir in einen Umschlag und schick's mir! Ich will nicht länger mit dieser Angst leben.«

»Ich hab nur so ein lausiges Paßfoto aus dem Automaten.«

»Schick's mir!«

»Ich hätte nicht hierherfahren und dich alleinlassen sollen, völlig schutzlos.«

»Das klingt ja, als wäre ich dein Kind.«

»Bist du das nicht auch?«

»Ich weiß nicht. Kann die Liebe einen beschützen, Peg?«

»Sie muß es können! Wenn dich meine Liebe nicht beschützt, gibt es für mich keinen Gott mehr. Komm, wir reden einfach noch ein bißchen. Solange wir miteinander reden, spürst du meine Liebe, und dir geht's gut.«

»Mir geht's schon wieder bestens. Das hast du geschafft. Mir war wirklich nicht gut heute, Peg. Nichts Ernstes. Hab wohl irgendwas Falsches gegessen. Aber jetzt bin ich wieder in Ordnung.«

»Wenn ich wieder zu Hause bin, ziehe ich zu dir. Du kannst sagen, was du willst. Und dann werden wir heiraten. Du mußt dich nur daran gewöhnen, daß ich arbeite, während du dein großes amerikanisches Epos fertigschreibst; und jetzt Schluß, kein Wort mehr davon! Irgendwann einmal wirst du mir recht geben!«

»Fängst du jetzt an, mir Vorschriften zu machen?«

»Klar, weil ich auf keinen Fall auflegen möchte, weil ich möchte, daß das den ganzen Tag so weiter geht, und weil ich weiß, daß es dich ein Vermögen kostet. Sag mir noch ein paar von den Sachen, die ich so gerne höre!«

Ich sagte ihr noch ein paar.

Und dann war sie weg, nur noch ein Brummen in der Leitung, und ich saß da mit einem zweitausend Meilen langen Stück Kabel und einem unermeßlichen gespenstischen Raunen, das darin nachklang, sich auf mich zubewegte. Ich schnitt es ab, ehe es an mein Ohr dringen und in meinen Kopf schlüpfen konnte.

Ich öffnete die Tür und ging zurück in das andere Zimmer, wo Crumley am Kühlschrank stand und nach etwas Eßbarem suchte.

»Sie schauen mich so überrascht an. Haben Sie vor lauter Quasseln vergessen, daß Sie bei mir sind?«

»Ja, hab ich wohl«, antwortete ich, und nahm ihm alles ab, was er aus dem Kühlschrank hervorkramte und mir reichte. Dabei lief mir in einem fort die Nase, und ich fühlte mich elend mit meiner Erkältung.

»Da sind Taschentücher«, meinte Crumley, »schnappen Sie sich die ganze Packung... Und erzählen Sie mir schon mal, wer noch alles auf Ihrer Liste steht!« fuhr er fort.

»Auf *unserer* Liste«, wandte ich ein.

Er kniff die Augen zusammen, strich sich nervös über das schüttere Haar und nickte.

»Die, die als nächste sterben werden, in der Reihenfolge ihrer Hinrichtung.«

Er schloß die Augen, als läge eine schwere Last auf ihm.

»Unsere Liste«, gab er nach.

Ich erzählte ihm nicht sofort von Cal.

»Und wenn wir schon mal dabei sind«, Crumley schlürfte an seinem Bier, »schreiben Sie mir auch gleich den Namen des Mörders auf.«

»Es müßte jemand sein, der hier in Venice jeden kennt.«

»Zum Beispiel ich«, meinte Crumley.

»Sagen Sie so was nicht!«

»Warum?«

»Weil mir das Angst macht«, erklärte ich.

Ich stellte die Liste auf.

Ich stellte zwei Listen auf.

Und merkte plötzlich, daß ich mit einer dritten beschäftigt war.

Die erste Liste war kurz. Sie enthielt die Namen der möglichen Mörder. Bei keinem von ihnen glaubte ich so recht daran.

Die zweite hieß ›Wer ist der Nächste?‹ und war schon etwas länger. Sie enthielt die Namen derjenigen, die in nächster Zeit verschwinden würden.

Und während ich damit beschäftigt war, fiel mir plötzlich ein, daß ich schon seit einiger Zeit keinen der ruhelosen Bewohner von Venice mehr eingefangen hatte. Also verfaßte ich eine Seite über Cal, den Friseur, ehe er auch aus meinem Kopf geflohen war, eine über Shrank, wie er die Straße entlangrannte, eine über die Leute, die in der Achterbahn mit mir in die Hölle hinabgestürzt waren, und eine über das Kino, das große nächtliche Dampfschiff, das den Styx überquerte, um die Insel der Toten zu rammen und (unvorstellbar!) Mr. Shapeshade in die Tiefe zu reißen!

Ich verfaßte einen Nekrolog auf die Vogelfreundin und eine Seite über die Glasaugen, nahm die beschriebenen Blätter und legte sie in meine Sprechende Kiste. Das war das Holzkistchen, das stets neben meiner Schreibmaschine stand, in dem meine Ideen lagen, und aus dem sie frühmorgens zu mir sprachen, mir sagten, wohin sie gehen und was sie tun wollten. Noch im Halbschlaf hörte ich ihnen zu, stand dann auf, um ihnen mit der Schreibmaschine dabei zu helfen, dorthin zu gelangen, wo es sie so dringend hinzog, wo sie etwas ganz besonders Verrücktes anstellen wollten. So entstanden meine Geschichten. Manchmal erzählten sie von einem Hund, der unbedingt auf einem Friedhof Löcher graben, manchmal von einer Zeitmaschine, die in die Vergangenheit reisen mußte. Manchmal von einem Mann mit grünen Flügeln, der, um nicht gesehen zu werden, nur noch nachts flog. Manchmal davon, wie sehr ich, allein in meinem Grabsteinbett, Peg vermißte.

Ich brachte Crumley eine der Listen.

»Wieso wollten Sie nicht meine Schreibmaschine benutzen?« fragte Crumley.

»Ihre ist noch nicht an mich gewöhnt und würde mich nur aufhalten. Meine ist mir immer voraus, und ich versuche sie einzuholen. Lesen Sie das!«

Crumley las meine Liste möglicher Opfer.

»Meine Güte«, murmelte er, »Sie haben ja die halbe Handelskammer von Venice, den Lion's Club, den Flohzirkus und die amerikanische Schaustellervereinigung drauf.«

Er faltete das Blatt zusammen und steckte es ein.

»Wie wär's denn noch mit ein paar alten Freunden von Ihnen aus L. A., da, wo Sie mal gewohnt haben?«

Ein kalter Schreck durchfuhr mich, sprang wie ein Frosch in mir hoch.

Ich dachte an das Mietshaus und die dunklen Korridore, und an die nette Mrs. Gutierrez und die liebe Fannie.

Und wieder sprang der Frosch hoch.

»Seien Sie still!« rief ich aus.

»Wo ist die andere Liste, die mit den Mördern? Haben Sie da auch die Handelskammer drauf?«

Ich schüttelte den Kopf.

»Haben Sie Angst, sie mir zu zeigen, weil ich auch darauf stehe?« fragte Crumley.

Ich zog die Liste aus der Tasche, warf einen Blick darauf und zerriß sie.

»Wo ist Ihr Papierkorb?« fragte ich.

Während ich sprach, wanderte der Nebel bis auf die andere Straßenseite, gegenüber von Crumleys Dschungel. Dort zögerte er, als suche er mich, und kam dann, wie um meinen krankhaften Argwohn zu bestätigen, herüber und bedeckte den Garten, löschte die weihnachtlichen Lichter in den Orangen- und Zitronenbäumen und überflutete die Blumen, so daß sie ihre Münder schlossen.

»Der Nebel wagt sich wirklich hierher?« fragte ich.

»Nicht nur der Nebel«, antwortete Crumley.

»*Qué?* Der Verrückte?«

»*Sí,* Mrs. Gutierrez!«

»Soll ich verbinden?«

»*Sí,* Mrs. Gutierrez.«

»Fannie steht außen am Geländer.«

»Ich höre sie, Mrs. Gutierrez.«

Weit weg von der Küste, in der Sonne, dort, wo es keinen Dunst und keinen Regen gab, und keine Brandung, die seltsame Besucher mitbrachte, lag das Mietshaus, in dem Fannies Sopran erklang, wie der Gesang der Sirenen.

»Sagen Sie ihm«, hörte ich sie singen, »daß ich eine neue Aufnahme von Mozarts *Zauberflöte* habe!«

»Sie sagt –«

»Sie hat eine kräftige Stimme, Mrs. Gutierrez. Sagen Sie ihr, ich bin froh, daß es mal was Fröhliches ist.«

»Sie möchte, daß Sie herkommen, vermißt Sie, hofft, daß Sie ihr verzeihen, sagt sie.«

Was denn? Ich versuchte mich zu erinnern.

»Sie sagt –«

Fannies Stimme trieb durch die warme reine Luft.

»Sagen Sie ihm, er soll kommen, aber er soll niemanden mitbringen!«

Das nahm mir den Atem. Eiseskälte stieg durch meine Adern hoch. Hatte ich das jemals gemacht, fragte ich mich. Wen, meinte sie, könnte ich als ungeladenen Gast mitbringen? Und dann erinnerte ich mich.

Den Bademantel an der Badezimmertür. Laß ihn dort hängen! Kanarienvögel zu verkaufen. Hol die leeren Käfige nicht! Den Löwenkäfig. Roll ihn nicht durch die Straßen! Lon Chaney. Kratz ihn nicht von der silbernen Leinwand und steck ihn in die Tasche! Bloß nicht!

Mein Gott, Fannie, dachte ich. Ist der Nebel unterwegs zu dir, landeinwärts? Wird bald Dunst das Mietshaus umhüllen? Wird der Regen an deine Tür klopfen?

Ich schrie so laut ins Telefon, daß Fannie, einen Stock höher, es hätte hören können.

»Sagen Sie ihr, ich komme allein, Mrs. Gutierrez. *Allein.* Aber sagen Sie ihr, daß es nicht sicher ist. Ich habe kein Geld, nicht mal für die Fahrkarte. Vielleicht komme ich morgen –«

»Fannie sagt, wenn Sie kommen, sie gibt Ihnen Geld.«

»Fein, aber bis dahin sind meine Taschen leer.«

In diesem Augenblick sah ich den Briefträger über die Straße gehen und etwas in meinen Briefkasten werfen.

»Moment«, rief ich und rannte hinaus.

Der Brief kam aus New York und enthielt einen Scheck über dreißig Dollar für eine Geschichte, die ich verkauft hatte, eine Geschichte über einen Mann, der vor dem Wind Angst hatte, weil der ihm vom Himalaja herab rund um die Erde gefolgt war und jetzt, mitten in der Nacht, um sein Haus tobte, nach seiner Seele gierte.

Ich rannte zurück ans Telefon und rief in den Hörer: »Wenn ich's noch zur Bank schaffe, komme ich heute abend!«

Meine Mitteilung kam bei Fannie an, und sie sang drei Töne aus der ›Glöckchenarie‹ aus *Lakme*, ehe die Vermittlerin auflegte.

Ich rannte zur Bank.

Friedhofsnebel, dachte ich, steig nicht vor mir in den Zug zu Fannie!

War der Pier nicht die riesige ›Titanic‹, unterwegs zu dem nächtlichen Treffen mit dem Eisberg, mit Passagieren, die ihre Liegestühle hin- und herrückten, und sang da nicht einer ›Näher, mein Gott, zu Dir‹, während er kraftvoll den Bolzen auf die Zündkapsel herunterdrückte?

Das Haus an der Ecke Temple Street/Figueroa Street ging noch nicht unter, es schwamm noch inmitten des Barrio, aus fast allen Fenstern hingen Vorhänge, Menschen, Unterhosen, hinten auf der Veranda wurde Wäsche zu Tode gestampft, und in den Korridoren hing der Duft von Tacos und Corned Beef.

Es war so etwas wie ein kleines Ellis Island, das umhertrieb mit einer Besatzung aus mehr als sechzehn verschiedenen Ländern. Samstag abends erlebte es Enchilada-Feste im obersten Stock und Conga-Schlangen, die durch die Gänge tanzten, doch den größten Teil der Woche waren alle Türen geschlossen, und die Bewohner gingen früh zu Bett, weil sie alle einer Arbeit nachgingen, in einer Näherei oder einem Kaufhaus, in der Stadt, einer der übriggebliebenen Rüstungsfabriken im Tal, oder in der Olivera Street, wo sie billigen Schmuck verkauften.

Es gab in diesem Haus niemanden, der dafür sorgte, daß Ordnung herrschte. Die Besitzerin, Mrs. O'Brien, kam so selten wie möglich hierher; sie hatte Angst vor Taschendieben und war um ihre zweiundneunzigjährige Tugend besorgt.

Wenn irgend jemand hier etwas zu sagen hatte, dann Fannie Florianna, die von ihrem Opernbalkon so lieblich Anweisungen herabflötete, daß sogar die Jungs in dem Billard-Salon auf der anderen Straßenseite aufhörten, sich wie Kampfhähne aufzuplustern, und mit dem Billardstock in der Hand herauskamen, hinaufwinkten und »*Olé*« riefen.

Im Erdgeschoß wohnten außer den Chicanos, die man hier überall antraf, auch drei Chinesen; im ersten Stock ein Herr aus Japan und sechs junge Männer aus Mexico City, die zusammen einen wunderbaren weißen Eiskrem-Anzug besaßen – jeder konnte ihn einen Abend pro Woche tragen. Außerdem gab es da ein paar Portugiesen, einen Nachtwächter aus Haiti, zwei Händler von den Philippinen und noch mehr Chicanos.

Und natürlich Mrs. Gutierrez, mit dem einzigen Telefon im ganzen Haus.

Der zweite Stock bestand vor allem aus Fannie und ihren dreieinhalb Zentnern; außer ihr wohnten hier noch zwei altjüngferliche Schwestern aus Spanien, ein ägyptischer Juwelenhändler und zwei Damen aus Monterey, die, wie man sich erzählte, ihre Gunst – zu einem bescheidenen Preis – wahllos an jeden Billardspieler verkauften, der Freitag nachts, nach Liebe lechzend, zu ihnen hochgestolpert kam. Jede Ratte in ihren Bau, wie Fannie sagte.

Ich stand gerne bei Einbruch der Dunkelheit vor diesem Haus, lauschte voll Vergnügen der Radiomusik, die lebhaft aus allen Fenstern dröhnte, sog die Küchengerüche und das Gelächter ein.

Und gerne ging ich hinein, um all seine Bewohner wiederzusehen.

Das Leben mancher Menschen kann man in so wenigen Worten zusammenfassen, daß es nicht mehr ist als das Zuschlagen einer Tür oder ein mitternächtliches Husten draußen auf der dunklen Straße.

Man schaut aus dem Fenster; die Straße ist leer. Der gehustet hat, ist bereits weitergegangen.

Manche Menschen werden fünfunddreißig, vierzig Jahre alt, aber weil niemand je von ihnen Notiz nimmt, brennt ihr Leben so schnell ab wie eine Kerze, ist es winzig, praktisch unsichtbar.

Dieses Mietshaus beherbergte eine ganze Reihe solcher überhaupt nicht oder kaum sichtbarer Menschen, Menschen, die hier lebten, und die eigentlich doch nicht lebten.

Zum Beispiel Sam und Jimmy und Pietro Massinello, und dann Henry, der Blinde, ein ganz außergewöhnlicher Mensch, so dunkel wie die Korridore, durch die er stolz dahinschritt, stolz darauf, ein Neger zu sein.

Sie alle, oder zumindest die meisten von ihnen, sollten in den folgenden Tagen verschwinden, und jeder auf eine andere Art. Einer nach dem anderen auf so unterschiedliche Weise, daß niemand davon Notiz nahm. Selbst mir entging die Bedeutung ihres letzten Lebewohls.

Sam.

Sam war aus Mexiko illegal eingewandert, arbeitete als Tellerwäscher, bettelte sich ein paar Kröten zusammen, kaufte sich billigen Wein und verschwand tagelang von der Bildfläche. Dann war er wieder da, wie ein Toter dem Grab entstiegen, kehrte zurück ans Spülbecken, bettelte weiter und versank wieder im *vino,* den er in einer braunen Reisetasche mit sich herumschleppte. Sein Spanisch war schlecht, und sein Englisch noch schlechter, denn es war immer mit Muskateller getränkt. Niemand verstand, was er sagte, niemanden interessierte es. Er schlief im Keller, wo er es warm hatte und sicher war.

Soviel zu Sam.

Jimmy verstand man ebenso schlecht. Bei ihm lag es nicht am Wein, sondern daran, daß ihm jemand sein Gebiß gestohlen hatte. Seine Zähne, die er umsonst von der städtischen Gesundheitsfürsorge bekommen hatte, waren ihm abhanden gekommen, als er sich, unvorsichtigerweise, eines Nachts für ein paar Cent in einer billigen Absteige eingemietet hatte. Sie wurden ihm aus einem Trinkglas gestohlen, das er direkt neben sein Kopfkissen gestellt hatte. Als er aufwachte, war sein breites, weißes Grinsen für immer dahin. Jimmy kam zahnlos, aber vom Gin beschwingt in das Mietshaus zurück, deutete auf sein rosiges Zahnfleisch und lachte. Der Verlust seiner Zähne, zusammen mit seinem tschechischen Einwandererakzent, machte es unmöglich, ihn zu verstehen. Er legte sich nachts um drei in eine leere Badewanne schlafen, erledigte irgendwelche kleinen Arbeiten, die anfielen, und lachte viel und über nichts Bestimmtes.

Soviel zu Jimmy.

Pietro Massinello war ein Ein-Mann-Zirkus. Ebenso wie die anderen durfte er mit all seinen Hunden, Katzen, Gänsen und Sittichen im Dezember vom Dachboden, wo sie im Sommer wohnten, hinunterziehen in eine Rumpelkammer im Keller, wo sie in einem Potpourri von Gebell, Gegacker, lärmendem Aufruhr und stillem Schlummer all die Jahre überlebten. Man sah ihn in den Straßen von Los Angeles, begleitet von einer malerischen Herde lärmender Tiere, umtobt von Hunden, einen Vogel auf jeder Schulter, eine Ente im Kielwasser, unter dem Arm ein aufziehbares Grammophon, das er an Straßenecken auf den Boden stellte und ›Geschichten aus dem Wienerwald‹ spielen ließ. Und wenn die Leute ihm eine Münze hinwarfen, ließ er die Hunde dazu tanzen. Er war ein winziger Mann mit Wimperntusche um die großen, unschuldigen, verrückt dreinblickenden Augen, mit Glöckchen am Hut, an den Manschetten und am Kragen. Er sprach nicht mit den Leuten, er sang sie an.

An der Tür zu seiner Rumpelkammer hing ein Schild, MANAGER, und der Raum war erfüllt von Liebe, von der Zuneigung liebevoll behandelter, verhätschelter, verzogener Tiere zu ihrem unglaublichen Herrn.

Soviel zu Massinello Pietro.

Etwas ganz Besonderes war Henry, der blinde Farbige. Nicht nur, weil er klar und deutlich sprach, sondern weil er ohne Blindenstock durch unser Leben wanderte, und weil er noch am Leben war, als die anderen bereits sang- und klanglos in der Nacht verschwunden waren.

Er erwartete mich, als ich den Hauseingang betrat.

Er erwartete mich im Dunkeln, an die Wand gelehnt, sein Gesicht war so schwarz, daß man es nicht sehen konnte.

Was mich zusammenzucken ließ, waren seine Augen, blind, aber weiß umrandet.

Ich machte einen Satz zur Seite und japste nach Luft.

»Henry. Bist du's?«

»Hab dir 'n Schreck eingejagt, was?« Henry lächelte, dann fiel ihm wieder ein, warum er hier war. »Hab auf dich gewartet«, sagte er, senkte dabei die Stimme und sah sich um, als könne er einen Schatten vom anderen unterscheiden.

»Stimmt was nicht, Henry?«

»Ja. Nein. Weiß nicht. Alles anders. Hier ist's nicht mehr wie früher. Alle sind nervös. Sogar ich.«

Ich sah, wie seine Hand hinabtastete zu einem schräggestreiften Stock, ihn ergriff und zwischen den Fingern drehte. Ich hatte ihn nie zuvor mit einem Stock gesehen. Mein Blick glitt hinab zur Spitze, an der etwas Rundes angebracht war, allem Anschein nach ein ordentliches Bleigewicht. Das war kein Blindenstock. Es war eine Waffe.

»Henry!« flüsterte ich.

Wir standen einen Augenblick lang stumm da, und ich musterte ihn von oben bis unten, sah an ihm plötzlich all das, was schon immer dagewesen war.

Der blinde Henry.

Er hatte alles in seinem Gedächtnis gespeichert. Sein Stolz hatte ihn jeden Schritt in diesem Block und im nächsten und übernächsten zählen lassen, und er hatte sich alles gemerkt, wußte genau, wieviele Schritte er brauchte, um über diese oder jene Kreuzung zu gehen. Er wußte mit absoluter Sicherheit, in welcher Straße er gerade war, erkannte sie an der Luft, an dem Duft einer Metzgerei oder eines Drugstores, dem Geruch eines Schuhputzers, dem Rauch aus einem Billardsalon. Und selbst wenn die Läden geschlossen waren, »sah« er den koscheren Geruch des eingelegten Gemüses, den des Tabaks in den Schachteln, das weggesperrte afrikanische Elfenbeinaroma der Billardkugeln in ihren Schlupfwinkeln oder den aphrodisischen Duft von der Tankstelle, wo Benzin übergelaufen war. Henry ging dahin, die Augen nach vorne gerichtet, ohne dunkle Brille, ohne Stock, ließ seine Lippen stumm die Schritte zählen und betrat dann Als Bierstube, wo er ruhig und unbeirrbar zwischen den vollbesetzten Tischen hindurch auf einen leeren Klavierschemel zusteuerte, sich auf ihm niederließ und nach dem Bier griff, das Al von allein dorthin gestellt hatte, als er eintrat. Dann spielte er genau drei Melodien – darunter den ›Maple Leaf Rag‹, so viel besser als Cal, der Friseur, daß es mich traurig stimmte – trank sein Bier und schritt hinaus in eine Nacht, die er mit seinen abgezählten Schritten in Besitz genommen hatte, wandte sich nach Hause, rief unsichtbaren Stimmen etwas zu, rief sie bei ihren Namen, voll Stolz auf sein blindes Genie, und nur die Nase wies ihm den Weg, den er auf den von den täglichen zehn Meilen gekräftigten, muskulösen Beinen zurücklegte.

Wenn man ihm über die Straße helfen wollte, was ich fälschlicherweise einmal versuchte, zog er den Ellbogen weg und starrte einen so wütend an, daß man einen hochroten Kopf bekam.

»Laß das«, flüsterte er. »Das bringt mich nur durcheinander. Jetzt weiß ich nicht mehr. Wo war ich?« Er schob die Perlen auf dem Rechenbrett in seinem Kopf hin und her, zählte die Quadrate seiner karibischen Frisur. »Ja, gut, fünfunddreißig geradeaus, dann siebenunddreißig nach links.« Und dann zog er los, im Paradeschritt, ließ einen an der Bordsteinkante stehen, ging fünfunddreißig Schritte geradeaus über die Temple Street, und dann siebenunddreißig nach links über die Figueroa. Ein unsichtbarer Stock schlug ihm den Takt. Er schritt aus, weiß Gott, er schritt wirklich aus, in großen Schritten.

Das war Henry ohne Nachnamen. Der blinde Henry, der den Wind hörte, die Risse im Gehsteig kannte und den Staub des nächtlichen Mietshauses schniefte, der als erster vor Dingen warnte, die im Treppenhaus warteten, oder vor zuviel Dunkel, das schwer auf dem Dach lastete, oder vor Schweißgeruch im Korridor, der nicht hierhergehörte.

Und da stand er, gegen den rissigen Putz im Hauseingang gedrückt, in dem es ebenso Nacht war wie draußen auf der Straße.

Er schloß immer wieder zitternd die Augen, blähte die Nasenflügel und schien etwas in die Knie zu gehen, als habe ihn jemand auf den Kopf geschlagen. Sein Stock zuckte zwischen den dunklen Fingern. Er horchte, lauschte so angestrengt, daß ich mich umwandte und den Korridor entlang zur Rückseite des Mietshauses starrte, wo eine Tür weit aufstand, hinter der mehr Dunkel wartete.

»Was ist los, Henry?« fragte ich.

»Versprich, daß du Fannie nichts sagst! Sie regt sich nur auf, wenn man ihr zuviel solches Zeug erzählt. Versprichst du's?«

»Ich will nicht, daß sie sich aufregt, Henry.«

»Wo bist du in den letzten Tagen gewesen?«

»Ich hatte Probleme, Henry, und ich war abgebrannt. Ich hätte per Anhalter kommen können, aber – naja.«

»Is' 'ne Menge passiert in nur zwei Tagen. Pietro, er und seine Hunde und Vögel und Gänse, kennst du seine Katzen?«

»Was ist mit Pietro?«

»Jemand hat ihn verpfiffen, die Polizei geholt. Öffentliches Ärgernis, haben sie gesagt. Die Polizei is' gekommen, hat seine Lieblinge mitgenommen und hat ihn mitgenommen. Ein paar Tiere hat er noch an uns verteilt. Ich hab seine Katze oben. Mrs. Gutierrez hat jetzt 'nen Hund. Wie sie Pietro rausgebracht haben, hat er geweint. So hab ich noch nie jemanden weinen hören. Es war schrecklich.«

»Wer hat ihn verpfiffen, Henry?« Ich war bestürzt. Sah Pietro vor mir, mit seinen Hunden, die ihn über alles liebten, sah die Katzen und Gänse, die ihm anhänglich folgten, sah ihn an Straßenecken tanzen, so wie er mit den Kanarienvögeln auf seinem glöckchenklingelnden Hut durch mein halbes Leben getanzt war.

»Wer hat ihn verpfiffen?«

»Das Problem ist, das weiß keiner. Die Polypen sind einfach gekommen und haben gesagt: ›Raus hier!‹, und jetzt sind sie weg, die Kleinen, und Pietro sitzt im Knast, weil er ein öffentliches Ärgernis ist, oder vielleicht hat er draußen vorm Haus noch Theater gemacht, um sich geschlagen, einen Polypen erwischt. Keiner weiß, wer's war. Aber irgend jemand muß es gemacht haben. Und –«

»Was noch?« fragte ich, an die Wand gelehnt.

»Sam.«

»Was ist mit ihm?«

»Er liegt im Krankenhaus. Schnaps. Jemand hat ihm zwei Flaschen von dem Zeug spendiert. Und der verdammte Idiot hat sie allein ausgesoffen. Alkoholvergiftung. Ob er morgen noch lebt, weiß Gott allein. Niemand weiß, wer ihm den Schnaps gegeben hat. Und dann noch Jimmy, das ist das Schlimmste!«

»Mein Gott«, flüsterte ich. »Ich muß mich setzen.« Ich setzte mich auf die Treppe, die zum ersten Stock hinaufführte.

»*Nichts Neues oder woran starb der Hund.*«

»Hm?«

»Eine alte Schallplatte, aus meiner Kindheit.«

»*Nichts Neues oder woran starb der Hund?* Der Hund aß Pferdeflocken, allerhand, aus der Scheune, die grad abgebrannt. Warum ist die Scheune bloß abgebrannt? Funken flogen aus dem Haus, und die Scheune brannte aus. Funken flogen aus dem Haus? O ja, sie kamen von drinnen raus. Die Kerzen um den Sarg herum. Kerzen um den Sarg herum? Jemands Onkel fiel tot um. Und so weiter, und so fort. Es endet damit, daß der Hund in der Scheune das verkohlte Pferdefleisch frißt und stirbt. Oder *Nichts Neues oder woran ist der Hund gestorben?* Deine Geschichten schlagen mir auf den Magen, Henry. Tut mir leid.«

»Das kann einem schon leid tun! Also, zu Jimmy. Du weißt, wie er mal auf diesem Stock, mal auf jenem schläft, daß er einmal in der Woche in den zweiten Stock hochgeht, seine Klamotten auszieht und in die Badewanne steigt? Oder im Erdgeschoß duscht? Klar! Also, vergangene Nacht war er blau, ist in die volle Badewanne geklettert, hat den Halt verloren und ist ersoffen.«

»Ersoffen.«

»Einfach ersoffen. Schwachsinn, was? Ist es nicht furchtbar, so was auf dem Grabstein stehen zu haben? Aber er kriegt ja keinen Grabstein. Wird irgendwo verscharrt. In 'ner Badewanne voll dreckigem Wasser gefunden. Ausgerutscht, im Suff ins Grab gerutscht. Abgesoffen.«

»Guter Gott«, rief ich aus, um weder lachen noch schluchzen zu müssen.

»Richtig, ruf Gott an! Gott sei uns allen gnädig!« Henrys Stimme bebte. »Verstehst du jetzt, was Fannie nicht erfahren soll? Wir werden's ihr schon sagen, nach und nach, über Wochen verteilt. Massinello Pietro im Knast, seine Hunde wer weiß wo, die Katzen davongejagt, die Gänse im Kochtopf gelandet. Sam im Krankenhaus. Jimmy ertrunken. Und ich. Schau dir das Taschentuch an, da, in meiner Faust, ganz naß vor lauter Heulen. Mir geht's nicht besonders gut.«

»Zur Zeit geht's wohl niemandem besonders gut.«

»Hm.« Henry streckte die Hand aus und legte sie mir, von meiner Stimme geleitet, sanft auf die Schulter. »Geh jetzt hoch! Und sei fröhlich! Fannie zuliebe.«

Ich klopfte an Fannies Tür.

»Gott sei Dank!« hörte ich sie ausrufen.

Ein Flußschiff kam angedampft, riß die Tür weit auf und stampfte über das Linoleum, flußabwärts, wieder davon.

Als Fannie krachend in den Sessel gefallen war, schaute sie mich an und fragte: »Stimmt was nicht?«

»Wie? Oh«, ich wandte mich um und schaute auf die Türklinke, die ich noch festhielt. »Sperrst du die Tür nie ab?«

»Warum sollte ich? Wer wollte schon hier reinkommen und die Bastille erstürmen?« Doch sie lachte nicht. Sie war wachsam. Wie Henry hatte sie eine Nase, der nichts entging. Und ich schwitzte. Ich schloß die Tür und sank in einen Sessel.

»Wer ist gestorben?« fragte Fannie.

»Wie meinst du das, wer soll gestorben sein?« stotterte ich.

»Du siehst aus, als würdest du eben von einer chinesischen Beerdigung kommen und hättest schon wieder Hunger.« Sie versuchte, ein Lächeln aufzusetzen und mich verführerisch anzublinzeln.

»Ach.« Meine Gedanken überstürzten sich. »Henry hat mich erschreckt. Gerade eben, unten im Flur, weiter nichts. Du kennst ihn ja. Man geht den Flur entlang und sieht ihn nicht, weil es so dunkel ist.«

»Du bist ein miserabler Lügner«, entgegnete Fannie. »Wo bist du gewesen? Ich warte schon eine Ewigkeit auf dich. Bist du schon mal fix und fertig gewesen vor lauter Warten? Ich hab auf dich gewartet, mein lieber Junge, hab mir Sorgen um dich gemacht. Ist's dir nicht gutgegangen?«

»Gar nicht gut, Fannie.«

»Na bitte. Ich hab's gewußt. Dieser schreckliche alte Mann im Raubtierkäfig, oder? Schlimm, daß er dich so fertigmacht!«

»Es ist nicht seine Schuld, Fannie«, seufzte ich. »Ich schätze, er wäre viel lieber drunten im Fahrkartenladen gesessen und hätte die Konfettischnipsel auf seiner Weste gezählt.«

»Na, Fannie wird dich aufmuntern. Legst du mal die Platte da auf, Lieber? Das ist jetzt genau das Richtige. Mozart ist was zum Tanzen und Mitsingen. Wir müssen bald mal Pietro Massinello einladen, was meinst du? Die *Zauberflöte* ist genau sein Fall, und er soll seine Lieblinge mitbringen.«

»Ja, Fannie.«

Ich legte die Nadel auf die Platte, und ein vielversprechendes Knistern erklang.

»Armer«, sagte Fannie. »Du siehst *wirklich* traurig aus.«

Jemand kratzte leise an der Tür.

»Das ist Henry«, meinte Fannie. »Er klopft nie an.«

Ich ging zur Tür, doch bevor ich aufmachen konnte, rief Henry draußen: »Ich bin's nur.«

Ich öffnete die Tür, und Henry schniefte. »Spearmint-Kaugummi. Daran erkenn ich dich immer. Kaust du jemals was anderes?«

»Nicht mal Kautabak.«

»Dein Taxi wartet«, meinte Henry.

»Wer wartet?«

»Seit wann kannst du dir ein Taxi leisten?« fragte Fannie. Ihre rosigen Wangen glühten, und ihre Augen leuchteten. Wir hatten zwei herrliche Stunden mit Mozart verbracht, und selbst die Luft um die große Dame strahlte. »Na?«

»Ja, seit wann kann ich mir das leisten«, begann ich und brach ab, weil Henry, draußen im Gang, den Kopf schüttelte: nein. Er hob vorsichtig den Finger an die Lippen.

»Ein Freund von dir«, sagte er. »Der Taxifahrer kennt dich, kommt aus Venice. Klar?«

»Na gut«, erwiderte ich düster. »Wenn du es sagst.«

»Ach ja, und das da ist für Fannie. Soll ich ihr von Pietro geben. Bei ihm unten ist es so voll, daß er für die da keinen Platz mehr hat.«

Er reichte mir eine wohlgenährte bunte Katze, die behaglich schnurrte.

Ich nahm die süße Last und brachte sie Fannie, die selbst zu schnurren begann, als sie das Tier im Arm hielt.

»Oh, wie süß!« rief sie aus. Mozart und die Katze ließen sie vor Glück strahlen. »Sie ist ein Traum, eine wunderschöne Katze!«

Henry nickte ihr zu, nickte mir zu und ging wieder weg, den Korridor entlang.

Ich ging zu Fannie und schloß sie fest in die Arme.

»Hör nur, oh hör dir nur den kleinen Motor an«, rief sie und hob die Katze hoch für ein Küßchen.

»Sperr die Tür zu, Fannie«, sagte ich.

»Was?« fragte sie. »Wie?«

Als ich am Eingang ankam, stand Henry noch immer stumm im Dunkeln, kaum zu sehen vor der Wand.

»Um Gottes willen, Henry, was machst du da?«

»Ich horche.«

»Was willst du denn hören?«

»Alles hier in diesem Haus. Pst!«

Er hob seinen Stock und streckte ihn wie einen Fühler aus, den Korridor entlang.

»Da! Hörst du?«

Weit weg regte sich ein Lufthauch. Eine Brise zog durchs Dunkel. Die Balken setzten sich. Irgend jemand atmete. Eine Tür quietschte.

»Ich höre nichts.«

»Weil du dich bemühst. Gib dir keine Mühe! Ganz locker. Mach einfach die Ohren auf! Da!«

Ich horchte, und ein kalter Schauer lief mir über den Rücken.

»Da ist jemand im Haus«, flüsterte Henry. »Einer, der hier nichts verloren hat. Ich spüre das. Ich täusche mich nicht. Da oben ist jemand, schleicht umher und führt nichts Gutes im Schild.«

»Unmöglich, Henry.«

»Doch«, flüsterte er. »Laß dir das von einem Blinden sagen! Da ist ein Fremder. Henry weiß das. Wenn du nicht auf mich hörst, wirst du die Treppe runterfallen oder –«

In einer Badewanne ertrinken, dachte ich. Sagte dann aber: »Willst du die ganze Nacht hierbleiben?«

»Einer muß ja Wache stehen.«

Ein Blinder? dachte ich.

Er erriet meinen Gedanken und nickte. »Der gute Henry, klar. Nun geh mal schön! Vor dem Haus wartet ein großer Duesenberg, riecht nobel. Kein Taxi. War gelogen. Wer holt dich wohl so spät hier ab, kennst du jemand mit so 'nem tollen Schlitten?«

»Nein.«

»Also, raus jetzt! Ich werd auf Fannie aufpassen. Aber wer kümmert sich jetzt um Jimmy, nicht einmal Jim. Nicht einmal Sam –«

Ich trat hinaus, von einer Nacht in die andere.

»Oh, noch was.«

Ich hielt inne. Henry sagte:

»Was war eigentlich die schlechte Nachricht, die du heute abend mitgebracht hast? Und die du mir nicht erzählt hast, und Fannie auch nicht?«

Ich schnappte nach Luft.

»Woher weißt du?«

Ich dachte an die alte Frau, die, ohne ein Wort, in ihrem Flußbett, ihren Laken versank, verschwand. Ich dachte an Cal, dem der Klavierdeckel auf die Maple-Leaf-Hände knallte.

»Obwohl du Kaugummi kaust«, setzte mir Henry auseinander, »riecht dein Atem heute säuerlich, junger Mann. Das heißt, daß mit deiner Verdauung was nicht stimmt. Das heißt, ein schlechter Tag heute für Schriftsteller, die von der Küste weggehen, hierher, wo sie nicht zu Hause sind.«

»Heute war für alle ein schlechter Tag, Henry.«

»Ich bin noch ganz außer Atem.« Henry stand hochaufgerichtet da und hob seinen Stock drohend in Richtung der dunklen Korridore, wo die Glühbirnen immer schwächer wurden und die Seelen flackernd herunterbrannten. »Wachhund Henry. Und jetzt – fort mit dir!«

Ich trat aus der Tür und ging auf etwas zu, was nicht nur dem Geruch nach, sondern auch dem Aussehen nach ein Duesenberg war, Baujahr 1928.

Es war der Wagen von Constance Rattigan.

Wie er so dastand, groß und glänzend und herrlich, erinnerte er an die Schaufenster in der Fifth Avenue, reichlich unpassend hier im schäbigen Teil von L. A.

Die Fondtür der Limousine stand offen. Der Chauffeur saß am Steuer, den Hut tief über die Augen herabgezogen, und schaute unverwandt nach vorne. Er würdigte mich keines Blickes. Ich versuchte, seine Aufmerksamkeit zu erregen, doch der Wagen stand zur Abfahrt bereit da, der Motor brummte, und ich vergeudete nur Zeit.

In so einem Fahrzeug hatte ich noch nie gesessen.

Möglicherweise war das meine erste und letzte Chance.

Ich sprang hinein.

Ich hatte kaum das Polster berührt, da löste sich die Limousine vom Bordstein und glitt wie eine Boa constrictor in einem weiten Bogen davon. Die Fondtür knallte hinter mir zu, und als wir den Häuserblock hinter uns ließen, zeigte der Tacho bereits auf sechzig Meilen. Temple Hill rasten wir bereits mit gut fünfundsiebzig hinauf. Bis Vermont erwischten wir alle Ampeln bei grün, dort bogen wir nach Wilshire ab und fuhren hinaus bis Westwood, ohne besonderen Grund, vielleicht einfach deshalb, weil es da so malerisch war.

Ich saß auf dem Rücksitz wie Robert Armstrong auf King Kongs Pranke und juchzte und brabbelte vor mich hin; ich wußte, wo es hinging, aber ich fragte mich, womit ich das alles verdient hatte.

Dann erinnerte ich mich an die Abende, als ich Fannie

besucht und in der Luft vor ihrer Tür den gleichen Duft von Chanel und Leder und Pariser Nächten vorgefunden hatte. Constance Rattigan war nur wenige Minuten vor mir dagewesen. Um Nerzhaaresbreite wären wir zusammengestoßen, um einen Grand-Marnier-Hauch hatten wir uns verfehlt.

Kurz bevor wir nach Westwood abbogen, kamen wir an einem Friedhof vorbei, der so an der Straße lag, daß man, wenn man nicht aufpaßte, leicht aus Versehen in den Parkplatz daneben fuhr. Oder lag vielmehr der Parkplatz so, daß man, wenn man parken wollte und nicht aufpaßte, plötzlich zwischen Grabsteinen entlangfuhr? Ein Wirrwarr.

Ehe ich lange darüber nachdenken konnte, lagen Friedhof und Parkplatz hinter uns, und wir waren auf dem Weg ans Meer. Dann bogen wir ab und fuhren an Venice vorbei die Küste entlang nach Süden. Wie ein milder Regenguß, so ruhig und geschwind fuhren wir, nicht weit von meiner kleinen Wohnung, dahin. Ich sah ein schwaches Licht in dem Fenster vor meiner Schreibmaschine. Vielleicht sitze ich da drin und träume das alles, dachte ich. Auch meine verlassene Bürotelefonzelle, mit Peg am Ende der stummen Leitung, zweitausend Meilen weit weg, ließen wir hinter uns. Peg, dachte ich, wenn du mich jetzt sehen könntest!

Genau um Mitternacht bogen wir hinter die große, knochenweiße maurische Festung ein, und die Limousine kam mit derselben Leichtigkeit, mit der eine Welle im Sand versinkt, zum Stehen. Die Fahrertür knallte zu, und der Chauffeur, über dessen Lippen auch jetzt, am Ende dieser langen, wortlosen Fahrt, kein Laut kam, flitzte durch eine Hintertür in die Festung und kam nicht mehr zum Vorschein.

Eine volle Minute wartete ich darauf, daß etwas passierte. Als nichts geschah, schlüpfte ich wie ein Ladendieb aus dem Fond der Limousine, hatte ohne Grund ein schlechtes Gewissen und fragte mich, ob ich mich davonstehlen sollte.

Ich sah oben im Haus eine dunkle Gestalt. Lichter gingen an, der Chauffeur ging durch die Räume dieser maurischen Festung an der sandigen Küste von Venice.

Ich wartete ruhig ab, schaute dann auf die Uhr. Als der Sekundenzeiger auf dem Zifferblatt eben über die letzten Sekunden des Tages hinwegstrich, ging die Beleuchtung am Vordereingang an. Ich ging zur Vordertür und betrat das leere Haus. Drinnen sah ich, in einiger Entfernung, eine kleine Gestalt über den Gang flitzen, die in der Küche Drinks zubereitete. Ein feingliedriges Mädchen, gekleidet wie eine Hausangestellte. Sie winkte mir zu und hastete weiter.

Ich betrat ein Wohnzimmer, das angefüllt war mit einer Menagerie von Kissen jeder Größe, vom Spitz bis zur dänischen Dogge. Ich setzte mich auf das Größte davon und versank darin, sank darin hinab wie meine Seele in mir.

Das Mädchen kam mit zwei gefüllten Gläsern auf einem Tablett herein, stellte es eilig ab, und rannte wieder weg, ehe ich sie anschauen konnte (der Raum wurde nur von schwachem Kerzenlicht etwas erhellt). Über die Schulter rief sie mir mit einem französisch klingenden Akzent zu: »Trinken Sie!«

Es war ein vorzüglicher Weißwein, gut gekühlt, genau das, was ich jetzt brauchte. Meine Erkältung war schlimmer geworden. Ich nieste und hustete und nieste in einem fort.

Im Jahr 2078 wurde an der kalifornischen Küste ein altes Grab, oder etwas, das man für ein altes Grab hielt, ausgegraben, dort wo Gerüchten zufolge einst Könige und Königinnen geherrscht hatten, die dann die Küste entlang davon gezogen waren. Einige von ihnen waren zusammen mit ihren Karossen begraben worden, sagte man. Andere mit Relikten ihres Hochmuts und ihrer Größe. Einige hatten nur Bilder von sich hinterlassen, in merkwürdigen Blechdosen, Bilder, die, vor Licht gehalten und auf einer Spule gedreht, zu sprechen begannen und schwarzweiße Schatten auf leere Wandbehänge warfen.

Eines der Gräber, die man fand, war das einer Königin, und in diesem Gewölbe gab es nicht ein Staubkörnchen, keine Möbel, nur Kissen auf dem Fußboden, die Reihe um Reihe anstiegen bis zur Decke, und hohe, gleichfalls die Decke berührende Stapel aus Blechdosen, die all die Leben enthielten, die diese Königin gelebt hatte, Leben, von denen keines wirklich war, obgleich sie alle wirklich schienen. In Dosen gefangene Träume. Behälter, aus denen die Schreie von Dschinns ertönten, in die sich Prinzessinnen flüchteten, um sich für immer vor der mörderischen Wirklichkeit zu verbergen.

Die Adresse dieses Grabes unter Sand und Wasser, dieses Grabes aus einer dunklen Vergangenheit lautete: 27, Speedway, Ocean Front, Venice, California. Und der Name dieser Königin mit all ihren Filmen in Dosen vom Fußboden bis zur Decke lautete Rattigan.

Und da war ich jetzt, wartete und dachte nach.

Hoffentlich ist sie nicht wie die Frau mit den Kanaris.

Hoffentlich ist sie keine Mumie mit Staub in den Augen.

Ich hörte auf, diesen Hoffnungen nachzuhängen.

Die zweite ägyptische Königin war erschienen. Ganz ohne großen Auftritt. Sie trug kein Abendkleid aus Silberlamé, auch nicht irgendein schickes Kleid und ein Schultertuch oder eine maßgeschneiderte Hose.

Ich spürte, daß da jemand war, dort drüben in der Tür, spürte, ohne daß sie etwas sagte, daß sie dort stand: eine Frau in einem schwarzen Badeanzug, etwa einen Meter fünfzig groß, am ganzen Körper unglaublich braungebrannt, nur das Gesicht, das sie vor der Sonne geschützt haben mußte, schneeweiß. Ihr kurzgeschnittenes Haar war unbestimmbar blond-grau-braun und völlig zerzaust, als habe sie versucht, es mit dem Kamm zu bändigen, um ihm dann, hol's der Teufel, seinen Willen zu lassen. Ihr Körper war kräftig, gepflegt und geschmeidig, und die Sehnen an ihren Beinen waren nicht durchtrennt worden. Sie lief, barfuß, rasch auf mich zu, blieb dann stehen und schaute mich mit leuchtenden Augen an.

»Sind Sie 'n guter Schwimmer?«

»Es geht so.«

»Wieviele Bahnen schaffen Sie in meinem Swimmingpool?« Sie deutete mit dem Kopf auf den großen smaragdgrünen See draußen vor der Terrassentür.

»Zwanzig.«

»Ich bring's auf fünfundvierzig. Jeder Mann, den ich kennenlerne, muß vierzig herunterkraulen, bevor ich ihn in mein Bett lasse.«

»Den Test hab ich wohl nicht bestanden«, entgegnete ich.

»Constance Rattigan.« Sie packte meine Hand und drückte sie fest zusammen.

»Ich weiß.«

Sie trat einen Schritt zurück und musterte mich von oben bis unten.

»Sie sind also der, der gern Spearmint kaut und *Tosca* hört«, stellte sie fest.

»Sie haben mit dem blinden Henry und mit Fannie Florianna über mich gesprochen?«

»Genau! Warten Sie einen Moment. Wenn ich jetzt nicht mal kurz ins Wasser springe, schlaf ich Ihnen hier noch ein.«

Ehe ich etwas erwidern konnte, stürzte sie zur Terrassentür hinaus und lief um den Swimmingpool herum hinab zum Strand. Sie tauchte in die erste Welle und schwamm hinaus.

Ich hatte das Gefühl, sie würde keine große Lust auf Wein haben, wenn sie zurückkam. Ich ging hinüber in die Küche – holländisch eingerichtet, cremefarben und himmelblau, wo eine Kaffeemaschine am Blubbern war und, wie als Auftakt zu einem neuen Tag, Kaffeeduft verströmte. Ich warf einen Blick auf meine billige Uhr: längst Mitternacht vorbei, gleich eins. Ich goß uns zwei Tassen Kaffee ein und nahm sie mit hinaus auf die Veranda an den unglaublich leuchtendblauen Swimmingpool, wo ich auf sie warten wollte.

»Oh, ja«, meinte sie, als sie angerannt kam und sich auf den Fliesen wie ein Hund schüttelte.

Sie griff nach ihrer Tasse und müßte sich, so wie sie den Kaffee hinunterstürzte, eigentlich den Mund verbrannt haben. Keuchend stieß sie hervor: »So fängt für mich der Tag an.«

»Um welche Zeit gehen Sie schlafen?«

»Bei Sonnenaufgang manchmal, wie die Vampire. Mittags ist mit mir nichts anzufangen.«

»Wie schaffen Sie es, so braun zu werden?«

»Hab 'ne Höhensonne im Keller. Warum starren Sie mich so an?«

»Weil Sie so anders sind, als ich Sie mir vorgestellt habe. Ich habe jemanden wie Norma Desmond in diesem uralten Film erwartet. Haben Sie ihn sich angesehen?«

»Ha, den hab ich *gelebt!* Der besteht zur Hälfte aus mir, und der Rest ist Unsinn. Norma, diese taube Nuß, wünscht sich eine neue Karriere. Ich sehne mich fast nur noch danach, mich irgendwo zu verkriechen. Ich hab die Schnauze voll von diesen knietätschelnden Produzenten, den Bettfederregisseuren, feigen Schriftstellern und dämlichen Drehbüchern. Nichts für ungut. Sie schreiben auch?«

»Ja, allerdings.«

»Sie haben Mut, mein Junge. Halten Sie sich aus dem Filmgeschäft raus! Das macht Sie nur kaputt. Was hab ich eben gesagt? Ich hab schon vor Jahren die meisten von meinen tollen Kostümen in die Kleidersammlung gegeben. Vielleicht einmal im Jahr geh ich zu einer Premiere, und zweimal vielleicht zu einer Wohltätigkeitsveranstaltung. So alle acht Wochen mal mit einem alten Kumpel zu Sardi's oder ins Derby, dann verbarrikadiere ich mich wieder. Fannie sehe ich so etwa einmal im Monat, meist um diese Tageszeit. Sie ist genauso eine Nachteule wie ich.«

Sie trank ihren Kaffee aus und trocknete sich mit einem großen weichen Badetuch ab, dessen gelbe Farbe gut zu ihrer braunen Haut paßte. Dann legte sie es über die Schulter und schaute mich an. Ich hatte Zeit, sie von oben bis unten zu mustern, diese Frau, die die große Diva aus meiner Kindheit, Constance Rattigan, war und doch nicht war. Auf der Leinwand schwebte sie dahin, sechs Meter groß, ein gemeiner, männermordender Vamp mit dunklen Haaren, atemberaubend schlank. Hier stand eine sonnenverbrannte Wüstenmaus im Nachthemd neben mir, flink, behende, nie alternd, ganz Zimt und Muskat und Honig, und hinter uns ihre Moschee, neben uns ihr mediterraner Swimmingpool. Ich blickte auf das Haus und dachte: kein Radio, kein Fernseher, keine Tageszeitung. Wieder erriet sie sofort meinen Gedanken.

»Richtig! Nur der Projektor und die Filme im Wohnzimmer. Mit der Zeit ist es so eine Sache. Nur in eine Richtung verläuft sie angenehm: rückwärts. Die Vergangenheit beherrsche ich. Mit der Gegenwart weiß ich nichts anzufangen, und mit der Zukunft noch weniger. Mit dem Heute und dem Morgen will ich nichts zu tun haben, und ich würde Sie zur Hölle wünschen, wenn Sie mich dazu zwängen. Ich kann mir kein schöneres Leben vorstellen.«

Ich schaute auf all die hellerleuchteten Fenster ihres Hauses, auf all die Zimmer hinter den Fenstern, und dann hinüber zu ihrer Limousine, die verlassen auf einer Seite der Moschee stand.

Das machte sie so nervös, daß sie plötzlich verschwand und gleich darauf mit dem Wein und den Gläsern in der Hand wieder angerannt kam. Sie schenkte uns ein und murmelte: »Nur zu! Trinken Sie! Ich –«

Als sie mir mein Glas reichte, begann ich plötzlich zu lachen. Oder besser, ich explodierte, lachte schallend los.

»Hab ich 'nen Witz verpaßt?« fragte sie und zog die Hand, in der sie mein Weinglas hielt, etwas zurück.

»Was gibt's zu lachen?«

»Sie, und der Chauffeur. *Und* das Hausmädchen«, dröhnte ich. »Das Hausmädchen, der Chauffeur! Und Sie!«

Ich deutete in die Küche, hinüber auf den Wagen und wieder auf sie.

Sie wußte, daß sie durchschaut war und schloß sich meinem Heiterkeitsausbruch an, warf den Kopf zurück und stieß einen entzückten Schrei aus.

»Mein Gott, du hast's kapiert. Dabei hab ich gedacht, ich wäre gut gewesen.«

»Warst du auch!« brüllte ich. »Du warst sagenhaft! Aber als du mir das Glas gereicht hast, da war so was in deiner Handbewegung, da hab ich die Hand des Chauffeurs auf dem Lenkrad gesehen und die Hand des Hausmädchens auf dem Tablett. Constance, Entschuldigung, Miss Rattigan –«

»Constance.«

»Du hättest die Maskerade noch tagelang treiben können«, fuhr ich fort. »Es war nur eine winzige Kleinigkeit mit deinen Händen.« Sie rannte aus dem Zimmer und kam, verspielt wie ein Schoßhündchen, mit der Mütze des Chauffeurs auf dem Kopf wieder hereingetrippelt. Dann nahm sie die Mütze ab und setzte das Häubchen des Hausmädchens auf. Ihre Wangen leuchteten rosig, und ihre Augen funkelten.

»Willst du den Chauffeur in den Po kneifen? Oder das Hausmädchen?«

»Ihr habt alle drei ein phantastisches Hinterteil.«

Sie füllte mein Glas noch einmal, warf die Mütze und das Häubchen beiseite und sagte: »Das ist das einzige Vergnügen, das mir geblieben ist. Seit Jahren keine Rolle mehr, also erfinde ich mir eben selbst welche. Fahre nachts, inkognito, in der Stadt herum. Mache als Hausmädchen einen Einkaufsbummel. Ich bediene auch den Filmprojektor und wasche den Wagen. Ich bin auch keine schlechte Kurtisane, wenn du so was magst. 1923, als der Dollar noch was wert war, und man für zwei noch ein Essen bekam, hab ich pro Nacht fünfzig verdient, 'ne Menge Schotter.«

Jetzt endlich hörten wir auf zu lachen. Ich sank in die Kissen.

»Und wozu das ganze mysteriöse Brimborium, wozu das nächtliche Leben?« fragte ich. »Gehst du jemals bei Tag aus dem Haus?«

»Ach, nur zu Beerdigungen.« Constance nippte an ihrem Kaffee und legte sich zurück in die Kissen, die einer Hundemeute ähnelten. »Ich mag die Menschen nicht besonders. Ich bin schon früh griesgrämig geworden. Hab wohl zu viele Fingerabdrücke von Produzenten auf der Haut. Jedenfalls ist es nicht schlecht, hier allein herumzuspielen, allein klarzukommen.«

»Und meine Rolle hier?«

»Erstens bist du Fannies Freund. Und zweitens scheinst du ein netter Kerl zu sein. Ein heller Kopf, aber unbedarft, unschuldig wollte ich sagen. Diese großen blauen Augen voller Naivität. Das Leben hat dir noch nicht mitgespielt? Hoffentlich tut's das auch nie! Du siehst lieb aus, richtig nett, als könnte man viel Spaß mit dir haben. Aber kein Sport, nein, kein Sport! Ich werde dich also nicht ins Schlafzimmer zerren, deine Jungfräulichkeit ist nicht in Gefahr.«

»Ich bin keine Jungfrau!«

»Nein, aber du siehst verdammt danach aus!«

Ich wurde feuerrot.

»Du hast meine Frage immer noch nicht beantwortet. Was soll ich hier?«

Constance Rattigan setzte ihre Tasse ab, beugte sich vor und schaute mir in die Augen.

»Fannie hat Angst. Schreckliche Angst. Und ich frage mich, ob du etwa daran schuld bist?«

Für kurze Zeit war all das Unangenehme weggewesen.

Die Fahrt ans Meer hatte das Dunkel aus meinem Kopf geblasen. Hier in diesem Haus zu sein, am Swimmingpool zu stehen, dieser Frau zuzusehen, wie sie ins Meer eintauchte und wieder herauskam, dabei den Nachtwind im

Gesicht und den Wein im Mund zu spüren, das hatte die letzten achtundvierzig Stunden verschwinden lassen.

Plötzlich wurde mir klar, daß es schon einige Wochen her war, seit ich zum letzten Mal richtig herzhaft gelacht hatte. Das Lachen dieser seltsamen Frau machte auch mich wieder so jung, wie ich wirklich war, siebenundzwanzig, nicht neunzig, wie heute morgen, als ich aufgestanden war.

»Bist du es, der Fannie Angst macht?« fragte sie noch einmal und hielt inne.

»Um Gottes willen«, fuhr sie dann fort. »Du guckst, als ob ich deinen Lieblingshund überfahren hätte.« Sie packte meine Hand und drückte sie. »Hat dich das eben in die Kischkas getroffen?«

»Kisch-«

»In die Eier. Entschuldige.«

Sie ließ meine Hand los. Da ich nicht ins Bodenlose zu stürzen schien, sprach sie weiter. »Weißt du, ich hüte Fannie wie meinen Augapfel. Du weißt wahrscheinlich nicht, wie oft ich sie in ihrem verlotterten Mietshaus besucht habe.«

»Ich hab dich nie dort gesehen.«

»Doch, doch. Aber du hast mich nicht erkannt. Vor einem Jahr, am Abend des fünften Mai, ihrem großen Feiertag, als eine mexikanisch-spanische Pachuco-Conga-Schlange mit ein paar Mariachi-Musikern durch die Korridore und das Treppenhaus hinabgetanzt ist, und alle mit Wein und Enchiladas vollgestopft waren. Ich hab die Conga-Schlange angeführt, hatte mich als Rio Rita herausgeputzt; keiner hat gewußt, wer ich war, die einzige Möglichkeit, sich mal richtig zu amüsieren. Du warst ganz am Ende der Schlange, außer Reichweite. Wir haben an dem Abend nicht ein einziges Wort gewechselt. Nach einer Stunde hab ich ein Schwätzchen mit Fannie gehalten, dann hab ich mich verdrückt. Normalerweise tauche ich erst um zwei Uhr nachts bei Fannie auf, wir kennen uns schon aus der Zeit an der Kunst- und Musikhochschule in Chicago, ich hab gemalt und war auch im Opernchor, und Fannie hat da ein paar Titelpartien gesungen. Wir haben Caruso gekannt und waren beide spindeldürr, kannst du dir das vorstellen? Fannie? Nur Haut und Knochen? Aber eine Stimme! Mein Gott, was waren wir jung! Na, den Rest kennst du. Ich hab's weit gebracht, mit Sprungfederabdrükken am Rücken. Als es dann zuviele solcher Abdrücke wurden, hab ich mich zurückgezogen und angefangen, hier hinter dem Haus Geld zu pumpen.«

Sie deutete auf wenigstens vier Ölförderanlagen, Pumpen, die sich hinter dem Haus, draußen vor der Küche, ächzend hoben und senkten, wundervolle Haustiere, die einem ein angenehmes Leben sicherten.

»Fannie? Eine unglückliche Liebe, mit der sie nie fertiggeworden ist, hat sie aufgehen lassen wie einen Hefeteig, du weißt ja, wie sie jetzt aussieht. Niemand, weder irgendein Mann, noch ich, noch das Leben selbst könnte ihr darüber hinweghelfen und wieder eine Schönheit aus ihr machen. Das haben wir aufgegeben, und Fannie und ich sind einfach Freunde geblieben.«

»Gute Freunde, nach dem Klang deiner Stimme zu urteilen.«

»Weißt du, auch sie gibt mir viel! Sie ist eine begabte, liebe, exzentrische Frau ohne Hoffnung. Ich begleite ihre Mammut-Gavotte mit Chihuahua-Luftsprüngen. Wir haben viel gelacht, aufrichtig gelacht in unserer Vier-Uhr-morgens-Welt. Wir machen einander nichts vor über die Realität des Lebens. Wir wissen, daß wir beide nie mehr richtig in dieses Leben eintauchen werden, und beide haben wir unsere Gründe. Für Fannie gab es nur einen Mann, und dem ist sie zu nahe gekommen, und ich hab zuviele nur flüchtig gekannt. Man kann sich auf unterschiedliche Weise zurückziehen. Meine Verkleidungen sind eine Möglichkeit, Fannies Montgolfière-Figur eine andere.«

»Also, wie du über Männer redest, immerhin sprichst du gerade mit einem.«

»Du bist nicht so einer, glaub mir das. Du könntest nicht eine ganze Balletttruppe vergewaltigen oder den Schreibtisch deines Agenten als Bett benutzen. Du könntest nicht deine Großmutter die Treppe hinunterwerfen, um die Versicherung einzusacken. Vielleicht bist du ein Trottel, ich weiß es nicht, oder ein armer Irrer, aber mir sind mittlerweile Trottel und arme Irre lieber als Kerle, die Taranteln züchten oder Kolibris die Flügel ausreißen. Dann schon lieber alberne Schriftsteller, die davon träumen, zum Mars zu fliegen und nie mehr in unsere dumme Alltagswelt zurückzukehren.«

Sie hielt inne.

»Mein Gott, ich rede und rede. Aber noch mal zu Fannie. Sie hat selten Angst. Immerhin wohnt sie nun schon zwanzig Jahre mit einem Mayonnaiseglas in der Hand in dieser alten Feuerfalle und hält die Tür für alles und jeden offen, aber jetzt stimmt irgendwas nicht mehr. Sie zuckt zusammen, wenn ein Floh hustet. Meinst du –?«

»Gestern haben wir nur Opernmusik gehört und gelacht. Sie hat nichts erzählt.«

»Vielleicht wollte sie den Marsmenschen, so nennt sie dich doch manchmal, nicht beunruhigen? Ich sehe es daran, wie ihre Haut zittert. Du kennst dich sicher ein bißchen mit Pferden aus. Hast du mal gesehen, wie ihr Fell zuckt, wenn eine Fliege darauf landet? Auf Fannie landen jetzt in einem fort unsichtbare Fliegen, und sie spannt nur den Mund an und läßt ihre Fleischberge zittern. Ihre Alphabettafel scheint kaputt zu sein. Ihr Stundenglas funktioniert nicht mehr, irgend jemand hat statt Sand Asche aus einer Urne reingefüllt. Ein seltsames Flüstern kommt aus ihrem Kühlschrank. Das Eis in ihm fällt um Mitternacht herunter, es klingt wie unheilverkündendes Gelächter. Die Toilette über den Gang gurgelt die ganze Nacht. Die Termiten nagen sich unter ihrem Sessel durch und lassen sie in die Hölle abstürzen. Die Spinnen an der Wand weben ihr Totenhemd. Was hältst du von dieser Liste? Alles Intuition. Nichts Konkretes. Aus jedem Gerichtssaal würden sie mich damit rauswerfen. Verstehst du?«

Erbebt vor nichts.

Das fiel mir jetzt ein, ich sprach es aber nicht aus. Statt dessen fragte ich: »Hast du mit Henry darüber gesprochen?«

»Henry hält sich für den bedeutendsten Blinden der Welt. Mich läßt das ziemlich kalt. Er macht merkwürdige Andeutungen. Irgendwas stimmt nicht, aber er sagt es mir nicht. Weißt du mehr? Dann könnte ich Fannie schreiben oder ihr durch die Gutierrez was ausrichten lassen oder morgen nacht vorbeischauen und ihr erzählen, daß alles in Ordnung ist. Weißt du was?«

»Kann ich bitte noch ein Glas Wein haben?«

Beim Einschenken schaute sie mich unverwandt an.

»Okay«, sagte sie dann. »Lüg los!«

»Da ist wirklich was im Gange, aber es ist noch zu früh, um darüber zu reden.«

»Wenn du meinst, daß es Zeit dazu ist, ist es vielleicht zu spät.« Constance Rattigan sprang auf und ging im Zimmer hin und her, drehte sich schließlich um und durchbohrte mich mit ihrem Blick. »Warum redest du nicht, wo du doch weißt, daß Fannie schreckliche Angst hat?«

»Weil ich es selbst satt habe, vor jedem Schatten Angst zu haben. Weil ich mein ganzes Leben lang ein Feigling gewesen bin, und weil mir das jetzt reicht. Wenn ich mehr weiß, ruf ich dich an!«

»Mein Gott!« schnaubte Constance Rattigan. »Bist du jetzt laut geworden. Gut, ich werd dich ein bißchen Atem holen lassen. Ich weiß, wie gern du Fannie hast. Meinst du, ich sollte sie für ein paar Tage, 'ne Woche, mit hierher zu mir nehmen, um sie zu beschützen?«

Ich schaute im Zimmer umher und sah all die prachtvollen Kissen, die großartige Elefantenherde aus Satinbezügen mit Gänsedaunenfüllung, die in Form und Größe Fannie so ähnlich waren.

Ich schüttelte den Kopf. »Das dort ist ihr Nest. Ich hab versucht, sie ins Kino zu schleppen, ins Theater, in die Oper. Nichts zu machen! Sie war seit zehn Jahren nicht mehr auf der Straße. Sie da rauszukriegen, aus ihrem großen Elefantenfriedhof, das –«

Constance Rattigan seufzte und schenkte mir nach.

»Außerdem würde es auch nichts nützen, oder?«

Sie studierte mein Profil. Ich sah angestrengt hinaus auf die dunkle Brandung, weit draußen vor der Terrassentür, wo der Schwemmsand der Gezeiten sich gemächlich im Schlaf wiegte.

»Es ist immer schon zu spät, nicht wahr?« fuhr Constance Rattigan fort. »Man kann Fannie nicht beschützen, man kann niemanden, dem jemand wehtun oder den einer umbringen will, beschützen.«

»Wer hat denn von umbringen gesprochen?« wandte ich ein.

»Du hast so ein grundehrliches rosiges Kürbisgesicht, das einem einfach alles verrät. Wenn ich die Zukunft vorhergesagt habe, dann nie aus dem Kaffeesatz, sondern aus verräterischen Augen und verletzlichen Lippen. Fannie hat Angst, und das macht mir Angst. Zum ersten Mal in all den Jahren stelle ich mir, wenn ich nachts schwimme, vor, daß mich eine riesige Welle so weit hinausziehen könnte, daß ich's nicht mehr bis an Land schaffe. Mann, bin ich wütend, daß man mir meine einzige Freude so verdirbt.« Dann fügte sie schnell hinzu: »Aber das bist nicht du, du verdirbst sie mir nicht, oder?«

»Was ist los?«

Auf einmal klang sie wie Crumley, oder wie Fannie, die mich bat, niemanden mitzubringen. Ich muß so erschreckt dreingeschaut haben, daß sie bellend auflachte.

»Ach, Quatsch. Du bist ja einer von denen, die die Leute nur auf dem Papier umbringen, nicht in Wirklichkeit. Entschuldigung.«

Doch ich war aufgesprungen, wollte unbedingt etwas sagen, etwas ganz Verrücktes, war aber nicht sicher, was.

»Sieh mal«, begann ich. »Ich hab einen verrückten Monat hinter mir. Ich nehme jetzt Dinge wahr, die ich früher nie bemerkt habe. Ich hab nie Todesanzeigen gelesen. Jetzt tu ich's. Hat es bei dir schon mal Wochen oder Monate gegeben, wo einer deiner Freunde nach dem anderen durchgedreht oder abgehauen oder tot umgefallen ist?«

»Mit sechzig«, lachte Constance Rattigan ironisch, »hat man davon ganze Jahre! Ich bekomm's schon mit der Angst zu tun, wenn ich 'ne Treppe runtergeh; ein Freund von mir ist auf 'ner Treppe gestolpert und hat sich den Hals gebrochen. Beim Essen hab ich Angst; zwei gute Bekannte sind daran erstickt. Baden im Meer? Drei gute Freunde ertrunken. Fliegen? Sechs Bekannte abgestürzt. Autos? Zwanzig. Schlafen? Schön wär's, *zehn* Freunde von mir sind im Bett gestorben, haben holterdipolter den Geist aufgegeben. Alkohol? Vierzehn Bekannte an Leberzirrhose. Stell du mal 'ne Liste auf, bei dir hat's ja eben erst angefangen. Ich hab schon ein ganzes Adreßbuch voll, da!«

Sie griff nach einem kleinen schwarzen Buch auf dem Tisch an der Tür und warf es mir zu.

»Mein Buch der Toten.«

»Was?«

Ich blätterte darin, sah die Namen und neben der Hälfte von ihnen ein kleines rotes Kreuz.

»Mein privates Adreßbuch, es ist fünfunddreißig Jahre alt. Die Hälfte der Leute ist schon eine ganze Weile tot, nur hab ich nicht den Mumm, die Namen auszuradieren oder herauszureißen. Das wäre wie ein zweiter, endgültiger Tod. Ich bin wohl aus weichem Holz geschnitzt wie du, mein Lieber.«

Sie nahm mir das Buch der Toten wieder aus der Hand.

Ich spürte einen kalten Luftzug vom Fenster her und hörte draußen den Sand knirschen, als lege ein großes, unsichtbares Tier seine riesige Pranke darauf.

»Ich hab Fannie keine Angst eingejagt«, sagte ich schließlich. »Ich bin doch keine Pestmarie, die die Seuche mit sich herumschleppt. Wenn die Krankheit heute abend irgendwo ist, auch wenn sie hier sein sollte, dann ohne mein Zutun. Seit Tagen fühl ich mich hundeelend. Leute sterben oder rennen weg, und nirgends ist ein Zusammenhang zu erkennen, ich kann nichts beweisen. Ich bin immer in unmittelbarer Nähe, wenn es passiert, und fühle mich schuldig, weil ich nichts sehe, nichts höre, nichts darüber sagen, es nicht aufhalten kann. Und ich hab das ekelhafte Gefühl, daß es so weitergehen wird, länger als ich es ertragen kann. Wen immer ich jetzt sehe, ich frage mich sofort, ob das das nächste Opfer sein wird, und mir ist völlig klar, daß es früher oder später jeden von ihnen erwischen wird. Nur daß es diese Woche schneller zu gehen scheint. So, mehr wollte ich nicht sagen. Jetzt halt ich den Mund.«

Sie trat näher, küßte ihre Fingerspitzen und legte sie mir auf den Mund. »Ich werde dich nicht mehr ärgern. Du bist zwar aus weichem Holz geschnitzt, aber du beißt zurück. Und jetzt, noch was zu trinken? Einen Film anschauen? Ein kurzes nächtliches Bad in meinem Swimmingpool? Ein bißchen Mitleid-Sex mit deiner Filmmutter? Nichts von alldem?«

Ich zog den Kopf ein, um ihrem spöttischen und feurigen Blick auszuweichen.

»Einen Film. Ich würde gern Constance Rattigan in *Lace Curtains* sehen. Als ich ihn das letzte Mal gesehen hab, war ich fünf.«

»Du weißt schon, was du tun mußt, damit eine alte Frau sich großartig fühlt. *Lace Curtains.* Laß mich den Film nur allein einlegen! Als ich noch ein Kind war, hat mein Pa in Kansas City in einem Kino gearbeitet. Er hat mir gezeigt, wie man das macht. Ich kann's immer noch. Ich komme prima allein zurecht, hier im Haus.«

»Nicht ganz. Du brauchst mich. Einer muß den Film ja anschauen.«

»Mist!« Sie hüpfte über die Kissen hinweg und begann, an dem Projektor hinten an der Wand herumzufummeln. Sie riß eine Filmdose vom Regal und begann geschickt, den Filmstreifen in den Projektor einzufädeln. »Du hast recht. Ich werde mir dein Gesicht anschauen, während du mir zusiehst.«

Sie summte und hantierte eifrig am Projektor, und ich drehte mich um und ging hinaus auf die Terrasse über dem Sandstrand. Mein Blick wanderte von Süden, den Strand entlang, an Constance Rattigans Grundstück vorbei, nach Norden, bis ...

Unten am Wasser sah ich etwas.

Da stand reglos ein Mann, oder etwas, das aussah wie ein Mann. Ob er schon lange dort stand, oder ob er eben erst der Brandung entstiegen war, konnte ich nicht sagen. Ich konnte nicht sehen, ob er naß war. Er schien nackt zu sein. Ich schnappte nach Luft und warf einen Blick nach drinnen. Constance Rattigan pfiff durch die Zähne, war immer noch mit dem Projektor beschäftigt.

Eine Woge knallte wie ein Schuß auf den Strand. Ich blickte wieder nach unten. Der Mann stand immer noch da, in beinahe herausfordernder Haltung: die Arme locker, den Kopf hoch erhoben, die Beine gespreizt.

Verschwinde! hätte ich am liebsten zu ihm hinüber geschrien. Was hast du hier zu suchen? Wir haben doch nichts angestellt.

Wirklich nicht? war mein nächster Gedanke.

Umgebracht zu werden verdient niemand.

Nein?

Und dann rollte hinter der Gestalt am Strand eine Welle heran, brach sich, fiel herab wie eine ganze Reihe zersprungener Spiegel, umhüllte den Mann und löschte ihn aus. Als sich die Welle wieder zurückzog, war er verschwunden, rannte vielleicht den Strand entlang nach Norden.

Vorbei an den Raubtierkäfigen im Kanal, an dem leeren

Fenster der Frau mit den Kanaris, an meiner Wohnung, an dem Bettzeug, in das ich mich immer einwickelte wie eine Mumie.

»Kann's losgehen?« rief Constance Rattigan von drinnen.

Wenn's sein muß, dachte ich.

Drinnen sagte Constance: »Komm rein, schau dir die alte Dame mal reichlich verjüngt an!«

»Du bist nicht alt«, entgegnete ich.

»Weiß Gott nicht!« Sie rannte umher, knipste das Licht aus und schüttelte die Kissen, die mitten im Zimmer lagen, auf. »Ich verrückter Gesundheitsapostel schreibe ein Buch, kommt nächstes Jahr raus. Unterwassergymnastik. Sex bei Ebbe. Womit man die Verdauung anregt, nachdem man den Trainer seiner Footballmannschaft verspeist hat. Wie – du liebe Güte! Du wirst ja schon wieder rot. Was weißt du eigentlich über Frauen?«

»Nicht viel.«

»Wieviele hast du gehabt?«

»Nicht viele.«

»Eine«, tippte sie und krähte auf, als ich nickte. »Und wo ist die jetzt gerade?«

»In Mexico City.«

»Wann kommt sie wieder?«

»In zehn Tagen.«

»Fehlt sie dir? Liebst du sie?«

»Ja.«

»Willst du sie anrufen und dir die ganze Nacht den Hörer ans Ohr halten, damit dich ihre Stimme vor dem alten Drachen beschützt?«

»Ich hab keine Angst vor dir!«

»Und ob du Angst hast! Glaubst du an Körperwärme?«

»Körper?«

»Wärme! Sex ohne Sex. Sich ganz fest aneinanderdrücken. Du kannst für diese alte Krustenechse die Wärmflasche spielen, wirst dabei auch deine Unschuld nicht verlieren.

Einfach ganz fest im Arm halten. Schau an die Decke. Da gibt's was zu sehen. Filme, die ganze Nacht, bis die Sonne emporsteigt wie eine Erektion von Francis X. Bushman. Entschuldige. Mist! Los, Junge! Auf in die Kiste!«

Sie versank in den Kissen und zog mich mit hinab, gleichzeitig drückte sie ein paar Knöpfe, die in den Fußboden eingelassen waren. Die letzten Lichter gingen aus. Der Sechzehn-Millimeter-Projektor begann zu surren. Die Decke füllte sich mit Licht und Schatten.

»Na, wie gefällt dir das?«

Sie deutete mit ihrer herrlichen Nase hinauf.

An der Decke zündete sich Constance Rattigan, um achtundzwanzig Jahre verjüngt, eine Zigarette an.

Am Boden, neben mir, blies die wirkliche Constance Rattigan Rauch aus. »War ich nicht eine richtige Hexe?«

Als ich im Morgengrauen erwachte, brauchte ich einige Zeit, bis ich wußte, wo ich war. Ich war grenzenlos glücklich, als wäre in der Nacht etwas Wunderbares passiert. Natürlich war überhaupt nichts passiert, außer, daß ich auf so vielen prächtigen Kissen und neben einer Frau, die wie ein Gewürzschrank mit feinsten Einlegearbeiten duftete, geschlafen hatte. Sie war wie die zierlichen geschnitzten Schachfiguren, die man als Kind in irgendeinem Schaufenster gesehen hat. Sie war eine neuerrichtete Mädchenturnhalle, erfüllt von dem noch ganz feinen Duft heißen Tennisstaubs, der sich an goldene Hüften schmiegt.

Ich drehte mich im ersten Licht des Morgens herum.

Sie war weg.

Ich hörte eine Welle auf den Strand rollen. Ein kühler Wind wehte durch die offene Terrassentür herein. Ich setzte mich auf. Weit draußen in den dunklen Fluten sah ich einen Arm hoch und nieder zucken, hoch und nieder. Ihre Stimme klang herüber.

Ich rannte hinaus, tauchte ins Wasser, wollte zu ihr

hinschwimmen und war schon nach der halben Strecke erschöpft. Ein Sportler war ich nicht gerade! Ich machte kehrt und wartete am Strand auf sie. Schließlich kam sie zurück und blieb, diesmal splitternackt, vor mir stehen.

»Mein Gott«, stöhnte sie auf, »du hast ja nicht mal die Unterwäsche ausgezogen. Was ist bloß mit der heutigen Jugend los?«

Ich starrte sie an.

»Wie gefalle ich dir? Nicht schlecht für eine alte Kinokönigin, was? Netter Busen, alles schön straff, lockiges Schamhaar –«

Doch ich hatte die Augen geschlossen. Sie kicherte. Dann rannte sie lachend davon, eine halbe Meile den Strand entlang, und kam wieder zurück, hatte nur die Möwen aufgeschreckt.

Das nächste, was ich wahrnahm, war Kaffeeduft, der über den Strand wehte, und der Duft von frischem Toast. Als ich mich ins Haus schleppte, saß sie in der Küche, nur mit der Wimperntusche bekleidet, die sie rund um die Augen frisch aufgetragen hatte. Sie blinzelte mich an wie ein Mädchen vom Lande in einem Stummfilm, reichte mir die Marmelade und eine Scheibe Toast und legte anmutig eine Serviette auf ihren Schoß, um mich nicht in Verlegenheit zu bringen. Ich kaute mit stierem Blick. Etwas Erdbeermarmelade war ihr auf die linke Brustwarze gefallen. Ich bemerkte es. Sie sah, daß ich es sah, und fragte: »Hunger?«

Worauf ich mich noch mehr beeilte, mir Butter auf den Toast zu schmieren.

»O Mann, jetzt ruf schon in Mexico City an!«

Ich griff zum Telefon.

»Wo bist du?« fragte Pegs Stimme, zweitausend Meilen weit weg.

»In einer Zelle, in Venice, draußen regnet's«, sagte ich.

»Du lügst!« entgegnete Peg.

Und sie hatte recht.

Und dann war es plötzlich vorbei.

Es war sehr spät, oder sehr früh. Ich fühlte mich betrunken von Leben, und das nur, weil diese Frau mit mir die Stunden verspielt, das Dunkel zerredet hatte, bis weit drüben im Osten, hinter dem Nebel- und Dunstvorhang, die Sonne aufzugehen drohte.

Ich schaute hinaus auf den Strand, auf die Brandung. Keine Spur von Ertrunkenen, und auch niemand dort im Sand, der es hätte bemerken können. Ich hatte keine Lust zu gehen, aber ein arbeitsreicher Tag lag vor mir, ich würde Geschichten schreiben, dem Tod nur drei Schritte voraus. Ein Tag, an dem ich nichts geschrieben habe, sagte ich oft, und ich sagte es so oft, daß meine Freunde aufseufzten und die Augen verdrehten, ein Tag, an dem ich nichts geschrieben habe, ist ein kleiner Tod. Ich hatte nicht vor, mich über die Friedhofsmauer zu werfen. Ich würde weiterkämpfen mit meiner Reise-Remington, die, wenn man richtig zielte, genauer traf als das gleichnamige Gewehr.

»Ich bring dich mit dem Wagen nach Hause«, erklärte Constance Rattigan.

»Nein danke. Es sind nur dreihundert Meter, den Strand entlang. Wir sind Nachbarn!«

»Sag bloß! Das hier zu bauen hat 1920 zweihunderttausend gekostet, heute wären es fünf Millionen. Wieviel Miete zahlst du? Dreißig Dollar im Monat?«

Ich nickte.

»Gut, Herr Nachbar. Mach dich auf die Socken! Kommst du mal wieder um Mitternacht vorbei?«

»Oft«, erwiderte ich.

»Oft.« Sie ergriff meine Hände und umschloß sie mit ihren, das heißt, mit denen des Chauffeurs und des Hausmädchens und der Kinokönigin. Sie erriet meinen Gedanken und lachte auf.

»Du hältst mich für verrückt?«

»Wenn doch die ganze Welt so wäre wie du!«

Sie machte sich verlegen am Schalthebel zu schaffen.

»Und Fannie, wird sie ewig leben?«

Mit feuchten Augen nickte ich.

Sie küßte mich auf beide Wangen und drängte: »So, jetzt raus hier!«

Ich sprang von ihrer gefliesten Terrasse in den Sand, rannte los, wandte mich noch einmal um und rief: »Leb wohl, Prinzessin!«

»Blödsinn«, erwiderte sie belustigt.

Ich rannte davon.

Es passierte nicht viel an diesem Tag.

Doch in der Nacht...

Ich wachte auf und schaute auf meine Mickymausuhr, fragte mich, was mich aus dem Schlaf gerissen hatte. Ich kniff die Augen zu und lauschte angestrengt.

Gewehrschüsse. Peng boing und wieder peng boing und noch einmal peng. Drunten am Strand. Am Pier.

Mein Gott, dachte ich, der Pier ist so gut wie leer, und die Schießbude ist geschlossen, wer kann denn das sein, mitten in der Nacht da draußen, wer drückt da ein ums andere Mal den Abzug und läßt die Zielscheibe dröhnen?

Peng und peng und dann das Geräusch des getroffenen Gongs. Peng und boing. Immer wieder. Zwölf Schüsse hintereinander, und dann noch mal und noch mal zwölf, als habe jemand drei, und dann sechs, und dann neun Gewehre in einer Reihe aufgestellt, als eile er von dem gerade leergeschossenen zum nächsten geladenen und ziele und feuere, feuere immer wieder, ohne auch nur einmal Atem zu holen.

Irrsinn.

Das mußte es wohl sein. Ganz gleich, wer nun allein da draußen am Pier im Nebel stand und ein Gewehr nach dem anderen packte, einen Schuß nach dem anderen auf sein düsteres Schicksal abgab.

Vielleicht Annie Oakley persönlich, dachte ich.

Peng. Da, du Scheißkerl! Peng. Da, du treuloser Schweinehund! Peng. Da, du übler Schürzenjäger! Peng!

Wieder und wieder ertönten die Schüsse, weit weg, doch der Wind trug ihren Klang herüber.

Genug Kugeln, dachte ich, daß man damit auch etwas unvorstellbar Großes töten könnte.

Es dauerte zwanzig Minuten.

Als es vorbei war, konnte ich nicht einschlafen.

Mit Dutzenden von Schußwunden in der Brust tastete ich mich hinüber an die Schreibmaschine und tippte, mit geschlossenen Augen, all die Schüsse hinaus ins Dunkel.

»Offisa Pup?«

»Wie bitte?«

»Offisa Pup, hier spricht Krazy Kat.«

»Mein Gott, Sie sind's«, sagte Crumley. »Und ich bin Offisa Pup, hm?«

»Klingt besser als Elmo Crumley.«

»Kann ich nichts gegen sagen. Und Krazy Kat paßt bestens für Sie, Schreiberling. Wie steht's mit dem großen amerikanischen Epos?«

»Wie steht's mit dem Werk des Conan Doyle-Nachfolgers?«

»Ich geb's ungern zu, aber seit ich Sie kenne, mein Junge, schaffe ich vier Seiten pro Abend. Es ist eine Art Krieg: bis Weihnachten sollte ich's hinter mir haben! Krazy Kats haben offenbar einen guten Einfluß. So, das ist das letzte Kompliment vom Offisa für heute. Wir vertelefonieren Ihre Kröten. Also reden Sie!«

»Ich hab noch ein paar Namen für Ihre Liste.«

»Das darf doch nicht wahr sein!« seufzte Crumley.

»Komisch, daß Sie nie merken –«

»Es ist zum laut Loslachen. Also, erzählen Sie schon!«

»Shrank liegt immer noch am ersten Platz. Gefolgt von

Annie Oakley, der treffsicheren Dame in der Schießbude, ich weiß nicht, wie sie richtig heißt. Vergangene Nacht hat jemand am Pier geschossen. Das muß sie gewesen sein. Wer sonst? Sie würde ja wohl nicht um zwei Uhr morgens für irgendeinen Fremden ihren Laden aufsperren!«

Crumley unterbrach mich.

»Finden Sie ihren richtigen Namen raus! Ohne den kann ich überhaupt nichts machen.«

Ich fühlte mich auf den Arm genommen und sagte nichts mehr.

»Haben Sie Ihre Zunge verschluckt?« fragte Crumley.

Ich sagte nichts.

»Sind Sie noch da?« fragte Crumley.

Ich schwieg verbissen.

»Lazarus«, rief Crumley, »jetzt steig doch endlich aus dem verdammten Grab!«

Ich mußte lachen. »Soll ich weitermachen?«

»Moment, mein Bier. Gut, schießen Sie los!«

Ich zählte noch sechs Namen auf, darunter, obwohl ich nicht recht daran glaubte, auch den von Shapeshade.

»Und vielleicht«, endete ich und zögerte einen Augenblick, »Constance Rattigan.«

»Die Rattigan«, schrie Crumley, »was, zum Teufel, wissen Sie über die? Sie verspeist Tigerhoden auf Toast und kann jedem Hai die Zähne ziehen. Die käme noch aus dem Inferno von Hiroshima mit intakten Wimpern und unbeschädigten Ohrringen heraus. Dann Annie Oakley, die auch nicht! Die würde einem Kerl den Arsch wegschießen, ehe er – nein, vielleicht, daß sie irgendwann alle ihre Gewehre vom Pier schmeißt und selbst hinterherspringt, *das* steht in ihrem Gesicht. Und Shapeshade, machen Sie keine Witze! Der weiß gar nicht, daß es die Wirklichkeit hier draußen, mit uns grotesken Normalen, überhaupt gibt. Den wird man 1999 in seiner Kinoorgel begraben. Noch irgendwelche tollen Ideen?«

Ich schluckte krampfhaft und beschloß dann, Crumley auch noch von Cal, dem Friseur, von seinem rätselhaften Verschwinden zu erzählen.

»So, so, rätselhaft«, meinte Crumley. »Wo sind Sie in den letzten Tagen gewesen? Der verrückte Schlachter hat sich aus dem Staub gemacht. Hat seine Tin Lizzie mit dem Gerümpel aus seinem Laden vollgestopft und ist mit Schwung aus dem Halteverbot vor seinem Schuppen abgedampft, nach Osten. Die halbe Mannschaft hat ihn gesehen, als er bei uns vor der Polizeiwache gewendet hat. Und keiner hat ihn verhaftet, als er gerufen hat: ›Herbstlaub, mein Gott, buntes Laub in den Ozarks!‹«

Ich stieß einen tiefen, bebenden Seufzer der Erleichterung aus, froh darüber, daß Cal noch lebte. Ich sagte nichts von Scott Joplins verschwundenem Kopf, der Cal vermutlich für immer davongejagt hatte. Aber Crumley war noch nicht fertig. »War das nun die ganze brandaktuelle Liste potentieller Leichen?«

»Hm.«

»Erst Sprung ins Meer, dann Sprung in Arbeit, schafft volles Blatt und fröhlich Herz, sagt der Zen-Meister. Hören Sie sich den Ratschlag des Bullen für den genialen Schriftsteller an! Das Bier steht schon kalt, damit sich nachher der Pißpott füllt. Lassen Sie Ihre Liste zu Haus! Bis dann, Krazy Kat!«

»Offisa Pup, auf Wiedersehen.«

Die Schüsse von der letzten Nacht ließen mich nicht los. Ich hörte ihr Echo noch immer.

Und den Lärm, als wieder ein Stück vom Pier zertrümmert, festgewalzt, weggefressen wurde; er zog mich an, so wie manch einer von Kriegslärm angezogen wird.

Die Schüsse, der Pier, dachte ich, als ich mich, brav wie Offisa Pup es von mir erwartete, in die Arbeit stürzte, wieviele Männer mag Annie Oakley gestern nacht wohl umgebracht haben, oder hat sie etwa nur auf einen geschossen?

Außerdem, dachte ich und legte sechs neue Seiten des unglaublich brillanten Romans in meine Sprechende Kiste, möchte ich wissen, welche neuen verhängnistrunkenen Bücher A. L. Shrank auf seinen Katakombenregalen gezüchtet hat wie Fliegenpilze.

Die Hardy Boys treffen Ptomain?

Nancy Drew und Weltschmerz-Kid.

Die Friedhofsdirektoren von Amerika tollen in Atlantic City umher?

Geh nicht zu ihm, dachte ich, und dann: ich muß aber! Lach zumindest nicht, wenn du seine Bücher siehst. Sonst kommt er rausgerannt und verlangt Eintritt.

Gewehrschüsse, dachte ich. Der sterbene Pier. A. L. Shrank, Sigmund Freuds zwergenwüchsiger Sohn. Und jetzt, da, vor mir am Pier, auf dem Fahrrad: Das Ungeheuer.

Oder, wie ich ihn manchmal nannte, Erwin Rommel vom Afrikakorps. Oder auch einfach:

Caligula. Der Killer.

Eigentlich hieß er John Wilkes Hopwood.

Ich erinnere mich noch an eine der vernichtenden Kritiken über ihn, als er, vor ein paar Jahren, in einem kleinen Theater in Hollywood spielte.

»John Wilkes Hopwood, der Matineemörder, hat wieder mal eine Rolle zu Tode gespielt. Er hat nicht nur leidenschaftliche Gefühle völlig zerfetzt, er ist, Gipfel des Wahnsinns, auch noch darauf herumgetrampelt, hat sie zwischen den Zähnen zermahlen und sie von der Bühne auf die nichtsahnenden Damen im Publikum geschleudert. Und die haben sie auch noch aufgegessen!«

Ich sah ihn oft auf seinem leuchtend-orangen Acht-Gang-Fahrrad die Seepromenade von Venice nach Ocean Park und Santa Monica entlangfahren. Er trug immer einen schicken, frisch gebügelten, braunen englischen Anzug und hatte über die schneeweißen Locken eine dunkelbraune irische Mütze gezogen, die sein General-Erwin-Rommel-Gesicht vor der Sonne schützte, dieses Gesicht, das auch an einen Killerfalken oder an Conrad Veidt, der gerade über Joan Crawford oder Greer Garson herfällt, erinnerte. Es war herrlich braungebrannt, die Farbe glich der einer polierten Muskatnuß, und ich fragte mich oft, ob seine Bräune wohl weiter als bis zum Kragen ging, denn ich hatte ihn nie am Strand, ohne Kleider, gesehen. Er fuhr, wenn er gerade nichts zu tun hatte, immer nur mit dem Fahrrad zwischen den Küstenstädten hin und her und wartete darauf, daß entweder der deutsche Generalstab oder die Damen von der Schauspielerhilfsliga aus Hollywood nach ihm schickten. Wenn eine Reihe von Kriegsfilmen gedreht wurde, arbeitete er ununterbrochen, Gerüchten zufolge hatte er einen ganzen Schrank voller Uniformen des Afrikakorps sowie einen schwarzen Umhang für einen gelegentlichen Vampirfilm.

Allem Anschein nach besaß er ansonsten nur diesen einen Anzug. Und ein paar Schuhe, englische Sportschuhe aus feinstem Leder, blitzblank poliert.

Die Fahrradklammern, die seine Hosenaufschläge zusammenhielten, glänzten, als wären sie reines Silber und stammten aus einem Nobelladen in Beverly Hills. Seine Zähne strahlten stets so herrlich weiß, daß man sich fragte, ob es wirklich seine eigenen waren. Wenn er vorbeiradelte, hüllte einen sein Atem in eine Mundwasserduftwolke ein; er war stets bereit, ein Blitzgespräch von Hitler entgegenzunehmen, auf seinem Weg nach Playa Del Rey.

Am Sonntag nachmittag, wenn der Strand der Muskelprotze sich mit zur Schau gestellten Bizepsen und männlichem Lachen füllte, sah ich ihn meist bewegungslos dastehen, das Fahrrad zwischen den Beinen. Dann stand er auf dem Pier von Santa Monica wie ein Befehlshaber in den letzten Tagen des Rückzugs von El Alamein, deprimiert von all dem Sand, entzückt über all das Fleisch ringsum.

Er schien kaum etwas mit uns anderen gemein zu haben, wenn er in seinen anglogermanischen Heldentagträumen vorbeiglitt.

Ich hätte nie damit gerechnet, daß er sein Fahrrad vor A. L. Shranks Tarotkartenhaus, seiner rund um die Uhr geöffneten Turmstube, in der es nicht richtig tickte, abstellen würde.

Doch genau das tat er und stand dann zögernd vor der Tür.

Nicht hineingehen! dachte ich. A. L. Shranks Hütte betritt nur, wer vergiftete Ringe und teuflische Pilze braucht.

Erwin Rommel machte sich darüber keine Gedanken.

Ebensowenig wie das Tier oder Caligula.

Shrank winkte.

Alle drei folgten.

Als ich an Shranks Hütte ankam, war die Tür wieder geschlossen. An ihr sah ich zum ersten Mal eine Liste, die wahrscheinlich schon seit Jahren hier vor sich hin vergilbte, auf der, mit abgenutztem Farbband getippt, die Namen all derer standen, die dieses Portal durchschritten hatten, um sich gesundanalysieren zu lassen.

H. B. WARNER, WARNER OLAND, WARNER BAXTER, CONRAD NAGEL, VILMA BANKY, ROD LA ROCQUE, BESSIE LOVE, JAMES GLEASON ...

Eine Art *Who's Who in Hollywood* von 1929.

Aber auch Constance Rattigans Name stand da.

Ich konnte es nicht glauben.

Und der von John Wilkes Hopwood.

Mir war klar, das *mußte* ich glauben.

Denn als ich einen Blick durch das staubbedeckte Fenster warf, unter dem zum Schutz vor neugierigen Augen halb herabgezogenen Rollo hindurch, sah ich tatsächlich jemanden auf dieser Couch liegen, aus deren aufgeplatzten Nähten das Polstermaterial wild hervorquoll. Und da lag wirklich der Mann in dem braunen Tweedanzug, die Augen geschlossen, konzentriert darauf, zu rezitieren, zweifellos aus einem überarbeiteten, verbesserten letzten Akt des *Hamlet*.

Das darf doch nicht wahr sein! dachte ich.

In diesem Augenblick riß Hopwood, obgleich damit beschäftigt, seine sakralen Innereien herunterzubeten, mit der Intuition eines Schauspielers die Augen auf.

Er drehte erst die Augen und dann mit einem Ruck den ganzen Kopf zur Seite, blickte zum Fenster und sah mich.

Ebenso A. L. Shrank, der neben ihm saß, etwas abgewandt, Notizblock und Stift in der Hand.

Ich trat einen Schritt zurück, stieß einen stummen Fluch aus und ging rasch weg.

Zutiefst beschämt lief ich bis zum Ende des demolierten Piers hinaus und kaufte unterwegs soviele Schokoriegel und andere Süßigkeiten, wie in meine Taschen hineinpaßten. Immer, wenn es mir sehr gut oder sehr schlecht geht, oder wenn mir etwas sehr unangenehm ist, stopfe ich mir den Mund voll Süßigkeiten und lasse eine Spur von Papierabfällen hinter mir zurück.

Und dort, am Ende des Piers, im goldenen Licht des Spätnachmittags, holte Caligula Rommel mich ein. Die Abrißarbeiter waren bereits weg. Die Luft lag still über dem Wasser.

Ich hörte sein Fahrrad summend hinter mir heranrollen. Er sagte zunächst nichts, trat auf mich zu, die silbrig glänzenden Fahrradklammern um die schlanken Knöchel, das Fahrrad fest im Griff wie die Wespentaille einer Frau. Er stand jetzt genau an der Stelle, wo ich ihn gesehen hatte, wie eine Statue von Richard Wagner, der zusieht, wie seine zweite Sinfonie an den Strand wogt.

Drunten im Sand spielte noch immer eine Gruppe von jungen Männern Volleyball. Das Klatschen des Balls und ihr bellendes Gelächter ließen irgendwie den Tag schneller vergehen. Nicht weit davon stemmten zwei vielversprechende Gewichtheber ihre eigene Welt gen Himmel, hofften wohl, acht oder neun junge Frauen in der Nähe davon zu überzeugen, daß ein Schicksal, das schlimmer war als der Tod, eigentlich gar nicht so schlimm und außerdem drüben, in den Zimmern über der Hotdog-Bude, zu haben war.

Dort hinab schaute John Wilkes Hopwood und würdigte mich keines Blickes. Er ließ mich schwitzen und warten, so daß ich unsicher war, ob ich gehen oder bleiben sollte. Ich hatte vor einer halben Stunde eine unsichtbare Schwelle in seinem Leben überschritten. Jetzt mußte ich dafür zahlen.

»Ist irgendwas?« fragte ich schließlich und kam mir im gleichen Augenblick wie ein Idiot vor.

Hopwood stieß sein berühmtes irres Letzter-Akt-Lachen hervor.

»Ach, mein Guter. Sie sind ja viel zu jung. Die von Ihrer Größe werfe ich immer zurück ins Meer.«

O Gott, dachte ich, was sage ich jetzt bloß?

Hopwood drehte den Kopf steif nach hinten, bis sein Adlerprofil die Küste entlang nach Norden zum Pier von Santa Monica hinwies, der dort, etwa eine Meile entfernt, lag.

»Sollten Sie jemals etwas von mir wollen«, erklärte er mit einem Lächeln, »dort drüben wohne ich. Über dem Karussell, über den Pferden.«

Ich wandte mich um und sah in der Ferne, auf dem anderen, noch belebten Pier, das Karussell, das sich schon gedreht und dazu Musik herausgeorgelt hatte, als ich noch ein Kind war. Über diesem großen Pferderennen lagen ein paar Zimmer, die vermietet wurden, ein großartiger Adlerhorst für deutsche Generäle im Ruhestand, für gescheiterte Schauspieler, für fanatische Romantiker. Ich hatte gehört, dort lebten große Dichter mit kleinen Auflagen neben geistreichen Romanciers ohne Rezensionen. Gut bestückte Maler, deren Bilder nie Ausstellungsstücke waren. Die Geliebten berühmter Filmstars, die jetzt ihre Körper an Spaghettiverkäufer verkauften. Alte englische Matronen, die einst in Brighton ein herrliches Leben geführt hatten, lebten dort zwischen Sesselschonern und ausgestopften Pekinesen.

Jetzt schien mir, daß dort Bismarck, Thomas Mann, Conrad Veidt, Admiral Dönitz und Erwin Rommel wohnten.

Ich schaute auf das prachtvolle Adlerprofil. Hopwood reckte sich stolz, als er meinen Blick bemerkte. Er blickte düster auf den goldenen Strand und fragte ruhig: »Sie halten mich für verrückt, weil ich mir die zarten Wohltaten eines A. L. Shrank genehmige?«

»Also –«

»Er ist ein sehr verständnisvoller Mensch, Holistiker, ganz ungewöhnlich. Und, wie Sie ja wissen, sind wir Schauspieler die unstetesten Menschen auf dieser Welt. Die Zukunft ist immer ungewiß, andauernd warten wir darauf, daß das Telefon läutet. Doch es bleibt stumm. Wir haben jede Menge Zeit zur Verfügung. Also beschäftigen wir uns mit Zahlenmystik, Kartenlegen, Astrologie, oder mit östlicher Meditation, mit Krishnamurti unter dem großen Baum in Ojai, mal da gewesen? Tolle Sache! Oder Violet Greener in ihrem Agabeg-Tempel? Norvell, der Futurist? Aimee Semple Mc Pherson, hat sie Sie je errettet? Mich schon. Erst hat sie mir ihre Hand aufgelegt, dann hab ich sie flachgelegt. Die reine Ekstase. Oder der Hall Johnson Chor drunten in der Baptistenkirche, Sonntag abends. Dunkle Engel. Welche Herrlichkeit! Oder wir spielen mit Damen, die sich die Haare violett färben, den ganzen Tag Bingo oder die ganze Nacht Bridge. Schauspieler machen alles mit. Wenn wir einen guten Ausweider wüßten, gingen wir auch zu dem. Cäsars Eingeweidepropheten, GmbH. Ich könnte ein Heidengeld machen, wenn ich Tauben aufschneiden und die Innereien herausholen würde, so daß die Zukunft stinkend auf dem Tisch läge. Ich probiere das alles mal aus, um die Zeit totzuschlagen. Das sind wir Schauspieler nun mal, Zeittotschläger. Neunzig Prozent unseres Lebens verbringen wir damit, auf irgendeinen Auftritt zu warten. In der Zwischenzeit legen wir uns bei A. L. Shrank nieder, um am Strand der Muskelprotze einen hochzukriegen.« Er starrte ununterbrochen hinunter auf die griechischen Götter aus geschmeidigem Gummi, die dort herumtollten, umweht von salzigem Wind und Wollust.

»Haben Sie sich schon mal darüber gewundert«, fragte er schließlich, und auf seiner Oberlippe und auf der Stirn, unter der Mütze, zeichneten sich dünne Schweißspuren ab, »daß Vampire nicht in Spiegeln zu sehen sind? Schauen Sie sich doch mal diese herrlichen jungen Männer dort drunten an! Ihr Bild erscheint in allen Spiegeln, aber außer ihnen niemand. Nur diese jungen Götter! Und wie sie sich selbst so anstarren, ob sie *jemals* auch einen anderen Menschen sehen, etwa die Mädchen, die sie besteigen wie Seepferdchen? Ich glaube nicht dran. Also –«, er kehrte zum Ausgangspunkt zurück, »verstehen Sie jetzt, warum ich zu A. L. Shrank, diesem kleinen dunklen Maulwurf gehe?«

»Ich warte auch ständig darauf, daß das Telefon läutet«, sagte ich. »Es gibt nichts Schlimmeres!«

»Sie verstehen wirklich!« Er starrte mich an, und sein Blick brannte mir die Kleider vom Leib.

Ich nickte.

»Kommen Sie doch mal bei mir vorbei!« Er deutete mit dem Kopf hinüber zu den Zimmern, unter denen die Karussellorgel stöhnte und klagte, eine Melodie herunterleierte, die entfernt an ›Beautiful Ohio‹ erinnerte. »Ich werde Ihnen von Iris Tree, der Tochter von Sir Beerbohm Tree, erzählen, die dort gewohnt hat, die Halbschwester von Sir Carol Reed, dem englischen Regisseur. Aldous Huxley kommt manchmal vorbei, vielleicht treffen Sie ihn.«

Er sah, wie mein Kopf interessiert nach vorne zuckte, und wußte, daß ich angebissen hatte.

»Würden Sie Huxley gern kennenlernen? Na, wenn Sie schön brav sind«, er ließ die Worte auf der Zunge zergehen, »dann klappt's vielleicht mal.«

Mich erfüllte ein unsägliches, unerträgliches Verlangen, das ich gewaltsam unterdrücken mußte. Huxley war für mich eine fixe Idee, die ich in mir spürte wie nagenden Hunger. Wie gerne wäre ich so glanzvoll, so geistreich, von so überragender Größe gewesen. Nicht auszudenken! Ich würde ihn vielleicht treffen!

»Kommen Sie nur mal!« Hopwoods Hand war in seiner Manteltasche verschwunden. »Und ich mache Sie mit dem jungen Mann bekannt, den ich mehr als alles auf der Welt liebe.«

Ich zwang mich, den Blick von ihm abzuwenden, so wie ich oft den Blick abgewandt hatte, wenn mir Crumley oder Constance Rattigan etwas sagten.

»Na«, murmelte John Wilkes Hopwood und kräuselte entzückt die germanischen Lippen, »dem jungen Mann ist das peinlich. Es ist nicht, was Sie vielleicht denken. Da! Schauen Sie genau hin!«

Er zeigte mir ein zerknittertes Hochglanzfoto. Ich dachte, er wolle es mir reichen, aber er hielt es fest, preßte den Daumen auf den Kopf der Person auf dem Bild.

Das, was unter dem Daumen hervorschaute, war der schönste Körper eines jungen Mannes, den ich je gesehen hatte.

Es erinnerte mich an Fotos der Statue von Antinóus, dem Liebhaber von Hadrian, in der Vorhalle der Vatikanischen Museen. Es erinnerte mich an Michelangelos David, an die Körper der unzähligen jungen Männer, die sonnengebräunt und ohne Verstand, maßlos vergnügt und unfähig, sich wirklich zu freuen, in all den Jahren, seit meiner Kindheit, den Strand entlangstolziert waren. Tausend Sommer waren in dieses eine Foto gepackt, das John Wilkes Hopwood mir hinhielt, den Daumen auf dem Gesicht, um Enthüllungen zu vermeiden.

»Es ist der unglaublichste Körper in der Weltgeschichte!« Das sprach er aus wie eine feierliche Erklärung.

»Und er gehört mir, mir ganz allein. Keiner kann ihn mir nehmen. Nein, schrecken Sie nicht zurück. Da, sehen Sie!«

Er nahm den Daumen von dem Kopf des unglaublich schönen jungen Mannes.

Was erschien, war das Gesicht des alten Falken, des alten Teutonenkriegers, des Afrikakorps-Generals.

»Mein Gott«, stieß ich hervor. »Das sind ja Sie!«

»Ja, das bin ich«, bestätigte John Wilkes Hopwood.

Und warf mit einem gnadenlosen Grinsen, bei dem man Säbel aus kaltem Stahl aufblitzen sah, den Kopf zurück. Er lachte stumm in sich hinein bei dem Gedanken an jene Zeit, ehe die Filme zu sprechen begannen.

»Und ob ich das bin!«

Ich nahm die Brille ab, putzte sie und sah noch einmal genauer hin.

»Nein. Kein Schwindel. Keine Trickaufnahme.«

Es ähnelte den Puzzlebildern, die in meiner Kindheit in den Zeitungen abgedruckt worden waren. Die Gesichter von Präsidenten, in je drei Teile geschnitten und durcheinandergemischt. Hier Lincolns Kinn, da Washingtons Nase und darüber Roosevelts Augen. Und noch dreißig Präsidenten, kunterbunt durcheinander, und wenn man die Teile ausschnitt und richtig zusammenklebte, konnte man auf die Schnelle zehn Dollar gewinnen.

Aber hier war der Körper eines jugendlichen griechischen Gottes verschmolzen mit dem Nacken, dem Hals und dem Gesicht eines Raubvogels, der sich emporschwang zu Niedertracht, zu Wahnsinn oder zu beidem.

›Triumph des Willens‹ stand in John Wilkes Hopwoods Augen, als er mir über die Schulter schaute, so als habe er diese Schönheit noch nie gesehen.

»Sie glauben, es ist ein Trick, was?«

»Nein.« Doch ich warf einen verstohlenen Blick auf seinen wollenen Anzug, sein frischgewaschenes Hemd, die ordentlich gebundene altmodische Krawatte, die Weste, die Manschettenknöpfe, die glänzende Gürtelschnalle und die silbernen Fahrradklammern um die Knöchel.

Ich dachte an Cal, den Friseur, und an Scott Joplins verlorengegangenen Kopf.

John Wilkes Hopwood strich sich mit seinen rostfleckigen Fingern über die Weste und die Beine hinab.

»Ja«, lachte er. »Es ist alles bedeckt! Sie werden es nie erfahren, wenn Sie mich nicht einmal besuchen. Ob der abgewrackte König Richard der Dritte wirklich der Wahrer der ewigen Jugend ist. Wie kann die sich mit einem alten Seebären paaren? Warum läßt sich Apoll mit ihm ein, mit diesem –«

»Caligula?« platzte ich heraus und erstarrte.

Aber Hopwood berührte das überhaupt nicht. Er lachte und nickte, dann packte er mich am Ellbogen.

»Caligula! Ja! Der wird jetzt sprechen, während der liebreizende Apoll sich versteckt und abwartet! Willensstärke ist die Antwort. Willensstärke! Gesunde Ernährung, das Wichtigste im Leben eines Schauspielers. Wir müssen zugleich unseren Körper und unseren Geist stählen! Kein Weißbrot, keine Süßigkeiten –«

Ich zuckte zusammen und spürte die letzten Schokoriegel in meinen Taschen schmelzen...

»Kein Kuchen, keine Torten, kein Alkohol, auch nicht zuviel Sex. Um zehn Uhr abends zu Bett. Früh raus, ein Dauerlauf am Strand, jeden Tag, das ganze Leben lang, drei Stunden in der Turnhalle, die einzigen Freunde sind die Turnlehrer, und noch zwei Stunden radfahren jeden Tag. Tag für Tag, dreißig Jahre lang! Und dann schlendert man an Gottes Guillotine vorbei! Und der schlägt einem den alten Raubvogelkopf ab und pflanzt ihn auf einen sonnengebräunten, ewig blühenden, jugendlichen Körper! Welch einen Preis habe ich gezahlt, aber es hat sich gelohnt. Ich bin im Besitz der Schönheit. Der vollkommene Inzest. Narziß par excellence. Ich bin mir selbst genug.«

»Das glaub ich Ihnen«, merkte ich an.

»Ihre Ehrlichkeit wird noch mal Ihr Tod sein.«

Er steckte das Foto, wie eine Blume, in die Tasche.

»Sie glauben mir immer noch nicht.«

»Zeigen Sie noch mal!«

Er gab mir das Bild.

Ich schaute es an. Und während ich es ansah, rollte die Brandung auf den Strand, die Brandung von gestern nacht.

Und dann tauchte ein nackter Mann daraus auf.

Ich zuckte zusammen und schaute noch einmal auf das Bild.

War das der Körper, war das der Mann, der aus dem Meer gestiegen war und mich erschreckt hatte, als Constance Rattigan mir gerade den Rücken zuwandte?

Ich wollte es wissen. Mir fiel nichts Besseres ein, als zu fragen: »Kennen Sie Constance Rattigan?«

Er erstarrte. »Warum fragen Sie?«

»Ich habe ihren Namen auf einer Liste an Shranks Tür gelesen, dachte, Sie beide wären vielleicht wie Schiffe, die sich nachts auf hoher See begegnen.«

Oder Körper, die sich am Strand begegnen? Er, um drei Uhr morgens eben der Brandung entstiegen, während sie gerade hineintauchte?

Sein teutonischer Mund nahm die Form bloßen Hochmuts an.

»Unser Film *Gekreuzte Klingen* war 1926 der Renner in ganz Amerika. Unsere Affäre machte in jenem Sommer Schlagzeilen. Ich war die größte Liebe ihres Lebens.«

»Waren Sie –«, setzte ich an. Waren Sie es etwa, fuhr ich in Gedanken fort, und nicht der Regisseur, der ins Wasser gegangen ist, waren Sie derjenige, der ihr mit dem Schwert die Kniesehnen durchtrennt hat, so daß sie ein Jahr lang nicht gehen konnte?

Aber andererseits hatte ich vergangene Nacht keine Gelegenheit gehabt, Narben an ihren Beinen festzustellen. Und so, wie Constance laufen konnte, war das wohl alles erstunken und erlogen.

»Sie sollten mal A. L. Shrank aufsuchen, ein holistischer Mensch, Verkörperung des reinen Zen, der endgültigen Weisheit«, meinte er, während er sein Fahrrad bestieg. »Ach, übrigens. Ich soll Ihnen etwas von ihm geben.«

Er zog eine Handvoll Schokoriegelpapierhüllen aus der Tasche, zwölf Stück, fein säuberlich glattgestrichen und von einer Büroklammer zusammengehalten. Papier, das ich gedankenlos in den Seewind gestreut, und das jemand aufgelesen hatte.

»Er weiß *alles* über Sie«, sagte Caligula-Rommel, und ein Stummfilmlachen spielte um seine Lippen.

Ich nahm das Papier betreten an mich und spürte meine überflüssigen Pfunde über den Gürtel herunterhängen, als ich diese Banner meiner Niederlagen in der Hand hielt.

»Besuchen Sie mich mal«, sagte er. »Eine Fahrt auf dem Karussell. Und dann feststellen, ob der unschuldige David tatsächlich dem bösen alten Caligula angetraut ist, was meinen Sie?«

Und mit einem Lächeln radelte er davon, ein Tweedanzug unter einer Tweedmütze; er sah sich nicht um.

Als ich wieder an A. L. Shranks Museum der Schwermut ankam, warf ich einen Blick durch das staubbedeckte Fenster.

Auf einem kleinen Tisch neben dem durchgesessenen Sofa lagen, zu einem wackeligen Stapel aufgetürmt, leuchtend orange, zitronengelbe und schokoladenbraune Papierhüllen von Schokoriegeln.

Die können doch nicht *alle* von mir sein, dachte ich. Doch, dachte ich dann. Ich bin ganz schön dick. Aber er – ist *verrückt*.

Ich ging mir ein Eis kaufen.

»Crumley?«

»Ich dachte, ich bin Offisa Pup?«

»Ich glaube, ich hab 'ne Spur, die zum Mörder führt!«

Ein langes, tiefes Schweigen folgte, als der Polizist den Hörer ablegte, sich die Haare raufte und ihn sich wieder ans Ohr hielt.

»John Wilkes Hopwood«, sagte ich.

»Sie vergessen«, wandte der Kriminalkommissar ein, »daß es bis jetzt überhaupt keinen Mord gegeben hat. Nur Verdächtigungen und Möglichkeiten. Es gibt so was wie ein Gericht, und noch was, das nennt man Beweis. Kein Beweis, kein Urteil, und mit einem prächtigen Tritt in den Hintern fliegt man aus dem Gerichtssaal!«

»Haben Sie John Wilkes Hopwood schon mal ohne Kleider gesehen?«

»Jetzt reicht's mir aber!«

Offisa Pup legte einfach auf.

Als ich aus der Zelle trat, regnete es.

Doch im selben Moment begann das Telefon zu läuten, als ob es wüßte, daß ich da war. Ich griff nach dem Hörer und rief, ohne zu wissen warum, hinein: »Peg!«

Die einzige Antwort war das Rauschen des Regens und sanfte Atemzüge meilenweit entfernt.

Das war das letzte Mal, daß ich hier rangegangen bin, dachte ich.

»Scheißkerl«, brüllte ich dann. »Komm mich doch holen, du Schweinehund!«

Ich hängte ein.

Mein Gott, wenn er mich nun beim Wort nahm und wirklich zu mir kam?

Idiot, dachte ich.

Und ein letztes Mal läutete das Telefon.

Ich mußte mich melden, und wenn es nur war, um mich bei den Atemzügen am anderen Ende der Leitung für meine Unverschämtheit zu entschuldigen.

Ich nahm den Hörer ab.

Und hörte eine traurige Lady, neun Meilen weit weg, irgendwo in Los Angeles.

Fannie.

Sie weinte.

»Fannie, meine Güte, bist du's?«

»Ja, ja, ich bin's. Allmächtiger Gott!« Sie keuchte, hechelte, rang pfeifend nach Luft. »Die Treppe hätte mich beinahe umgebracht. Seit 1935 bin ich keine mehr hochgestiegen. Wo warst du? Das Dach ist eingestürzt. Das Leben ist vorüber. Alle sind tot. Warum hast du mir nichts gesagt? O Gott, ist das schrecklich! Kannst du herkommen? Jimmy, Sam, Pietro.« Als sie die Namen aufzählte, drückte mich meine Schuld gegen die Wand der Telefonzelle. »Pietro, Jimmy, Sam. Warum hast du gelogen?«

»Ich hab nicht gelogen, ich hab nur nichts gesagt!«

»Und jetzt Henry!« schrie sie.

»Henry?! Mein Gott! Doch nicht etwa –?«

»Ist die Treppe runtergefallen!«

»Und lebt er? Ist er am Leben?« brüllte ich.

»Ja, Gott sei Dank, liegt in seinem Zimmer. Wollte nicht ins Krankenhaus. Ich hab gehört, wie er gestürzt ist, bin rausgerannt. Und da hab ich alles erfahren, was du mir nicht gesagt hast. Henry hat dagelegen, geflucht und Namen gemurmelt. Jimmy. Sam. Pietro. O Gott, warum hast du den Tod hierhergebracht?«

»Das hab ich nicht, Fannie.«

»Komm her und beweis es mir! Ich hab drei Mayonnaisegläser voll Vierteldollarmünzen. Nimm ein Taxi, schick den Fahrer rauf, ich bezahl ihn von dem Geld in den Gläsern! Und falls du kommst, woher weiß ich, daß du es bist, wenn's klopft?«

»Weißt du vielleicht jetzt, am Telefon, ob ich's bin, Fannie?«

»Nein, weiß ich nicht«, jammerte sie. »Das ist furchtbar. Ich weiß es nicht.«

»Los Angeles«, sagte ich zehn Minuten später zu dem Taxifahrer. »Für drei Mayonnaisegläser.«

»Hallo, Constance? Ich stehe in der Zelle gegenüber von Fannies Haus. Wir müssen sie hier rauskriegen. Kannst du herkommen? Sie hat jetzt wirklich panische Angst.«

»Und hat sie Grund dazu?«

Ich schaute hinüber auf das Mietshaus und überlegte, wie viele tausend Schatten da wohl hineingepfercht waren, vom Keller bis zum Dachboden.

»Diesmal ganz bestimmt!«

»Geh rüber! Steh Wache! Ich bin in einer halben Stunde da. Ich komm nicht hoch. Überrede sie runterzukommen, und dann bringen wir sie weg. Los!«

Constance knallte den Hörer so heftig auf die Gabel, daß ich aus der Zelle schoß und beinahe vor ein Auto gerannt wäre.

Ich klopfte so an, daß sie sicher sein konnte, daß ich es war. Sie riß die Tür auf, und da stand sie, mit irre flackernden Augen und zerwühlten Haaren, ein wildgewordener Elefant, der eben einen Kopfschuß abgekriegt hat.

Ich schob sie zurück in ihren Sessel und riß den Kühlschrank auf, überlegte, was eher helfen könnte, Mayonnaise oder Wein. Ich entschied mich für Wein.

»Schluck das runter!« befahl ich und bemerkte plötzlich, daß der Taxifahrer hinter mir in der Tür stand, daß er mir aus Angst, ich wolle ihn um den Fahrpreis betrügen, gefolgt war.

Ich griff ein Mayonnaiseglas voll Vierteldollarstücke und gab es ihm. »Reicht das?«

Er warf einen abschätzenden Blick auf das Glas, wie einer, der vor einem Schaufenster steht und schätzt, wieviele Geleebonbons in dem Glas da drinnen sind, saugte Luft durch die Zähne und eilte mit den klimpernden Münzen davon.

Fannie leerte gerade das Weinglas. Ich schenkte nach, setzte mich und wartete. Schließlich begann sie: »Vorgestern und gestern nacht war jemand hier vor meiner Tür. Lief hin und her, her und hin, ganz anders als sonst, wenn irgendwer vorbeigeht, blieb dann stehen und hat tief ein- und ausgeatmet. Lieber Himmel, was tut so einer um Mitternacht vor der Tür einer alten, abgewrackten, verfetteten Opernsängerin, er kann mich doch nicht vergewaltigen wollen, man vergewaltigt doch keinen Dreieinhalb-Zentner-Sopran, oder?«

Und dann begann sie zu lachen, so heftig und ausdauernd, daß ich nicht wußte, ob es Hysterie war oder Verblüffung, eine Laune, die sie selbst überraschte. Ich mußte ihr auf den Rücken klopfen, damit sie zu lachen aufhörte und wieder Luft bekam, und ihr noch einen Schluck Wein einschenken.

»O je, o je«, keuchte sie. »Das tut gut. Gott sei Dank, daß du hier bist! Du wirst mich beschützen, ja? Was ich gesagt habe, tut mir leid. Du hast diese schreckliche Sache nicht mitgebracht und vor meiner Tür gelassen. Es ist wohl der Hund von Baskerville, muß völlig ausgehungert sein, ist von allein hier reingekommen, um Fannie Angst einzujagen.«

»Entschuldige, daß ich dir das mit Jimmy und Pietro und Sam nicht gesagt habe.« Ich schluckte krampfhaft etwas Wein. »Ich hatte nur keine Lust, dir Todesanzeigen vorzulesen, nicht so viele auf einmal. Sieh mal! In ein paar Minuten kommt Constance Rattigan. Sie möchte, daß du mit ihr kommst, ein paar Tage zu ihr ziehst und –«

»Noch mehr Geheimnisse!« schrie Fannie mit weitaufgerissenen Augen. »Seit wann kennst du sie? Und überhaupt, es geht nicht. Ich bin hier zu Hause. Wenn ich hier weggehe, verkümmere ich, gehe ich ein wie eine Primel. Und meine ganzen Schallplatten!«

»Die nehmen wir mit.«

»Meine Bücher!«

»Trag ich runter.«

»Meine Mayonnaise, sie hat bestimmt nicht die richtige Marke!«

»Kauf ich dir.«

»Und sie hat gar keinen Platz.«

»Selbst für dich, Fannie, doch, doch!«

»Sie –«

So ging es weiter, bis ich hörte, wie Constance Rattigan ihren Wagen unten am Straßenrand parkte.

»Du willst also nicht, Fannie?«

»Mir geht's jetzt gut, jetzt wo du da bist. Sag Mrs. Gutierrez, sie soll zu mir kommen und ein bißchen dableiben, wenn du weggehst«, entgegnete sie fröhlich.

»Wieso bist du plötzlich so optimistisch, vor einer Stunde warst du doch völlig am Ende?«

»Mein lieber Junge, Fannie geht's gut. Das schreckliche Untier kommt nicht wieder. Ich weiß das, und, na ja, jedenfalls –«

Als wolle es uns zu Tode erschrecken, neigte sich genau in diesem Augenblick das ganze Mietshaus im Schlaf zur Seite.

Die Tür zu Fannies Zimmer bebte im Rahmen, flüsterte uns etwas zu.

Wie von einem tödlichen Schuß getroffen, richtete Fannie sich auf und würgte, schien beinahe an ihrem Entsetzen zu ersticken.

Im Bruchteil einer Sekunde war ich an der Tür, riß sie auf und schaute hinaus in den Korridor, dieses lange Tal, eine Meile nach links, eine nach rechts; lange dunkle Tunnels, durch die die Nacht strömte.

Ich lauschte und hörte, wie der Putz an der Decke Risse bekam, wie die Türen in den Rahmen knarrten. Irgendwo murmelte eine Toilette unablässig vor sich hin, ein altes, kaltes, weißes Porzellangrab in der Nacht.

Natürlich war niemand auf dem Korridor.

Wenn da irgend jemand gewesen war, dann hatte er schnell

eine Tür hinter sich geschlossen oder war vorne oder hinten hinausgerannt. Nach draußen, von wo die Nacht hereindrang, ein unsichtbarer Fluß, ein langer, gewundener Luftstrom, voller Erinnerungen an Dinge, die man irgendwann gegessen oder zum Abfall geworfen hatte, Dinge, nach denen man sich einmal gesehnt hatte, Dinge, die man jetzt nicht mehr wollte.

Ich hätte am liebsten in den leeren Flur hinausgebrüllt, das hinausgeschrien, was ich schon in der Nacht am Strand vor Constance Rattigans arabischer Festung schreien wollte. Verschwinde! Laß uns in Ruhe! Wir sehen vielleicht so aus, als ob wir es verdient hätten zu sterben, aber das stimmt nicht!

Doch dann rief ich in die Leere: »Ist gut, Kinder. Geht wieder ins Bett! Los, ab! Marsch! Na also. Gut so. Fein.«

Ich wartete, bis sich die nicht vorhandenen Kinder in ihre nicht vorhandenen Betten verzogen hatten. Dann wandte ich mich um, ging wieder hinein und schloß die Tür mit einem gespielten Lächeln.

Es funktionierte. Jedenfalls ließ Fannie sich nichts anmerken.

»Du wärst ein guter Vater«, strahlte sie.

»Nein, ich würde wie alle Väter schnell den Verstand und die Geduld verlieren. Diesen Gören hätte man schon vor Stunden ein Glas Bier einflößen und sie ins Bett schmeißen sollen! Geht's dir jetzt besser, Fannie?«

»Ja«, seufzte sie und schloß die Augen.

Ich ging zu ihr und umfing sie mit den Armen, so wie Lindbergh unter dem Jubel der Massen die Erde umfangen hatte.

»Es wird schon werden«, meinte sie. »Geht jetzt! Es ist alles in Ordnung. Du hast ja gesagt, die Kinder sind im Bett.«

Welche Kinder, hätte ich beinahe gefragt, konnte mich eben noch beherrschen. Aber natürlich, die Kinder.

»Fannie kann also nichts mehr passieren, und du gehst jetzt

nach Hause! Mein armer Junge. Sag Constance, daß ich ihr für ihr Angebot danke, daß ich es aber dankend ablehne. Und sie kann mich gern mal besuchen, ja? Mrs. Gutierrez hat versprochen, heute nacht hier zu schlafen, in diesem Bett, das ich seit dreißig Jahren nicht mehr benutzt habe. Kannst du dir das vorstellen? Ich kann nicht auf dem Rücken schlafen, da krieg ich keine Luft. Gut, Mrs. Gutierrez kommt dann, es war lieb von dir, daß du mich besucht hast, mein Kleiner. Ich verstehe schon, daß du es nur gut mit mir meinst, du willst mir nur das traurige Schicksal von unseren Freunden ersparen.«

»Das ist richtig, Fannie.«

»Es ist nichts Unnormales an ihrem Tod, oder?«

»Nein, Fannie«, log ich. »Das hat nur mit Dummheit und Trauer und verblaßter Schönheit zu tun.«

»Weißt du, du redest wie Madame Butterflys Leutnant.«

»Deswegen haben mich schon die Jungs in der Schule verprügelt.«

Ich ging zur Tür. Fannie holte tief Luft und sagte dann: »Falls mir irgendwas zustößt. Nur für den Fall, daß – schau dann in den Kühlschrank!«

»Wohin?«

»In den Kühlschrank«, wiederholte Fannie ihre rätselhafte Anweisung. »Nicht jetzt!«

Aber ich hatte schon die Kühlschranktür aufgerissen und starrte hinein. Gläser voller Marmelade, Soßen, Gelees, Mayonnaise. Erst nach einer ganzen Weile schloß ich die Tür wieder.

»Du hättest nicht hineinschauen sollen!« protestierte Fannie.

»Ich will nicht länger warten. Ich muß Bescheid wissen.«

»Jetzt sag ich dir überhaupt nichts!« entgegnete sie beleidigt. »Du hättest nicht gucken sollen. Ich geb schon zu, daß vielleicht ich daran schuld bin, daß es ins Haus gekommen ist.«

»Es, Fannie? Was für ein Es?«

»All das Böse, von dem ich gedacht habe, daß du es an deinen Sohlen hereinträgst. Aber vielleicht ist Fannie dafür verantwortlich. Vielleicht bin ich schuld. Vielleicht hab ich es von der Straße hochgerufen.«

»Ja und, hast du's gemacht oder nicht?« schrie ich, den Oberkörper zu ihr vorgebeugt.

»Hast du mich nicht mehr gern?«

»Natürlich hab ich dich gern! Ich versuch dich hier herauszuholen und du willst nicht. Du hältst mir vor, daß ich an allem schuld bin, und dann läßt du mich in Kühlschränke schauen. Mein Gott, Fannie!«

»Jetzt ist der Leutnant böse auf Butterfly.« Ihre Augen begannen überzuquellen.

Ich hielt das nicht länger aus.

Ich öffnete die Tür.

Mrs. Gutierrez mußte schon eine ganze Weile dagestanden haben, da war ich sicher! Diplomatisch hatte sie mit einem Teller heißer Tacos in der Hand hier gewartet.

»Ich ruf dich morgen an, Fannie.«

»Klar, tu das, und Fannie wird nichts passiert sein!«

Wenn ich die Augen zumache, dachte ich, und so tue, als wäre ich blind, ob ich dann …

Henrys Zimmer finde?

Ich klopfte an Henrys Tür.

»Wer da?« ertönte Henrys Stimme. Er hatte sich eingesperrt.

»Wer fragt da wer da?« fragte ich.

»Wer fragt da wer fragt da wer da?« antwortete er und mußte lachen. Dann fiel ihm wieder ein, daß er Schmerzen hatte. »Du bist's.«

»Mach auf, Henry!«

»Bei mir ist alles in Ordnung, bin nur die Treppe runtergefallen, hätte mir nur um ein Haar sämtliche Knochen gebrochen, laß mich doch einfach hier liegen und mich erholen!

Morgen sperre ich die Tür wieder auf und komm raus. Ist nett von dir, daß du dir um mich Sorgen machst.«

»Was ist denn passiert, Henry?« fragte ich die verschlossene Tür.

Henry kam näher. Ich spürte, daß er sich gegen die Tür lehnte, wie einer, der durch ein Beichtstuhlgitter spricht.

»Er hat mir ein Bein gestellt.«

Ein Kaninchen rannte in meiner Brust umher, verwandelte sich dann in eine große Ratte und raste weiter durch meine Brust.

»Wer, Henry?«

»Er. Ein Bein hat er mir gestellt, der Scheißkerl!«

»Hat er irgendwas gesagt? Bist du sicher, daß da jemand war?«

»Ich spüre doch auch, wenn oben im Flur das Licht an ist. Ja. Ich spür es. Die Wärme. Es war schrecklich warm im Flur, da, wo er stand. Und er hat natürlich geatmet. Ich hab gehört, wo er sich versteckt hat, wie er die Luft eingesogen und dann ganz sachte ausgeatmet hat. Er hat nichts gesagt, als ich vorbeigegangen bin, aber ich hab sein Herz gehört, ja, auch sein Herz, bum, bum, oder vielleicht war's auch meines. Hab gedacht, ich könnte vorbeischleichen, ohne daß er mich sieht, ein Blinder meint wohl, wenn's für ihn dunkel ist, muß es für alle so dunkel sein. Ja und dann – wumm! Ich sitz unten an der Treppe und weiß nicht, wie ich da hingekommen bin. Hab angefangen, nach Jimmy und Sam und Pietro zu rufen, dann hab ich mich einen verdammten Idioten geschimpft und mir gesagt, die sind tot, und du bist's auch bald, wenn du nicht nach jemand anders rufst. Ich hab Namen rausgebrüllt, einen nach dem anderen, im ganzen Haus sind die Türen aufgegangen, und währenddessen hat er sich auf und davon gemacht. Klang, als ob er barfuß gelaufen ist, draußen vor der Tür. Hab seinen Atem gerochen.«

Ich schluckte und lehnte mich gegen die Tür. »Und wie roch der?«

»Ich überleg's mir und sag's dir dann. Jetzt geht Henry ins Bett. Bin wirklich froh, daß ich blind bin. Ekliger Gedanke, daß ich mich gesehen hätte, wie ich die Treppe runtergerauscht bin, wie ein Wäschesack. Nacht.«

»Gute Nacht, Henry.«

Ich wandte mich genau in dem Moment um, als das Mietshaus, das große Dampfschiff, im Dunkeln eine windige Flußschleife durchfuhr. Ich fühlte mich in Mr. Shapeshades Kino versetzt, um ein Uhr nachts, über der Brandung, die die Balken unter den Sitzen umspülte, sie erbeben ließ, während die großen schwarzsilbernen Bilder über die Leinwand glitten. Ein Zittern ging durch das ganze Haus. Das Kino – gut und schön. Das Unangenehme an dem großen alten düsteren Gebäude hier war, daß die Schatten von der Leinwand heruntergestiegen waren und im Treppenhaus warteten, sich in den Badezimmern versteckten und manchmal Glühbirnen herausdrehten, so daß alle so blind wie Henry durchs Dunkel tasteten, um nach draußen zu finden.

Genau das tat ich jetzt auch. An der Treppe angelangt, erstarrte ich. In der Luft vor mir hörte ich heftige Atemzüge. Aber es war nur das Echo meines eigenen Japsens und Keuchens, das von der Wand zurückprallte, in mein Gesicht.

Paß um Gottes willen auf, dachte ich, daß du nicht über deine eigenen Füße stolperst, wenn du die Treppe runtergehst!

Der Duesenberg, Baujahr 1928, und der Chauffeur erwarteten mich, als ich aus dem Haus trat. Die Tür knallte zu, und schon waren wir auf halbem Weg nach Venice, als der Chauffeur seine Mütze abnahm, das Haar herabfallen ließ und sich verwandelte.

In Rattigan, den Untersuchungsrichter.

»Und?« fragte sie kalt. »Ist sie völlig durcheinander oder nicht?«

»Ja, sie ist völlig verstört, aber ich kann, verdammt noch mal, nichts dafür!«

»Nein?«

»Hol's der Teufel, nein! Halt an der nächsten Ecke an und laß mich, verflucht noch mal, aussteigen!«

»Für einen schüchternen Jungen aus Illinois haben Sie ja 'ne nette Ausdrucksweise, Mr. Hemingway!«

»Scheiße, ja, Miss Rattigan!«

Das wirkte! Ich sah, wie ihre Schultern ein wenig absackten. Sie lief Gefahr, mich zu verlieren, wenn sie nicht aufpaßte, das war ihr klar.

»Constance«, verbesserte sie, wieder ruhiger.

»Constance«, willigte ich ein. »Es ist nicht meine Schuld, wenn Leute in Badewannen ertrinken, wenn sie zuviel trinken und die Treppe runterfallen, oder wenn die Polizei sie abholt. Warum bist du eben nicht hochgekommen? Du bist doch Fannies beste Freundin!«

»Ich hatte Angst, daß es zuviel für sie wäre, dich und mich zusammen zu sehen. Daß sie an die Decke gehen würde und wir sie nie mehr da runterbekämen.«

Sie fuhr etwas langsamer, verringerte die Geschwindigkeit von reichlich hysterischen siebzig Meilen auf durchschnittlich nervöse sechzig oder zweiundsechzig. Aber ihre Klauen umklammerten das Lenkrad, als wären es meine Schultern, die sie schüttelte. Ich sagte: »Du solltest sie besser ein für allemal da rausholen! Sie wird jetzt 'ne Woche lang nicht schlafen können, und das könnte ihr Tod sein, einfach vor Erschöpfung. Von Mayonnaise allein kann keine Menschenseele auf Dauer leben!«

Constance verlangsamte das Tempo auf fünfundfünfzig.

»War es schwierig mit ihr?«

»Sie hat mich nur zur Pest-Marie erklärt, so wie du. Ich bin anscheinend jedermanns Sündenbock, alle scheinen mich für jemanden zu halten, der Beulenpestflöhe ausstreut. Ich weiß nicht, was das ist, in dem Haus, es ist eben da. Aber ich hab's nicht reingeschleppt! Außerdem hat Fannie irgendwas Dummes gemacht.«

»Was?«

»Ich weiß nicht, sie wollte mir nichts sagen. Sie ärgert sich über sich selbst. Vielleicht kannst du's aus ihr rauslocken. Ich hab das schreckliche Gefühl, Fannie hat das alles selbst ausgelöst.«

»Wie?«

Der Wagen fuhr nur noch vierzig. Constance beobachtete mich im Rückspiegel. Ich fuhr mir mit der Zunge über die Lippen.

»Ich kann nur raten. Es wär was in ihrem Kühlschrank, hat sie gesagt. Wenn ihr irgendwas zustoßen würde, hat sie gemeint, soll ich in ihren Kühlschrank schauen. Mein Gott, so was Dummes! Vielleicht kannst du später, heut nacht, noch mal zu ihr fahren, in den verflixten Kühlschrank gucken und dir überlegen, was Fannie sich ins Haus geholt hat, und wie, und warum. Was diese Sache ist, die sie zu Tode erschreckt.«

»Oh, du guter Gott im Himmel!« murmelte Constance und schloß die Augen. »Ich werd noch wahnsinnig.«

»Constance!« schrie ich.

Denn wir hatten eben eine rote Ampel überfahren.

Zum Glück war Gott mit uns und paßte auf.

Sie hielt vor meiner Wohnung an, stieg aus, als ich die Haustür aufsperrte, und steckte den Kopf hinein.

»Das ist also die Wirkungsstätte des Genies?«

»Ein kleines Stück Mars auf Erden.«

»Ist das dort Cals Klavier? Ich hab von den Musikkritikern gehört, die es verbrennen wollten. Ja, und dann die Kunden, die seinen Laden gestürmt und ihm ihre ulkigen Frisuren vorgehalten haben.«

»Cal ist schon in Ordnung!«

»Hast du in den letzten Tagen mal in den Spiegel geschaut?«

»Er hat sich Mühe gegeben!«

»Zumindest auf einer Seite. Erinnere mich daran, wenn du das nächste Mal bei mir bist! Mein Dad war auch Friseur. Er hat mir einiges beigebracht. Warum stehen wir hier in der Tür? Hast du Angst, daß die Nachbarn reden, wenn du – o Mann! Da haben wir's schon wieder! Ich kann sagen, was ich will, es scheint immer ins Schwarze zu treffen. Du bist wirklich was Besonderes. Seit meinem zwölften Geburtstag hab ich keinen schüchternen Mann mehr gesehen.«

Sie steckte den Kopf etwas weiter hinein.

»Meine Güte, so viel Krimskrams. Räumst du hier nie auf? Liest du etwa zehn Bücher gleichzeitig, die Hälfte davon Comics? Das da, neben der Schreibmaschine, ist das der Disintegrator von Buck Rogers? Hast du den gekriegt, weil du die Gutscheine auf den Corn-flakes-Packungen gesammelt hast?«

»Klar.«

»Was für ein Saustall«, jauchzte sie, und meinte es als Kompliment.

»Fühl dich wie zu Hause!«

»Das Bett ist ja nicht mal breit genug für Sandwichsex.«

»Einer muß es sich dabei immer auf dem Fußboden gemütlich machen.«

»Ach du lieber Schreck, von wann ist denn deine Schreibmaschine?«

»Das ist 'ne Standard Underwood von 1935, nicht mehr ganz neu, aber gut erhalten!«

»Genau wie ich, was? Willst du die altehrwürdige Berühmtheit nicht hereinbitten und ihr die Ohrringe abnehmen?«

»Du mußt noch mal zu Fannie, in ihren Kühlschrank schauen, hast du vergessen? Andererseits, wenn du hier schlafen würdest, heut nacht, hätten wir's schön warm.«

»So, schön warm. Heiß hergehen würd's nicht?«

»Das nicht, Constance.«

»Die Erinnerung an deine geflickte Unterwäsche ist umwerfend.«

»Ich bin eben nicht der berühmte David.«

»Weiß Gott nicht! Gute Nacht, mein Junge. Ich muß dann nach Fannies Kühlschrank schauen. Danke!«

Sie gab mir einen Kuß, daß mir die Trommelfelle platzten und fuhr davon.

Ganz schwindlig davon, schaffte ich es irgendwie, in mein Bett zu taumeln.

Und das war ein Fehler.

Denn dann hatte ich den Traum.

Jede Nacht stellte sich der kleine Regenguß vor meiner Tür ein, blieb einen Moment, raunte etwas und ging wieder. Ich wagte nicht, aufzustehen und nachzuschauen. Hatte Angst, Crumley würde dastehen, naß bis auf die Haut, mit glühenden Augen. Oder Shapeshade, flimmernd und zuckend wie ein alter Film, mit Seetang an den Augenbrauen und an der Nase...

Jede Nacht wartete ich, der Regen hörte auf, und ich schlief ein.

Und dann kam der Traum.

Ich lebte als Schriftsteller in einer kleinen, grünen Stadt im Norden von Illinois; ich saß in einem Friseurstuhl wie dem von Cal in seinem leeren Laden. Dann kam jemand hereingestürmt und brachte mir ein Telegramm, in dem man mir hunderttausend Dollar für die Filmrechte an einem Buch bot!

Ich saß in dem Stuhl, brüllte vor Freude, schwenkte das Telegramm und sah die Gesichter der Kunden und das des Friseurs zu Gletschern, in Dauerfrost erstarren, und als sie mir mit falschem Lächeln gratulierten, zeigten sie statt Zähnen Eiswürfel.

Plötzlich war ich ein Ausgestoßener. Ihr Atem umwehte mich kalt. Ich hatte mich verwandelt, unwiderruflich. Ich konnte keine Vergebung erwarten.

Der Friseur beendete meinen Haarschnitt in Windeseile, als wäre ich ein Unberührbarer, und ich ging nach Hause, das Telegramm in den schwitzenden Händen.

In dieser Nacht, ganz spät, hörte ich von jenseits des Waldes, der nicht weit entfernt von meinem Haus in dieser kleinen Stadt lag, ein Ungeheuer brüllen.

Ich setzte mich im Bett auf, kalte Eisblumen bedeckten meinen Körper. Das Ungeheuer kam brüllend näher. Ich öffnete die Augen, um besser hören zu können. Riß den Mund auf, um die Ohren zu entlasten. Die Schreie des Ungeheuers ertönten jetzt näher, es war schon halb durch den Wald, stapfte und stampfte heran, zertrampelte Blumen, erschreckte Kaninchen und Vögel, die sich in Schwärmen kreischend zu den Sternen aufschwangen.

Ich konnte mich weder bewegen noch schreien. Ich spürte, wie das Blut aus meinem Gesicht wich. Sah das herrliche Telegramm drüben auf der Kommode liegen. Das Ungeheuer stieß einen entsetzlichen, todverkündenden Schrei aus und stampfte weiter, schien mit seinen fürchterlichen Säbelzähnen die Wipfel der Bäume auf seinem Weg einfach abzuhacken.

Ich sprang aus dem Bett, packte das Telegramm, rannte zur Haustür und riß sie weit auf. Das Ungeheuer mußte jeden Augenblick am Waldrand auftauchen. Es brüllte, tobte, schleuderte Drohungen in den Nachtwind.

Ich zerriß das Telegramm in tausend Stücke, warf sie hinaus auf den Rasen und rief ihnen nach:

»Ich will nicht! Behaltet euer Geld! Behaltet euren Ruhm! Ich bleibe hier! Ich will nicht weg! Nein!« Und noch einmal: »Nein!« Und ein letztes verzweifeltes: »Nein!«

Der letzte Schrei erstarrte im Rachen des gigantischen Dinosauriers. Ein schrecklicher Moment des Schweigens folgte.

Der Mond verschwand hinter einer Wolke.

Ich wartete, und der Schweiß auf meinem Gesicht gefror.

Das Ungeheuer holte tief Luft, blies sie wieder aus und trampelte davon, zurück durch den Wald, schwand dahin und war schließlich verschwunden, in Vergessenheit versunken. Die Telegrammfetzen wirbelten wie Mottenflügel über den

Rasen. Ich schloß die Tür, sperrte sie ab, stöhnte erleichtert auf und ging zu Bett. Kurz vor Morgengrauen schlief ich ein.

Jetzt, von diesem Traum aus meinem Bett in Venice getrieben, stand ich auf, ging an die Tür und schaute hinaus auf die Kanäle. Was konnte ich dem dunklen Wasser, dem Nebel, dem Ozean, der an die Küste rollte, zurufen? Wer würde mein Rufen hören, welches Ungeheuer mein *mea culpa* oder meine Unschuldsbeteuerungen oder meine Hinweise auf meine guten Absichten und mein noch unverbrauchtes Genie anerkennen?

Konnte ich rufen: Verschwinde – ich bin völlig unschuldig? Ich darf nicht sterben! Und laß die anderen in Ruhe, um Gottes willen! Konnte ich das sagen, das hinausbrüllen?

Ich öffnete den Mund und versuchte es. Doch er war verkrustet mit Staub, der sich irgendwie im Dunkeln angesammelt hatte.

Ich konnte nur mit einer Hand eine Geste vollführen, sie bittend ausstrecken, eine leere Pantomime. Bitte, dachte ich.

»Bitte!« flüsterte ich. Dann schloß ich die Tür.

In diesem Moment begann das Telefon drüben in meiner privaten Zelle zu läuten.

Ich geh nicht ran, dachte ich. Das ist er. Der Eismann.

Das Telefon klingelte.

Vielleicht ist es Peg.

Das Telefon klingelte.

Es ist doch er.

»Hör auf!« schrie ich.

Das Telefon verstummte.

Mein Gewicht ließ, als ich zusammensackte, die Tür zuknallen.

Crumley stand blinzelnd in seiner Haustür.

»Um Gottes willen, wissen Sie, wie spät es ist?«

Wir standen da und musterten uns wie zwei Boxer, die

einander windelweich geprügelt haben und sich nicht entscheiden können, wo sie zu Boden gehen sollen.

Mir fiel nichts Passendes ein, und so sagte ich: »Mein Gefolge ist abscheulich.«

»Das ist die Losung. Shakespeare. Treten Sie ein!«

Er führte mich durchs Haus in die Küche, wo auf dem Herd ein großer Topf Kaffee brodelte.

»Ich hab bis spät in die Nacht an meinem Meisterwerk gearbeitet.« Crumley deutete mit dem Kopf auf die Schreibmaschine im Schlafzimmer. Ein langes gelbes Blatt hing heraus wie die Zunge der Muse. »Ich benutze ein größeres Format, da paßt mehr drauf. Ich hab wohl Angst davor, daß ich, wenn ich eine normale Seite voll habe, einfach nicht mehr weitermache. Mann, schauen Sie mies aus! Schlecht geträumt?«

»Weiß Gott!« Ich erzählte ihm von dem Friseurgeschäft, dem Hunderttausenddollarverkauf, dem Ungeheuer in der Nacht, von meinen Schreien und davon, wie das riesige Untier stöhnend verschwunden war, und daß ich noch da war, am Leben, für immer.

»Liebe Güte!« Crumley füllte zwei große Tassen mit einer dicken Flüssigkeit, die an blubbernde Lava erinnerte. »Sie träumen sogar noch besser als ich!«

»Was mag der Traum wohl bedeuten? Daß wir nie, niemals, Sieger sein können? Wenn ich arm bleibe, nie ein Buch veröffentliche, verliere ich. Aber wenn ich etwas verkaufe und es verlegt wird und ich Geld auf dem Konto habe, verliere ich dann auch? Hassen mich dann die Leute? Werden meine Freunde mir das verzeihen? Sie sind älter, Crumley, sagen Sie's mir! Warum will mich das Ungeheuer im Traum umbringen? Warum muß ich das Geld zurückgeben? Was hat das alles zu bedeuten?«

»Verdammt!« schnaubte Crumley. »Ich bin doch kein Psychiater!«

»Ob A. L. Shrank mir weiterhelfen könnte?«

»Mit Kaffeesatz und Glaskugeln? Nein. Werden Sie Ihren Traum aufschreiben? Andern raten Sie immer –«

»Wenn ich wieder ruhiger bin. Auf dem Weg hierher, vor ein paar Minuten, mußte ich daran denken, wie mir mein Arzt mal angeboten hat, mich durch die Seziersäle zu führen. Gott sei Dank hab ich abgelehnt. Dann hätte ich wirklich abscheuliches Gefolge gehabt. Ich bin jetzt einfach überarbeitet. Wie kann ich bloß den Raubtierkäfig in meinem Kopf ausmisten? Wie kann ich die Bettlaken der alten Frau mit den Kanaris glattstreichen? Wie bringe ich Cal dazu, die Sache mit Scott Joplin zu vergessen? Wie beschütze ich heute nacht Fannie, über die ganze Stadt hinweg und ohne Waffen?«

»Trinken Sie Ihren Kaffee!« riet Crumley.

Ich wühlte in meiner Tasche und zog das Bild von Cal mit Scott Joplin heraus, auf dem Joplins Kopf immer noch fehlte. Ich erzählte Crumley, wo ich es gefunden hatte.

»Den Kopf hat jemand geklaut. Als Cal das sah, wußte er, daß ihm jemand auf die Schliche gekommen war, daß er keine Chance mehr hatte, und verschwand aus der Stadt.«

»Das ist kein Mord«, wandte Crumley ein.

»Aber so gut wie Mord«, entgegnete ich.

»So gut wie Schweine fliegen können und Truthähne vom Steptanz Furunkel kriegen. Der nächste Fall, bitte, würde man am Gericht sagen.«

»Irgend jemand hat Sam mit Schnaps abgefüllt, ihn umgebracht. Jemand hat Jimmy in der Badewanne rumgedreht, hat ihn ertrinken lassen. Jemand hat Pietro die Polizei auf den Hals gehetzt, er wurde weggeschleppt, und das wird ihm den Rest geben. Jemand hat hochaufgerichtet vor der Frau mit den Kanaris gestanden und sie ganz einfach zu Tode erschreckt. Jemand hat den alten Mann in den Raubtierkäfig gesteckt.«

»Über den habe ich vom Gerichtsmediziner noch was Neues erfahren«, erklärte Crumley. »Er hat mehr Gin als sonstwas im Blut gehabt.«

»Richtig! Jemand hat ihn abgefüllt, ihm eins aufs Dach gegeben, ihn, als er schon tot war, in den Kanal geworfen und hinter die Gitterstäbe gesteckt; dann ist er wieder herausgestiegen und zu seinem Auto oder seiner Wohnung irgendwo hier in Venice gegangen; er war naß bis auf die Haut, aber wen wundert es schon, wenn einer durchnäßt ist, der bei einem Unwetter ohne Schirm rumläuft?«

»Mist! Ach was, ein schmutzigeres Wort paßt besser: Schiet! Einem Richter könnten Sie mit diesen Ramschladenbeweisen nur ein müdes Lächeln abgewinnen, Meister. Es sterben immer mal Leute. Es passieren Unfälle. Ein Motiv, verdammt noch mal, ein Motiv! Alles, was Sie anbieten, ist ein Mann, den nur Sie sehen und sonst niemand! Überlegen Sie doch mal. Nehmen wir mal an, dieser sogenannte Mörder existiert; es gibt doch nur eine Person, von der wir wissen, daß sie irgendwie mit all diesen Todesfällen zu tun hat, Sie!«

»Ich? Sie glauben doch nicht etwa –?«

»Nein, beruhigen Sie sich! Und starren Sie mich nicht mit diesen großen rosa Kaninchenaugen an! Oh, ich muß schnell mal was holen.«

Crumley ging hinüber ans Bücherregal auf der anderen Seite der Küche (in jedem Zimmer seines Hauses gab es Bücher) und holte einen dicken Band herunter.

Er warf *Shakespeares Dramen* auf den Küchentisch.

»Grundlose Bösartigkeit«, sagte er.

»Was?«

»Shakespeare ist voll davon, Sie sind voll davon, ich, jeder Mensch. Grundlose Bösartigkeit. Wie finden Sie das? Es bedeutet, daß einer, ein Scheißkerl, eine Schweinerei nach der anderen begeht, ohne jeden Grund. Oder zumindest, ohne daß wir uns einen Grund vorstellen könnten.«

»Kein Mensch führt sich grundlos auf wie ein Schweinehund.«

»Mein Gott, sind Sie naiv!« seufzte Crumley auf. »Wir bei

der Polizei haben ständig mit Kerlen zu tun, die rote Ampeln überfahren, um Fußgänger unterzupflügen, die ihre Frau verprügeln oder einen Freund abknallen, ohne daß sie dafür irgendeinen Grund angeben könnten. Natürlich gibt es immer ein Motiv, aber das ist so tief vergraben, daß man Nitroglyzerin bräuchte, um es freizusprengen. Und wenn es den Kerl, den Sie mit Ihrer Whiskeylogik, Ihrem Bierverstand aufspüren wollen, tatsächlich gibt, dann glaube ich nicht, daß wir ihn erwischen werden. Kein Motiv, keine Spuren, die man zurückverfolgen könnte, keinerlei Hinweise. Er wird unbehelligt und ungehindert umherlaufen, solange wir keine Verbindung zwischen den Fakten herstellen können.«

Crumley wirkte jetzt zufrieden, setzte sich und goß uns noch Kaffee ein.

»Haben Sie schon mal darüber nachgedacht«, begann er, »warum es auf Friedhöfen keine Toiletten gibt?«

Mir fiel der Unterkiefer herab. »Junge! Daran hab ich nie gedacht! Kein Bedarf an Klos zwischen den Grabsteinen. Es sei denn, man schreibt eine Edgar Allan Poe-Geschichte, und eine Leiche steht um Mitternacht auf und muß mal.«

»Werden Sie so 'ne Geschichte schreiben? Und ich werfe hier mit Ideen um mich!«

»Crumley.«

»Es geht schon los«, seufzte er und schob seinen Stuhl zurück.

»Glauben Sie an Hypnose? An geistige Regression, daran, daß man jemand in die Vergangenheit zurückversetzen kann?«

»Sie sind doch schon regrediert!«

»Bitte«, ich sammelte aufgeregt meine Spucke. »Ich werde wahnsinnig. Regredieren Sie mich! Schieben Sie mich zurück in die Vergangenheit!«

»Meine Güte!« Crumley war aufgesprungen, schluckte den letzten Rest Kaffee hinunter und angelte Bier aus dem

Kühlschrank. »Wenn nicht gerade in die Klapsmühle, wo bitte soll ich Sie denn hinschicken?«

»Ich bin dem Mörder begegnet, Crumley. Jetzt will ich ihn noch mal treffen. Ich wollte damals nichts mit ihm zu tun kriegen, weil er betrunken war. Er hat hinter mir gesessen in dem großen roten Zug zur Küste, in der Nacht, in der ich den alten Mann tot im Raubtierkäfig gefunden habe.«

»Beweise, bitte!«

»Er hat was gesagt, was ein Beweis war, aber ich hab's vergessen. Wenn Sie mich zurückschicken könnten, mich noch mal mit dem Zug durch den Regen fahren und mich seine Stimme hören lassen könnten, dann wüßte ich, wer er ist, und die Morde würden aufhören. Wollen Sie das nicht auch?«

»Sicher! Und wenn ich Sie in Trance gequasselt hab, wenn Sie wie ein hypnotisierter Hund in der Vergangenheit verschwunden sind und die Ergebnisse herüberbellen, dann verhafte ich den Mörder, ja? Komm jetzt, du übler Bursche, mein Freund der Schriftsteller hat in einer Hypnosesitzung deine Stimme gehört, und das ist ein hundertprozentiger Beweis. Hier sind die Handschellen. Marsch, reingeschlüpft!«

»Sie können mich mal!« Ich stand auf und knallte meine Kaffeetasse auf den Tisch. »Ich hypnotisier mich selbst. Das ist sowieso der ganze Trick dabei, oder? Autosuggestion? Es bin immer ich selbst, der mich in Trance versetzt.«

»Sie haben keinerlei Erfahrung damit, keine Ahnung, wie das geht. Jetzt setzen Sie sich schon, in Gottes Namen! Ich helf Ihnen dabei, einen guten Hypnotiseur zu finden. He!« Crumley lachte wie irre auf. »Wie wär's mit A. L. Shrank, Hypnosen aller Art?«

»Mein Gott!« Mir schauderte. »Das sollten Sie nicht mal als Witz sagen! Er würde mich mit Schopenhauer und Nietzsche und Burtons *Schwermut der Liebe* versenken, und ich käme nie mehr an die Oberfläche. Sie müssen es machen, Elmo!«

»Alles, was ich muß, ist, Sie rausschmeißen und mich ins Bett legen.«

Er führte mich sanft zur Tür.

Plötzlich drehte ich mich um, schaute im Zimmer umher und lachte.

»He, eben fällt's mir auf. Sie haben gar keinen Fernseher. Wollen Sie sich irgendwann mal einen zulegen?«

»Und mir in den Sechs-Uhr-Kurznachrichten anschauen, wie Leute umgefahren, niedergestochen oder vergewaltigt werden? Ein toller Spaß!«

Er bestand darauf, mich mit dem Wagen nach Hause zu bringen. Unterwegs sagte er, die Augen nach vorne in die dunkle Zukunft gerichtet:

»Keine Angst, mein Junge! Es wird nichts mehr passieren!«

Crumley irrte sich.

Doch das zeigte sich natürlich nicht sofort.

Ich wachte morgens um sechs auf, glaubte, wieder drei Dutzend Gewehrschüsse zu hören.

Aber ich hörte nur die Verwüstung auf dem Pier, wo Zahnärzte in Overalls einen Riesenzahn nach dem anderen zogen. Warum, fragte ich mich, fängt jemand, der etwas zerstören will, so früh am Morgen damit an? Und diese Gewehrschüsse? Wahrscheinlich nur ihr Gelächter.

Ich duschte und rannte hinaus, gerade im richtigen Moment, um in eine Nebelbank zu laufen, die aus Japan herangezogen kam.

Die alten Männer von der Fahrkartenverkaufsstelle standen vor mir am Strand. Ich hatte sie seit dem Tag, an dem ihr Freund Smith, der seinen Namen an die Wand neben seinem Bett geschrieben hatte, verschwunden war, nicht mehr gesehen.

Ich beobachtete, wie sie dem Sterben des Piers zusahen und spürte, wie in ihnen die Balken herabkrachten. Ihre einzige Bewegung war eine Art Herumkauen auf dem Zahnfleisch, so als würden sie gleich Tabak ausspucken. Ihre Arme hingen herunter, und ihre Hände zuckten. Ich wußte, daß sie wußten, daß es, wenn der Pier einmal weg war, nur noch eine Frage der Zeit sein konnte, bis die Teermaschinen herandröhnten und die Schienen zuasphaltierten, bis jemand den Fahrkartenschalter vernageln und die letzten Konfettireste zusammenkehren würde. An ihrer Stelle hätte ich mich an diesem Nachmittag nach Arizona aufgemacht, oder wäre irgendwohin gefahren, an irgendeinen anderen angenehmen Ort. Aber ich war keiner von ihnen, ich war nur ich, ein halbes Jahrhundert jünger, ohne Rost an den Knien, und meine Knochen krachten nicht jedes Mal, wenn die großen Zangen dort draußen mit einem mächtigen Ruck eine Leere rissen.

Ich ging zu ihnen und blieb zwischen zweien von ihnen stehen, wollte irgend etwas Bedeutsames sagen.

Aber ich brachte es nur zu einem tiefen Seufzer.

Das war eine Sprache, die sie verstanden.

Sie hörten mein Seufzen und warteten eine ganze Weile.

Dann nickten sie.

»Meine Güte, hast du mich wieder mal in Schwierigkeiten gebracht!«

Die Stimme, die ich nach Mexico City schickte, war die von Oliver Hardy.

»Ollie!« schrie Peg, mit Stan Laurels Stimme. »Nimm das nächste Flugzeug und komm her! Rette mich vor den Mumien von Guanajuato!«

Stan und Ollie. Ollie und Stan. Seit wir uns ineinander verliebt hatten, sprachen wir nur von unserer Laurel-und-Hardy-Liebesgeschichte, weil wir uns von Kindheit an für die beiden begeistert hatten, und ihre Stimmen ganz gut nachmachen konnten.

»Warum tust du nichts, um mir zu *helfen*?« rief ich, wie Mr. Hardy.

Und Peg, als Laurel, antwortete stotternd: »Oh, Ollie, ich – ich will – es scheint – ich – «

Und dann Stille, als wir unsere Verzweiflung, unsere Sehnsucht, unseren Trennungsschmerz über all die Meilen hin- und zurückatmeten, für einen von Pegs knappen Dollars nach dem anderen.

»Das wird zu teuer, Stan!« seufzte ich schließlich. »Und es verursacht Schmerzen, gegen die Aspirin nicht hilft. Stan, lieber Stanley, mach's gut!«

»Oll«, schluchzte sie. »Lieber Ollie – bis bald!«

Ich behielt recht.

Crumley hatte sich geirrt.

Genau um eine Minute nach elf an diesem Abend hörte ich den Leichenwagen vor dem Haus anhalten. Ich schlief noch nicht und erkannte den Wagen von Constance Rattigan daran, wie er sachte zischend herankam und dann leise brummend darauf wartete, daß ich mich rührte.

Ich stand auf, stellte weder mir selbst noch dem lieben Gott irgendwelche Fragen und zog mir ganz automatisch irgendwas an. Ohne darüber nachzudenken, hatte ich nach meiner dunklen Hose, einem schwarzen Hemd und einem alten blauen Blazer gegriffen. Nur die Chinesen tragen zu Ehren der Toten Weiß.

Ich hielt die Türklinke eine Minute lang in der Hand, ehe ich Kraft genug hatte, um die Tür aufzuziehen und rauszugehen. Ich stieg nicht hinten ein, sondern vorne, wo Constance saß und stur geradeaus auf die Brandung starrte, die weiß und kalt heranrollte.

Über ihre Wangen strömten Tränen. Sie sagte nichts, sondern ließ den Wagen ruhig losgleiten. Bald sausten wir über den Venice Boulevard dahin.

Ich wagte nicht, Fragen zu stellen, weil ich die Antworten fürchtete. Als wir etwa die halbe Strecke zurückgelegt hatten, sagte Constance:

»Ich hab so eine schlimme Ahnung.«

Mehr nicht. Ich wußte, sie hatte mit niemandem darüber gesprochen. Sie mußte einfach selbst hinfahren, selbst nachsehen.

Und wie sich dann zeigte, wäre es, auch wenn sie irgend jemanden angerufen und hingeschickt hätte, zu spät gewesen.

Wir hielten um halb zwölf vor dem Mietshaus an.

Wir saßen im Wagen, und Constance, die immer noch geradeaus starrte, die Augen voller Tränen, sagte:

»O Gott! Ich fühle mich, als würde ich dreieinhalb Zentner wiegen! Ich kann mich nicht bewegen.«

Aber schließlich blieb uns nichts anderes übrig.

Im Haus, auf der Treppe, fiel Constance plötzlich auf die Knie, schloß die Augen, bekreuzigte sich und keuchte: »O bitte, lieber Gott, bitte, *bitte* laß Fannie noch am Leben sein!«

Ich half ihr, trunken von Trauer, weiter die Treppe hoch.

Oben angelangt, zog uns ein kräftiger Luftzug voran ins Dunkel. Jemand hatte, tausend Meilen weit weg, am anderen Ende der Nacht, die Tür, durch die man auf der Nordseite das Haus verließ, geöffnet und wieder geschlossen. Wollte da jemand Luft schnappen? Oder sich aus dem Staub machen? Ein Schatten bewegte sich im Dunkel. Einen Augenblick später drang das Zuknallen der Tür wie ein Kanonenschuß an unsere Ohren. Constance zögerte. Ich griff ihre Hand und zog sie weiter.

Während wir dahingingen, wurde um uns alles älter und kälter und dunkler. Ich begann zu rennen und machte mit dem Mund seltsame Geräusche, magische Beschwörungsformeln, die Fannie beschützen sollten.

Es ist alles in Ordnung, dachte ich, sie wird da sein wie immer und ihre beschwörenden Gebete herunterleiern, und ihre Schallplatten werden da sein, und die Fotos von Caruso und die Geburtshoroskope und die Mayonnaisegläser und ihr Gesang und...

Und sie war da.

Die Tür hing, offen, in den Angeln.

Sie war da, lag mitten auf dem Linoleumboden, mitten im Zimmer, auf dem Rücken.

»Fannie!« schrien wir beide zugleich.

Steh auf! wollten wir sagen. Du bekommst doch keine Luft, wenn du auf dem Rücken liegst! Du hast seit dreißig Jahren nicht mehr im Bett gelegen! Du mußt immer sitzen, Fannie, immer!

Sie stand nicht auf. Sie sagte nichts. Sie sang nicht.

Sie atmete nicht einmal.

Wir sanken neben ihr auf die Knie und flüsterten Stoßgebete, vielleicht nur in uns selbst hinein. Wir knieten an ihrer Seite, andächtig wie in der Kirche, wie zwei reuige Sünder, hielten wie zwei Wunderheiler die Hände über sie, als könnte das etwas helfen. Als könnten wir sie durch eine Berührung ins Leben zurückrufen.

Doch Fannie lag da und starrte an die Decke, als wolle sie sagen: Seltsam – wie kommt die Decke dahin? Und warum sage ich nichts?

Es war ganz einfach und ganz furchtbar. Fannie war gefallen oder umgestoßen worden und kam allein nicht mehr hoch. Sie hatte dagelegen im Dunkel der Nacht, bis ihr eigenes Gewicht sie zerquetscht, ihr den Atem abgedrückt hatte.

Es mußte ganz leicht gewesen sein, sie in dieser Lage zu halten, zu verhindern, daß sie sich herumrollte. Man brauchte sie dazu nicht mal anzufassen, sie nicht am Hals zu packen. Es war nicht nötig, Gewalt anzuwenden. Es genügte, vor ihr zu stehen und dafür zu sorgen, daß sie sich nicht auf die Seite rollte und Halt fand, um sich keuchend hochzustemmen. Es genügte, sie ein, zwei Minuten zu beobachten, bis schließlich keine Atemzüge mehr zu hören waren und die Augen gläsern wurden.

O Fannie, stöhnte ich, o Fannie, jammerte ich, was hast du dir nur angetan?

Da, ein schwaches Flüstern!

Ich riß den Kopf herum. Mein Blick schnellte durch den Raum. Fannies Grammophon drehte sich noch, langsam, ganz langsam.

Aber es lief noch. Das hieß, sie hatte es gerade eben, vor fünf Minuten, aufgezogen, eine Platte aufgelegt und ...

Dem Dunkel die Tür geöffnet.

Der Plattenteller drehte sich, doch keine Platte drehte sich unter der Nadel. *Tosca* war nicht da.

Ich überlegte, und da ...

Ein leises Klopfen.

Constance war schon auf den Beinen, schien keine Luft zu bekommen und rannte los. Hinüber zu der Tür, die auf den Balkon führte, über einem unbebauten, mit Gerümpel vollgestellten Grundstück, mit Blick auf Bunker Hill und den Billard-Salon drüben über der Straße, von wo die ganze Nacht über Gelächter heraufwogte. Ehe ich sie aufhalten konnte, war sie draußen, stand sie an der Balkonbrüstung.

»Constance! Nein!« schrie ich.

Doch sie war nur hinausgerannt, weil ihr übel war, um sich über das Geländer zu beugen und alles herauszulassen, wie auch ich es gerne getan hätte. Ich stand nur da und schaute erst zu ihr und dann auf das große Gebirge, vor dem wir eben noch wie seine Ausläufer gekniet hatten.

Schließlich war Constance fertig.

Ich drehte mich um und ging, ohne darüber nachzudenken, um Fannie herum quer durchs Zimmer und öffete eine kleine Tür. Schummriges, kaltes Licht spielte über mein Gesicht.

»Lieber Gott!« rief Constance hinter mir in der Tür. »Was machst du denn da?«

»Fannie hat mir gesagt«, antwortete ich mit steifen Lippen, »falls irgendwas passiert, schau in den Kühlschrank!«

Kalte Grabesluft umwehte meine Wangen.

»Das tu ich jetzt.«

Natürlich war überhaupt nichts im Kühlschrank.

Oder besser gesagt, es war zuviel drin. Gelees, Marmeladen, verschiedene Mayonnaisen, Salatsoßen, eingelegte Gurken, scharfe Paprikaschoten, Käsekuchen, Brötchen, Weißbrot, Butter, Aufschnitt – ein arktischer Delikatessenladen! Das Panorama von Fannies Fleischgebirge lag vor mir, wie es geplant und nach und nach aufgebaut worden war.

Ich schaute hierhin und dorthin und versuchte zu sehen, was Fannie gemeint hatte. O Gott! dachte ich, wonach suche ich eigentlich? Ist eine von diesen Sachen die Antwort? Ich wäre beinahe mit der Hand hineingefahren und hätte all die Gelee- und Marmeladengläser auf den Boden geschleudert. Ich mußte meinen Arm auf halbem Weg bremsen.

Es ist nicht da, oder wenn es da ist, kann ich's nicht sehen.

Ich stieß ein schreckliches, weidwundes Stöhnen aus und warf die Tür zu.

Das Grammophon, das sich ohne *Tosca* drehte, gab auf und blieb stehen.

Irgendwer muß die Polizei anrufen, dachte ich. Irgendwer?

Constance stand wieder draußen am Balkon.

Ich.

Um drei Uhr morgens war alles vorbei. Die Polizei war dagewesen, hatte alle verhört und die Namen aufgenommen, und das ganze Mietshaus war wach, als habe jemand im Keller Feuer gelegt, und als ich aus dem Haus trat, stand der Leichenwagen noch da, und die beiden Männer schienen zu überlegen, wie sie Fannie die Treppe runter, aus dem Haus und in den Wagen kriegen könnten. Ich hoffte, sie würden nicht auf die Klavierkiste kommen, mit der Fannie ihre Witze gemacht hatte. Sie kamen auch nicht drauf. Aber Fannie mußte bis zum Morgen in ihrem Zimmer bleiben, bis sie mit einem Lieferwagen und einer größeren Tragbahre kamen.

Es war schrecklich, sie allein da oben in der Dunkelheit zu lassen. Aber die Polizei wollte nicht zulassen, daß ich bei ihr blieb, und schließlich war es ja ein ganz natürlicher Tod.

Als ich durch das Haus hinabging, schlossen sich, eine nach der anderen, die Türen, wie damals, am Ende des Krieges, wenn die letzte Congaschlange sich erschöpft aufgelöst hatte, in den Zimmern und in den Straßen verschwunden war, und ich mich auf meinen einsamen Weg machte, hoch nach Bunker Hill und hinunter zur U-Bahn-Station, von wo mich ein donnerndes Gefährt nach Hause brachte.

Als ich an Constance Rattigans Wagen trat, lag sie ganz ruhig zusammengerollt auf dem Rücksitz und starrte ins Leere. Als sie hörte, daß ich die Fondtür aufmachte, sagte sie: »Setz dich ans Steuer!«

Ich stieg vorne ein, auf der Fahrerseite.

»Bring mich nach Hause!« sagte sie leise.

Ich saß eine ganze Weile da, bis ich schließlich herausbrachte:

»Das geht nicht!«

»Wieso nicht?«

»Ich kann nicht fahren.«

»Was?«

»Ich hab's nie gelernt. Es gab einfach nie einen Grund dazu.«

Meine Zunge bewegte sich zwischen den Lippen, als ob sie aus Blei wäre. »Seit wann können sich Schriftsteller ein Auto leisten?«

»Du lieber Himmel!« Constance stützte sich mühsam hoch und stieg aus. Sie wirkte, als hätte sie einen Kater. Langsam, wie eine Blinde, kam sie um den Wagen herum und winkte mit der Hand. »Rutsch rüber!«

Irgendwie brachte sie den Motor zum Laufen. Dann fuhren wir los, mit zehn Meilen pro Stunde diesmal, als hätten wir so dichten Nebel, daß man nur ein paar Meter weit sah.

Wir kamen bis zum ›Ambassador Hotel‹. Als wir dort vorfuhren, kamen eben die letzten Gäste einer Party mit Luftballons und lustigen Hüten heraus. Oben in der Tanzbar gingen die Lichter aus. Ich sah, wie ein paar Musiker mit ihren Instrumenten davoneilten.

Jeder kannte hier Constance. Wir trugen uns ein und hatten im Handumdrehen einen Bungalow neben dem Hotel. Daß wir kein Gepäck hatten, schien niemanden zu kümmern. Der Hotelboy, der uns durch den Garten zu unserem Bungalow brachte, schaute Constance die ganze Zeit an, als sollte er sie vielleicht besser tragen. Als wir in unserem Zimmer angekommen waren, fragte Constance: »Ob mir ein kleines Trinkgeld von fünfzig Dollar das Tor zum Swimmingpool hinter dem Haus aufsperren würde?«

»Das würde mir schon sehr dabei helfen, den Schlüssel zu finden«, erwiderte der Boy, »aber baden, um diese Zeit – ?«

»Genau meine Zeit«, meinte Constance.

Fünf Minuten später ging das Licht im Swimmingpool an, und ich saß da und sah zu, wie Constance hineinsprang und zwanzig Bahnen schwamm, wie sie manchmal von einem Ende des Beckens bis zum anderen unter Wasser blieb, nicht ein einziges Mal Luft holte.

Als sie zehn Minuten später herauskam, keuchte sie, und ihr Gesicht war rot. Ich hüllte sie in ein großes Badetuch und stützte sie.

»Wann fängst du endlich an zu weinen?« fragte ich schließlich.

»Dummerchen«, antwortete sie. »Hab ich doch eben gemacht! Wenn einem der Ozean nicht zur Verfügung steht, ist dazu auch ein Swimmingpool nicht schlecht. Und hat man keinen, dann tut's auch die Dusche. Man kann schreien und jammern und schluchzen, so viel man will, und es stört niemanden, kein Mensch kriegt es mit! Nie daran gedacht?«

»Da wär ich nie draufgekommen!« erwiderte ich voller Ehrfurcht.

Um vier Uhr kam Constance ins Badezimmer, wo ich vor der Dusche stand und hineinstarrte.

»Na los!« drängte sie sanft. »Nur zu! Versuch's mal!«

Ich stieg hinein und drehte den Wasserhahn ganz auf.

Um elf Uhr morgens fuhren wir durch Venice, schauten hinunter auf die Kanäle, auf die grüne Schleimschicht auf der Wasseroberfläche, kamen an dem halbabgerissenen Pier vorbei und beobachteten ein paar Möwen, die sich in den Nebel emporschwangen. Die Sonne brach noch nicht durch, und die Brandung war ganz ruhig, klang wie gedämpfte schwarze Trommeln.

»Hol's der Teufel!« stieß Constance hervor. »Wirf 'ne Münze! Bei Kopf fahren wir hoch nach Santa Barbara, bei Zahl runter nach Tijuana.«

»Ich hab keinen Cent dabei!«

»O Gott!« Constance wühlte in ihrer Handtasche, zog einen Vierteldollar heraus und warf ihn in die Luft. »Zahl!«

Gegen Mittag waren wir in Laguna, weil uns das Glück und die Verkehrspolizei hold waren.

Wir saßen im Freien vor ›Victor Hugo's‹, auf einer Klippe, von der man den Strand überblicken konnte, und tranken zwei doppelte Margueritas.

»Hast du mal *Now, Voyager* gesehen?«

»Zehnmal«, antwortete ich.

»Genau an dieser Stelle haben Bette Davis und Paul Henried in dem Film als Verliebte diniert. Das war hier, Anfang der vierziger Jahre. Du sitzt gerade auf dem Stuhl, auf dem Henried sein Hinterteil hatte!«

Um drei waren wir in San Diego und Punkt vier standen wir in Tijuana vor der Stierkampfarena.

»Meinst du, du kannst das ertragen?« fragte Constance.

»Ich kann's versuchen.«

Wir hielten durch bis zum dritten Stier, kamen am Spätnachmittag heraus, und nach zwei weiteren Margueritas und einem guten mexikanischen Abendessen fuhren wir wieder nach Norden und dann hinaus auf die Insel, wo wir uns bei Sonnenuntergang auf die Terrasse vor dem ›Coronado Hotel‹ setzten. Wir redeten kein Wort miteinander, sahen nur zu, wie die Sonne im Meer versank, wie sie die viktorianischen Türmchen und die frischgestrichenen weißen Wände des Hotels in rosiges Licht tauchte.

Auf dem Nachhauseweg schwammen wir ein wenig in der Brandung vor Del Mar, wortlos und, von Zeit zu Zeit, Hand in Hand.

Um Mitternacht waren wir vor Crumleys Dschungel angelangt.

»Heirate mich!« sagte Constance.

»In meinem nächsten Leben.«

»Ja. Nicht schlecht! Morgen, dann!«

Als sie weg war, ging ich den Pfad entlang in den Dschungel.

»Wo sind Sie gewesen?« fragte Crumley an der Tür.

»Schneewittchen sagt: Geh drei Felder zurück!« alberte ich.

»Die sieben Zwerge sagen: Herein!« sagte Crumley.

Das Kalte in meiner Hand war ein Bier.

»Du lieber Schreck, schauen Sie furchtbar aus! Kommen Sie mal her!«

Er umarmte mich. Ich konnte mir bei einem Mann wie Crumley nicht vorstellen, daß er jemals irgend jemanden in den Arm genommen hatte, nicht mal eine Frau.

»Vorsicht!« mahnte ich. »Ich bin aus Glas.«

»Ich hab's heute morgen gehört, von einem Freund im Polizeipräsidium. Tut mir leid, Junge! Ich weiß, ihr seid gute Freunde gewesen. Haben Sie Ihre Liste dabei?«

Wir waren jetzt draußen im Dschungel, wo nur das Zirpen der Grillen zu hören war, und von drinnen aus dem Haus das

Lamento, das Segovia in Erinnerung an einen längst vergangenen Tag spielte, an einen Tag, an dem die Sonne achtundvierzig Stunden über Sevilla geschienen hatte.

Ich fand die dumme Liste, zerknüllt in meiner Jackentasche, und reichte sie ihm. »Wieso interessiert Sie die auf einmal?«

»Ich weiß nicht«, meinte Crumley. »Sie haben mich neugierig gemacht.«

Er setzte sich und begann zu lesen:

Alter Mann im Raubtierkäfig. Umgebracht. Tatwaffe unbekannt.

Frau mit den Kanaris. Zu Tode erschreckt.

Massinello Pietro. Im Gefängnis.

Jimmy. In der Badewanne ertrunken.

Sam. An Alkoholvergiftung gestorben.

Fannie.

Mit einem Zusatz, den ich vor ein paar Stunden angefügt hatte:

Erstickt.

Andere potentielle Opfer:

Der blinde Henry.

Annie Oakley, die Dame von der Schießbude.

A. L. Shrank, der betrügerische Psychiater.

John Wilkes Hopwood.

Constance Rattigan.

Mr. Shapeshade. Mit dem Zusatz: *Nein, streichen!*

Und ich.

Crumley drehte die Liste hin und her, starrte darauf, las die Namen ein ums andere Mal.

»Eine ganz schöne Menagerie hast du da, Meister! Wieso hab ich keinen Auftritt?«

»All diese Leute haben irgendwas Kaputtes an sich. Und Sie? Sie haben was, womit Sie immer wieder von allein in Gang kommen.«

»Erst seit ich dich kenne, mein Junge!« Crumley blieb

stehen und wurde rot. «O Mann, jetzt sag ich auch schon du, ich werd sentimental! Wieso hast du eigentlich dich *selbst* auf die Liste gesetzt?«

»Ich hab höllische Angst!«

»Na gut, aber du hast auch so eine Startautomatik, und sie funktioniert. Deiner Logik zufolge müßte dich das schützen. Und die anderen? Die haben's so eilig wegzukommen, daß sie sicher über 'ne Klippe rennen und ins Meer stürzen werden!«

Crumley ging die Liste noch einmal Zeile für Zeile durch, wich meinem Blick aus und las die Namen laut vor.

»Na, und?« unterbrach ich ihn.

»Was, und?« fragte er zurück.

»Es ist höchste Zeit!« sagte ich. »Hypnotisier mich, Crum! Elmo, tu mir den Gefallen, versetz mich in Trance!«

»Lieber Himmel!« stöhnte Crumley.

»Du mußt es tun, jetzt gleich. Das bist du mir schuldig!«

»Gut, schon gut! Setz dich! Leg dich hin! Soll ich das Licht ausmachen? Mein Gott, ich brauch 'n Schnaps!«

Ich holte zwei Stühle, stellte sie hintereinander auf.

»Das ist der Zug, damals, in der Nacht. Ich sitze hier. Du hinter mir!«

Ich lief in die Küche und brachte Crumley einen Schluck Whiskey. »Du mußt so riechen, wie er gerochen hat!«

»Vielen Dank für die Erleichterung!« Crumley kippte den Whiskey hinunter und schloß die Augen. »Das ist der schwachsinnigste Versuch, den ich jemals mitgemacht hab!«

»Sei still und trink!«

Er leerte ein zweites Glas. Ich setzte mich. Dann sprang ich noch einmal auf, lief zu Crumleys Plattenspieler und legte die Platte mit dem afrikanischen Unwetter auf. Es fing im ganzen Haus an zu regnen, rings um den großen roten Zug. Ich dämpfte das Licht. »So. Bestens!«

»Schluß mit dem Gequatsche! Mach die Augen zu!« befahl

Crumley. »Mein Gott! Ich hab keine Ahnung, wie ich das anfangen soll!«

»Pst, ganz sachte!« sagte ich.

»Bin schon still. Ganz leise. So, mein Junge, jetzt schlaf ein!«

Ich lauschte jedem seiner Worte.

»Ganz ruhig!« sagte Crumleys schleppende Stimme hinter mir im Zug, auf der Fahrt durch die Regennacht. »Ruhig. Träge. Entspannt. Bequem. Ganz weich durch die Kurven. Lautlos durch den Regen.«

Er fand allmählich den richtigen Rhythmus, und, wie ich an seiner Stimme merkte, es begann ihm Spaß zu machen.

»Ruhig. Sachte. Gemächlich. Längst Mitternacht vorbei. Regen, sanfter Regen«, flüsterte Crumley. »Wie fühlst du dich jetzt?«

»Ich schlafe«, antwortete ich müde.

»Du sitzt schlafend im Zug. Fährst im Schlaf dahin«, murmelte er. »Bist du jetzt im Zug?«

»Zug«, murmelte ich. »Zug, Regen, Nacht.«

»Gut so! Bleib da! Nur zu! Die gerade Strecke durch Culver City, an den Studios vorbei, spät nachts, nur du bist im Zug, und – noch jemand.«

»Jemand«, flüsterte ich.

»Jemand, der nach Alkohol riecht.«

»Riecht«, wiederholte ich klagend.

»Er schwankt hin und her, spricht leise vor sich hin, brabbelt, flüstert. Hörst du ihn?«

»Hörst, spricht, murmelt, brabbelt, flüstert«, sagte ich ruhig.

Und der Zug fuhr hinab in die Nacht, durch den dunklen Regen, und ich saß darin, wohlbehütet, ein gutes Medium, das schlief und dennoch hörte, wartete, schwankte, mit geschlossenen Augen, gesenktem Kopf, die Hände wie betäubt auf den Knien...

»Hörst du seine Stimme?«

»Hören.«

»Riechst du seinen Atem?«

»Riechen.«

»Der Regen ist jetzt stärker geworden!«

»Regen.«

»Dunkel?«

»Dunkel.«

»Du sitzt im Zug wie unter Wasser, soviel Regen ist da jetzt, und hinter dir schwankt einer, schwankt hin und her, stöhnt, redet, flüstert.«

»Jaaa.«

»Verstehst du, was er sagt?«

»Nicht ganz.«

»Tiefer, sachter, weicher, schwanken, weiter. Hörst du seine Stimme?«

»Ja.«

»Was sagt er?«

»Er sagt – «

»Was sagt er?«

»Er – «

»Du schläfst, tiefer, du lauschst.«

Sein Atem umstrich meinen Nacken, warm von Alkohol.

»Was?«

»Er sagt – «

Der Zug kreischte in meinem Kopf um eine eiserne Kurve. Funken sprühten. Ein Donnerschlag.

»Ah!« schrie ich auf. Und noch einmal »Ah!« und ein letztes Mal *»Ah!«*.

Ich wand mich auf dem Stuhl, verzweifelt bemüht, diesem irrsinnigen Atem, dem flammenden Alkoholmonster zu entkommen. Und noch etwas anderem, das ich vergessen hatte. Doch jetzt war es wieder da, schlug mir ins Gesicht, gegen die Stirn, drang in die Nase.

Der Geruch geöffneter Gräber, der Geruch von Schlachthöfen, von rohem Fleisch, das lange in der Sonne gehangen hat.

Mit fest zugekniffenen Augen begann ich zu würgen.

»He! Mann! Wach auf, um Gottes Willen, wach auf!« schrie Crumley, schüttelte mich, ohrfeigte mich, massierte meinen Nacken, kniete jetzt vor mir, kniff mich in die Wangen, zog mich am Kopf, an den Armen, wußte nicht, wo er mich noch kneifen oder schütteln sollte. »Komm, Junge, wach auf, um Himmels willen, mach schon, *na los!«*

»Ah!« schrie ich und schlug noch einmal wild um mich, kam dann zappelnd hoch, schaute mit starrem Blick um mich, fiel hinab in das Grab mit dem schrecklichen Fleisch, und der Zug fuhr über mich hinweg, und der Regen prasselte in das Grab, und Crumley schlug mir klatschend ins Gesicht, und ein säuerlich riechender Schwall schoß mir aus dem Mund.

Crumley brachte mich hinaus in den Garten, an die frische Luft, vergewisserte sich, daß ich normal atmete, putzte mich ab, ging dann nach drinnen, um sauberzumachen, und kam wieder heraus.

»Mann«, begann er. »Es hat geklappt! Wir haben mehr erfahren, als wir gehofft hatten!«

»Ja«, stimmte ich matt zu. »Ich hab seine Stimme gehört. Und er hat genau das gesagt, was ich erwartet hab. Das, was ich auf das Titelblatt für dein Buch geschrieben hab. Aber ich hab seine Stimme ganz deutlich gehört, hab jetzt eine ganz klare Vorstellung von ihm. Wenn ich ihm das nächste Mal begegne, ganz gleich wo, erkenne ich ihn bestimmt. Wir sind nah dran, Crum, ganz nah. Der entkommt uns nicht mehr! Jetzt hab ich auch noch was, woran ich ihn viel sicherer erkenne.«

»Was?«

»Er riecht wie eine Leiche. Ich hab das damals nicht bemerkt, oder falls doch, war ich zu aufgeregt und hab's wieder vergessen. Aber jetzt ist es wieder da! Er ist tot, oder wenigstens schon so gut wie tot. Tote Hunde, die auf der Straße herumliegen, riechen wie er. Sein Hemd, seine Hose, sein Mantel, alles modrig und alt. Sein Fleisch noch viel schlimmer. Und – «

Ich ging zurück ins Haus und stand plötzlich vor Crumleys Schreibtisch.

»Und jetzt hab ich endlich auch einen neuen Titel für mein Buch!«

Ich tippte. Crumley sah mir zu. Die Worte sprangen heraus aufs Papier. Wir lasen sie beide zugleich.

»Der Atem des Todes.«

»Das is' 'n Titel!« meinte Crumley.

Und stellte das Geräusch des dunklen Regens ab.

Am nächsten Tag war Fannie Floriannas Beerdigung. Crumley nahm sich eine Stunde frei und nahm mich in seinem Wagen mit zu dem hübschen, altmodischen Friedhof oben auf einem Hügel, mit Blick auf die Berge von Santa Monica. Ich staunte, als ich die vielen parkenden Autos sah, und ich war noch erstaunter über all die Blumen, die hineingetragen und am offenen Grab abgelegt wurden. Es müssen wohl zweihundert Trauergäste gewesen sein, und Tausende von Blumen.

»Wahnsinn!« stieß Crumley hervor. »Schau dir nur die Bande an! Sieh mal, wer da drüben steht! Und direkt dahinter! King Vidor?«

»Sicher, Vidor. Und das ist Salka Viertel! Er hat mal Drehbücher für die Garbo geschrieben, ist schon lange her. Und der Kerl daneben, das ist Mr. Fox, der Anwalt von Louis B. Mayer. Und der nächste ist Ben Goetz, er hat die Niederlassung der MGM in London geleitet. Und – «

»Warum hast du mir nie gesagt, daß deine Freundin Fannie so viele bedeutende Leute kannte?«

»Warum hat Fannie *mir* nie davon erzählt?« fragte ich zurück.

Fannie, liebe Fan, dachte ich, wie typisch für dich, daß du nie davon erzählt, nie damit geprahlt hast, daß so viele von diesen Leuten hier all die Jahre hindurch die Treppen zu dir hinaufgestiegen sind, auf einen Plausch, eine Erinnerung, ein

Lied. Oh, Fannie, warum hast du mich nicht eingeweiht, ich hätte es so gern gewußt. Und ich hätte keinem Menschen davon erzählt!

Ich betrachtete all die um die Blumen versammelten Gesichter. Ebenso Crumley.

»Glaubst du, daß er hier ist?« fragte er leise.

»Wer?«

»Der, von dem du behauptest, daß er Fannie das angetan hat.«

»Wenn ich ihn sehe, erkenn ich ihn! Nein, wenn ich ihn höre, werd ich ihn erkennen!«

»Und dann?« fragte Crumley. »Soll ich ihn verhaften lassen, weil er vor ein paar Nächten betrunken Zug gefahren ist?«

Schreckliche Enttäuschung muß in meinem Gesicht gestanden haben.

»Wollte dir nur die Stimmung verderben!« meinte Crumley.

»Freunde!« begann irgend jemand.

Und die Menge verstummte.

Es war eine wirklich schöne Beerdigung, wenn es so etwas gibt. Niemand bat mich, ein paar Worte zu sagen, warum auch?

Doch ein Dutzend anderer nahm sich eine Minute oder auch drei und sagte etwas von Chicago oder von Culver City in den zwanziger Jahren, als es da noch Wiesen und Felder gab und die Scheinwelt der MGM gerade erst aufgebaut wurde. An zehn oder zwölf Abenden im Jahr hielt damals der große rote Wagen auf einem Nebengleis hinter dem Studio, und Louis B. Mayer und Ben Goetz und all die anderen drängten hinein und spielten Poker auf der Fahrt nach San Bernardino, wo sie ins Lichtspielhaus gingen, um sich eine Vorpremiere des neuesten Films mit der Garbo, mit Gilbert oder Navarro anzusehen, und dann, die Hände voller Karten mit Meinungsäußerungen aus dem Publikum, zurückfuhren:

»Schwachsinn!« »Großartig!« »Phantastisch!« »Toll!« Und sie steckten diese Karten zwischen die Könige, Damen und Buben und rätselten, ob sie damit einen Stich machen würden. Und kamen, immer noch mit Kartenspielen beschäftigt, um Mitternacht wieder hinter dem Studio an, stanken, als sie ausstiegen, nach Prohibitions-Whiskey und sahen, ein glückliches Lächeln oder ein finster entschlossenes Grinsen um den Mund, zu, wie Louis B. zu seinem Wagen wackelte und als erster nach Hause fuhr.

Alle waren sie gekommen, und alle sprachen sie mit großer Aufrichtigkeit und Klarheit. Keine Lügen kamen über ihre Lippen. Ehrlich empfundener Schmerz lag in jedem ihrer Worte.

Da, inmitten dieses heißen Nachmittags, berührte mich jemand am Ellbogen. Ich drehte mich um und war platt.

»Henry, wie kommst du denn hierher?«

»Gelaufen bin ich bestimmt nicht!«

»Wie hast du mich unter all den Leuten gefunden?« flüsterte ich.

»Du bist der einzige hier mit normaler Seife, ansonsten riecht's nur nach Chanel und Old Spice. An so einem Tag bin ich froh, daß ich blind bin, das kannst du mir glauben! Ich hör mir das alles schon an, aber sehen wollt ich's weiß Gott nicht auch noch!«

Immer noch wurden Reden gehalten. Der nächste war Mr. Fox, der Anwalt von Louis B. Mayer, ein Mann, der das Gesetz kannte, sich aber kaum einen der Filme ansah, die sie machten. Eben jetzt rief er die fernen Tage in Chicago in Erinnerung, als Fannie...

Ein Kolibri huschte zwischen den leuchtenden Farben umher. Gleich danach summte eine Libelle vorbei.

»Achselhöhle!« sagte Henry, ganz ruhig.

Erschreckt wartete ich einen Moment und flüsterte dann: »Achselhöhle?«

»Auf der Straße, vor dem Haus«, flüsterte Henry zurück.

Er richtete die Augen empor, blickte in den Himmel, den er nicht sehen konnte, und sagte aus dem Mundwinkel: »Innen, im Korridor. Vor meinem Zimmer. Vor Fannies Zimmer. Der Geruch. Er. Das war er.« Er verstummte. Nickte. »Achselhöhle.«

Meine Nase zuckte. Meine Augen begannen zu tränen. Ich scharrte mit den Füßen, wollte weg, ihn suchen, ihn finden.

»Wann war das, Henry?« flüsterte ich.

»Vorletzte Nacht. In der Nacht, in der Fannie uns für immer verlassen hat.«

»Pst!« zischte hinter uns jemand.

Henry schwieg. Als sich zwei Redner abwechselten, flüsterte ich: »Wo?«

»Als ich über die Straße gegangen bin an dem Abend, noch nicht sehr spät. Ein kräftiger, durchdringender Geruch. Dann, später, hatte ich das Gefühl, daß Achselhöhle hinter mir ins Haus kam. Der Geruch war so stark, er stieg in mir hoch bis in die Stirnhöhlen. Wie wenn einen ein Grizzlybär anhaucht. Hast du so was schon mal gerochen? Mitten auf der Straße bin ich zu 'ner Säule erstarrt, als ob mir einer mit 'nem Baseballschläger eins übergezogen hätte. Hab mir gedacht, wenn einer so stinkt, dann muß er auf den lieben Gott, die ganze Menschheit, die ganze Welt, einfach auf alles und jeden böse sein. Wenn vor dem 'ne Katze liegt, dann tritt er lieber auf sie drauf, als daß er drumrumgeht. Ein Schweinehund! Achselhöhle, ja, Achselhöhle! Hilft dir das?«

Ich war ganz kalt und steif. Konnte nur nicken. Henry fuhr fort: »Dieser Geruch hängt jetzt schon ein paar Nächte in den Korridoren, aber er ist allmählich stärker geworden, vielleicht, weil der verdammte Scheißkerl näher gekommen ist. Und das Schwein war's auch, der mir das Bein gestellt hat, das weiß ich jetzt! Da bin ich jetzt ganz sicher!«

»Pst!« machte wieder jemand.

Ein Schauspieler sprach, und dann ein Priester und ein Rabbi, und dann schritt der Hall Johnson Chor von der

Baptistenkirche an der Central Avenue langsam zwischen den Grabsteinen hindurch, stellte sich auf und stimmte ergreifende und zugleich tröstliche Lieder an. Und die Stimmen erinnerten mich an Stimmen, die ich in den frühen dreißiger Jahren gehört hatte, die Ronald Colman über die Schneewipfel und hinab nach Shangri-La geleitet hatten oder auf den weißen Wolken in den Gefilden des Herrn gestanden hatten, in *Green Pastures* . Als sie ihren strahlenden Gesang beendeten, floß ich über vor Freude, und der Tod hatte einen neuen Mantel aus Sonnenlicht und Nachmittag bekommen, der Kolibri kehrte auf der Suche nach Nektar noch einmal zurück, und die Libelle schwebte an mein Gesicht, tastete es ab und schwirrte weiter.

»So«, meinte Crumley, als wir, Henry zwischen uns, den Friedhof verließen, »möchte ich aus dieser Welt gesungen werden. Ich wär so gern dieser ganze Chor. Wer braucht schon noch Geld, wenn er so singen kann!«

Doch ich sah nur unverwandt auf Henry. Er fühlte meinen Blick.

»Er kommt bestimmt wieder«, erklärte er. »Achselhöhle. Man sollte meinen, er hat genug, oder? Aber er ist unersättlich, kann nicht genug kriegen. Leuten Angst machen ist sein Lieblingssport. Seine Parole ist: weh tun! Er lebt davon, andern wehzutun. Meint, daß er den guten alten Henry auch kriegt, genauso wie die andern. Aber ich stolpere nicht noch mal!«

Crumley hörte ihm nicht ohne Interesse zu.

»Wenn Achselhöhle wieder kommt – «

»Ruf ich Sie an, *immediatamente*! Er treibt sich im Haus herum. Hab ihn erwischt, wie er an Fannies Tür rumgefummelt hat. Die Polizei hat sie abgesperrt und versiegelt. Er hat daran rumgemacht, und ich hab ihn angebrüllt, daß er davongerannt ist. Er ist ein Feigling, ganz bestimmt! Hat keine Waffe, läuft nur so rum und streckt sein Bein aus, so daß ein Blinder eine ganze Treppe auf einmal nimmt. Achselhöhle, hab ich gebrüllt, hau ab!«

»Rufen Sie uns an!« sagte Crumley. »Können wir Sie mitnehmen?«

»Ein paar von den häßlichen Damen aus unserem Haus haben mich hergebracht, die bringen mich auch wieder nach Hause.«

»Henry.« Ich streckte ihm die Hand hin. Er ergriff sie sofort. Es schien, als habe er sie kommen sehen.

»Wie rieche *ich* eigentlich, Henry?« fragte ich.

Henry sog Luft ein und lachte. »Die Helden heute sind auch nicht mehr das, was sie mal waren, aber du bist okay!«

Als ich mit Crumley zurück an die Küste fuhr, überholte uns eine große Limousine mit siebzig Meilen pro Stunde, bemüht, Abstand von dem blumenübersäten Friedhof zu gewinnen. Ich winkte und rief hinüber.

Constance Rattigan warf nicht einen einzigen Blick auf uns. Sie war am Friedhof gewesen, irgendwo am Rand, ganz versteckt, und jetzt donnerte sie nach Hause, voller Wut auf Fannie, weil sie uns alle verlassen hatte, und vielleicht auch auf mich, weil ich irgendwie den Tod dazu gebracht hatte, seine Rechnung zu präsentieren.

Ihr Wagen verschwand in einer riesigen weißgrauen Abgaswolke.

»Die Harpyien und die Furien sind eben kreischend an uns vorbeigezogen«, stellte Crumley fest.

»Nein«, widersprach ich. »Nur eine verlorene Lady, auf dem Weg in ihr Versteck.«

In den nächsten drei Tagen versuchte ich immer wieder, Constance Rattigan anzurufen; vergeblich. Sie grübelte vor sich hin, war in übler Stimmung. Irgendwie, auf eine vertrackte Weise, steckte ich mit dem Kerl, der in Korridoren herumstand und den Leuten schreckliche Dinge antat, unter einer Decke.

Ich versuchte, in Mexico City anzurufen, aber Peg war weg, für immer verschwunden, da war ich sicher.

Ich strich durch Venice, äugte, lauschte, schnüffelte, in der Hoffnung, die schreckliche Stimme zu hören oder den furchtbaren Geruch von etwas, das stirbt oder schon lange tot ist, zu riechen.

Selbst Crumley war weg. So sehr ich meine Augen auch anstrengte, ich sah ihn nirgends vor mir, wie er dem Mörder nachspürte.

Nach drei Tagen fruchtloser Telefonierversuche und ergebnisloser Jagd auf Mörder war ich wütend auf das Schicksal und verwirrt von Beerdigungen und machte etwas, was ich noch nie getan hatte.

Gegen zehn Uhr am Abend ging ich den leeren Pier entlang, ohne zu wissen, wo es mich hintrieb, bis ich dort war.

»He!« sagte eine Stimme.

Ich packte eines der Schießbudengewehre und ohne mich zu vergewissern, daß es geladen war und daß niemand im Weg stand, schoß ich, einmal und noch einmal, immer wieder, sechzehnmal!

Peng, peng. Und peng, peng. Ein Schrei ertönte.

Ich hatte nicht ein einziges Mal ins Ziel getroffen. Ich hatte noch nie ein Gewehr in der Hand gehabt. Ich wußte nicht, worauf ich eigentlich schoß, aber ich schoß.

»Das ist für dich, du Hundesohn, und das auch, du Scheißkerl!«

Peng, peng und peng, peng.

Das Magazin war leer, doch ich drückte immer wieder ab. Plötzlich wurde mir klar, daß nichts mehr kam. Jemand nahm mir das Gewehr aus der Hand. Annie Oakley, sie starrte mich an, als sähe sie mich zum ersten Mal.

»Wissen Sie, was Sie da machen?« fragte sie.

»Nein, und es ist mir auch scheißegal!« Ich schaute mich um. »Wieso haben Sie so spät noch auf?«

»Nichts Besseres zu tun. Kann nicht schlafen. Was ist mit Ihnen los, Mister?«

»In einer Woche werden alle tot sein, alle werden wir tot sein auf dieser ganzen verfluchten weiten Welt!«

»Glauben Sie das etwa wirklich?«

»Nein, aber es sieht ganz so aus, als ob's so wäre. Geben Sie mir ein anderes Gewehr!«

»Sie wollen gar nicht mehr schießen!«

»Doch! Und ich hab nicht mal Geld dabei, um zu bezahlen. Sie müssen mir vertrauen!« schrie ich.

Sie schaute mich lange an. Dann gab sie mir ein Gewehr. »Gib's ihnen, Cowboy! Mach sie fertig, Bogie!«

Ich schoß sechsmal und traf zweimal, aus Versehen, denn ich sah überhaupt nichts, so beschlagen war meine Brille.

»Genug?« fragte Annie Oakley ruhig, hinter mir.

»Nein!« rief ich. Dann leiser: »Ja. Was machen Sie hier draußen vor Ihrer Bude?«

»Ich hatte Angst, daß ich da drinnen 'ne Kugel abkriegen würde. Irgendso'n Irrer hat eben ohne zu zielen zwei Magazine leergeschossen!«

Wir sahen einander an, und ich begann zu lachen.

Sie hörte mir zu und fragte: »Lachen Sie oder weinen Sie?«

»Wonach klingt es? Ich muß irgendwas tun. Sagen Sie mir, was!«

Sie musterte eine ganze Weile mein Gesicht, dann ging sie hinter die Bude und schaltete die laufenden Enten und die wippenden Clowns und das Licht ab. Eine Tür in der Rückwand der Bude ging auf. Ihre Silhouette zeichnete sich darin ab.

»Wenn Sie auf irgendwas schießen müssen, hier ist das Ziel!« Und war verschwunden.

Es dauerte eine gute halbe Minute, bis mir klar wurde, was sie wollte, und ich ihr folgte.

»Benimmst du dich oft so merkwürdig?« fragte Annie Oakley.

»Tut mir leid.«

Ich saß auf der einen Seite des Bettes, sie saß auf der anderen und hörte sich an, was ich über Mexico City und Peg erzählte, über Peg und Mexico City, das so weit entfernt war, daß es fürchterlich wehtat.

»Mein ganzes Leben«, begann sie dann, »besteht aus Männern, die sich in meinem Bett zu Tode langweilen, von anderen Frauen erzählen, sich eine Zigarette anzünden, oder mit dem Auto davonfahren, sobald ich mal aufs Klo muß. Wissen Sie, wie ich in Wirklichkeit heiße? Lucretia Isabel Clarisse Annabelle Maria Monica Brown. Diese ganzen Namen hat mir meine Mutter gegeben, und was such ich mir aus? Annie Oakley. Mein Problem ist, ich bin strohdumm. Länger als zehn Minuten hält mich kein Mann aus. Dumm. Ich les 'n Buch, 'ne Stunde später: alles weg! Nichts bleibt hängen. Ich rede ziemlich viel, nicht?«

»Ach was«, sagte ich freundlich.

»Man sollte meinen, irgendein Kerl muß doch auch eine mögen, die so stockdumm ist wie ich, aber ich bin ihnen dann doch zuviel! Dreihundert Nächte im Jahr liegt irgendsoein verdammter Schwachkopf da, wo du jetzt liegst, jede Nacht 'n anderer. Und dann das dämliche Nebelhorn draußen in der Bucht, regt dich das Getute nicht auf? Manchmal fühl ich mich so allein, wenn es lostutet, auch wenn ich irgendeinen Volltrottel im Bett habe, der dasitzt, guckt, ob seine Schlüssel auch noch alle da sind und dauernd zur Tür schielt –«

Ihr Telefon klingelte. Sie hob ab, hörte zu und sagte dann:

»Das darf doch nicht wahr sein!« Sie hielt mir den Hörer hin: »Für dich!«

»Unmöglich, es weiß doch niemand, daß ich hier bin!«

Ich nahm den Hörer.

»Was machst du denn bei *der*?« fragte Constance Rattigan.

»Nichts! Woher weißt du, daß ich hier bin?«

»Ein Anruf. Irgendeine Stimme. Hat gemeint, ich soll mal gucken, ob du vielleicht da bist, und hat aufgelegt.«

»Oh, mein Gott!« Mir wurde kalt.

»Komm hierher!« sagte Constance. »Ich brauch deine Hilfe! Dein merkwürdiger Freund hat mich besucht.«

»*Mein* Freund?«

Unter mir tobte der Ozean, ließ das Zimmer und das Bett erbeben.

»Unten am Strand, zwei Nächte nacheinander. Du mußt ihn verjagen – mein Gott!«

»Constance!«

Es folgte ein langes Schweigen, während dem ich die Brandung draußen vor Constance Rattigans Fenstern hören konnte. Dann sagte sie, merkwürdig empfindungslos: »Jetzt ist er da!«

»Paß auf, daß er dich nicht sieht!«

»Der Dreckskerl steht unten am Strand, genau wie gestern nacht. Er schaut hier rauf, als ob er auf mich wartet, weiter nichts. Das Schwein ist nackt! Ob der wohl meint, die Alte ist so verrückt, daß sie rausrennt und ihn bespringt? O Gott!«

»Mach die Fenster zu, Constance, schalt überall das Licht aus!«

»Nein. Jetzt geht er weg. Vielleicht hat er mich gehört. Vielleicht denkt er, ich ruf die Polizei.«

»Ruf sie doch an!«

»Er ist weg!« Constance holte tief Luft. »Komm her, Junge, so schnell du kannst!«

Sie legte nicht auf. Sie ließ einfach den Hörer fallen und ging weg. Ich hörte ihre Sandalen auf den Fliesen klappern. Es klang wie eine Schreibmaschine.

Ich legte ebenfalls nicht auf. Ohne darüber nachzudenken, legte ich den Hörer neben das Telefon, so als wäre es eine Nabelschnur, die mich mit Constance Rattigan verband. So lange ich die Verbindung nicht unterbrach, konnte ihr nichts passieren. Ich hörte immer noch die nächtliche Brandung an ihrem Ende der Leitung.

»Genau wie die anderen! Jetzt gehst du auch«, sagte eine Stimme. Ich wandte mich um.

Annie Oakley setzte sich im Bett auf, wirkte, so in ihre Bettücher eingewickelt, wie eine verlassene Seekuh.

»Leg den Hörer nicht auf!« bat ich.

Nicht bevor ich am anderen Ende der Leitung bin, dachte ich, und ein Leben rette.

»Dumm«, stöhnte Annie Oakley, »deshalb gehen sie alle. Strohdumm!«

Ich nahm meinen ganzen Mut zusammen und rannte den nächtlichen Strand entlang zu Constance Rattigans Festung. In Gedanken sah ich, wie mir ein entsetzlicher Toter entgegengerannt kam.

»Mein Gott!« keuchte ich. »Und wenn ich ihm *begegne*, was dann?«

»Ah!« schrie ich auf.

Und prallte im vollen Lauf gegen einen Schatten, der sich nicht auflöste.

»Gott sei Dank, daß du's bist!« schrie der Schatten auf.

»Nein, Constance. Gott sei Dank, daß du's bist!«

»Was ist eigentlich so lustig?«

»Das.« Ich schlug auf die großen prächtigen Kissen rings um mich ein. »Das ist schon das zweite Bett, in dem ich heute nacht liege.«

»Irrsinnig komisch«, entgegnete Constance. »Was dagegen, wenn ich dir die Nase einschlage?«

»Constance! Peg ist meine Freundin. Ich war einfach einsam. Du hast seit Tagen nichts von dir hören lassen. Annie wollte nur ein bißchen mit mir reden, weiter war nichts. Ich kann nicht lügen. Man sieht's mir am Gesicht an. Schau!«

Constance sah mich an und lachte.

»O Mann, die Unschuld in Person! Schon gut!« Sie sank zurück. »Hab ich dich vorhin sehr erschreckt?«

»Du hättest schreien sollen beim Laufen.«

»Ich hab mich gefreut, dich zu sehen, mein Junge. Entschuldige, daß ich nicht angerufen hab! Früher hatte ich eine Beerdigung nach ein paar Stunden vergessen. Heute dauert es Tage.«

Sie berührte einen Schalter. Das Licht wurde schwächer, und der Sechzehn-Millimeter-Projektor blitzte auf. Auf der weißen Wand schlugen sich zwei Cowboys gegenseitig k.o.

»Siehst du dir so spät noch Filme an?« fragte ich.

»Ich brauch das, um auf Touren zu kommen, damit ich den Mut kriege rauszulaufen und Mister Nackedei eins überzuziehen, wenn er morgen nacht wieder auftaucht.«

»Mal nicht den Teufel an die Wand!« Ich schaute durch die Terrassentür hinaus auf den leeren Strand, wo nur weiße Wellen am Rand der Nacht rauschten. »Meinst du, er hat dich angerufen, um dir zu sagen, daß ich bei Annie war, und dann den Strand entlang hierher zu laufen und sich da draußen hinzustellen?«

»Nein. Die Stimme hat nicht gepaßt. Es müssen zwei Kerle sein. Gott, ich versteh's nicht, aber der eine, der ohne Kleider, der muß wohl ein Exhibitionist sein, nicht? Oder wieso kommt er nicht einfach hier rein und macht die alte Dame fertig? Der andere, der am Telefon, jagt mir jedesmal einen Schauder über den Rücken.«

Das versteh ich, dachte ich, ich habe ihn atmen hören.

»Er klingt wie ein richtiges Ungeheuer.«

Ja, dachte ich. In der Ferne hörte ich den großen roten Wagen im Regen um eine eiserne Kurve kreischen, und die Stimme hinter mir, den Singsang, der zum Titel für Crumleys Buch wurde.

»Constance«, setzte ich an und brach ab. Ich war im Begriff gewesen, ihr zu erzählen, daß ich den Fremden schon vor langer Zeit, vor vielen Nächten, am Strand gesehen hatte.

»Ich habe noch ein Haus weiter im Süden«, sagte sie.

»Morgen fahr ich mal hin, nachsehen, ob alles in Ordnung ist. Ruf mich spät am Abend an, ja? Und inzwischen, könntest du etwas für mich tun?«

»Alles! Oder, fast alles!«

Constance sah zu, wie William Farnum seinen Bruder Dustin zu Boden schlug, ihn wieder hochzog und ihn noch einmal niederschlug.

»Ich glaube, ich weiß, wer Mr. Nackedei da unten am Strand ist.«

»Wer?«

Sie glitt mit den Augen den Strand entlang, als wäre sein Geist noch da.

»Ein Schweinehund aus meiner Vergangenheit, mit einem Kopf wie ein niederträchtiger deutscher General«, antwortete sie dann, »und einem Körper wie Adonis persönlich.«

Auf dem kleinen Motorrad, das vor dem Karussellgebäude anhielt, saß ein nur mit einer Badehose bekleideter junger Mann mit einem braungebrannten, eingeölten, wunderschönen Körper. Er trug einen schweren Sturzhelm, dessen dunkles Visier das Gesicht bis zum Kinn bedeckte, so daß ich nichts davon sah. Aber er hatte wohl den erstaunlichsten Körper, der mir jemals vor Augen gekommen war. Er ließ mich Jahre zurückdenken, an den Tag, als ich einen wunderschönen Apoll hatte den Strand entlanglaufen sehen. Und hinter ihm ein Schwarm von Jungen, die es, ohne daß sie wußten warum, hinter ihm herzog, die einfach in Schönheit mit ihm dahingingen, ihn bewunderten, ohne sich über ihre Gefühle für ihn im klaren zu sein, die seinen Namen nicht auszusprechen wagten und sich bemühten, später nie mehr an diesen Augenblick zurückzudenken. Es gibt solche Schönheiten auf dieser Welt, und sie ziehen alle Männer und Frauen und Kinder in ihr Kielwasser, und da ist keine Spur von Schuld, alles ist wunderbar rein und sauber, denn nichts ist geschehen. Alle haben sie ihn nur angesehen und sind ihm gefolgt, und als die Zeit am Strand vorüber war, ist er davongegangen, und sie sind ebenfalls davongegangen, eine wundersame Art von Lächeln auf den Lippen, ein Lächeln, das man, wenn man nach einer Stunde die Hand aufs Gesicht legt, dort immer noch findet.

Einen Körper wie diesen, ob er nun zu einem jungen Mann oder einer jungen Frau gehört, sieht man im Laufe eines ganzen Sommers, auch an einem langen Strand, höchstens einmal. Zweimal, wenn die Götter dösen und nicht neidisch sind.

Da stand Apoll, breitbeinig über seinem Motorrad, und starrte mich durch das getönte, dunkle Visier an.

»Sie wollen den alten Mann sehen?« Ein tiefes, kehliges Lachen kam hinter der Glasscheibe hervor. »Gut! Kommen Sie!«

Er stellte das Motorrad ab und sprang vor mir ins Haus und gazellengleich die Treppe hinauf, nahm drei Stufen auf einmal und verschwand oben in einem Zimmr.

Ich folgte ihm langsam, nahm bei jedem Schritt nur eine Stufe und fühlte mich alt.

Als ich in sein Zimmer trat, hörte ich die Dusche rauschen. Gleich darauf erschien er, nackt und mit glitzernden Wassertropfen bedeckt, den Helm immer noch auf dem Kopf. Er stand in der Badezimmertür und schaute in mich, wie er ansonsten wohl in einen Spiegel schaute, und was er sah, gefiel ihm.

»Na, wie gefällt Ihnen dieser bildhübsche Junge, der junge Mann, den ich liebe?« fragte er, unter dem Helm.

Ich wurde furchtbar rot.

Er nahm lachend den Helm ab.

»Mein Gott!« seufzte ich. »Sie sind's wirklich.«

»Der alte Mann«, entgegnete John Wilkes Hopwood. Er blickte an seinem Körper hinab und lächelte. »Oder der junge. Wer von uns ist Ihnen lieber?«

Ich schluckte trocken. Ich mußte mich zwingen, schnell zu

sprechen, denn ich wollte hinauslaufen, die Treppe hinab, ehe er die Tür schloß und mich im Zimmer einsperrte.

»Das hängt davon ab, welcher von Ihnen beiden mitten in der Nacht draußen am Strand gestanden hat, vor Constance Rattigans Haus.«

Genau in diesem Augenblick setzte die Karussellorgel unten im Rundbau ein. Es klang, als habe ein Drache ein Dutzend Dudelsackbläser verschluckt und versuche sie nun wieder auszuspucken, in keiner bestimmten Reihenfolge, zu keiner bestimmten Melodie. Wie ein Kater, der sich bedächtig seinen nächsten Schritt überlegt, drehte mir der alte junge Hopwood sein von der Sonne gebräuntes Hinterteil zu; ein Signal, das faszinierend wirken sollte.

Ich verschloß die Augen vor diesem goldenen Anblick.

Dadurch konnte Hopwood sich einen Augenblick überlegen, was er sagen wollte.

»Wie kommen Sie darauf, daß ich mich mit einer alten Mähre wie Constance Rattigan abgeben könnte?« fragte er und langte gleichzeitig ins Badezimmer, zog ein Handtuch heraus und rieb sich damit Schultern und Brustkorb ab.

»Sie war einmal Ihre große Liebe, umgekehrt war es genauso. Das war in dem Sommer, als Sie als Liebespaar ganz Amerika entzückt haben, nicht wahr?«

Er sah mich an, versuchte festzustellen, ob auch mein Gesicht die Ironie zeigte, die er in meiner Stimme zu hören glaubte.

»Hat sie Sie hergeschickt, um mir gute Ratschläge zu geben?«

»Vielleicht.«

»Wieviele Liegestützen schaffen Sie, schaffen Sie sechzig Bahnen in einem Swimmingpool oder vierzig Meilen am Tag mit dem Fahrrad, ohne ins Schwitzen zu kommen, was für ein Gewicht können Sie stemmen und wieviele –«, es fiel mir auf, daß er das Wort Frauen vermied –, »schaffen Sie im Bett an einem Nachmittag?« fragte er.

»Nein, nein, nein, nein und vielleicht zwei, um alle Ihre Fragen zu beantworten.«

»Dann«, meinte Helmut der Hunne und zeigte mir Antinous' prächtige Fassade, das vollkommene Pendant zu dem Hinterteil, »sind Sie nicht in der Lage, mich zu bedrohen, ja?«

Sein Mund war ein schmaler Schlitz, hinter dem sich schimmernde Haifischzähne bewegten.

»Ich gehe an den Strand, wann es mir paßt«, zischte er.

Mit der Gestapo voran und Adonissen hinterdrein, dachte ich.

»Ich gebe überhaupt nichts zu. Vielleicht war ich da, die eine oder andere Nacht.« Er deutete mit dem Kopf die Küste entlang. »Vielleicht auch nicht.«

Man hätte sich mit seinem Lächeln die Pulsadern aufschneiden können.

Er warf mir das Handtuch zu. Ich fing es auf.

»Trocknen Sie mir bitte den Rücken ab?«

Ich schleuderte das Handtuch von mir. Es fiel auf seinen Kopf herab, hing ihm übers Gesicht, verbarg es. Der schreckliche Hunne war, für einen Augenblick, verschwunden.

Nur Sonnenkönig Apollo war noch da, mit seinem Körper, der strahlte wie die goldenen Äpfel der Götter.

Unter dem Handtuch hervor verkündete er ruhig:

»Das Interview ist beendet.«

»Hatte es eigentlich überhaupt mal angefangen?«

Als ich die Treppe hinabging, spuckte mir der Drache seine Orgelkakophonie entgegen.

Auf der Leuchtanzeige vor dem Kino stand nichts mehr.

Nicht ein einziger Buchstabe.

Ich las die Leere ein dutzend Mal und fühlte dabei, wie in meiner Brust etwas auf die Seite kippte, wie in mir etwas starb.

Ich ging umher und probierte sämtliche Türen, sie waren

alle abgesperrt. Ich schaute in die verlassene Kinokasse und auf die großen leeren Rahmen, wo noch vor wenigen Abenden Barrymore und Chaney und Norma Shearer von den Plakaten gelächelt hatten. Jetzt war da gar nichts mehr.

Ich trat ein paar Schritte zurück und las die Leere ein letztes Mal, ganz ruhig und still für mich.

»Wie gefällt Ihnen unser tolles Programm?« fragte hinter mir eine Stimme.

Ich wandte mich um. Mr. Shapeshade stand da und strahlte mich an. Er reichte mir eine dicke Rolle Kinoplakate. Ich wußte, was das war. Mein Diplom vom Nosferatu-Institut, mein Abschlußzeugnis von der Quasimodo-Schule, Zertifikate von D'Artagnan- und Robin Hood-Kursen.

»Aber Shapeshade, wieso wollen Sie mir die geben?«

»Sie sind doch ein romantischer Spinner, oder?«

»Sicher, aber –«

»Na, nehmen Sie! Abschied, Lebwohl. Aber da draußen wartet noch ein anderes Lebewohl. Kommen Sie mit!«

Er ließ mir die Diplome und trottete davon.

Am Ende des Piers holte ich ihn ein, er deutete hinunter ins Wasser und beobachtete mich dabei, sah, wie ich, als ich hinunterschaute, das Gesicht verzog, mich ans Geländer klammerte.

Da unten lagen die Gewehre, zum ersten Mal in all den Jahren stumm. Sie lagen auf dem Meeresboden, etwa fünf Meter unter der Wasseroberfläche, aber das Wasser war ganz durchsichtig, weil eben die Sonne herauskam.

Ich zählte etwa ein Dutzend lange, kalte, blaue Metallwaffen unten, zwischen den Fischen.

»Das ist ein Lebewohl, was?« Shapeshade schaute mit mir hinab. »Eins nach dem anderen. Eins nach dem anderen. Ganz früh heute morgen. Ich bin hergerannt, hab gebrüllt, was machen Sie denn da? Raten Sie mal! hat sie geantwortet. Und eins nach dem andern, übers Geländer und weg. Ihr Laden wird ja schon dicht gemacht, und meiner heute nachmittag auch, also was soll's, hat sie gesagt. Und eins nach dem anderen.«

»Sie hat doch nicht«, begann ich und brach ab. Ich suchte mit den Augen das Wasser unter dem Pier und weiter draußen ab. »Sie ist nicht?«

»Ob sie hinterhergesprungen ist? Nein, nein. Sie hat nur eine ganze Weile dagestanden, neben mir, und aufs Meer geschaut. Sie werden nicht lange daliegen, meinte sie. In einer Woche sind sie weg. Ein paar dumme Jungs werden runtertauchen und sie hochholen, nicht wahr? Was sollte ich sagen? Konnte ihr nur zustimmen.«

»Hat sie noch irgendwas gesagt, bevor sie weggegangen ist?«

Ich konnte die Augen nicht von den langen Gewehren lösen, die da unten in den klaren Fluten glänzten.

»Sie hat gesagt, daß sie irgendwohin gehen wird, Kühe melken. Aber keine Bullen, hat sie gemeint, keine Stiere! Milchkühe melken und Butter machen, das war das letzte, was ich von ihr gehört hab.«

»Hoffentlich tut sie das!« sagte ich.

Plötzlich waren die Gewehre von Fischen umschwärmt, die sich das anscheinend mal ansehen wollten. Aber keine Schüsse knallten.

»Feine Sache, wenn sie so still sind, was?« meinte Shapeshade. Ich nickte.

»Vergessen Sie die nicht!« erinnerte mich Shapeshade.

Sie waren mir aus der Hand gefallen. Er hob sie auf und reichte sie mir, die Diplome für all die Jahre meines jungen Lebens, die ich mit dem Phantom und dem Buckligen dunkle Popcorngänge hinauf- und hinabgelaufen war.

Auf dem Rückweg kam ich an einem kleinen Jungen vorbei, der auf die Reste der Achterbahn, ihre über den Strand verstreuten Knochen, hinabsah.

»Was macht der Dinosaurier da, warum liegt er tot am Strand?« fragte er.

Das hatte ich mich eben auch gefragt. Ich ärgerte mich über diesen Jungen, der die zusammengebrochene Achterbahn ebenso sah wie ich; als ein Tier, das tot in den Fluten lag.

Nein, dachte ich.

Aber laut sagte ich freundlich: »Oh, mein Junge, wenn ich das nur selbst wüßte.«

Ich wandte mich um und schwankte davon. Trug einen Armvoll unsichtbarer Gewehre den Pier entlang.

In dieser Nacht hatte ich zwei Träume.

Im ersten wurde A. L. Shranks Sigmund-Freud-Schopenhauer-Tarot-Karten-Haus von dem großen hungrigen Bagger in Trümmer gelegt, und auf den Wogen trieben der Marquis de Sade und Thomas De Quincy, Mark Twains kranke Töchter und Sartre, der einen wirklich schlechten Tag hatte, davon und ertranken in den dunklen Fluten über dem Glanz der Schießbudengewehre.

Der zweite Traum war eine alte Wochenschau, in der die russische Zarenfamilie vor ihren Gräbern aufgereiht stand, und als sie erschossen wurden, ruckten und hüpften sie wie Stummfilmfiguren in die Grube, wurden hineingestoßen, flogen hinein, Hals über Kopf, wie Sektkorken. Es ließ einen in schreckliches Lachen ausbrechen. Unmenschlich. Irrsinnig komisch. Peng!

Und dann kamen Sam, Jimmy, Pietro, die Frau mit den Kanaris, Fannie, Cal, der Alte im Raubtierkäfig, Constance, Shrank, Crumley, Peg und *ich*!

Peng!

Als ich aus dem Schlaf aufschreckte, war ich in kalten Schweiß gebadet.

Das Telefon drüben an der Tankstelle läutete.

Es verstummte.

Ich hielt den Atem an.

Es begann wieder, läutete einmal und hörte auf.

O Gott! dachte ich – Peg würde so was nicht machen.

Crumley auch nicht. Einmal klingeln lassen und dann auflegen?

Wieder läutete es, einmal. Dann Stille.

Das ist er. Der einsame Tod. Ruft mich an, um mir Dinge zu erzählen, die ich nicht hören will.

Ich setzte mich auf, die Haare am Körper standen mir zu Berge, als hätte Cal mit seiner elektrischen Haarschneidehummel auf seinem Weg an meinem Hals hinab einen Nerv getroffen.

Ich zog mich an und rannte hinaus an den Strand, holte tief Luft und starrte nach Süden.

Da unten am Strand, weit weg, lag Constance Rattigans maurische Festung, und alle Fenster in ihr waren hell erleuchtet. Constance, dachte ich. Fannie ist das bestimmt nicht recht!

Fannie?

Und dann fing ich *wirklich* an zu rennen.

Wie der Tod selbst näherte ich mich vom Strand her Constances Haus.

Alle Lichter brannten, alle Türen standen weit auf, als wolle sie die Natur, die Welt, die Nacht, den Wind hineinlassen, sie allen Schmutz hinausfegen lassen, während sie weg war.

Und sie war weg.

Ich brauchte nicht einmal hineinzugehen, um das festzustellen, denn da, direkt vor mir, führte ihre Fußspur ins Wasser. Ich blieb stehen und schaute hinab auf diese Spuren, die hineinführten, aber nicht mehr heraus.

Es überraschte mich nicht. Was mich überraschte, war, daß es mich nicht überraschte. Ich ging hinauf zu der offenen Eingangstür, rief nicht nach ihr, das heißt, fast hätte ich nach ihrem Chauffeur gerufen und mußte lachen bei dem Gedanken, daß mir so etwas Dummes passieren könnte, und trat ins Haus, ohne irgend etwas zu berühren. In ihrem arabischen Salon spielte der Plattenspieler. Tanzmusik von Ray Noble, aus London, 1934, Melodien von Noël Coward. Ich ließ die Musik an. Die Spule am Filmprojektor wirbelte sinnlos herum, der Film war zu Ende, nur weißes Licht starrte auf die glatte Wand. Ich dachte nicht daran, ihn abzuschalten. Eine Flasche Moët & Chandon wartete eisgekühlt, als sei Constance hinab zum Meer gegangen, um einen goldenen Gott der Tiefe auf ein Glas einzuladen. Auf einem Kissen lag ein Teller mit Käse, daneben stand ein Martinishaker. Der Duesenberg stand in der Garage, und die Fußspuren, die nur in eine Richtung führten, waren immer noch da im Sand. Ich rief Crumley an und war froh, daß ich nicht gleich losheulte, fühlte mich wie betäubt.

»Crumley?« hauchte ich in den Hörer.

»Crumley. Crum«, wiederholte ich.

»Sohn der Nacht, setzt du schon wieder aufs falsche Pferd?« fragte er.

Ich sagte ihm, wo ich war.

»Meine Beine machen nicht mehr richtig mit.« Plötzlich setzte ich mich und umklammerte den Hörer. »Hol mich ab!«

Wir trafen uns am Strand. Wir schauten hinauf zu der arabischen Festung, die hell erleuchtet dastand, wie ein Festzelt mitten in einer Sandwüste. Die Tür, die auf den Strand herausführte, stand immer noch offen, und drinnen ertönte immer noch Musik; der Stapel, von dem eine Platte nach der anderen herunterfiel, wollte anscheinend kein Ende nehmen.

Da erklang ›Lilac Time‹, dann ›Diane‹, und dann ›Ain't She Sweet?‹, gefolgt von ›Hear My Song of the Nile‹ und ›Pagan Love Song‹. Ich stellte mir vor, daß gleich Ramon Navarro auftauchen und hineinrennen würde, um mit zerzausten Haaren und irrem Blick wieder herauszukommen und hinunter an den Strand zu laufen.

»Aber außer Crumley und mir ist hier niemand.«

»Hm?«

»Ich hab nicht gemerkt, daß ich laut gedacht habe«, entschuldigte ich mich.

Wir trotteten zum Haus zurück.

»Hast du irgendwas berührt?«

»Nur das Telefon.«

Als wir an die Haustür kamen, ließ ich ihn allein hineingehen und drinnen herumschleichen.

Als er wieder herauskam, fragte er: »Wo ist der Chauffeur?«

»Das ist noch was, was ich dir nicht erzählt hab. Sie hat nie einen gehabt!«

»Was?«

Ich erzählte ihm von Constance Rattigan und ihrer Freude daran, irgendwelche Rollen zu spielen.

»Sie hat also alle Rollen selbst gespielt? Meine Güte! Sonst noch was?«

Wir gingen hinaus auf die windige Terrasse und betrachteten die Fußspuren, die der Wind allmählich verwehte.

»Sieht wie Selbstmord aus«, meinte Crumley.

»Das würde Constance niemals tun.«

»O Mann, du bist dir so verdammt sicher in deiner Meinung über andere. Wann wirst du endlich erwachsen? Nur weil du jemand magst, heißt das noch lange nicht, daß er nicht den Löffel abgeben könnte, ohne dich vorher zu fragen.«

»Es hat jemand am Strand gestanden, hat auf sie gewartet.«

»Beweise!«

Wir folgten Constances Einbahnspur zum Wasser hinab.

»Er hat da drüben gestanden.« Ich deutete hin. »Zwei Nächte. Ich habe ihn gesehen.«

»Fein. Knöcheltief im Wasser. Also keine Spuren. Willst du mir noch was zeigen, mein Sohn?«

»Vor einer Stunde hat mich jemand angerufen, hat mich aufgeweckt, mir gesagt, ich soll an den Strand kommen. Der

Kerl hat gewußt, daß ihr Haus leer war oder bald leer sein würde.«

»Wie, ein Anruf? Auch 'ne feine Sache. Jetzt stehst du bis zur Hüfte im Wasser, und keine Spuren. War das alles?«

Ich mußte rot geworden sein. Er sah, daß ich nicht die volle Wahrheit gesagt hatte. Ich wollte ihm nicht erzählen, daß ich beim letzten Mal nicht ans Telefon gegangen war, sondern von einer schrecklichen Ahnung erfüllt den Strand entlanggelaufen war.

»Na, weißt du, Schreiberling!« Crumley schaute auf die weißen Wellenkämme, senkte den Blick dann zu den Fußspuren, hob ihn schließlich zu dem Haus, das weiß, kalt und leer dort mitten in der Nacht stand. »Anrufe und Unterwasserfußspuren, blinde Ahnungen und benebelter Glaube. Noch was?«

»Verflucht! Ich habe einen ganz konkreten Verdacht. Constance hat ihn erkannt. Ich auch, bin bei ihm gewesen. Finde raus, wo er heute nacht gewesen ist, und du hast den Mörder! Du – «

Die Stimme geriet mir außer Kontrolle. Ich mußte die Brille abnehmen und die winzigen nassen Salzspuren abwischen, um wieder sehen zu können.

Crumley tätschelte mir die Wange und sagte: »He, schon gut. Woher weißt du, daß der Kerl, wer immer es auch ist, nicht mit ihr ins Wasser gegangen ist, um – «

»Sie zu ertränken!«

»Ein bißchen mit ihr zu schwimmen und nett zu plaudern; dann sind sie ein Stück nach Norden geschwommen und zu ihm gegangen. Sehr wahrscheinlich wird sie im Morgengrauen mit einem fröhlichen Lächeln auf den Lippen nach Hause kommen.«

»Nein«, knurrte ich.

»Was ist, mach ich dir die ganze Sherlock-Holmes-Romantik kaputt?«

»Nein.«

Aber er sah, daß ich unsicher war.

Er berührte mich am Ellbogen. »Gibt's noch was, was du mir noch nicht gesagt hast?«

»Constance hat erwähnt, daß sie, nicht weit von hier, die Küste entlang weiter nach Süden, noch ein Haus hat.«

»Und bist du sicher, daß sie heute Nacht nicht dorthin gegangen ist? Wenn es stimmt, was du sagst, hat sie's vielleicht mit der Angst zu tun gekriegt und hier alles liegen und stehen lassen.«

»Ihr Wagen ist noch da.«

»Man kann auch zu Fuß gehen. Das tust du doch immer. Constance Rattigan hatte Angst. Sie kann knöcheltief im Wasser eine Meile nach Süden gelaufen sein, und wir stehen da wie zwei Idioten.«

Ich schaute nach Süden, hoffte, eine schöne Frau zu sehen, die den Strand entlang davonlief.

»Tatsache ist«, stellte Crumley fest: »Wir haben nichts in der Hand. Ein leeres Haus. Alte Schallplatten drehen sich auf dem Plattenteller. Kein Abschiedsbrief. Kein Zeichen von Gewalt. Wir müssen warten, bis sie zurückkommt. Und wenn sie nicht zurückkommt, haben wir *immer noch* keinen Fall, kein Corpus delicti. Wollen wir wetten, daß sie –«

»Komm morgen mit mir zu dem Zimmer über dem Karussell! Wenn du das Gesicht von dem merkwürdigen Kerl siehst –«

»Mein Gott! Ich glaube, jetzt weiß ich, wen du meinst.«

Ich sah ihn fragend an.

»Den Spinner?« sagte Crumley. »Den Schwulen?«

Da hörten wir etwas laut ins Wasser plumpsen.

Wir sprangen beide herum.

»Mein Gott, was war das?« rief Crumley, den Blick hinaus auf die mitternächtlichen Fluten gerichtet.

Constance, dachte ich, sie kommt zurück.

Ich schaute angestrengt hinaus aufs Meer und sagte schließlich: »Seehunde, sie spielen da draußen.«

Wir hörten es noch ein paarmal plumpsen und platschen, immer leiser, bis das Meerestier schließlich in der Dunkelheit verschwand.

»Verdammt noch mal!« fluchte Crumley.

»Der Projektor im Salon läuft noch«, sagte ich. »Der Plattenspieler ist noch an. Im Ofen in der Küche brutzelt etwas vor sich hin. Und in allen Zimmern brennt Licht«, sagte ich.

»Schalten wir ein bißchen was davon ab, ehe noch das ganze Haus abbrennt.«

Wir folgten Constance Rattigans Fußspuren zurück zu der hell erleuchteten Festung.

»He!« flüsterte Crumley. Er schaute auf den Horizont im Osten. »Was ist das?«

Ein schmaler Streifen kalten Lichts zeichnete sich dort ab.

»Die Morgendämmerung«, antwortete ich. »Ich dachte schon, sie würde nie mehr kommen.«

Der Morgenwind verwehte die Fußspuren von Constance Rattigan im Sand.

Den Strand entlang kam Mr. Shapeshade, mit Filmdosen bepackt, den Blick über die Schulter nach hinten gerichtet. Dort in der Ferne wurde in diesem Augenblick von riesigen stahlgezähnten Ungeheuern, die, von Grundstücksspekulanten gerufen, aus dem Meer gestiegen waren, sein Kino in Trümmer gelegt.

Als Shapeshade Crumley und mich vor Constance Rattigans Haus stehen sah, schaute er erst erstaunt auf unsere Gesichter, dann hinab auf den Sand, schließlich hinaus aufs Meer. Wir brauchten ihm nichts zu sagen, so blaß wie unsere Gesichter waren.

»Sie wird zurückkommen«, wiederholte er ein ums andere Mal, »sie kommt wieder. Constance würde nicht einfach abhauen. Mein Gott, mit wem sollte ich sonst meine Filme ansehen, mit wem bloß? Sie kommt ganz bestimmt zurück!« Seine Augen quollen über.

Wir überließen es ihm, sich um die leere Festung zu kümmern, und fuhren zurück zu meiner Wohnung. Auf dem Weg dorthin lehnte Kriminalkommissar Crumley mit einem Ausbruch übler Beschimpfungen meinen Vorschlag ab, eine Fahrt mit dem Karussell zu machen und Feldmarschall Erwin Rommel oder seinem hübschen, in Rosenblätter gekleideten Gespielen Nijinsky ein paar Fragen zu stellen.

»In ein, zwei Tagen vielleicht. Wenn die dußlige Alte nicht von Catalina zurückgeschwommen kommt. *Dann* fang ich an, Fragen zu stellen. Aber jetzt? Ich hab auch so genug zu tun!«

»Bist du jetzt böse auf mich?« fragte ich.

»Böse, böse, warum sollte ich dir böse sein? Böse? Mein Gott, ich bin drauf und dran, aus der Haut zu fahren wegen dir! Aber böse? Hier hast du 'n Dollar, fahr auf der Pferde-Orgel-Rennstrecke, solang's dir Spaß macht!«

Er ließ mich, ohne den Motor abzustellen, vor meiner Tür aussteigen und brauste davon.

Drinnen fiel mein Blick sofort auf Cals altes Klavier. Das Tuch war von den großen weißen Elfenbeinzähnen heruntergerutscht.

»Hör auf zu lachen!« sagte ich.

Drei Dinge ereigneten sich an diesem Nachmittag.

Zwei waren gut. Eines schrecklich.

Ich bekam einen Brief aus Mexiko. Darin lag ein Foto von Peg. Sie hatte die Augen mit einem Gemisch aus brauner und grüner Tinte ausgemalt, um meinem Gedächtnis ein wenig auf die Sprünge zu helfen.

Außerdem kam eine Postkarte von Cal, abgestempelt in Gila Bend. »Junge«, las ich da, »ist mein Klavier auch immer gut gestimmt? Ich quäle ein paar Stunden am Tag die Leute hier in der Bierkneipe. Die Stadt ist voller Glatzköpfe. Und die wissen gar nicht, was das für ein Glück für sie ist, jetzt wo ich hier bin. Gestern hab ich dem Sheriff die Haare geschnitten. Er hat mir vierundzwanzig Stunden Zeit gegeben, um die Stadt zu verlassen. Morgen mach ich mich auf die Socken, nach Sedalia. Mach's gut! Cal.«

Ich drehte die Karte um. Und blickte auf das Foto eines Gilatiers, einer Krustenechse mit schwarzweiß gemustertem Rücken. Daneben hatte Cal, stümperhaft, sich selbst gezeichnet, wie er dasaß als sei das Tier ein Musikinstrument, auf dem er spiele, nur auf den schwarzen Tasten.

Ich lachte und ging nordwärts zum Pier von Santa Monica, fragte mich, was ich diesem merkwürdigen Menschen, der über dem stöhnenden Karussell ein Doppelleben führte, sagen könnte.

»Feldmarschall Rommel«, rief ich, »wie und warum haben Sie Constance Rattigan umgebracht?«

Aber da war niemand, der es hätte hören können.

Das Karussell drehte sich stumm.

Die Orgel war eingeschaltet, doch die Musikrolle war zu Ende und drehte sich mit flatterndem Papierstreifen weiter.

Der Karussellbesitzer saß nicht als stocksteife Leiche in seinem Kassenhäuschen, er war nur stockbesoffen. Er war wach, schien aber die Stille nicht zu hören, schien nicht zu bemerken, daß die Pferde nur noch zum Klatschen der Schweizer-Käse-Rolle im Maul des großen Mechanismus galoppierten.

Ich betrachtete das alles voller Unruhe und wollte gerade die Treppe hochstapfen, als ich die feinen Papierschnipsel am Boden des umherkreisenden Pferderennens bemerkte.

Ich ließ das Karussell sich noch zweimal vorbeidrehen, dann ergriff ich eine der Messingstangen und sprang auf, ging wie ein Betrunkener zwischen den Stangen weiter.

Die Fetzen eines zerrissenen Blattes Papier flatterten umher in dem Luftzug, den die auf- und niederspringenden Pferde und das Karussell selbst auf seiner Fahrt nach Nirgendwo erzeugten.

Eine Reißzwecke lag unter den Papierfetzen am Boden. Möglicherweise hatte jemand die Botschaft einem der hölzernen Pferde an die Stirn geheftet. Und jemand anders hatte sie gefunden, gelesen, zerrissen und war davongelaufen.

John Wilkes Hopwood.

Ich brauchte gut drei Minuten, um die Schnipsel aufzulesen, und hatte dabei ebensowenig Hoffnung ans Ziel zu gelangen wie das Karussell auf seiner Reise. Dann sprang ich ab und versuchte, die Papierfetzen zusammenzusetzen. Das dauerte noch mal fünfzehn Minuten. Ich entzifferte ein schreckliches Wort hier, ein furchtbares Wort da, und dann, wieder an einer anderen Stelle, ein vernichtendes Wort, und schließlich lagen Tod und Verdammnis vor mir. Jeder, der dies las, das heißt jeder, in dessen Hülle jungen, prächtigen Fleisches ein viel zu altes Skelett hing, würde bei diesen Schlägen in den Unterleib zusammenbrechen.

Ich kriegte es nicht ganz zusammen. Einige Teile fehlten. Aber im wesentlichen stand darin, daß der Leser ein alter Mann, ein häßlicher alter Mann war. Wirklich häßlich! So häßlich, daß er seinen Körper selbst lieben mußte, denn wer hätte ihn schon gewollt? Jahrelang war da niemand gewesen. Dann wurde daran erinnert, wie man ihn 1929 aus den Filmstudios geworfen, ihn wegen der auf teutonisch-zackig getrimmten Stimme, seiner schwulen Gesten, seiner seltsamen männlichen Begleiter und der alten, kranken Frauen angegriffen hatte. »In den Bars, aus denen du spät nachts, voller Gin, wegtorkelst, kennt dich jeder, lachen dich alle aus. Und jetzt hast du den Tod eines Menschen verschuldet. Ich hab dich gestern nacht am Strand gesehen, als sie hinausgeschwommen und nicht zurückgekommen ist. Die Leute werden es Mord nennen. Gute Nacht, mein süßer Prinz!«

Das war's. Eine furchtbare Waffe, die ihren Adressaten erreicht hatte. Als ich die Papierschnipsel eingesteckt hatte und die Treppe hochging, fühlte ich mich neunzig Jahre älter als noch vor wenigen Tagen.

Die Tür zu Hopwoods Zimmer glitt bei meiner Berührung mit einem Raunen auf.

Kleidungsstücke lagen im ganzen Zimmer verstreut, am Fußboden und neben mehreren Koffern, als habe er versucht zu packen, sei dann in Panik geraten und schließlich ohne Gepäck fortgegangen.

Ich schaute aus dem Fenster. Drunten am Pier stand noch sein Fahrrad, an einen Laternenpfahl angeschlossen. Aber sein Motorrad war weg. Was nichts bewies. Er konnte auch ins Meer gefahren, mußte nicht zu Fuß hineingegangen sein.

Mein Gott! dachte ich, und wenn er Annie Oakley einholt, und wenn die beiden Cal einholen, was dann?

Ich leerte seinen kleinen Papierkorb auf den wackeligen Schreibtisch neben dem Bett und sah einige Fetzen nobles gelbes Briefpapier mit den Initialen C.R. für Constance Rattigan am oberen Rand. Darauf stand maschinegeschrieben: MITTERNACHT. WARTE. SECHS NÄCHTE AM STRAND. VIELLEICHT, NUR VIELLEICHT, WIE IN ALTEN ZEITEN. Und die getippten Initialen C.R.

Das Schriftbild glich dem der Maschine, die ich in ihrem arabischen Salon gesehen hatte.

Ich berührte die Schnipsel und dachte, hat Constance Hopwood geschrieben? Nein. Das hätte sie mir erzählt. Jemand anders mußte das vorige Woche an Hopwood geschickt haben. Und er war den Strand entlang zu ihrem Haus gelaufen wie ein Zuchthengst, um in der Brandung darauf zu warten, daß Constance lachend herbeigelaufen kam. Hatte ihm das schließlich zu lange gedauert, hatte er sie ins Wasser geschleppt und ertränkt? Nein, nein! Er mußte gesehen haben, wie sie hineinlief und nicht mehr herauskam. Er bekam es mit der Angst zu tun, rannte nach Hause und fand dort – das letzte Briefchen, das mit den schrecklichen Worten und den furchtbaren Erniedrigungen, die ihn unter der Gürtellinie trafen. Und so hatte er zwei Gründe, aus der Stadt zu verschwinden: seine Angst und die Beleidigungen.

Ich schaute zum Telefon und seufzte. Es hatte keinen Sinn, Crumley anzurufen. Kein Corpus delicti. Nur das zerrissene Papier, das ich in die Tasche meines Jacketts steckte. Die Schnipsel fühlten sich an wie Mottenflügel, zerbrechlich aber giftig.

Und wenn man alle Gewehre einschmilzt, dachte ich, alle Messer zerbricht, die Guillotinen verbrennt – das Böse wird immer noch Briefe schreiben, die töten.

Ich sah eine kleine Flasche Eau de Cologne neben dem Telefon stehen und nahm sie an mich, dachte dabei an den blinden Henry, an sein Gedächtnis und seine Nase.

Drunten drehte sich das Karussell immer noch stumm im Kreis, und die Pferde sprangen weiter über unsichtbare Hindernisse, auf Ziellinien zu, die nie näherkamen.

Ich warf noch einen Blick auf den betrunkenen Kartenverkäufer in seinem Sarg, erschauderte und machte mich, ohne jede musikalische Begleitung, aus dem Staub.

Das Wunder traf gleich nach dem Mittagessen ein.

Ein Eilbrief vom American Mercury. Die wollten mir eine Kurzgeschichte abkaufen und fragten an, ob ich gegen einen Scheck über dreihundert Dollar etwas einzuwenden hätte.

»Was soll ich dagegen einzuwenden haben?« schrie ich. »Gegen dreihundert Dollar! Meine Güte, die müssen *verrückt* sein!«

Ich streckte den Kopf hinaus auf die leere Straße und rief den Häusern, dem Himmel und dem Strand zu:

»Ich hab was an den American Mercury verkauft! Für dreihundert Dollar! Ich bin *reich*!«

Ich taumelte über die Straße und hielt den strahlenden Glasaugen in dem kleinen Ladenfenster den Brief hin.

»Da!« schrie ich. »Was sagt ihr dazu? Schaut nur!«

»Reich«, murmelte ich, rannte keuchend zum Spirituosenladen und knallte dem Besitzer den Brief auf den Ladentisch. »Da!« Ich wedelte in der Fahrkartenverkaufsstelle damit herum. »He!« Mit einem Ruck blieb ich stehen. Denn ich war in die Bank gerannt und wollte, in der Meinung, ich hätte tatsächlich schon den Scheck dabei, mir eben den verflixten Brief gutschreiben lassen.

»Reich –« Ich wurde rot und ging wieder.

In meine Wohnung zurückgekehrt, erinnerte ich mich auf einmal wieder an den Alptraum.

Wie das furchtbare Ungeheuer mich packen und fressen wollte.

Du Idiot! Du hättest *fauler* Reis rufen müssen, nicht *guter* Reis!

Diese Nacht war die erste seit langem, in der der kleine Regenguß nicht meine Fußmatte durchnäßte. Kein Besucher, kein Seetang am Morgen auf dem Gehsteig.

Anscheinend hatte meine Offenheit, mein idiotisches Geschrei es verscheucht.

Merkwürdig, dachte ich, immer merkwürdiger.

Da es keine Leiche gab, fand am nächsten Tag auch keine Beerdigung statt, sondern nur ein Gedenkgottesdienst für Constance Rattigan. Den schien eine Meute von Autogrammjägern und Filmfotosammlern organisiert zu haben, und eine Horde drängelnder Statisten zertrampelte den Sandstrand vor Constance Rattigans arabischer Festung.

Ich stand ein gutes Stück abseits von der wogenden Masse und sah zu, wie mehrere alternde Strandwächter schwitzend eine tragbare Orgel durch den Sand schleppten, bis zu der Stelle, wo eigentlich ein Stuhl hätte stehen sollen, den man aber vergessen hatte, so daß die Dame, die die Orgel mehr schlecht als recht spielte, dies im Stehen tun mußte. Auf ihrer Stirn glitzerten salzige Perlen, und mit dem Kopf dirigierte sie den schwermütigen Chor, über dem, auf der Suche nach Futter, die Möwen herabschwebten, um, da hier nichts zu holen war, gleich wieder davonzufliegen. Ein unecht wirkender Pfarrer bellte und jaulte wie ein Pudel, die Strandläufer stelzten erschreckt davon, während die Strandkrabben sich tiefere Verstecke gruben, und ich biß die Zähne zusammen, weil ich nicht wußte, ob ich einen empörten Aufschrei oder ein dämonisches Lachen ausstoßen sollte, als, eine nach der anderen, diese grotesken Gestalten, die von Mr. Shapeshades nächtlicher Leinwand herabgestiegen oder aus den mitternächtlichen Fluten unter dem Pier aufgetaucht waren, zum Wasser hinabschwankten und verwelkte Blumenkränze ins Meer schleuderten.

Mein Gott, Constance! dachte ich. Warum steigst du nicht *jetzt* aus der Brandung? Bereite dieser lächerlichen Veranstaltung ein Ende! Doch mein Wunschdenken blieb erfolglos. Das einzige, was an den Strand trieb, waren die Kränze, die das Meer nicht wollte und deshalb wieder ausspuckte.

Der eine oder andere versuchte noch einmal, sie ins Meer zu werfen, aber die verflixten Dinger kamen immer wieder zurück, und es fing an zu regnen. Jetzt begann eine hektische Suche nach Zeitungen, die man sich auf den Kopf legen konnte, und die Strandwächter schleppten die verflixte Orgel ächzend durch den Sand zurück. Ich stand nun allein im Regen, hatte mir eine Zeitung so über den Schädel gehängt, daß mir die Schlagzeilen falsch herum vor den Augen hingen.

Berühmter Stummfilmstar Verschwunden.

Ich ging ans Wasser und stieß die Blumenkränze in die Brandung. Diesmal kamen sie nicht zurück. Ich zog mich bis auf die Badehose aus, packte mir die Arme voll Blumen, schwamm hinaus so weit ich konnte und ließ die Blumen los.

Auf dem Rückweg wäre ich beinahe ertrunken, als ich mich mit den Füßen in einem der Kränze verhedderte.

»Crum«, flüsterte ich.

Und war mir nicht darüber im klaren, ob sein Name wie ein Fluch oder wie ein Gebet über meine Lippen kam.

Crumley öffnete die Tür. Er strahlte übers ganze Gesicht, aber nicht, weil er sich ein Bier genehmigt hatte. Irgend etwas anderes war passiert.

»He!« rief der Polizist. »Wo bist du gewesen? Ich versuch schon die ganze Zeit, dich anzurufen. Mann, komm rein und schau dir an, was dein alter Freund da hat!«

Er rannte voraus in sein Arbeitszimmer und zeigte theatralisch auf seinen Schreibtisch, wo ein Manuskript lag, mit Worten gefüllt, gut einen Zentimeter dick.

»He, du Teufelskerl!« Ich stieß ein anerkennendes Pfeifen aus.

»Toll, was?! Crumley, der Teufelskerl. O Mann!«

Er zog ein Blatt aus der Maschine.

»Willst du lesen?«

»Brauche ich wohl nicht«, lachte ich. »Es ist doch gut, oder?«

»Mach Platz!« lachte er zurück. »Der Damm ist gebrochen.«

Ich setzte mich und war außer mir vor Freude über das Strahlen auf seinem Gesicht.

»Wann ist das alles passiert?«

»Vorletzte Nacht. Gegen Mitternacht, eins, zwei, ich weiß nicht mehr. Hab bewegungslos dagelegen und an die Decke gestarrt, kein Buch, kein Radio, kein Bier, draußen hat der Wind geweht, und die Bäume haben geschwankt, und auf einmal hat es in mir vor Ideen gewimmelt, haben sie in mir gebrutzelt wie Maden auf einer Herdplatte. Und ich raus aus dem Bett, rüber an die Schreibmaschine und losgetippt wie der Teufel, konnte nicht mehr aufhören, und als es hell wird, liegt es da, ein ganzer Berg, oder ein Maulwurfshügel, und ich lache und weine kreuz und quer durcheinander. Schau es nur an! Und um sechs Uhr früh leg ich mich wieder hin, liege im Bett und gucke auf das ganze Papier da, lache in einem fort und bin so glücklich als hätt ich mich grad frisch verliebt, in die tollste Frau der Welt.«

»Und genau das war's auch!« sagte ich sanft.

»Das Komische daran ist, womit es angefangen hat«, fuhr Crumley fort. »Vielleicht damit, daß der Wind draußen ums Haus gepfiffen ist. Oder daß jemand seine Seetangvisitenkarte vor der Tür gelassen hat. Aber ist der alte Kriminaler etwa rausgerannt und hat wild um sich ballernd ›Halt! Stehenbleiben!‹ gerufen? Ach was! Keine Rufe, keine Schüsse. Nur ich an der Schreibmaschine, mache einen Heidenlärm, wie an Silvester oder Halloween. Und weißt du, was dann passiert ist? Kommst du drauf?«

Mir war kalt. Eine prachtvolle, eiskalte Gänsehaut überzog meinen Nacken.

»Der Wind hat aufgehört«, antwortete ich. »Die Schritte vor dem Haus sind nicht wiedergekommen.«

»Was?« staunte Crumley.

»Und es lag nie mehr Seetang da. Und er, wer immer er auch ist, ist seitdem nicht mehr dagewesen.«

»Woher weißt du das?«

»Ich weiß es eben. Ganz einfach. Du hast, ohne es zu wissen, genau das Richtige gemacht. So wie ich auch. Ich hab geschrien, und er ist auch zu mir nie mehr gekommen. Oh, mein Gott!«

Ich erzählte Crumley von der Sache mit dem American Mercury, wie ich, wie ein Verrückter, durch die Stadt gelaufen war und es in den Himmel gebrüllt hatte, und daß es nicht mehr um drei Uhr morgens vor meiner Tür geregnet hatte, daß es das vielleicht nie mehr tun würde.

Crumley setzte sich, als hätte ich ihm einen Amboß in die Hand gedrückt.

»Wir kommen der Lösung näher, Elmo«, sagte ich dann. »Wir haben ihm Angst eingejagt, ohne es zu beabsichtigen. Je weiter er davonläuft, desto mehr wissen wir über ihn. Wär jedenfalls möglich. Zumindest wissen wir, daß er sich von lärmenden Dummköpfen und lachenden Polizisten, die um fünf Uhr morgens wie wahnsinnig auf ihre Schreibmaschine einhämmern, abschrecken läßt. Tipp weiter, Crum! Solange deine Schreibmaschine klappert, bist du sicher.«

»Blödsinn!« Aber Crumley lachte, als er das sagte.

Sein Lächeln ließ mich kühn werden. Ich wühlte in meinen

Taschen und zog den Giftbrief heraus, der Hopwood in Angst und Schrecken versetzt, und den Liebesbrief auf sonnengelbem Papier, der ihn an den Strand gelockt hatte.

Crumley spielte mit den Schnipseln herum und sank ein gutes Stück zurück in seinen Mantel aus Zynismus.

»Auf verschiedenen Maschinen getippt. Beide ohne Unterschrift. Mann, die könnte doch *jeder* geschrieben haben! Und wenn der alte Hopwood tatsächlich der Sex-Freak ist, für den wir ihn halten, dann hat er den gelben Brief gelesen und wirklich geglaubt, daß die Rattigan ihn geschrieben hat, ja und dann ist er den Strand entlang zu ihr gerannt und hat wie ein braver Junge darauf gewartet, daß sie herauskommt, um ihm den Hintern zu tätscheln. Aber du weißt ebensogut wie ich, daß sie nie im Leben so etwas geschrieben hat. Sie hatte ein Selbstbewußtsein wie ein Zehntonner. Sie hat nie irgend jemanden so angebettelt, nicht in den großen Häusern in Hollywood und schon gar nicht auf der Straße oder am Strand. Was wissen wir also überhaupt? Sie ist ständig schwimmen gegangen, zu den unmöglichsten Zeiten. Immer, wenn ich den Strand entlanggelaufen bin, auf meiner Trainingsstrecke, hab ich sie im Badeanzug gesehen, Tag für Tag. Jeder, selbst ich, konnte sich ins Haus schleichen, während sie draußen in der Bucht mit den Haien spielte, jeder kann in ihrem Salon gesessen, kann ihre Schreibmaschine und ihr Papier benutzt haben, um sich dann wieder davonzustehlen, diesem Hopwood den Brief, das erotische Vorspiel, zukommen zu lassen und abzuwarten, was passieren, ob es blitzen und knallen würde.«

»Und?« fragte ich.

»Und vielleicht«, fuhr Crumley fort, »ging die ganze Sache nach hinten los. Constance Rattigan hat, als der Exhibitionist wieder auftauchte, die Panik gepackt, sie wollte vor ihm fliehen, ist weit rausgeschwommen und in eine heimtückische Strömung geraten. Und als sie nicht zurückkommt, kriegt Hopwood, der am Strand wartet, das große Nervenflattern und läuft davon. Am nächsten Tag bekommt er den zweiten Brief, trifft ihn der wirklich vernichtende Schlag. Er weiß jetzt, daß ihn jemand am Strand gesehen hat und auf ihn als Constance Rattigans vermeintlichen Mörder zeigen kann. Das heißt –«

»Er ist längst aus der Stadt verschwunden«, warf ich ein.

»Klingt einleuchtend. Womit wir immer noch zehn Seemeilen vor Tampico in Cleopatras Barke herumtreiben, ohne Paddel. Hinter wem oder was sind wir eigentlich her?«

»Hinter einem Kerl, der den Leuten am Telefon was vorhechelt, der Scott Joplins Kopf von Cals altem Foto klaut und den damit aus der Stadt scheucht!«

»Gut.«

»Hinter einem Kerl, der in dunklen Korridoren herumsteht, einen alten Mann betrunken macht, ihn in einen Löwenkäfig steckt, und der vielleicht noch eine Handvoll Fahrkartenkonfetti aus den Taschen des Alten zu Hause hat!«

»Gut.«

»Hinter einem Kerl, der eine alte Dame mit Kanarienvögeln zu Tode erschreckt und die Zeitungstitelseiten am Boden der Vogelkäfige klaut. Und nachdem Fannie zu atmen aufgehört hat, stiehlt derselbe Kerl ihre Schallplatte mit *Tosca*- Arien, als Erinnerung. Und dann schreibt er Briefe an den alten Schauspieler Hopwood und macht ihm solche Angst, daß er für immer verschwindet. Wahrscheinlich hat er auch aus Hopwoods Zimmer irgendwas mitgehen lassen, aber das werden wir nie erfahren. Und dann könnten wir vermutlich auch noch feststellen, daß er eine Flasche Champagner aus Constance Rattigans Weinkeller geklaut hat, ehe ich dort angekommen bin. Der Kerl kann nicht anders. Sein Sammeltrieb –«

Crumleys Telefon klingelte. Er hob ab, hörte einen Augenblick zu und reichte mir den Hörer.

»Achselhöhle«, sagte eine weiche Stimme.

»Henry!« Crumley legte sein Ohr auch an die Hörmuschel.

»Achselhöhle ist wieder da und lungert hier rum, seit ein,

zwei Stunden«, sagte Henry, weit weg, in jenem anderen Land, dem Mietshaus auf der anderen Seite von Los Angeles, in einer rasch dahinschwindenden Vergangenheit. »Jemand muß ihn aufhalten. Nur wer?«

Henry legte auf.

»Achselhöhle.« Ich zog Hopwoods Frühlingskölnisch aus der Tasche und stellte es auf Crumleys Schreibtisch.

»Nein«, meinte Crumley. »Wer immer das auch sein mag, der Scheißkerl dort im Haus, Hopwood ist es jedenfalls nicht. Der alte Schauspieler hat immer wie ein Beet Ringelblumen gerochen. Soll ich mal ein bißchen vor der Tür von deinem Freund Henry rumschnüffeln?«

»Nein! Bis du dort wärst, wär Achselhöhle längst wieder hier draußen, um vor deiner Tür oder vor meiner herumzuschnüffeln.«

»Nicht, wenn wir unsere Schreibmaschine bearbeiten und laute Schreie ausstoßen, wir brauchen nur zu schreien und zu tippen. Hast du das vergessen? Was hast du noch mal gebrüllt?«

Ich erzählte Crumley mehr von der Geschichte, die ich an den American Mercury verkauft hatte, und von der Milliarde, die mir das einbrachte.

»Meine Güte!« seufzte er. »Ich komme mir vor wie der Vater eines Jungen, der gerade sein Examen in Harvard bestanden hat. Sag mir's noch mal, mein Sohn! Wie machst du das? Was muß ich tun?«

»Dich jeden Morgen in die Schreibmaschine übergeben!«

»Ah ja.«

»Und das Ganze am Mittag überarbeiten!«

»Klar!«

Das Nebelhorn draußen in der Bucht begann zu tuten, sagte uns mit seiner langgezogenen grauen Stimme immer wieder, daß Constance Rattigan nie mehr zurückkommen würde.

Crumley begann zu tippen.

Und ich trank mein Bier.

In dieser Nacht, um zehn nach eins, hörte ich Schritte, jemand blieb vor meiner Tür stehen.

O Gott! dachte ich, hellwach. Bitte! Nicht schon wieder!

Jemand klopfte, erst laut, dann heftiger und schließlich schrecklich laut an die Tür. Eine Stimme bat darum, eingelassen zu werden.

Mann, du Feigling, dachte ich. Bring's hinter dich! Jetzt, endlich...

Ich sprang aus dem Bett und riß die Tür weit auf.

»Du siehst großartig aus in deiner alten, zerrissenen Unterhose«, begrüßte mich Constance Rattigan.

Ich packte sie und schrie: »Constance!«

»Wen hast du denn erwartet?«

»Aber, aber ich war auf deiner Beerdigung.«

»Ich auch. Irre, wie bei Tom Sawyer. Diese ganzen Bimbos am Strand und die Scheißorgel. Zwäng dich in deine Hose! Wir müssen hier weg. Los!«

Als Constance den Motor ihres alten, verbeulten Ford V-8 aufheulen ließ, zog ich eilig den Reißverschluß an meiner Hose zu.

Während der Fahrt, die Küste entlang nach Süden, jammerte ich in einem fort: »Gott sei Dank, daß du lebst!«

»Laß die Trauerzeremonie und putz dir die Nase!« Sie lachte die leere Straße vor uns an. »Mein Gott, ich hab alle zum Narren gehalten.«

»Aber warum, wieso denn?«

»Verdammt noch mal, Schätzchen, weil dieser Schweinehund jede Nacht unten am Wasser stand.«

»Du hast ihm nicht geschrieben, ich meine, ihn gebeten zu –«

»Ihn hergebeten? Mann, du bist reichlich geschmacklos.«

Sie brachte den Wagen hinter ihrer verschlossenen arabischen Festung zum Stehen, zündete sich eine Zigarette an, blies den Rauch zum Fenster hinaus und blickte finster drein.

»Niemand zu sehen?«

»Er wird nicht mehr kommen, Constance.«

»Gut! Er hat jede Nacht besser ausgesehen. Wenn man hundertzehn Jahre alt ist, schaut man nicht mehr so genau hin. Außerdem hab ich auch gemeint, ich wüßte, wer er ist.«

»Du hast recht gehabt!«

»Dann hab ich beschlossen, die Sache endgültig zu regeln. Ich hab Lebensmittel in meinen Bungalow weiter im Süden geschafft und den Ford dort stehen lassen. Dann bin ich wieder hierhergekommen.«

Sie sprang aus dem alten Ford und ging mir voran zum Hintereingang ihres Hauses.

»Ich hab alle Lichter angeknipst, Musik eingeschaltet, mir was zu essen gemacht, alle Fenster und Türen weit aufgerissen, und als er dann aufgetaucht ist, bin ich schreiend hinunter ans Wasser gerannt, hab gebrüllt: bin vor dir auf, Catalina! und bin hineingesprungen. Er war so verblüfft, daß er nicht hinterhergekommen ist, oder vielleicht ist er mir ein Stück weit gefolgt und hat dann aufgegeben. Ich bin zweihundert Meter rausgeschwommen und hab mich dann treiben lassen. Ich hab gesehen, wie er draußen eine halbe Stunde auf mich gewartet hat und wie er dann davongerannt ist, als sei der Teufel hinter ihm her. Ich hab ihm einen ordentlichen Schreck eingejagt. Dann bin ich nach Süden geschwommen, bis zu meinem kleinen alten Bungalow bei Playa del Rey. Ich hab mir auf der Veranda ein Schinkensandwich und ein Glas Champagner genehmigt und mich großartig gefühlt. Seitdem hab ich mich die ganze Zeit da versteckt. Tut mir leid, daß du dir wegen mir Sorgen gemacht hast, mein Junge. Alles in Ordnung? Gib mir einen Kuß! Aber ganz zahm, ja?«

Sie küßte mich, sperrte die Tür auf, und wir gingen durchs Haus und machten auch die Vordertüre auf, so daß der Wind die Vorhänge blähte und die Fliesen mit Sand bestreute.

»Lieber Himmel, wer hat hier eigentlich gewohnt?« dachte sie laut vor sich hin. »Ich fühl mich wie mein eigener, nach

Hause zurückgekehrter Geist. Das alles gehört mir nicht mehr. Kennst du das Gefühl, wenn man aus dem Urlaub zurückkommt, daß einen die Möbel, die Bücher, das Radio vorwurfsvoll anschauen, wie Katzen, um die man sich nicht gekümmert hat? Sie zerfetzen einen! Spürst du's? Es ist ein Grab.«

Wir gingen durch die Zimmer. Die weißen Tücher auf den Möbeln bewegten sich unruhig im Wind.

Constance lehnte sich aus dem Vordereingang und schrie: »So, du Dreckskerl! Das war's!«

Sie drehte sich herum. »Ich brauch noch mehr Champagner. Sperr ab! Hier krieg ich 'ne Gänsehaut. Nichts wie raus!«

Nur der leere Strand und das leere Haus sahen uns wegfahren.

»Wie findest du das?« brüllte Constance Rattigan gegen den Wind. Sie hatte das Verdeck des Fords geöffnet, und wir fuhren mit wehendem Haar durch den bald kühlen, bald warmen Strom der Nacht.

Schließlich hielten wir in einer großen Sandbucht bei einem kleinen Bungalow, neben einem halbzerfallenen Kai, und Constance war im Nu draußen und zog sich die Kleider vom Leib, bis auf BH und Hose. Im Sand vor dem Haus glühten noch die Reste eines kleinen Feuers. Sie legte Anzündholz und Papier auf und schob, als es aufflackerte, ein paar aufgespießte Hotdogs hinein; dann saß die da und klopfte auf meine Knie, trank Champagner und zersauste mir das Haar, wie eine übermütige junge Äffin.

»Siehst du das Stück Treibholz dort? Mehr ist nicht übrig von dem großen Tanzpier von 1918. Charlie Chaplin hat da gesessen, an einem Tisch mit D.W. Griffith. Ich und Desmond Taylor am anderen Ende. Wally Berry? Ach, all diese Namen. Stopf dir was rein! Iß!«

Plötzlich sagte sie nichts mehr, blickte nur stumm den Strand entlang nach Norden.

»Sie werden uns nicht folgen, oder? Er oder sie oder wer immer das ist. Sie haben uns doch nicht gesehen? Wir sind hier sicher, für immer?«

»Für immer und ewig!« versicherte ich ihr.

Der salzige Wind fachte das Feuer an. Funken flogen empor und funkelten in Constance Rattigans grünen Augen.

Ich sah weg.

»Da ist noch nur eine Sache, die ich erledigen muß.«

»Was?«

»Morgen, gegen fünf, muß ich in Fannies Wohnung gehen und ihren Kühlschrank ausräumen.«

Constance setzte ihr Glas ab und runzelte die Stirn.

»Und was soll das?«

Ich mußte mir etwas ausdenken, um uns nicht die Champagnernacht zu verderben.

»Ein Freund von mir, Streeter Blair, der Künstler, hat mit seinem selbstgebackenen Brot jeden Herbst auf der Landwirtschaftsausstellung Preise gewonnen. Nach seinem Tod lagen in seiner Gefriertruhe noch sechs Laibe davon. Seine Frau hat mir einen geschenkt. Eine Woche lang hab ich jeden Tag zwei Scheiben davon gegessen, mit guter Butter drauf, eine zum Frühstück und eine zum Abendessen. Das hat vielleicht geschmeckt! Welch ein wundervoller Abschied von einem wundervollen Menschen. Als ich die letzte Scheibe mit Butter beschmiert hatte, war er für immer weg. Vielleicht liegt mir deshalb soviel an Fannies Gelees und Marmeladen. Verstehst du?«

Constance war beunruhigt.

»Ja«, antwortete sie schließlich.

Ich öffnete noch eine Flasche. »Worauf trinken wir?«

»Auf meine Nase«, schlug ich vor. »Meine verflixte Erkältung ist endlich vorbei. Nach sechs großen Packungen Papiertaschentüchern. Auf meine Nase!«

»Auf deine wunderschöne, große Nase!« entgegnete sie und trank.

Wir schliefen draußen im Sand in dieser Nacht, fühlten uns völlig sicher, zwei Meilen südlich von der Stelle, wo die Beerdigungsblumen an den Strand gespült wurden, bei dem arabischen Schuppen, der der verblichenen Constance Rattigan gehört hatte, und drei Meilen südlich von dem Zimmer, wo Cals Lächeln und meine ramponierte Unterwood auf mich warteten, darauf warteten, daß ich die Erde vor den Marsmenschen rettete, auf einer Seite, und auf der nächsten den Mars vor Besuchern von der Erde.

Mitten in der Nacht wachte ich auf. Die Stelle neben mir im Sand war leer, aber noch warm von Constance, die hier gelegen und den armen Schriftsteller ganz fest im Arm gehalten hatte. Ich setzte mich auf und lauschte ihrem Zappeln und Glucksen, ihrem Seehundegebell draußen in den Wogen. Als sie wieder aus dem Wasser kam, tranken wir den Champagner aus und schliefen dann fast bis zum Mittag.

Wir erwachten an einem jener Tage, an denen das Wetter allein das Leben zum Vergnügen macht, an denen man am liebsten einfach nur daliegt und die Lebenssäfte zirkulieren läßt. Aber schließlich mußte ich doch sagen: »Ich wollte die Stimmung nicht kaputtmachen, heut nacht. Ich hab mich so gut gefühlt, als ich dich lebendig vor mir sah. Aber, ehrlich gesagt, damit ist noch nicht alles vorbei. Der nackte Teufel am Strand ist weggerannt, weil er geglaubt hat, er wäre daran schuld, daß du ertrunken bist. Er wollte eigentlich nur ein bißchen mit dir im Wasser plantschen, mitten in der Nacht herumtoben, so wie 1928. Und dann hat's für ihn so ausgesehen, als ob du ertrunken wärst. Er ist jetzt weg, aber es bleibt immer noch der, der ihn geschickt hat.«

»O Gott!« flüsterte Constance. Die Lider über ihren geschlossenen Augen zuckten wie zwei Spinnen. Schließlich seufzte sie, der Erschöpfung nahe: »Es ist also noch nicht vorbei?«

Ich drückte ihre sandbedeckte Hand.

Sie dachte eine ganze Weile schweigend nach und sagte

dann, ohne die Augen zu öffnen: »Und was ist mit Fannies Kühlschrank? Ich hab's in der Nacht, damals, vor einer Ewigkeit, nicht mehr geschafft. Du hast reingeschaut und nichts gesehen.«

»Deshalb muß ich noch mal in ihre Wohnung. Das Problem ist, die Polizei hat ein Schloß davorgehängt.«

»Soll ich's knacken?«

»Constance!«

»Ich geh ins Haus, schau nach, ob die Luft rein ist, jage die Gespenster raus, du ziehst ihnen eins über, dann knacken wir beide das Schloß, löffeln Fannies Mayonnaise aus, und im dritten Glas finden wir, ganz unten, die Antwort, die Lösung, vorausgesetzt, sie ist noch da und nicht verdorben oder von irgend jemand mitgenommen worden.«

Eine Fliege stieß brummend gegen meine Stirn. Eine ferne Erinnerung regte sich.

»Da fällt mir eine Geschichte ein, stand vor Jahren in einer Zeitschrift. Ein Mädchen stürzte ab und fror in einem Gletscher ein. Zweihundert Jahre danach schmilzt das Eis, und sie liegt da, wunderschön, so jung wie an dem Tag, an dem sie einfror.«

»In Fannies Kühlschrank liegt kein schönes Mädchen.«

»Nein, da ist was Furchtbares drin.«

»Und falls du was findest, und wenn du es rausnimmst, wirst du es dann totschlagen?«

»Ja, neunmal. Neunmal müßte reichen.«

»Wie geht noch mal die erste Arie aus *Tosca*?« fragte Constance, und ihr Gesicht war blaß unter der Sonnenbräune.

Als ich vor dem Mietshaus aus dem Wagen stieg, wurde es eben dunkel. Im Haus war es bereits finster. Ich stand einen Augenblick lang da und starrte hinein in die Nacht dort drinnen. Meine Hände lagen zitternd auf der Tür von Constance Rattigans Roadster.

»Soll die gute Ma mit reinkommen?« fragte sie.

»Um Himmels willen, Constance!«

»Entschuldige, mein Lieber«. Sie tätschelte meine Wange, gab mir einen Kuß, daß es mir die Augen weit aufriß, drückte mir einen Zettel in die Hand und schubste mich. »Das ist meine Telefonnummer in dem Bungalow, läuft unter dem Namen Trixie Friganza. Das Girl aus *Was kostet die Welt*, weißt du noch? Nein? Verrückt. Wenn dich jemand die Treppe runtersegeln läßt, schrei! Wenn du das Schwein erwischst, mach 'ne Conga-Schlange mit ihm und wirf ihn im zweiten Stock aus dem Fenster! Soll ich hier warten?«

»Constance«, stöhnte ich auf.

Sie gab Gas, überfuhr nach ein paar hundert Metern eine rote Ampel und war verschwunden.

Ich stieg die Treppe hinauf in einen Flur, der in ewigem Dunkel lag. Die Glühbirnen waren schon vor Jahren gestohlen worden. Ich hörte jemanden durch den Korridor laufen. Mit ganz leichtem Schritt, wie von einem Kind. Ich erstarrte und horchte.

Die Schritte wurden leiser und eilten die Treppe an der Rückseite des Hauses hinab.

Ein Luftzug wehte durch den Flur und trug den Geruch heran, von dem Henry mir erzählt hatte, den Geruch von Kleidern, die hundert Jahre lang am Dachboden gehangen hatten, von Hemden, die hundert Tage lang getragen worden waren. Es war, als stünde ich in einer mitternächtlichen Gasse, wo eine hechelnde Hundemeute blöde grinsend das Bein gehoben hatte.

Der Geruch ließ mich mit großen Schritten losrennen. Ich lief bis zu Fannies Tür und kam dort mit pochendem Herzen zum Stehen. Ich mußte würgen, so stark war der Geruch. Er hatte noch vor wenigen Augenblicken hier gestanden. Eigentlich hätte ich ihm nachlaufen sollen, aber die Tür brachte mich davon ab. Ich streckte die Hand aus. Die Tür glitt, in den ungeschmierten Angeln knarrend, nach innen auf.

Jemand hatte das Schloß aufgebrochen.

Jemand hatte irgendwas haben wollen.

Jemand hatte drinnen danach gesucht.

Jetzt war ich dran.

Ich trat ein, in ein Dunkel, das voll war von Erinnerungen an Eßbares. In die Luft eines Delikatessengeschäfts, in ein warmes Nest, wo ein großer freundlicher merkwürdiger Elefant zwanzig Jahre lang geschmökert, gesungen und gegessen hatte.

Wie lange würde es wohl dauern, fragte ich mich, bis der Geruch von Dill, Aufschnitt und Mayonnaise sich verloren hatte, bis er durchs Treppenhaus hinabgeweht war? Aber jetzt...

Das Zimmer war ein einziges Durcheinander.

Er war hier hereingekommen und hatte die Regale, die Schränke, die Kommoden durchwühlt. Alles lag auf dem Linoleumboden herum. Fannies Opernpartituren lagen zwischen den zerbrochenen Schallplatten, die er gegen die Wand geknallt oder bei seiner Suche heruntergeworfen hatte.

»O Fannie«, flüsterte ich, »Gott sei Dank siehst du das nicht mehr!«

Alles, was man durchsuchen und kurz und klein schlagen konnte, lag in Trümmern umher. Selbst der wuchtige Thronsessel, in dem Fannie eine halbe Generation lang die große Dame gespielt hatte, lag umgekippt auf dem Rücken, war umgestoßen worden, so wie sie umgestoßen worden war, ein für allemal.

Aber an einer Stelle, einer einzigen, hatte er nicht gesucht, und dahin ging ich jetzt.

Ich stolperte durch das Tohuwabohu, packte die Kühlschranktür und zog sie auf.

Kalte Luft seufzte heraus, umsäuselte mein Gesicht. Ich starrte angestrengt hinein, wie in einer längst vergangenen Nacht, bemühte mich, das zu sehen, was direkt vor mir lag. Was war es, das der Kerl, der in Korridoren herumstand, der

Fremde, der mit mir im Zug durch die Nacht gefahren war, gesucht, aber nicht gefunden, sondern für mich zurückgelassen hatte?

Alles war so, wie es immer gewesen war. Marmeladen, Gelees, Soßen, welker Salat, ein prächtiger Schrein voller Farben und Gerüche, an dem Fannie ihre Messen zelebriert hatte.

Doch plötzlich blieb mir die Luft weg.

Ich streckte den Arm aus und schob die Gläser, Flaschen und Schachteln nach hinten. Sie hatten die ganze Zeit auf einer gar nicht so kleinen, dünnen, zusammengelegten Zeitung gestanden, die ich bis jetzt nur für ein als Tropfenfänger hingelegtes Blatt gehalten hatte.

Ich zog sie heraus und las im Licht der Kühlschrankbeleuchtung: JANUS, DER BLASSE NEID.

Ich ließ die Kühlschranktür offen stehen, wankte hinüber zu Fannies altem Sessel, stellte ihn auf, fiel hinein und wartete darauf, daß mein Herz sich wieder beruhigte. Ich blätterte die grüngefärbte Zeitung durch. Auf der Rückseite standen Todes- und Familienanzeigen. Ich überflog sie, fand nichts, ließ noch mal den Blick darüber gleiten und sah:

Ein kleines Kästchen, kaum sichtbar mit roter Tinte umrandet. Und dieses Dingsda war es, das hatte *er* gesucht, das hatte er mitnehmen, beiseite schaffen wollen.

Wie kam ich darauf? Da stand:

WO WARST DU ALL DIE JAHRE? MEIN HERZ SCHREIT AUF VOR SCHMERZ, UND DEINES? WARUM SCHREIBST DU NICHT, WARUM RUFST DU NICHT AN? ICH KÖNNTE GLÜCKLICH SEIN, WENN NUR DU DICH AN MICH ERINNERTEST, SO WIE ICH MICH AN DICH ERINNERE. WIR BESASSEN SO VIEL UND HABEN ALLES VERLOREN. FINDE JETZT, EHE ALLES IN VERGESSEN VERSUNKEN IST, DEN WEG ZURÜCK! RUF AN!

Und darunter:

EINER, DER DICH GELIEBT HAT, VOR LANGER ZEIT.

Und am Rand hingekritzelt die Worte:

Einer, der Dich von ganzem Herzen geliebt hat, vor langer Zeit!

Du lieber Himmel!

Ungläubig las ich es sechsmal nacheinander durch.

Ich ließ die Zeitung fallen, trat darauf und ließ mich von der frischen Brise aus dem Eisschrank abkühlen. Dann las ich die verteufelte Botschaft ein siebtes Mal.

Das war ein tolles Stück Arbeit, genial ausgedacht, ein phantastischer Köder, eine lockende Falle. Ein Rorschachtest, ein Meisterwerk der Handlesekunst, eine Alphabettafel, die, wer wollte, packen und wegtragen konnte.

Männer, Frauen, Alte, Junge, Schwarzhaarige und Blonde, Dicke und Dünne. Hört doch, schaut her! *Ihr* persönlich seid angesprochen.

Das betraf jeden, der jemals geliebt und verloren hatte, also jeden einzelnen Menschen in dieser ganzen Stadt, im ganzen Land, auf der ganzen Welt.

Wer wäre, wenn er dies las, nicht versucht, den Telefonhörer abzuheben, die Nummer zu wählen, zu warten und schließlich, spät nachts, zu flüstern:

Hier bin ich. Bitte – komm doch zu mir!

Ich stand da, auf dem Linoleumboden, mitten in Fannies Zimmer, und versuchte sie mir hier vorzustellen, versuchte mir vorzustellen, wie das Schiffsdeck unter ihr geknarrt hatte, wenn sie ihr Gewicht bald hierhin, bald dorthin verlagerte, während *Tosca* aus dem Grammophon klagte und die offene Kühlschranktür den würzigen Inhalt dieses Schreins offenbarte, wie sich ihre Augen hin und her bewegten, wie ihr Herzklopfen an einen in einer Voliere gefangenen Kolibri erinnerte.

Himmel! Es mußte der fünfte Reiter der Apokalypse sein, der eine solche Zeitung herausgab.

Ich überflog auch die anderen Kleinanzeigen. Überall dieselbe Telefonnummer. Die mußte man anrufen, um Näheres über die Anzeigen zu erfahren. Und das war die Nummer der Herausgeber von *Janus, der blasse Neid.* Hol sie der Teufel!

Es war undenkbar, daß Fannie sich so eine Zeitung gekauft hatte. Die mußte ihr jemand gegeben haben oder – ich hielt inne und schaute zur Tür.

Nein!

Irgend jemand hatte diese eine Anzeige mit roter Tinte umrandet und die Zeitung so hingelegt, daß sie sie finden mußte und mit Sicherheit sehen würde, worauf es ankam:

Einer, der Dich von ganzem Herzen geliebt hat, vor langer Zeit.

»Fannie!« rief ich bestürzt aus. »Was warst du doch für ein Dummkopf.«

Ich watete durch die schwarzen Scherben von *La Bohème* und *Butterfly*, da fiel mir ein, daß die Kühlschranktür noch offenstand; ich stolperte zurück und knallte sie zu.

Im ersten Stock sah es nicht besser aus.

Henrys Tür stand sperrangelweit auf. Ich hatte sie nie zuvor offen gesehen. Henry glaubte an geschlossene Türen. Er wollte nicht, daß irgend jemand einen sehenden Vorteil vor ihm hatte. Und jetzt...

»Henry?«

Ich trat ein, betrat ein kleines ordentliches Zimmer, ein Zimmer, das unglaublich aufgeräumt und sauber und ordentlich war, jedes Ding an seinem Platz, nichts vernachlässigt – aber es war leer.

»Henry?«

Sein Stock lag mitten im Zimmer auf dem Fußboden, und daneben eine dunkle Schnur, ein schwarzer Bindfaden mit Knoten darin.

Es wirkte wahllos hingestreut, als habe Henry die Sachen bei einem Kampf verloren, oder als habe er sie zurückgelassen, als er hinausgerannt war.

Wohin?

»Henry?«

Ich nahm den Bindfaden in die Hand und betrachtete die Knoten. Zwei nebeneinander, ein Zwischenraum, drei Knoten, ein großer Zwischenraum, dann Gruppen von drei, sechs, vier und neun Knoten.

»Henry!« rief ich, diesmal lauter.

Ich rannte zur Tür von Mrs. Gutierrez und klopfte an.

Als sie öffnete und mich sah, quollen ihre Augen über. Tränen liefen ihr übers Gesicht, als sie mich anschaute. Sie faßte mir mit ihren nach Tortilla duftenden Händen an die Wange. »Oh, armer Junge. Komm rein, Armer, setz dich! Hier. Was essen? Ich bringe. Nein, setz dich! Kaffee, ja?« Sie brachte mir eine Tasse Kaffee und wischte sich die Augen. »Arme Fannie. Armer Junge. Was ist?«

Ich faltete die Zeitung auseinander und hielt sie ihr hin.

»Nicht lesen *inglese*«, sagte sie und wich einen Schritt zurück.

»Sie brauchen es nicht zu lesen«, erwiderte ich. »Hat Fannie mal diese Zeitung dabei gehabt, als sie zum Telefonieren hier war?«

»Nein, nein!« Ihr Gesicht veränderte seine Farbe, als sie sich wieder erinnerte. *»Estúpido. Sí.* Sie dagewesen. Aber ich weiß nicht, wen sie angerufen.«

»Hat sie lange gesprochen, sehr lange?«

»Lange?« Ein paar Sekunden war sie damit beschäftigt, meine Frage zu übersetzen, dann nickte sie energisch.. *»Sí.* Lange. Dann lange gelacht. Oh, wie sie lacht und redet, redet und lacht.«

Und dabei hat sie diesen Mr. Nacht und Zeit und Dunkel herübergebeten, dachte ich.

»Und sie hatte diese Zeitung bei sich?«

Mrs. Gutierrez drehte die Zeitung in den Händen hin und her, als wäre sie ein chinesisches Puzzle. »Vielleicht *sí*, vielleicht *no*. Die oder andere. Weiß nicht. Fannie ist im Himmel.«

Ich drehte mich um, plötzlich wog ich dreieinhalb Zentner, und lehnte mich, die zusammengefaltete Zeitung in der Hand, gegen die Tür.

»Wenn ich da nur auch schon wäre«, seufzte ich. »Kann ich mal bei Ihnen telefonieren?« Eine Ahnung ließ mich nicht die Nummer des *Blassen Neid* wählen. Statt dessen zählte ich die Knoten und wählte die Nummer, die in Henrys Bindfäden geknüpft war.

»Janus-Verlag«, meldete sich eine nasale Stimme. *»Der blasse Neid.* Bleiben Sie am Apparat!«

Das Telefon wurde auf den Boden gestellt. Ich hörte, wie schwere Füße durch Schneehaufen aus zerknülltem Papier schlurften.

»Es stimmt!« rief ich und erschreckte damit Mrs. Gutierrez so, daß sie einen Schritt zurücksprang. »Die Nummer stimmt«, rief ich dem *Blassen Neid* in meiner Hand zu. Aus irgendeinem Grund hatte Henry die Nummer des Janus-Verlags in seine Gedächtnisstütze geknotet.

»Hallo, hallo!« rief ich.

Weit weg im Büro des *Blassen Neid* hörte ich ein wildes Kreischen, als wäre jemand in einer Tonne voller übergeschnappter Elektrogitarren gefangen und würde von diesen mit Stromstößen gefoltert. Ein Rhinozeros und zwei Nilpferde tanzten, der Musik zum Trotz, auf der Latrine Fandango. Jemand tippte inmitten dieser Verheerung auf einer Schreibmaschine. Jemand anderes spielte Mundharmonika, zu einem anderen Rhythmus.

Ich wartete vier Minuten, dann knallte ich den Hörer auf die Gabel und stürmte wutschnaubend aus dem Zimmer.

»Mister«, fragte Mrs. Gutierrez, »warum du regst so auf?«

»Ich reg mich überhaupt nicht auf, bin ganz ruhig!« schrie ich. »Mein Gott, da verschwinden Leute einfach vom Telefon, ich hab kein Geld, um raus nach Hollywood zu fahren, zu diesem Saftladen, und es nützt überhaupt nichts, noch mal anzurufen, weil der Hörer nicht aufgelegt ist, und die Zeit vergeht, und wo, zum Teufel, ist Henry? Er ist tot, verdammte Scheiße!«

Er ist nicht tot, hätte Mrs. Gutierrez sagen sollen, schläft nur.

Aber sie sagte nichts, und ich dankte ihr für ihr Schweigen und stürmte, ohne zu wissen, was ich wollte, den Gang entlang. Ich hatte nicht einmal genug Geld für den dämlichen roten Zug nach Hollywood. Ich...

»Henry!« rief ich durchs Treppenhaus hinab.

»Ja?« erklang hinter mir eine Stimme.

Ich wirbelte herum. Ich schrie auf. Da war nichts als Dunkel.

»Henry. Bist du das?«

»Ja«, antwortete Henry und trat in das schummrige Licht, das den Korridor ein wenig erhellte. »Wenn Henry nicht will, daß man ihn sieht, sieht man ihn auch nicht. Lieber Himmel! Achselhöhle war hier. Ich glaube, er weiß, daß wir wissen, was er weiß von dieser ganzen Kacke. Bin gerade noch aus meinem Zimmer entwischt, wie ich ihn draußen vor meinem Fenster herumschleichen höre. Hab alles fallen lassen, bin einfach los. Hab Zeug am Boden liegen lassen. Hast du's?«

»Ja, ich hab's gefunden. Dein Stock. Und der Bindfaden mit den Knoten, mit der Nummer.«

»Willst du wissen, was damit ist, mit den Knoten und mit der Nummer?«

»Ja«.

»Im Flur hat jemand geweint, hab ich gehört, am Tag bevor Fannie für immer weg ist. Da steht sie vor meiner Tür. Ich mach auf, laß das ganze Elend rein. Sie ist nicht oft hier, Treppensteigen bringt sie um. Ich hätt's nicht tun sollen, hätt's nicht tun sollen, sagt sie, alles meine Schuld, sagt sie, immer wieder. Paß auf das Zeug auf, Henry, nimm das Zeug, da, ich Idiot, sagt sie und gibt mir ein paar alte Schallplatten und ein paar Zeitungen, ganz besondere, sagt sie, und ich sag danke, und denke, was soll das, und sie geht den Gang entlang und jammert immer wieder, ich Idiot, und ich leg die alten Zeitungen und die Schallplatten weg und denke erst wieder dran, als Fannie schon lange unter der Erde ist, und dann, heute früh, streiche ich mit der Hand über das doofe Papier und denke, was'n das? Und rufe Mrs. Gutierrez und frage, was ist das, und sie schaut die Zeitung durch, auf mexikanisch und englisch, und sieht die Wörter, die da, mit dem Tintenrand, fünf Ausgaben von der gleichen Zeitung und fünfmal dieselben Wörter, dieselbe Nummer, und dann denk ich mir, warum hat Fannie so schrecklich geweint, und was ist das für eine Nummer, hab die Knoten in die Schnur gemacht und angerufen. Hast du auch angerufen?«

»Ja, Henry. Ich hab die gleiche Zeitung vorhin oben bei Fannie gefunden. Warum hast du mir nicht erzählt, daß du sie hast?«

»Wozu? War mir zu blöd. Weiberkram. Hast du's gelesen? Mrs. Gutierrez hat's mir vorgelesen, schlecht, aber ich hab verstanden. Ich hab gelacht. Mein Gott, hab ich gedacht, Müll, nichts als Müll. Aber jetzt denk ich das nicht mehr. Wer liest denn so'n Mist und glaubt das?«

»Fannie«, sagte ich, zögernd.

»Sag mal, als du da angerufen hast, hast du da mit so einem Arschloch gesprochen, der gesagt hat, du sollst dranbleiben, und dann war er weg?«

»Hm, mit so'm Arschloch«.

Dann schob mich Henry zurück zur offenen Tür seines Zimmers. Ich ließ mich von ihm lenken, als ob ich der Blinde wäre.

»Daß so ein Saftladen überhaupt läuft«, wunderte er sich.

Als wir an der Tür angelangt waren, erwiderte ich: »Ich schätze, wenn es einem schnurzegal ist, schmeißen einem die Leute das Geld nur so nach.«

»Ja, das war immer mein Problem, hab mir immer zu viel Mühe gegeben. Da hat mir nie jemand was nachgeschmissen. Was soll's, hab auch so genug Kies –«

Er brach ab, weil er mich aufseufzen gehört hatte.

»Das«, begann er und nickte mit einem leisen Lächeln, »war der Seufzer von einem, der sich meine sämtlichen Ersparnisse borgen will.«

»Nur, wenn du mitkommst, Henry, und mir den Kerl, der Fannie wehgetan hat, suchen hilfst.«

»Achselhöhle?«

»Achselhöhle.«

»Meine Nase steht zu deinen Diensten. Geh voran!«

»Wir brauchen Geld für ein Taxi, um Zeit zu sparen.«

»Ich habe im ganzen Leben noch kein Taxi gebraucht, und jetzt soll ich mir das leisten?«

»Wir müssen bei dieser Zeitungsredaktion sein, ehe die zumachen. Je schneller wir das, was wir wissen müssen, rauskriegen, desto weniger kann passieren. Ich will nicht noch mehr Nächte damit zubringen, Angst um dich hier in dem Haus oder um mich selbst draußen am Strand zu haben.«

»Achselhöhle hat Zähne, hm?«

»Und was für welche!«

»Also, los!« Er ging lächelnd im Zimmer umher. »Wollen wir doch mal sehen, wo ein Blinder sein Geld versteckt. Irgendwo hier im Zimmer. Wieviel brauchst du, achtzig Dollar?«

»Quatsch, nicht so viel!«

»Sechzig, vierzig?«

»Zwanzig, dreißig reichen schon.«

»Na dann.« Henry schnaubte und zog lachend ein dickes Bündel Scheine aus der Gesäßtasche. Er begann zu zählen. »Da hast du vierzig.«

»Es wird ein bißchen dauern, bis ich's zurückzahlen kann.«

»Wenn wir den Kerl erwischen, der Fannie auf den Rücken gelegt hat, schuldest du mir nichts. Nimm das Geld! Gib mir meinen Stock! Mach die Tür zu! Komm schon! Auf zu dem

Schwachkopf, der einen am Telefon warten läßt und in Urlaub fährt.«

Im Taxi schnüffelte Henry umher, ortete Duftquellen, Geruchsquellen, die er nicht sehen konnte.

»Das ist toll. Hab noch nie ein Taxi gerochen. Das hier ist ganz neu, und es fährt schnell.«

Ich konnte nicht länger an mich halten: »Henry, wie hast du dir soviel zusammengespart?«

»Ich seh sie zwar nicht, berühr sie nicht und riech sie nicht mal, aber ich wette auf Pferde. Hab Freunde an der Rennbahn. Die hören sich um und setzen den Kies für mich. Ich wette mehr und verliere weniger als die meisten von den Trotteln, die sehen können. Es läppert sich zusammen. Wenn der Haufen zu groß wird, schlapp ich zu einer von diesen häßlichen Weibern – zumindest erzählt man mir, daß sie häßlich sind – in den Bungalows gleich bei unserem Haus. Daß sie häßlich sind, stört mich nicht. Blind ist blind und damit basta. Wo sind wir?«

»Wir sind da.«

Wir waren in Hollywood, hielten in einer Gasse hinter einem heruntergekommenen Gebäude, in einem Viertel südlich des Boulevards. Henry sog die Luft ein. »Das ist nicht Achselhöhle. Aber ein naher Verwandter. Paß auf!«

»Bin gleich wieder da.«

Ich stieg aus. Henry blieb im Fond sitzen, den Stock auf dem Schoß, die Augen friedlich geschlossen.

»Ich hör auf den Taxameter«, meinte er, »und paß auf, daß er nicht zu schnell läuft.«

Die Nacht war längst hereingebrochen, und es war stockdunkel, als ich durch die Gasse tappte und zu einem halberleuchteten Neonschild am Hintereingang eines Hauses hochsah. Über der Tür war ein gemalter Januskopf, den Blick nach zwei Seiten gerichtet. Die Hälfte des einen Gesichts hatte der Regen weggespült. Auch der Rest würde bald verschwunden sein.

Sogar für die Götter, dachte ich, ist es ein schlechtes Jahr.

Drinnen schlängelte ich mich zwischen mehreren jungen Männern und Frauen mit alten Gesichtern hindurch die Treppe hoch. Sie standen da, Zigaretten in den Mundwinkeln, den Rücken gekrümmt wie geschlagene Hunde, und keiner schien sich für mein Verzeihung, entschuldigen Sie bitte, zu interessieren. Oben ging ich durch eine Tür.

Die Büros sahen aus, als wäre hier seit dem Bürgerkrieg nicht mehr geputzt worden. Der ganze Fußboden, jeder Quadratzentimeter, war mit zusammengeknülltem, achtlos hingeworfenem Papier bedeckt. Hunderte von alten Zeitungen lagen, zerknittert und vergilbt, auf den Fensterbänken und den Schreibtischen. Drei Papierkörbe standen leer herum. Jemand mußte zehntausendmal vergeblich versucht haben, mit Papierknäueln hineinzutreffen. Die Flut, durch die ich watete, reichte mir bis an die Knöchel. Ich trat auf vertrocknete Zigarren, Zigarettenkippen und, nach dem knackenden Geräusch zu urteilen, auf die kleinen Brustkörbe von Kakerlaken. Unter dem Schneehaufen auf einem Schreibtisch fand ich das verlassene Telefon, wühlte den Hörer heraus und hielt ihn ans Ohr.

Ich glaubte, den Verkehr unter dem Fenster von Mrs. Gutierrez vorbeirauschen zu hören. Verrückt. Sie mußte längst aufgelegt haben.

»Danke, daß Sie so lange gewartet haben!« sagte ich ins Telefon.

»He, Sie, was ist los?« fragte eine Stimme.

Ich legte auf und wandte mich um.

Ein großer, knochiger Mann kam durch die Papierflut gewatet. An seiner Nasenspitze hing ein klarer Wassertropfen. Er sah mich mit nikotinfleckigen Augen abschätzend an.

»Ich hab ungefähr vor 'ner halben Stunde angerufen«, erklärte ich mit einer Kopfbewegung zum Telefon hin, »und eben hab ich selbst das Gespräch mit mir beendet.«

Er schaute aufs Telefon, kratzte sich am Kopf und schien schließlich zu verstehen. Er brachte ein dünnes Lächeln zustande und brummte: »Mist!«

»Genau das habe ich eben auch gedacht.«

Ich hatte das Gefühl, daß er stolz darauf war, nicht mehr ans Telefon zurückgekommen zu sein; er zog es vor, nicht mit Anrufern zu sprechen, sondern seine Nachrichten selbst zu erfinden.

»He, Sie«, sagte er. Ihm war etwas Neues eingefallen. Er war einer von den Denkern, die erst einen Gedanken aus dem Gehirn schieben müssen, ehe sie einen neuen fassen können. »Sie, Sie sind nicht zufällig 'n Bulle?«

»Ach was, nur 'n dummes schnüffelndes Kalb.«

»Hm?«

»Vergessen Sie's! Haben Sie das geschrieben?« Ich hielt ihm die Seite seiner Zeitung mit der schrecklich traurigen Anzeige hin.

Er warf einen Blick darauf. »Quatsch, wieso ich? Die ist echt. Haben wir per Post gekriegt.«

»Denken Sie jemals darüber nach, was Sie mit so einer Anzeige alles anrichten können?«

»Also hörn Sie mal! Wir lesen sie nicht, wir drucken sie nur. Wir leben in einem freien Land, oder? Zeigen Sie her!« Er schnappte sich die Anzeige und las sie, bewegte dabei die Lippen. »Ah ja, klar, hab ich mir doch gedacht. Komisch, was?«

»Haben Sie sich auch klargemacht, daß irgend jemand mit dem Kerl Kontakt aufnehmen, ihm glauben könnte?«

»Das ist nicht mein Problem. Sagen Sie mal, warum stürzen Sie sich nicht die Treppe runter, dann hätt ich meine Ruhe?« Er drückte mir die Zeitung wieder in die Hand.

»Ich geh hier nicht raus, bevor ich die Telefonnummer von diesem Spinner habe.«

Er schaute mich fassungslos an, lachte dann auf. »Die ist selbstverständlich streng vertraulich. Wenn Sie ihm schreiben wollen, kein Problem. Wir leiten die Post weiter. Oder er kommt vorbei, holt sie ab.«

»Es geht um Leben und Tod. Und –« Mir ging die Puste aus, ich schaute auf den Ozean aus Papier am Boden und zog, ohne weiter darüber nachzudenken, eine Schachtel Streichhölzer aus der Tasche.

»Sieht hier ganz schön feuergefährlich aus«, sagte ich dann.

»Wieso feuergefährlich?«

Er ließ den Blick umherschweifen, über all die Papierknäuel, die leeren Bierdosen, gleichgültig fallengelassene Papptassen und alte Hamburgertüten, die sich im Lauf der Zeit hier angesammelt hatten. In seine Augen trat ein Ausdruck ungeheuren Stolzes. Sie fingen beinahe an zu tanzen, als er die fünf oder sechs großen Wachspapiermilchpackungen sah, die auf dem Fensterbrett eifrig Penicillin produzierten, direkt neben achtlos hingeworfenen Herrenunterhosen, die dem Raum eine besondere Note verliehen.

Ich zündete ein Streichholz an, um seine Aufmerksamkeit auf mich zu ziehen.

»He!« stieß er hervor.

Ich blies dieses erste Streichholz aus, um ihm zu zeigen, daß ich doch ein netter Mensch war, aber als er keine Bereitschaft zeigte, mir entgegenzukommen, zündete ich ein zweites an.

»Und wenn ich das jetzt fallen lasse, was dann?«

Er ließ den Blick noch einmal über den Fußboden hingleiten. Der Papiermüll schäumte und schwappte gegen seine Knöchel. Wenn ich das Streichholz fallen ließ, würde es kaum fünf Sekunden dauern, bis die Flammen ihn umzüngelten.

»Sie werden es aber nicht fallen lassen«, meinte er.

»Nein?« Ich blies es aus und zündete ein drittes an.

»Sie haben eine verdammt komische Art von Humor!«

Ich ließ das Streichholz fallen.

Er schrie auf und sprang zur Seite.

Ich trat auf die Flamme, ehe sie sich ausbreiten konnte.

Er holte tief Luft und donnerte los: »Jetzt sehen Sie aber zu, daß Sie verschwinden! Sie –«

»Einen Moment noch!« Noch einmal strich ich ein Zündholz an und kauerte mich hinab zu einer halben Tonne Manuskriptblätter, alter Visitenkarten und zerissener Briefumschläge.

Ich hielt die Flamme mal hier, mal da an das Papier, das sofort anfing zu brennen.

»Verdammt noch mal, was wollen Sie denn?«

»Nur eine Telefonnummer. Weiter nichts. Ich hab dann immer noch nicht seine Adresse, komm nicht an den Kerl ran, kann ihm nicht auf den Pelz rücken. Aber ich will jetzt diese Nummer haben, sonst geht hier alles in Flammen auf!«

Ich bemerkte, daß meine Stimme um etwa zehn Dezibel lauter geworden war, daß sie wie die eines Wahnsinnigen klang. Fannie rang in meinen Adern. Andere Tote schrien in mir, wollten heraus.

»Geben Sie sie mir!« rief ich.

Die Flammen breiteten sich aus.

»Verflucht, Mann, treten Sie das Feuer aus, Sie kriegen Ihre Scheißnummer! Na los, treten Sie drauf!«

Ich sprang auf die Flammen, tanzte umher. Rauch stieg auf, und das Feuer war aus, als Mr. Janus, der Verleger, der den Blick in zwei Richtungen gleichzeitig richtete, die Nummer in seiner Adressenkartei gefunden hatte.

»Da haben Sie die Scheißnummer! Vermont vier-fünf-fünf-fünf. Verstanden? Vier-fünf-fünf-fünf!«

Ich zündete ein letztes Streichholz an und wartete, bis er mir die Karteikarte unter die Nase hielt.

»Einer, der dich geliebt hat«, las ich, und die Nummer.

»Jetzt reicht's aber!« schrie der Verleger.

Ich blies das Streichholz aus und ließ, plötzlich erleichtert, die Schultern sinken.

Fannie, dachte ich, jetzt holen wir ihn uns.

Ich mußte es laut gesagt haben, denn der Verleger, dessen

Gesicht dunkelrot angelaufen war, besprühte mich mit seiner Spucke: »Was holen Sie sich?«

»Eine Ladung Blei in den Bauch!« erwiderte ich, bereits auf der Treppe.

»Hoffentlich!« rief er mir nach.

Ich öffnete die Taxitür.

»Der Taxameter tickt wie verrückt«, sagte Henry auf dem Rücksitz, »nur gut, daß ich reich bin.«

»Bin gleich wieder da!«

Ich winkte dem Taxifahrer, mir bis an eine Straßenecke zu folgen, an der eine Telefonzelle stand.

Ich zögerte eine ganze Weile, wagte nicht, die Nummer zu wählen, hatte Angst davor, daß sich wirklich jemand melden könnte.

Was, fragte ich mich, sage ich einem Mörder zur Essenszeit.

Ich wählte die Nummer.

Einer, der dich geliebt hat, vor langer Zeit.

Wer würde auf so eine unsinnige Anzeige reagieren?

Jeder von uns, wenn er sie im richtigen Moment las. Die Stimme aus der Vergangenheit, die Erinnerung an eine zärtliche Berührung, einen warmen Atemhauch im Ohr, Leidenschaft, die einen wie ein Blitz getroffen hatte. Wer von uns ist nicht verwundbar, dachte ich, wenn diese Mitternachtsstimme über ihn kommt? Oder wenn man mitten in der Nacht aufwacht, und im Bett weint jemand, man selbst, und Tränen laufen einem aufs Kinn herab, und man hatte doch gar nicht bemerkt, daß man einen schlechten Traum gehabt hat.

Einer, der dich geliebt hat...

Wo ist sie jetzt? Wo ist er? Noch am Leben? Unmöglich. Das alles ist viel zu lange her. Der Mensch, der mich liebt, kann nicht mehr auf dieser Welt sein, nirgendwo. Und doch – warum nicht, so wie ich es gerade getan hatte, einfach anrufen?

Ich versuchte es dreimal und ging dann zurück, setzte mich neben Henry auf den Rücksitz des Taxis und lauschte dem

Ticken des Taxameters. »Keine Angst«, meinte er. »Das Ticken läßt mich kalt. Es warten noch jede Menge Pferde auf mich und 'n Haufen Geld. Versuch's ruhig noch mal, Kleiner!«

Und der Kleine versuchte es noch mal.

Diesmal hob, wie es schien weit weg in einem anderen Land, ein selbsternannter Bestattungsunternehmer ab.

»Hallo«, meldete sich eine Stimme.

Es dauerte eine Weile, ehe ich keuchend herausbrachte: »Wer spricht da?«

»Vielleicht sagen Sie erst mal, wer Sie sind?« entgegnete die reservierte Stimme.

»Wieso haben Sie so lange gebraucht, um ans Telefon zu kommen?« Ich hörte am anderen Ende der Leitung Autos vorbeifahren.

Es war eine Telefonzelle irgendwo in der Stadt, er macht es genau wie ich, benützt die nächste Öffentliche als Büro, dachte ich.

»Na, wenn Sie mich weiter nur anschweigen wollen«, sagte die Stimme am anderen Ende.

»Moment«, erwiderte ich. Gleich erkenne ich deine Stimme, dachte ich. Sag noch was! »Ich habe Ihre Anzeige im *Janus* gelesen. Können Sie mir helfen?«

Die Stimme am anderen Ende klang jetzt entspannter, schien von meiner Aufregung angenehm berührt. »Ich kann jedem helfen, jederzeit, wo auch immer«, antwortete er gelassen. »Sind Sie einer von den Einsamen?«

»Wie?« schrie ich.

»Sind Sie einer von den –«

Einsamen hatte er gesagt. Und das genügte.

Ich war wieder bei Crumley, in der Vergangenheit, in dem großen roten Wagen, der im kalten Regen um eine Kurve kreischte. Die Stimme am Telefon war genau die Stimme in jener Regennacht, die schon ein halbes Leben zurücklag, jene Stimme, die etwas von Tod und Einsamkeit, Einsamkeit und

Tod gesagt hatte. Zuerst die Erinnerung an eine Stimme, dann die Sitzung mit Crumley, als ich mich mit aller Gewalt zu erinnern versuchte, und jetzt diese Stimme am Telefon, ganz wirklich. Nur ein kleiner Baustein fehlte noch. Ich kam noch nicht auf den Namen, der zu dieser Stimme gehörte. Ich war nah dran, ganz nah, hatte ihn schon beinahe, aber …

»Sprechen Sie lauter!« schrie ich ihn geradezu an.

Darauf folgte am anderen Ende für kurze Zeit mißtrauisches Schweigen. In dieser Pause hörte ich die wunderbarsten Geräusche, die ich jemals vernommen hatte.

Der Wind wehte am anderen Ende der Leitung. Aber nicht nur das: Die Brandung rollte heran, wurde lauter, immer lauter, kam immer näher, bis ich sie beinahe unter meinen Füßen spürte.

»Lieber Gott, jetzt weiß ich, wo Sie sind!« rief ich.

»Nichts drin«, entgegnete die Stimme am Telefon, und die Verbindung war weg.

Aber zu spät, ich starrte aufgeregt auf den stummen Hörer in meiner Hand und preßte ihn in meiner Faust zusammen.

»Henry!« brüllte ich.

Henry lehnte sich, den starren Blick auf nichts gerichtet, aus dem Taxi.

Ich stolperte, als ich hineinstieg.

»Kommst du weiter mit?«

»Was sollte ich sonst tun?« entgegnete Henry. »Sag dem Fahrer Bescheid, wo wir hinwollen!«

Das tat ich. Wir fuhren los.

Alle Fenster waren heruntergekurbelt, als das Taxi zum Stehen kam. Henry lehnte sich nach vorn, so daß sein Gesicht wie der Bug eines dunklen Schiffes wirkte. Er schnupperte.

»War zuletzt als Kind hier. Man riecht das Meer. Und der andere Geruch, der modrige? Der Pier. Hier wohnst du, Schreiberling?«

»Klar, hier wohnt der große amerikanische Romancier.«

»Hoffentlich färbt der Gestank hier nicht auf deine Romane ab!«

»Ich denke, die werden besser riechen. Vorausgesetzt, ich überlebe das hier! Können wir das Taxi warten lassen, Henry?«

Henry befeuchtete sich mit der Zunge den Daumen, zählte drei Zwanzigdollarscheine ab und hielt sie dem Fahrer hin.

»Reicht das, damit du nicht nervös wirst, Kumpel?«

»Dafür wart ich bis Mitternacht!« antwortete der Taxifahrer und nahm das Geld.

»Bis dahin wird alles vorbei sein«, sagte Henry. »Und du, Kleiner, weißt, was du tust?«

Bevor ich antworten konnte, rollte unter dem Pier eine Welle heran.

»Klingt wie die U-Bahn in New York. Paß auf, daß sie dich nicht überrollt!«

Wir ließen das Taxi am Anfang des Piers warten. Ich bemühte mich, Henry den Weg durch die Nacht zu zeigen.

»Laß das, ich weiß schon, wo's lang geht!« wehrte er ab. »Es reicht, wenn du mir sagst, wenn 'n Draht, 'n Tau oder 'n Ziegelstein im Weg liegt. Hab 'n empfindlichen Ellbogen, den faßt man besser nicht an.«

Ich ließ ihn stolz voranschreiten.

»Warte hier, geh noch ungefähr einen Meter zurück! Da kann dich niemand sehen. Wenn ich zurückkomme, sage ich nur ein Wort, ›Henry‹, und dann sagst du mir, was du riechst, ja? Danach gehst du schnurstracks zum Taxi zurück!«

»Klar, ich hör den Motor bis hierher.«

»Sag dem Fahrer, er soll dich zur Polizeiwache bringen! Frag nach Elmo Crumley! Wenn er nicht da ist, sollen sie bei ihm zu Hause anrufen. Er soll mit dir hierherkommen, so schnell's geht, wenn wir die ganze Sache erst mal ins Rollen gebracht haben. Das heißt, *falls* sie ins Rollen kommt. Vielleicht brauchst du deine Nase heute nacht auch gar nicht.«

»Ich hoffe schon. Ich hab meinen Stock mitgebracht, damit ich dem Kerl eins überziehen kann. Einen Schlag gibst du mir, ja?«

Ich zögerte. »Einen«, sagte ich dann. »Alles klar, Henry?«

»Bruder Fuchs, ich bleib in Deckung.«

Ich fühlte mich wie Bruder Hase, als ich davonging.

Es war der Elefantenfriedhof, der Pier bei Nacht, überall dunkle Knochen und ein Nebeldeckel darauf, und das Meer eilte herbei, um das alles zu begraben, wieder freizugeben und erneut zu begraben.

Ich ging unsicher voran zwischen den Läden, den Schuhschachtelapartments und den geschlossenen Pokersalons und nahm auf dem Weg mehrere Telefonzellen wahr, dunkle Särge, die darauf warteten, morgen oder nächste Woche abgeholt zu werden.

Ich ging auf den Planken hinaus, lief über das Seufzen und Knarren und Ächzen von feuchtem und trockenem Holz dahin. Die ganze Konstruktion knarrte und knackte, hob und senkte sich wie ein sinkendes Schiff, und ich ging an roten Flaggen vorbei und an Warnzeichen, auf denen ACHTUNG LEBENSGEFAHR! stand, stieg über Absperrketten und stand schließlich ganz draußen am Ende des Piers, von wo ich auf all die vernagelten Türen und die herabgerollten, festgezurrten Leinwandbahnen zurückschaute.

Ich schlüpfte in die letzte Telefonzelle und durchwühlte fluchend meine Taschen, bis ich die Fünfcentstücke fand, die Henry mir gegeben hatte. Ich warf eines davon in den Schlitz und wählte die Nummer, die ich von dem Janus-Verleger bekommen hatte.

»Vier-fünf-fünf-fünf«, flüsterte ich und wartete.

Genau in diesem Moment riß das brüchige Armband meiner Mickymausuhr. Die Uhr fiel zu Boden. Fluchend hob ich sie auf und legte sie auf die Ablage unter dem Telefon. Dann horchte ich. Weit weg, am anderen Ende der Leitung, konnte ich das Telefon, das ich angewählt hatte, klingeln hören.

Ich ließ den Hörer herabbaumeln, trat aus der Zelle, blieb mit geschlossenen Augen stehen und lauschte. Zuerst hörte ich nur das mächtige Tosen der Brandung unter meinen Füßen, das die Balken erbeben ließ. Dann, als die Fluten sich etwas beruhigt hatten, konnte ich es – ganz leise – hören.

Ein gutes Stück entfernt, etwa auf halber Strecke am Pier, klingelte ein Telefon.

Zufall? dachte ich. Jeden Augenblick läutet irgendwo irgendein Telefon. Aber das da, hundert Meter weiter, gerade jetzt. Hatte ich tatsächlich die Nummer gewählt?

Ich schob mich nur halb in die Zelle hinein, ergriff den Hörer und hängte ihn wieder ein.

Das andere Telefon in der Ferne, in der windigen Dunkelheit, verstummte.

Was noch gar nichts bewies.

Ich warf mein Fünfcentstück wieder ein und wählte noch einmal.

Ich holte tief Luft, und...

Ein halbes Lichtjahr weit weg begann das Telefon in seinem Glassarg wieder zu läuten.

Das schmerzte in der Brust und ließ mich aufgeregt auf den Zehen wippen. Ich spürte, wie meine Augen sich weiteten und ich kalte Luft in meine Lungen sog.

Ich ließ es klingeln, stand vor meiner Zelle und wartete darauf, daß jemand aus einer dunklen Gasse oder hinter einer feuchten Segeltuchbahn oder der alten Wurfbude hervorgerannt kam. Irgend jemand mußte rangehen, so wie ich es immer tat. Jemand, der wie ich um zwei Uhr nachts aus dem Bett sprang und hinaus in den Regen lief, um mit dem Sonnenschein in Mexico City zu sprechen, wo das Leben noch in Bewegung war, wo es noch wogte und nie zu ersterben schien. Irgend jemand.

Der ganze Pier blieb dunkel. Hinter keinem Fenster ging Licht an. Keine Segeltuchbahn raunte. Das Telefon läutete. Die Brandung schob sich unter die Planken, suchte jemanden, irgend jemanden, der den Hörer abnehmen würde. Das Telefon läutete und läutete. Ich wollte schon beinahe selbst rangehen, um es nur zum Verstummen zu bringen.

Mein Gott! dachte ich. Hol dein Fünfcentstück wieder raus! Hol es...

Dann passierte es.

Ein Lichtspalt tauchte auf und verschwand sofort wieder. Etwas rührte sich dort, gegenüber von der Zelle. Das Telefon klingelte und klingelte. Und zwischen den Schatten stand jemand, horchte, zögerte. Ich sah, wie sich etwas Weißes mir zuwandte, und wußte, daß der, der dort stand, den Pier entlangschaute, voller Angst, vorsichtig, suchend.

Ich erstarrte.

Das Telefon klingelte. Schließlich bewegte sich der Schatten, das Gesicht wandte sich ab, er lauschte. Das Telefon klingelte. Plötzlich rannte der Schatten los.

Ich sprang zurück in meine Zelle und hielt mir den Hörer gerade rechtzeitig wieder ans Ohr.

Klick.

Am anderen Ende heftiges Atmen. Dann sagte schließlich eine Männerstimme:

»Hallo.«

O Gott! dachte ich. Es ist derselbe. Die Stimme, die ich vor einer Stunde in Hollywood gehört habe.

Einer, der dich geliebt hat, vor langer Zeit.

Ich mußte es laut gesagt haben.

Eine lange Pause war die Antwort am anderen Ende der Leitung, mein Gesprächspartner wartete, schnappte keuchend nach Luft.

»Hallo!«

Es traf mich wie eine Kugel ins Ohr und dann ins Herz.

Jetzt weiß ich, wer er ist, dachte ich.

»Lieber Himmel!« sagte ich mit belegter Stimme. »Sie sind das!«

Das mußte für ihn wie eine Kugel durch den Kopf gewesen

sein. Ich hörte, wie er die Lungen vollsog und die Luft dann wie eine Gewitterbö ausstieß.

»Verflucht!« schrie er. »Der Teufel soll Sie holen!«

Er hängte nicht ein, sondern ließ den rotglühenden Hörer einfach fallen, herunterknallen, an seinem Galgenstrick hin- und herbaumeln. Ich hörte, wie er davonrannte.

Als ich aus der Zelle trat, war der Pier völlig leer. Die Stelle, an der vorhin das Licht aufgeblitzt war, lag wieder im Dunkeln. Nur Fetzen alter Zeitungen wehten über die Planken, als ich die achtzig langen Meter zu dem anderen Telefon hinüberging, mich zwang, zu gehen und nicht loszurennen. Als ich dort ankam, baumelte der Hörer lose herab und schlug gegen die kalte Glaswand der Zelle.

Ich hielt ihn ans Ohr.

Und hörte meine Zehn-Dollar-Mickymausuhr ticken, dort drüben in der anderen Zelle, hundert Meilen weit weg.

Wenn ich Glück hatte und aus dieser Sache lebend herauskam, würde ich auch die Mickymaus dort herausholen.

Ich hängte den Hörer ein, wandte mich um, schaute auf die kleinen Gebäude, die Schuppen, Läden, verrammelten Buden und fragte mich, ob ich jetzt gleich etwas ganz Verrücktes tun würde.

Und das tat ich dann auch.

Ich ging etwa zwanzig Meter bis zu einer kleinen Hütte, blieb davor stehen und horchte. Drinnen bewegte sich etwas, schien sich jemand im Dunkeln in seine Kleider zu zwängen. Ich hörte ein Rascheln, hörte, wie jemand voll Ärger sich selbst etwas zuflüsterte, leise vor sich hin brabbelte, sich fragte, wo die Socken lagen, wo die Schuhe, und wo die verdammte Krawatte! Vielleicht war es auch nur der Ozean unter dem Pier, der Lügen erzählte, die niemand je nachprüfen konnte.

Das Murmeln brach ab. Er mußte gespürt haben, daß ich vor der Tür stand. Ich hörte Schritte. Ich wich schwerfällig zurück, plötzlich wurde mir klar, daß meine Hände leer waren. Ich hatte nicht einmal daran gedacht, Henrys Stock als Waffe mitzunehmen.

Die Tür wurde heftig aufgerissen. Ich starrte hinein.

Es war verrückt, aber ich sah zwei Dinge zugleich.

Drinnen im Halbdunkel, auf einem kleinen Tisch, einen Stapel gelber, brauner und roter Papierhüllen von Schokoriegeln.

Und außerdem:

Einen kleinen Schatten, den kleinen Mann selbst, der mit weit aufgerissenen Augen herausstarrte, mich fassungslos anstarrte, als sei er eben aus einem vierzigjährigen Schlaf erwacht.

A.L. Shrank persönlich.

Der Kartenleger, Phrenologe, Feld-Wald-und-Wiesen-Psychiater, Rund-um-die-Uhr-Psychologe, Astrologe, Zen-Zahlenmystiker, Freudianer, Jungianer, die gescheiterte Existenz stand da, fingerte an den Knöpfen seines Hemdes herum und versuchte mich zu erkennen. Seine Augen waren starr, entweder, weil er irgend etwas eingenommen oder weil ihn mein schlecht gespielter Mut geschockt hatte.

»Der Teufel soll Sie holen!« wiederholte er, diesmal ruhiger. Und fügte dann, mit einer Art improvisiertem, angedeutetem Lächeln hinzu:

»Kommen Sie rein!«

»Nein«, flüsterte ich, und dann lauter: »Sie kommen raus!«

Diesmal wehte der Wind aus der falschen Richtung, das heißt, vielleicht war es jetzt auch die richtige.

Mein Gott! dachte ich, wich einen Schritt zurück, blieb dann stehen. Und all die anderen Male, aus welcher Richtung hat der Wind denn da geweht? Wie war es möglich, daß ich es nicht bemerkt hatte? Ganz einfach, dachte ich: wegen der Erkältung, die ich gut zehn Tage lang mit mir rumgeschleppt hab. Zehn Tage hatte ich ohne Nase gelebt. Völlig nasenlos.

O Henry, dachte ich, du und dein stets himmelwärts

gerichteter, stets neugieriger Zinken mit Verbindung zu dem brillanten Gespür, das irgendwo in deinem Schädel sitzt. Oh, Spürnase Henry, der um neun Uhr abends eine unsichtbare Straße überquert und dabei das ungewaschene Hemd und die schmutzige Unterwäsche wittert, wenn der Tod an ihm vorbeigeht.

Ich schaute auf Shrank und spürte, wie meine Nasenflügel zuckten. Der Geruch von Schweiß, der als erster die Niederlage ankündigt. Als nächster der von Urin, der Haß verkündet. Und dann ein seltsames Gemisch: Zwiebelbrötchen, ungeputzte Zähne, der Odem der Selbstzerstörung. Es umfing mich wie eine Gewitterwolke, wie eine Sturmflut, die von meinem Gegenüber ausging.

Ich empfand plötzlich so schreckliche Angst, als stünde ich, in Erwartung einer dreißig Meter hohen Flutwelle, die im Begriff war, mich zu zerschmettern, an einer verlassenen Küste. Mein Mund war völlig ausgetrocknet, obwohl mir der Schweiß am ganzen Körper herablief.

»Kommen Sie rein!« wiederholte A.L. Shrank unsicher.

Einen Moment lang dachte ich, er würde gleich nach hinten losschnellen wie ein Flußkrebs. Doch dann bemerkte er meinen Blick, der von der Telefonzelle direkt gegenüber den Pier entlang zu der anderen wanderte, dorthin, wo meine Mickymausuhr tickte, und er wußte Bescheid. Ehe er etwas sagen konnte, rief ich ins Dunkel:

»Henry?«

Ein Schatten bewegte sich zwischen all den Schatten. Ich spürte das Knirschen unter Henrys Schuhen, als seine Stimme warm und gelassen antwortete: »Ja?«

Shranks Augen zuckten von mir zu der Stelle, wo Henrys Stimme das Dunkel aufwühlte.

Schließlich brachte ich das Wort heraus:

»Achselhöhle?«

Henry atmete tief ein und blies die Luft wieder aus.

»Achselhöhle«, bestätigte er.

Ich nickte. »Du weißt, was du zu tun hast.«

»Ich hör den Taxameter ticken«, entgegnete Henry.

Aus den Augenwinkeln sah ich, wie er wegging, dann stehenblieb und den Arm hochriß.

Shrank zuckte zusammen. Mir ging es nicht anders. Henrys Stock kam in hohem Bogen herangesegelt und landete laut klappernd auf den Planken.

»Vielleicht kannst du ihn brauchen«, meinte Henry.

Shrank und ich standen da, den Blick auf die Waffe neben uns am Pier gerichtet.

Das Geräusch des davonfahrenden Taxis ließ mich vorwärts springen. Ich packte den Stock und preßte ihn gegen die Brust, als könne er mich wirklich gegen ein Messer oder eine Pistole schützen.

Shranks Augen folgten den Rücklichtern des Taxis, die in der Ferne verschwanden.

»Verdammt, was war denn das?« fragte er.

Hinter ihm lehnten Schopenhauer und Nietzsche und Spengler und Kafka, auf ihre irren Ellbogen gestützt, versanken in ihrem Staub und flüsterten, ja, was war denn *das*?

»Einen Augenblick, ich hab vergessen, mir Schuhe anzuziehen.« Er verschwand.

»Hoffentlich haben Sie nicht was anderes vergessen«, rief ich ihm nach.

Das ließ ihn ein trockenes Lachen hervorwürgen.

»Was sollte ich denn vergessen haben?« rief er von drinnen, wo er herumstöberte. Er erschien wieder an der Tür, in jeder Hand einen Schuh. »Kein Revolver. Kein Messer.« Er schlüpfte in die Schuhe, schnürte sie aber nicht zu.

Was dann geschah, konnte ich kaum glauben. Die Wolken über Venice beschlossen, sich zurückzuziehen, und der Vollmond trat hervor.

Wir schauten beide hinauf und fragten uns, ob das nun ein gutes oder ein schlechtes Omen war, und für wen von uns.

Shranks Blick wanderte den Pier hinab über den Strand.

»Er weinte herzlich über den entsetzlich vielen Sand«, sagte er dann, schnaubte sanft, als er sich sprechen hörte, und fuhr fort: »Kommt, Austern, sprach der Zimmermann, nahm fest sie in die Hand. Lad ein zu traulichem Gespräch Euch an den goldnen Strand.«

Er setzte sich in Bewegung. Ich blieb stehen. »Wollen Sie nicht die Tür absperren?«

Shrank warf einen flüchtigen Blick über die Schulter, auf die Bücher, die zusammengedrängt wie Geier mit ihren schwarzen Federn und staubig-goldenem Blick auf den Bücherborden darauf warteten, daß ihnen eine Berührung Leben einflößte. In unsichtbarem Chor sangen sie wilde Melodien, die ich schon vor langem hätte hören müssen. Mein Blick eilte immer wieder die Reihen entlang.

Mein Gott, warum hatte ich das nie wirklich gesehen?

Diese schreckliche, von Unheil bewohnte Klippe, diese Aneinanderreihung von Fehlschlägen, diese literarische Apokalypse voller Krieg, Verkommenheit, Krankheit, Seuchen und Depressionen, diesen Alptraumplatzregen, diese Grube von Delirien und Irrgärten, aus denen wahnsinnige Mäuse und verrückte Ratten nie hinaus ans Licht fanden. Diese Verbrecherkartei von degenerierten Gestalten und Epileptikern, die am Rand der Bücherregalklippen tanzten, und ihre Ablösung, nicht minder zwiellichtige, ekel- und abscheuerregende Truppen, die droben im höheren Dunkel warteten.

Einzelne Autoren, einzelne Bücher – kein Problem. Hier etwas von Poe, da etwas von de Sade, das würzt das Ganze. Aber das hier war keine Bibliothek, sondern ein Schlachthof, ein Verlies, ein Kerker, wo Hunderte von Menschen in eisernen Ketten für immer schmachteten, in stummem Delirium.

Warum hatte ich das alles nie gesehen, nie wahrgenommen?

Weil Rumpelstilzchen Macht über mich gehabt hatte.

Auch in diesem Augenblick dachte ich, als ich Shrank

ansah, gleich wird er seinen Fuß packen, sich selbst in der Mitte auseinanderreißen und in zwei Hälften zu Boden fallen.

Er war von einer hysterischen Munterkeit.

Was ihn noch schrecklicher wirken ließ.

»Diese Bücher«, begann Shrank schließlich und brach damit den Bann, »kümmern sich nicht um mich, warum sollte ich mich um sie kümmern?« Bei diesen Worten schaute er nicht auf die Bücher, sondern blickte zum Mond empor.

»Aber –«

»Außerdem«, fuhr er fort, »wer würde schon den *Untergang des Abendlandes* stehlen wollen?«

»Ich dachte, Sie lieben Ihre Bücher!«

»Lieben? Mein Gott, verstehen Sie denn nicht? Ich hasse alles. Sie können anführen, was Sie wollen, es gibt nichts auf der Welt, was ich liebe.«

Er ging davon in die Richtung, in die Henry mit dem Taxi verschwunden war.

»Und, kommen Sie oder nicht?« fragte er.

»Ich komme.«

»Ist das eine Waffe?«

Wir gingen langsam dahin, beäugten einander mißtrauisch. Ich stellte erstaunt fest, daß ich Henrys Stock in der Hand hielt.

»Nein, ein Fühler, glaube ich.«

»Von einem sehr großen Insekt?«

»Von einem sehr blinden.«

»Findet er sich auch ohne ihn zurecht, und wohin will er so spät am Abend?«

»Er muß was besorgen. Wird bald zurücksein«, log ich.

Shrank war ein Lügendetektor. Er krümmte sich beinahe vor Entzücken, als er meine Stimme hörte. Er ging schneller, blieb dann plötzlich stehen und musterte mich.

»Ich nehme an, er orientiert sich mit der Nase. Ich hab gehört, was Sie ihn gefragt haben und was er geantwortet hat.«

»Achselhöhle?«

Shrank schrumpfte in seinem alten Anzug zusammen. Sein Blick flog von seinem rechten zum linken Unterarm und dann die episodenreiche Reihe von Flecken und von verschossenen Stellen hinab.

»Achselhöhle«, wiederholte ich

Es traf ihn wie eine Kugel ins Herz.

Shrank schwankte, fing sich dann wieder.

»Wohin gehen wir, und was soll das?« keuchte er. Ich spürte sein Herz unter der schmierigen Krawatte klopfen wie das eines Hasen.

»Ich dachte, Sie führen. Ich weiß nur eins.«

Ich ging weiter, jetzt einen halben Schritt vor ihm. »Der blinde Henry hat ungewaschene Hemden, schmutzige Unterwäsche, schlechten Atem gesucht. Das hat er gefunden, und er hat mir gezeigt, bei wem.«

Ich wiederholte den unheilvollen Beinamen nicht noch einmal. Doch Shrank wurde bei jedem meiner Worte kleiner.

»Warum sollte denn ein Blinder was von mir wollen?« fragte er schließlich.

Ich wollte nicht mein ganzes Pulver auf einmal verschießen. Mußte erst mal einen Probeschuß abgeben. »Wegen *Janus, der blasse Neid*. Ich hab bei Ihnen ein paar Nummern davon gesehen, als ich durchs Fenster geschaut hab.«

Das war eine glatte Lüge, aber es traf voll ins Schwarze.

»Ja, ja«, sagte Shrank. »Aber ein Blinder, und Sie –?«

»Weil –« Ich holte tief Luft und ließ es heraus. »Weil Sie der Todesengel sind!«

Shrank schloß die Augen, ließ seine Gedanken kreisen, überlegte, wie er reagieren sollte. Lachte dann auf.

»Todesengel? Todesengel! Lächerlich! Wie kommen Sie darauf?«

»Ganz einfach.« Ich ging weiter, zwang ihn, wie ein Hund hinter mir herzutraben. Ich sprach in den Nebel, der sich vor uns verdichtete, hinein. »Henry hat vor einiger Zeit, als er über die Straße ging, jemanden gerochen. Der gleiche Geruch war bei ihm im Haus, direkt am Eingang, und heute abend hier. Und der Geruch sind Sie!«

Wieder ließ der Hasenherzschlag Shrank erbeben, aber er wußte, daß er noch sicher war. Nichts war bewiesen!

»Warum sollte ich in einem schäbigen Mietshaus irgendwo in Los Angeles herumschleichen, in dem ich nie im Leben wohnen möchte?« keuchte er.

»Weil Sie nach einsamen Menschen gesucht haben«, erwiderte ich. »Und ich verdammter schwachsinniger Idiot bin noch blinder als Henry, hab Ihnen bei der Suche geholfen. Fannie hat recht gehabt. Constance hat recht gehabt! Ich war noch der Blindenhund des Todes. Allmächtiger Gott, ich war die Pestmarie, hab die Seuche, Sie, überall hingebracht. Oder Ihnen zumindest den Weg gezeigt. Zu den Einsamen.« Atemzüge wie ein Trommelwirbel. »Den Einsamen.«

Fast im gleichen Augenblick, als ich das sagte, wurden wir beide, Shrank und ich, von einer Art Anfall gepackt. Ich hatte eine Wahrheit ausgesprochen, die wirkte, als würde eine Klappe an einem Hochofen geöffnet, so daß die Hitze herausplatzte, mir das Gesicht, die Zunge, das Herz, die Seele versengte. Und Shrank? Ich beschrieb sein verborgenes Leben, seine heimlichen Bedürfnisse. Noch hatte ich nichts ans Licht gezogen, noch hatte er nichts zugegeben, aber ich wußte, daß ich zumindest die Asbestklappen aufgerissen hatte und das Feuer jetzt im Freien loderte.

»Wie haben Sie sie genannt?« fragte Shrank, der, bewegungslos wie eine Statue, gut zehn Meter von mir entfernt stand.

»Die Einsamen. Das Wort hab ich von Ihnen gehört, letzten Monat. Die Einsamen.«

Und es stimmte. Eine Trauergemeinde von Seelen zog in einem Atemzug an mir vorbei, tonlos, in Nebelschwaden gehüllt. Fannie und Sam und Jimmy und Cal und all die anderen. Ich hatte nie erkannt, was sie gemeinsam hatten, nie gesehen, was sie verband, worin sie sich ähnelten wie ein Ei dem anderen.

»Sie phantasieren«, entgegnete Shrank. »Raten aufs Geratewohl. Erfinden irgendwas. Lügen. Nichts von alldem hat etwas mit mir zu tun.«

Doch er blickte an sich hinab, auf seine aufgescheuerten Mantelärmel, auf die Schweißflecken, die Spuren nächtlicher Hitze. Sein Anzug schien unter meinen Blicken zu schrumpfen. Shrank selbst wand sich unter seiner blassen Haut.

Ich beschloß, zum Angriff überzugehen.

»Gott, selbst jetzt, wo Sie so dastehen, vermodern Sie ja weiter, Ihre bloße Existenz ist absurd. Sie hassen alles und jeden auf der Welt. Das haben Sie ja eben selbst gesagt. Deshalb greifen Sie es mit Ihrem Schmutz, Ihrem Atem an. Ihre Unterwäsche ist Ihre wahre Flagge, die Sie hissen, mit der Sie die Luft verpesten. A.L. Shrank. Der fünfte Reiter der Apokalypse.«

Er lächelte. Er war überglücklich. Ich hatte ihn mit Beleidigungen überhäuft, die für ihn Komplimente waren. Ich widmete ihm Aufmerksamkeit. Sein Selbstbewußtsein stieg. Ohne es zu ahnen, hatte ich den Köder in die Falle gelegt.

Was jetzt? dachte ich. Was, um Gottes willen, sage ich jetzt? Wie locke ich ihn aus der Reserve? Wie überführe ich ihn?

Doch er ging jetzt wieder voran, die Brust stolz geschwellt von Beleidigungen, und fühlte sich großartig mit den Medaillen des Untergangs und der Verzweiflung, die ich ihm an die schmierige Krawatte geheftet hatte.

Wir liefen und liefen und liefen.

Mein Gott, dachte ich, wie lange werden wir so weiterlaufen, wie lange so weiterreden, wie lange wird das alles so weitergehen?

Das ist ein Film, dachte ich, eine von diesen unglaublichen

Szenen, die dauern und dauern, in denen einer etwas erklärt, ein anderer etwas erwidert, und dann wieder der erste spricht.

Es kann nicht wahr sein.

Es ist wahr.

Er ist sich nicht sicher, was ich weiß, und ich bin nicht sicher, daß ich Bescheid weiß, und alle beide fragen wir uns, ob der andere bewaffnet ist.

»Und alle beide sind wir Feiglinge«, sagte Shrank.

Ich mußte die letzten Worte vor mich hingeflüstert haben. Shrank hatte sie gehört und meinen Gedanken weitergesponnen.

»Und beide haben wir Angst davor, den anderen auf die Probe zu stellen.«

Der Zimmermann ging weiter. Die Auster folgte.

Wir gingen dahin.

Und das war keine Szene aus einem guten oder schlechten Film, in dem die Leute zuviel redeten; es war eine Szene, die sich spät nachts abspielte, in der der Mond verschwand und wieder auftauchte, während der Nebel sich verdichtete und ich einen Dialog mit dem Geist des Freundes des schwachsinnigen Psychiaters von Hamlets Vater führte.

Shrank, dachte ich. Wie mochte es mit ihm wohl angefangen haben? War er aus dem College gekommen, einer, dem alles offenstand, und hatte einen eigenen Laden aufgemacht, dann das große Erdbeben damals, erinnerte er sich? Das Jahr, in dem er sich die Beine gebrochen hatte und in dem sein Verstand zerbrochen war, das Jahr mit der langen Rutschfahrt ohne Schlitten, nur auf dem knochigen Hintern, und keine Frau zwischen ihm und der Fallgrube, um den Aufprall abzudämpfen, den Alptraum zu schmieren, sein Weinen um Mitternacht zu beenden und seinen Haß im Morgengrauen zu vertreiben? Und eines Morgens stieg er aus dem Bett, und wo fand er sich wieder?

In Venice, California, und die letzte Gondel war längst

abgefahren, die Lichter gingen aus, und die Kanäle füllten sich mit Öl und alten Zirkuswagen, zwischen deren Gitterstäben nur noch die Fluten brüllten...

»Ich hab 'ne kleine List'«, sagte ich. »Nicht einer würd vermißt.«

»Was?« fragte Shrank.

»›Der Mikado‹«, erklärte ich ihm. »Ein Couplet spricht von Ihnen. Daß Sie Ihr edles Ziel erreichen, eine dem Verbrechen entsprechende Strafe verhängen werden. Die Einsamen. All die Einsamen. Sie setzen sie auf Ihre Liste, und, wie es in dem Lied heißt, nicht einer wird vermißt. Ihr Verbrechen war, daß Sie aufgegeben oder nie wirklich einen Versuch unternommen haben. Ihre Mittelmäßigkeit, Ihr Scheitern, Ihre Hoffnungslosigkeit. Und ihre Strafe, bei Gott, das waren Sie.«

Jetzt schritt er stolz dahin, wie ein Pfau.

»Noch was?« fragte er, ohne stehen zu bleiben. »Na?«

Ich lud meine Zunge, zielte und feuerte eine Salve ab:

»Ich denke, der abgeschlagene Kopf von Scott Joplin ist hier ganz in der Nähe.«

Er konnte nicht verhindern, daß seine rechte Hand zu der fettigen Manteltasche zuckte. Er tat, als wolle er die nur zurechtstreichen, merkte dann, daß er entzückt auf seine Hand starrte, schaute weg und lief weiter.

Ein Schuß, ein Treffer. Ich erglühte vor Stolz. Kriminalkommissar Crumley, oh, wären Sie doch jetzt hier!

Ich feuerte eine zweite Salve ab.

»Kanarienvögel zu verkaufen«, sagte ich mit einer zittrigen Stimme, die dahinschwand wie die Bleistiftdruckbuchstaben auf dem Pappkartonschild im Fenster der alten Dame. »Kanarienvögel.«

Seine linke Hand zuckte mit heimlichem Stolz zur linken Manteltasche.

O Gott! dachte ich. Er hat die alte Zeitungstitelseite aus dem Vogelkäfig bei sich!

Volltreffer!

Er schritt dahin. Ich folgte.

Ziel drei. Angelegt und Feuer frei!

»Löwenkäfig. Alter Mann. Fahrkartenladen.«

Das Kinn fiel ihm herab, deutete auf die Brusttasche.

Dort würde sich Fahrkartenkonfetti von einem nie genommenen Zug finden!

Shrank durchpflügte weiter den Nebel. Er war sich der Tatsache, daß ich seine Verbrechen, eines nach dem andern, mit einer Art Schmetterlingsnetz erhaschte, keineswegs bewußt. Er war ein fröhliches Kind in den Gefilden des Antichrist. Seine winzigen Schuhe schlugen Funken aus den Planken. Er strahlte.

Und als nächstes? Es wimmelte in meinem Kopf. Ach ja.

Ich sah Jimmy im Korridor des Mietshauses, seine neuen Beißerchen grinsten breit. Jimmy in der Badewanne, sechs Faden tief, das Gesicht nach unten gedreht.

»Falsche Zähne«, sagte ich. »Ein künstliches Gebiß.«

Gott sei Dank faßte Shrank sich nicht wieder an eine Tasche. Ich hätte ein schreckliches entsetztes Lachen hervorstoßen können bei dem Gedanken, er trage ein totes Lächeln mit sich herum. Der Blick, den er über die Schulter warf, sagte mir, daß es, vielleicht in einem Glas Wasser, dort hinten in seiner Hütte war.

Ziel fünf, angelegt und Feuer!

»Tanzende Chihuahuas, schnäbelnde Sittiche!«

Shranks Schuhe tänzelten über den Pier wie ein Hündchen. Seine Augen zuckten zur linken Schulter. Da war Vogelmist und Eindrücke von Krallen. Einer von Pietro Massinellos Vögeln war dort hinten in der Hütte.

Ziel sechs.

»Marokkanische Festung an einem arabischen Meer.«

Shranks kleine Eidechsenzunge schnellte wie ein Blitz über seine durstigen Lippen.

Eine Flasche Champagner von Constance Rattigan stand

hinter uns im Regal, gegen De Quincys Opium und Hardys Düsterkeit gelehnt.

Wind kam auf.

Ich erschauderte, als ich plötzlich bemerkte, daß Dutzende von Schokoriegelhüllen, alle von mir, hinter uns herwehten, hungrige, nagende Gespenster aus der Vergangenheit, die den nächtlichen Pier entlangraschelten.

Und schließlich mußte ich die letzten, furchtbar traurigen Worte aussprechen, brachte es nicht fertig und zwang mich dann doch dazu – sie zerbrachen mir die Zunge und ließen gleichzeitig etwas in meiner Brust bersten.

»Dunkles Mietshaus. Gefüllter Kühlschrank. *Tosca.*«

Wie eine über die ganze Stadt hinweggeschleuderte Diskusscheibe sauste, rollte, glitt die erste Seite von *Tosca* unter A.L. Shranks mitternächtliche Tür.

Die Liste war lang gewesen. Meine Wahrnehmung, mein Ekel, meine Traurigkeit ließen mich auf dem Grat zwischen Hysterie, Panik, Entsetzen und Entzücken balancieren. Ich konnte jeden Moment lostanzen, um mich schlagen oder aufschreien.

Doch dann sprach Shrank als erster, mit verträumten Augen, als drehten sich in seinem Kopf ohne Unterlaß die geflüsterten Puccini-Arien.

»Die dicke Frau hat jetzt ihren Frieden gefunden. Sie hat Frieden gebraucht. Ich habe ihn ihr gegeben.«

Ich kann mich kaum erinnern, was als nächstes geschah.

Jemand schrie auf. Ich. Und noch jemand. Er.

Mein Arm zuckte hoch, Henrys Stock mit ihm.

Töten, dachte ich. Umbringen!

Shrank wich gerade noch rechtzeitig zurück, als der Stock herabsauste. Er traf nicht ihn, sondern den Pier und wurde mir aus der Hand gerissen. Er fiel klappernd zu Boden und Shrank stieß ihn mit dem Fuß über den Rand des Piers. Er segelte hinab in den Sand.

Jetzt konnte ich mich nur mit den bloßen Fäusten auf den kleinen Mann stürzen. Ich hielt mit einem Ruck inne, als er zur Seite trat, denn in mir war ein letztes Mal etwas in die Brüche gegangen.

Ich würgte. Tränen liefen mir übers Gesicht. Das Weinen in der Dusche oder im Meer, vor ein paar Tagen, war nur ein Anfang gewesen. Jetzt kam die ganze Flut. Meine Knochen begannen zu zerbröckeln. Ich stand da und weinte, und Shrank war verblüfft, hätte mir fast übers Haar gestrichen und gemurmelt: Schon gut, schon gut.

»Es ist gut so«, meinte er schließlich. »Sie hat ihren Frieden. Sie sollten mir dafür dankbar sein.«

Der Mond verschwand hinter einer großen Nebelbank und gab mir Zeit, mich zu fassen. Alles an mir ging jetzt in Zeitlupe vor sich. Meine Zunge war lahm, und ich konnte kaum aus den Augen sehen.

»Sie meinen also«, sagte ich schließlich mit einer Stimme, als spräche ich unter Wasser, »Sie wollen sagen, sie sind nun alle tot und ich müßte Ihnen dafür dankbar sein. Ja?«

Es muß eine furchtbare Erleichterung für ihn gewesen sein, für ihn, der seit Monaten oder Jahren darauf brannte, all das jemandem zu erzählen, ganz gleich wem, ganz gleich wo, ganz gleich wie. Der Mond erschien wieder am Himmel. Seine Lippen zitterten in dem zurückgekehrten Licht, begierig, alles herauszulassen.

»Ja, ich habe ihnen allen geholfen.«

»Mein Gott!« stöhnte ich auf. »Geholfen haben Sie ihnen? Geholfen?«

Ich mußte mich setzen. Er half mir dabei und stand dann, erstaunt über meine Schwäche, hoch aufgerichtet vor mir, konnte bestimmen, was mit mir, was in dieser Nacht noch geschehen würde. Er, in dessen Macht es lag, Menschen mit dem Tod zu beschenken, ihnen Leiden zu ersparen, sie von ihrer Einsamkeit zu befreien, sie ihrem persönlichen Unglück entschlafen zu lassen, sie vor dem Leben zu erretten. Sie mit Sonnenuntergängen zu beglücken.

»Aber Sie haben auch dabei geholfen«, erklärte er ruhig. »Sie sind Schriftsteller. Neugierig. Alles, was ich tun mußte, war, Ihren Schokopapierchen zu folgen, sie hinter Ihnen aufzusammeln. Wissen Sie, wie einfach es ist, Menschen zu verfolgen? Sie schauen nie zurück. Nie. Auch Sie haben es nie getan. O Mann, Sie haben nichts geahnt! Sie waren der Blindenhund des Todes, öfter, als Sie sich vorstellen können. Länger als ein Jahr. Sie haben mir die Leute gezeigt, die Sie für Ihre Bücher gesammelt haben. Kies auf dem Weg, Spreu im Wind, leere Muscheln am Strand, Würfel ohne Punkte, unbedruckte Spielkarten. Keine Vergangenheit, keine Gegenwart. Was ich ihnen gegeben habe, war: keine Zukunft.«

Ich schaute an ihm hoch. Meine Kraft kehrte allmählich zurück. Meine Trauer schien zunächst einmal von mir gewichen. In mir staute sich Wut auf.

»Sie geben also alles zu?«

»Warum nicht? Alles, was wir hier sagen, ist doch nur in den Wind geredet. Wenn wir hier fertig sind, und ich wirklich mit Ihnen zur Polizei komme, was ich vorhabe, dann haben Sie keinerlei Beweise für das, was ich gesagt habe. Alles verpuffte Luft.«

»Nicht ganz«, erwiderte ich. »Sie mußten ja unbedingt bei jedem Opfer irgend etwas mitnehmen. In Ihrem schrecklichen Schuppen haben Sie lauter Schallplatten, Champagnerflaschen und Zähne.«

»Kanaille!« stieß Shrank hervor und hielt inne. Er lachte bellend auf und verzog dann das Gesicht zu einem Grinsen. »Nicht dumm. Haben Sie aus mir herausgeholt, was?«

Er wippte auf den Fersen und dachte darüber nach.

»Jetzt«, sagte er dann, »muß ich *Sie* umbringen.«

Ich sprang auf. Ich war einen Kopf größer als er, und obwohl ich eher feige war, wich er vor mir zurück.

»Nein«, erwiderte ich. »Das können Sie nicht.«

»Wieso nicht?«

»Weil Sie mich nicht anfassen können. Sie haben keinen von ihnen angefaßt, sich nie die Hände schmutzig gemacht. Das ist mir jetzt klar. Ihre Methode war es, sie soweit zu bringen, daß sie es sich selbst antaten. Sie haben sie indirekt vernichtet. Richtig?«

»Richtig!« Sein Stolz kam wieder ins Spiel. Er vergaß mich völlig und schaute ins Weite, in seine glänzende, glorreiche Vergangenheit.

»Der alte Mann im Fahrkartenladen. Sie haben ihn nur betrunken gemacht? Dafür gesorgt, daß er mit dem Kopf auf die Kanalmauer knallte, vielleicht, und dann sind Sie hinterhergesprungen und haben ihn in den Löwenkäfig gesteckt.«

»Richtig!«

»Die alte Frau mit den Kanarienvögeln. Sie haben sich einfach vor sie hingestellt und Grimassen geschnitten?«

»Richtig!«

»Sam haben Sie soviel harten Stoff gegeben, daß er ins Krankenhaus eingeliefert wurde.«

»Richtig!«

»Jimmy. Sie haben dafür gesorgt, daß er literweise Schnaps in sich hineingekippt hat. Sie brauchten ihn, als er in der Badewanne lag, nicht einmal mehr unter Wasser zu drücken. Er hat sich von allein herumgedreht, hat das Gesicht nach unten gewandt und war tot.«

»Richtig!«

»Pietro Massinello. Sie haben an die Stadtverwaltung geschrieben, ihn und seine Hundertschaft von Hunden,Katzen und Vögeln abholen lassen. Wenn er nicht bereits tot ist, wird es zumindest nicht mehr lange dauern?«

»Richtig!«

»Cal, der Friseur, natürlich.«

»Ich habe Scott Joplins Kopf gestohlen«, erklärte Shrank.

»Und Cal ist in panischer Angst abgehauen. John Wilkes Hopwood. Mit seinem ungeheuren Selbstbewußtsein. Sie haben ihm auf Constance Rattigans Briefpapier geschrieben, ihn dazu gebracht, sich nächtelang an den Strand zu stellen. Sie wollten, daß Constance sich vor Angst ins Meer stürzt?«

»Erraten!«

»Dann haben Sie Hopwood wissen lassen, daß Sie ihn in der Nacht, in der Constance verschwunden ist, am Strand gesehen haben, um auch ihn loszuwerden. Und haben ihm außerdem einen wirklich hundsgemeinen Brief mit den übelsten Beschimpfungen geschrieben.«

»Nichts, was nicht stimmte.«

»Und Fannie Florianna. Haben Ihre Anzeige vor ihrer Tür liegen lassen. Und als sie angerufen und sich mit Ihnen verabredet hatte, brauchten Sie nur noch zu ihr zu gehen, in ihr Zimmer zu stürmen, genau wie bei der alten Frau mit den Kanaris, ihr soviel Angst einzujagen, daß sie rückwärts ging, daß sie hinfiel und nicht mehr hochkam. Sie haben einfach daneben gestanden und aufgepaßt, daß sie es nicht mehr schaffte, oder?«

Er zog es vor, das nicht zu bejahen, überhaupt nicht zu antworten, denn jetzt war ich wütend, noch etwas wacklig auf den Beinen, aber die Wut ließ meine Kraft zurückkehren.

»Sie haben in all den Wochen nur einen Fehler gemacht. Sie haben Fannie die Zeitungen mit der Anzeige, fein säuberlich markiert, zugeschickt und sie bei ihr gelassen. Als Ihnen das wieder einfiel und Sie bei ihr eingebrochen haben, um die Dinger zurückzuholen, haben Sie sie nicht gefunden. Der einzige Ort, an den Sie nicht gedacht haben, wo Sie nicht gesucht haben, war der Kühlschrank. Ihre Zeitung als Tropfenfänger unter den Mayonnaisegläsern. Da hab ich sie gefunden. Deshalb bin ich jetzt hier. Und habe nicht vor, der nächste auf Ihrer Liste zu werden. Oder sehen Sie das anders?«

»Allerdings.«

»Das hilft Ihnen aber nichts, und wissen Sie warum? Aus zwei Gründen. Zum einen bin ich keiner von den Einsamen. Ich bin keine gescheiterte Existenz, irre nicht verloren durchs

Leben. Ich werde es schaffen. Vor allem werde ich glücklich werden. Ich werde heiraten, eine gute Frau und Kinder haben. Ich werde verdammt gute Bücher schreiben und beliebt werden. Und das paßt nicht in Ihr Schema. Sie können mich nicht umbringen, Sie verdammter Idiot, weil's mir gutgeht. Klar? Ich werde ewig leben. Zum zweiten können Sie mich nicht anfassen. Sie haben keines Ihrer Opfer berührt. Wenn Sie das jetzt bei mir tun, ist Ihre saubere Bilanz im Eimer. Alle anderen haben Sie durch Terror oder Einschüchterung umgebracht. Aber wenn Sie verhindern wollen, daß ich zur Polizei gehe, müssen Sie einen richtigen Mord begehen, Sie Schweinehund, und zwar jetzt sofort!«

Ich eilte davon, und er rannte hinter mir her.

Er war völlig durcheinander. Er hätte mich beinahe am Ellbogen gepackt, um mich zum Zuhören zu bringen. »Ja, stimmt schon. Ich hätte Sie einmal fast umgebracht, vor zwei Jahren. Hab Sie gesehen und bin Ihnen nachgegangen. Aber dann haben Sie diese Sachen an die Zeitschriften verkauft, dann haben Sie diese Frau kennengelernt, und ich hab beschlossen, Ihnen einfach zu folgen und die Leute zu sammeln, ja, das hab ich gemacht. Und es hat wirklich in dieser Nacht in der Bahn nach Venice angefangen, damals im Regen, ich war betrunken, und der alte Mann im Löwenkäfig und –«

O Gott, ja, dachte ich, diese Nacht, der Regen, und Shrank hinter mir, unsichtbar, wie er die Worte aussprach, die ich nicht mehr aus meinem Kopf verjagen konnte.

»Sie waren so nahe bei mir, damals im Zug«, fuhr Shrank fort. »Wenn ich den Arm ausgestreckt hätte, hätte ich Sie berührt. Aber ich hab's nicht getan. Ich bin davongelaufen. Und der Regen strömte herab, und Sie hätten sich nur umzudrehen brauchen und hätten mich gesehen, mich erkannt, aber nein, das haben Sie nicht gemacht, und –«

Wir waren jetzt nicht mehr am Pier, sondern in der dunklen Straße am Kanal und gingen in schnellem Schritt über die Brücke. Der Boulevard war leer. Keine Autos, keine Lichter. Ich hastete weiter.

Mitten auf der Brücke, direkt über den Löwenkäfigen im Kanal, blieb Shrank stehen und hielt sich am Geländer fest.

»Warum verstehen Sie mich nicht, warum helfen Sie mir nicht?!« jammerte er. »Ich wollte Sie töten, ja. Doch es wäre mir vorgekommen, als würde ich die Hoffnung selbst töten, aber ein wenig davon muß es doch geben auf dieser Welt, selbst für Leute wie mich?«

Ich wandte mich um und schaute ihn an: »Nach dieser Nacht nicht mehr.«

»Warum?« stieß er keuchend hervor. »Warum?« Dabei schaute er hinab auf das kalte, ölige Wasser.

»Weil Sie, ohne jeden Zweifel, ernsthaft krank sind, geisteskrank«, entgegnete ich.

»Ich werde Sie jetzt umbringen.«

»Nein.« Ungeheure Trauer erfüllte mich. »Es ist nur noch einer übrig, den Sie töten können. Ein letzter Einsamer. Ein letzter Verlorener. Der Leere. Sie selbst!«

»Ich?« schrie der kleine Mann.

»Sie!«

»Ich?« schrie er noch einmal. »Der Teufel soll Sie holen!«

Er wirbelte herum. Er packte das Geländer – und sprang. Sein Körper glitt hinab ins Dunkel.

Er versank in den Fluten, die so schmierig und so schleimig waren wie sein Mantel, so schrecklich und düster wie seine Seele, wurde von ihnen zugedeckt, war verschwunden.

»Shrank!« schrie ich.

Er kam nicht an die Oberfläche.

Kommen Sie zurück, wollte ich schreien.

Doch dann bekam ich plötzlich Angst, er würde es tun.

»Shrank«, flüsterte ich. »Shrank.« Ich starrte, über das Geländer gebeugt, hinab auf den grünen Schaum, in dem Blasen emporblubberten. »Ich weiß, wo Sie stecken.«

Es konnte noch nicht vorbei sein. Das war zu einfach. Er hockte irgendwo im Dunkeln, zusammengekauert, wie eine dunkle Kröte, unter der Brücke, vielleicht, die Augen offen, wartete, das Gesicht ganz grün, sog Luft ein, ganz leise. Ich lauschte. Kein Tröpfeln, kein Plätschern, kein Seufzen.

»Shrank«, flüsterte ich.

Shrank, tönte das Echo von den Balken unter der Brücke zurück.

Weiter draußen, an der Küste, hoben die großen Öltiere bei meinen geflüsterten Rufen die Köpfe und senkten sie wieder, im Takt mit einer langen Begräbniswoge, die an den Strand rollte.

Warten Sie nicht, glaubte ich Shrank murmeln zu hören. Es ist nett hier unten. Endlich Ruhe. Ich glaube, ich bleibe hier.

Du Lügner, dachte ich. Du kommst hoch, wenn ich am wenigsten damit rechne.

Die Brücke knarrte. Ich wirbelte herum.

Nichts. Nichts als Nebelschwaden, die über den leeren Boulevard trieben.

Los, dachte ich. Renn zum Telefon! Ruf Crumley an! Warum ist er nicht da? Renn los! Doch nein. Wenn ich das tat, konnte Shrank herausspringen und davonlaufen. Ich mußte warten.

In der Ferne, etwa zwei Meilen weit weg, raste der große rote Zug daher, stieß Pfiffe aus, Klagelaute, klang wie das furchtbare Ungeheuer in meinem Traum, das gekommen war, um mir meine Zeit, mein Leben, meine Zukunft zu entreißen, war unterwegs zu einer Teergrube am Ende der Strecke.

Ich hob einen kleinen Kieselstein auf und ließ ihn hinunterfallen.

Shrank.

Er traf auf der Wasseroberfläche auf und versank. Stille.

Er ist mir entwischt. Ich wollte Fannies Tod rächen.

Dann Peg, dachte ich. Ruf sie an!

Aber nein, auch Peg mußte warten.

Mein Herz klopfte so laut, daß ich fürchtete, die Fluten unter mir würden sich gleich teilen und der Tote emporsteigen. Ich fürchtete, so heftig zu atmen, daß ich damit die Ölbohrtürme zum Einsturz bringen würde. Ich konzentrierte mich mit geschlossenen Augen auf meinen Herzschlag und meine Atmung, bis sie sich beruhigten.

Shrank, dachte ich, kommen Sie raus! Fannie erwartet Sie hier draußen. Und die Frau mit den Kanaris. Der alte Mann aus dem Fahrkartenladen steht hier neben mir. Jimmy ist da und will seine Zähne zurückhaben. Pietro ist da, er will seine Lieblinge wieder. Ich weiß, daß Sie da drunten stecken. Kommen Sie heraus! Wir warten alle auf Sie.

Shrank!

Was für ein Idiot war ich doch!

Diesmal mußte er mich gehört haben.

Er kam mich holen.

Er schoß aus dem schwarzen Wasser wie eine Kanonenkugel, die von einem Sprungbrett katapultiert wird. In einer unglaublichen Flugbahn stieg er hoch in die Luft.

O Gott, dachte ich, du Idiot! Warum hast du nur gerufen? Warum hast du nur auf ihn gewartet?

Er war drei Meter groß, der Zwerg war zum Drachen aufgequollen, der Jockey hatte sich in Grendel, das Ungeheuer, verwandelt.

Wie eine Furie griff er mit seinen Krallen nach mir. Er traf mich wie ein Ballon mit siedendheißem Wasser, schlug um sich, schrie, kreischte. Er hatte längst seine guten Absichten, seine Pläne, den Mythos, den er von sich aufgebaut hatte, seine mörderische Integrität vergessen.

»Shrank«, schrie ich, als würde es etwas nützen, seinen Namen auszusprechen.

Das Ganze hatte etwas schrecklich Zeitlupenhaftes an sich, so, als könne ich ihn, nach jedem Einzelbild, mitten im Flug anhalten, als könne ich seinen erstaunlichen Bogen und sein befremdliches Wachstum in aller Ruhe untersuchen und genau beobachten, wie seine Augen funkelten, wie er vor Haß den Mund verzog und mit den Händen zornerfüllt nach meinem Mantel, meinem Hemd, meinem Hals griff, mit eisernen Klauen zupackte. Als er zurückfiel, quoll mein Name wie Blut aus seinem Mund. Die Teerfluten warteten. O Gott, nur das nicht! dachte ich. Die Raubtierkäfige warteten mit weitaufgerissenen Türen.

»Nein!«

Die Zeitlupenaufnahmen waren zu Ende. Es folgte ein schneller Absturz.

Wir fielen hinab, von seiner Wut aneinandergekettet, sogen im Flug Luft ein.

Wie zwei Betonstatuen trafen wir aufs Wasser auf und versanken, ineinander verschlungen, als ob wir in rasender, leidenschaftlicher Liebe zueinander entbrannt wären, kletterten aneinander empor, um den anderen hinabzudrücken, benutzten einander als Leitern zu Luft und Licht.

Während unseres Sturzes glaubte ich ihn jammern, klagen zu hören: »Rein da, los, marsch, rein!« Wie ein kleiner Junge bei einem rauhen Spiel ohne feste Regeln, bei dem ich schummelte. »Rein da!«

Doch jetzt waren wir nicht mehr zu sehen. Wir wirbelten umher wie zwei Krokodile, einer im Nacken des anderen. Von oben mußten wir aussehen wie ein hektisches Gewimmel von Piranhas, die übereinander herfielen, oder wie ein großer eiernder Propeller, der in den Regenbogenschlieren aus Öl und Teer Amok lief.

Und inmitten dieses Kampfes gegen das Ertrinken leuchtete ein schwacher Hoffnungsschimmer auf und zerplatzte wieder, um gleich noch einmal hinter meinen Augen zu brennen.

Das ist sein erster richtiger Mord, muß ich gedacht haben, aber hatte ich dazu überhaupt Zeit gehabt? Doch ich bin kein williges Fleisch. Ich fürchtete das Dunkel mehr als er das Leben. Er mußte das wissen. Ich konnte nur gewinnen.

Was noch nicht bewiesen war.

Wir drehten uns im Wasser und stießen gegen etwas, was mir fast alle Luft aus den Lungen preßte. Der Löwenkäfig. Er schob mich, stieß mich durch die offene Tür hinein. Ich schlug wild um mich. Wir wirbelten herum, und in all dem Wogen, dem schaumweißen Wasser, dachte ich plötzlich:

Mein Gott, ich bin drinnen! Der Käfig. Die ganze Sache endet genauso, wie sie begonnen hat! Crumley kommt hierher und findet mich! Ich winke ihm im Morgengrauen durch die Gitterstäbe zu. Meine Lungen blähten sich, füllten sich mit Feuer. Ich versuchte, mich ihm zu entwinden, freizukommen. Ich wollte mit meinem letzten Atem laut losbrüllen, ihn damit verjagen. Ich wollte...

Auf einmal war alles vorbei.

Shrank ließ los.

Was? dachte ich. Wie? Was?

Er hielt mich fast überhaupt nicht mehr fest.

Ich packte ihn, wollte ihn wegschieben, doch es war, als ob ich eine Schaufensterpuppe anfaßte, deren Gliedmaßen plötzlich lose umherbaumelten. Als ob ich es mit einer Leiche zu tun hätte, die aus dem Grab gesprungen war und jetzt wieder dorthin zurück wollte.

Er hat aufgegeben, dachte ich. Er hat es sich überlegt und hat aufgegeben. Er weiß, daß nur er der letzte sein konnte. Er weiß, daß er mich nicht umbringen kann, das paßt nicht.

Er hatte sich tatsächlich entschieden, ich hielt ihn so, daß ich sein Gesicht sehen konnte, nur noch Gespensterblässe, und sein Achselzucken sagte mir, daß ich nun endlich ungehindert hinaufsteigen konnte in Nacht und Luft und Leben. Durch das dunkle Wasser sah ich seine Augen, die all sein Grauen akzeptierten, sah, wie er den Mund öffnete, die Nasenflügel blähte und schreckliche leuchtende Luftblasen ausstieß. Dann saugte er mit einem tiefen Atemzug das schwarze Wasser in seine Lungen und sank hinab, ein Verlierer auf dem Weg zu seiner letzten Niederlage.

Ich ließ ihn, eine kalte Marionette, im Käfig zurück, als ich blind zur Tür strampelte, mich hinausdrückte und hochstieg, dabei wilde Gebete ausstieß, mir ewiges Leben erflehte, ein Leben im Nebel, ein Leben mit Peg, wo immer sie sein mochte auf dieser schrecklichen Welt.

Ich schoß hoch, hinaus in den Nebel, der sich in trüben Nieselregen verwandelt hatte. Als mein Kopf die Wasseroberfläche durchbrach, stieß ich einen wilden Schrei der Erleichterung, einen Schrei voller Trauer aus. Die Seelen all der Menschen, die im letzten Monat verloren hatten, zu Verlorenen geworden waren, ohne es zu wollen, wehklagten aus meinem Mund.

Ich mußte würgen, übergab mich, ging beinahe wieder unter, schaffte es dann bis ans Ufer, zog mich selbst hinaus, setzte mich auf die Brücke und wartete.

Irgendwo auf der Welt hörte ich einen Wagen anhalten, eine Tür zuschlagen, Schritte herbeieilen. Aus dem Regen streckte sich mir ein langer Arm entgegen, und eine große Hand griff nach meiner Schulter und schüttelte mich. Dann kam, wie bei einer Nahaufnahme in einem Film, Crumleys Gesicht in mein Blickfeld, das Gesicht eines Frosches unter Glas. Er sah aus, als ob er einen Schock erlitten hätte, wie ein Vater, der sich zu seinem ertrunkenen Sohn hinabbeugt.

»Alles in Ordnung, geht's dir gut, alles klar?«

Ich nickte und schnappte keuchend nach Luft. Henry kam heran, schnüffelte im Regen, bereit, unheilverkündende Gerüche wahrzunehmen, ohne aber auf einen zu stoßen.

»Alles in Ordnung?« fragte Henry.

»Bin froh, daß ich lebe«, erwiderte ich und meinte es ernst. »Mein Gott, ich lebe!«

»Wo ist Achselhöhle? Er kriegt noch was von mir, wegen Fannie.«

»Das hab ich schon erledigt, Henry.«

Ich machte eine Kopfbewegung hinunter zu dem Löwenkäfig, wo wieder ein Gespenst wie blasse Gelatine hinter den Gitterstäben umhertrieb.

»Crumley«, sagte ich, »seine ganze Hütte ist vollgestopft mit Beweisen.«

»Ich werd es mir ansehen.«

»Was habt ihr Burschen nur so lange getrieben?« fragte ich.

»Der Idiot von Taxifahrer war blinder als ich.« Henry tastete sich bis zur Ufermauer vor und setzte sich neben mich. Crumley setzte sich auf die andere Seite, und unsere Füße baumelten beinahe bis in das dunkle Wasser hinab. »Hat nicht mal das Polizeirevier gleich gefunden. Wo ist der Kerl? Der kriegt auch noch einen Hieb von mir.«

Ich lachte schnaubend auf. Wasser spritzte mir aus der Nase.

Crumley beugte sich zu mir herüber und musterte mich von oben bis unten.

»Bist du verletzt?«

Nicht an einer Stelle, wo man es sehen könnte, dachte ich. In zehn Jahren wird es eines Nachts an die Oberfläche kommen. Hoffentlich stören Peg ein paar Schreie, die nach etwas zärtlichem Bemuttern verlangen, nicht.

Ich muß jetzt erst mal telefonieren, dachte ich. Peg, werde ich sagen, heirate mich, komm nach Hause, noch heute! Wir werden zusammen am Hungertuch nagen, aber wir werden leben. Heirate mich endlich, Peg, und schütze mich vor den Einsamen.

Und sie würde ja sagen und nach Hause kommen.

»Ich bin nicht verletzt«, antwortete ich Crumley.

»Gott sei Dank!« meinte der. »Denn wer, zum Teufel, sollte sonst meinen Roman lesen?«

Ich lachte laut auf.

»Entschuldigung.« Crumley zog, verlegen über seine eigene Ehrlichkeit, den Kopf ein.

»Zum Teufel noch mal!« Ich packte seine Hand und legte sie in meinen Nacken, zeigte ihm, wo er massieren sollte. »Ich mag dich, Crum. Ich mag dich, Henry.«

»Verdammt«, sagte Crumley sanft.

»Ist schon in Ordnung, mein Junge«, sagte der Blinde.

Noch ein Wagen brummte heran. Es hörte auf zu regnen. Henry zog schniefend die Luft ein. »Ich kenne das Auto.« Constance Rattigan streckte den Kopf aus dem offenen Fenster. »Mein Gott, was für ein Anblick. Der tollste Marsmensch der Welt. Der bedeutendste Blinde der Welt. Und Sherlock Holmes' unehelicher Sohn.«

Wir reagierten alle ziemlich wortkarg, zu müde, um auch einen Witz zu machen.

Constance stieg aus, trat hinter mich und schaute auf mich herab.

»Ist alles vorbei? Ist er das?«

Wir nickten alle, wie das Publikum in einer Spätvorstellung, waren nicht mehr in der Lage, den Blick von der Wasseroberfläche, dem Löwenkäfig und dem Gespenst hinter den Gitterstäben zu lösen, das sich dort hob und senkte und winkte.

»Mein Gott, du bist ja völlig durchnäßt! Du holst dir den Tod! Wir müssen den Kleinen trockenrubbeln und ihm was Warmes anziehen. Ist es recht, wenn ich ihn mit zu mir nehme?«

Crumley nickte.

Ich legte den Arm um ihn und drückte ihn an mich.

»Wie wär's mit 'ner Flasche Champagner jetzt und 'n paar Bier später?« fragte ich.

»Gute Idee«, meinte Crumley. »Bei mir im Dschungel.«

»Kommen Sie mit, Henry?« erkundigte sich Constance.

»Wüßte nicht, was mich davon abhalten sollte«, entgegnete der.

Immer mehr Autos kamen herangerast, ein Taucher machte sich fertig, um hineinzuspringen und die unheimliche

Gestalt aus dem Käfig herauszuholen. Crumley ging hinüber zu Shranks Schuppen. Ich stand zitternd da, Constance und Henry schälten mich aus dem nassen Jackett und halfen mir in den Wagen, und dann fuhren wir die nächtliche Küste entlang, an den großen, ächzenden Fördertürmen vorbei, ließen die merkwürdige kleine Schuhschachtel, in der ich arbeitete, den dunklen, kleinen Schuppen, in dem Dschingis Khan und Hitler und Nietzsche und ein paar Dutzend Schokoriegelpapiere warteten, und den verschlossenen Warteraum, wo morgen wieder eine Gruppe verlorener alter Männer sitzen und auf die letzten Züge des Jahrhunderts warten würde, hinter uns.

Als wir so dahin fuhren, glaubte ich draußen mich selbst zu sehen, ein Zwölfjähriger, der vor Sonnenaufgang Zeitungen austrug. Etwas später sah ich mich wieder, etwas älter, mit neunzehn, wie ich, trunken von Liebe, Lippenstift auf den Wangen, auf dem Nachhauseweg immer wieder gegen Laternenpfähle rannte.

Als wir eben in die Auffahrt zu Constances arabischer Festung einbiegen wollten, kam uns dröhnend ein anderer Wagen entgegen. Er donnerte vorbei. Bin das auch ich, fragte ich mich, in ein paar Jahren vielleicht? Und Peg neben mir im Abendkleid, auf der Rückfahrt von einem Ball? Doch der andere Wagen verschwand. Die Zukunft mußte noch warten.

Als wir im Sand hinter Constances Haus zum Stehen kamen, hatte ich das Gefühl, in einer unkomplizierten Gegenwart ein Leben voll ungezügelter Freude zu führen.

Wir stiegen aus, und Constance und ich warteten darauf, daß Henry sich in Bewegung setzte. Da hob er mit einer grandiosen Bewegung den Arm.

»Beiseite, oder euch fehlt ein Bein!«

Wir traten zur Seite.

»Laßt euch von dem Blinden zeigen, wo's lang geht!«

Er schritt voran.

Wir folgten ihm gern.